Querverlag

JASPER NICOLAISEN

DIE
BES
GUT

ROMAN

Alle Charaktere, Schauplätze und Handlungen in diesem Roman sind frei erfunden. Ähnlichkeiten mit lebenden und toten Personen sind unbeabsichtigt.

Umschlag und grafische Realisierung von Sergio Vitale.

Druck und Weiterverarbeitung: Finidr
ISBN 978-3-89656-342-2
Printed in the Czech Republic

Bitte fordern Sie unser Gesamtverzeichnis an:
Querverlag GmbH
Akazienstraße 25, 10823 Berlin
www.querverlag.de

And the toy withheld is the token
Of all who refrain from play –
The shopkeepers, the collectors
Like Queen Victoria,
In whose adorable doll's house
Nothing was ever broken.

– Adrienne Rich, A Ball Is for Throwing

KAPITEL 1

Berlin mit sicherlich. Krähen und Füchse.
Albert Ayler will nach Hause.

Ein junger Mann – nennen wir ihn Stefan –, der nach Berlin gekommen war, um ein schwules Leben zu beginnen, sah sich einer ungeheuren Enttäuschung gegenüber.

Diese Enttäuschung stand zunächst in Gestalt des Hauses vor ihm, in dem er von der Kleinstadt Hausen aus, wo er geboren und aufgewachsen war, mithilfe einer Internetplattform eine Wohnung gemietet hatte. Es war nicht leicht, in Berlin überhaupt eine Wohnung zu bekommen. Überall war die Rede von steigenden Mietpreisen, Spekulation, internationalen Investitionen, aber auch von Besetzung, Volksbegehren, Enteignung. Die meisten annoncierten Wohnungen waren deshalb auch gar keine Wohnungen, sondern Zimmer – in Wohngemeinschaften, zur Untermiete oder bloß zeitweise überlassen –, während die eigentlichen Bewohner in Städten zu tun hatten, die ähnlich teuer oder ganz unerschwinglich waren.

In dieser Straße im schon etwas abgelegenen Stadtteil Köpenick – bei dem jeder, der in Hausen das solide Gymnasium besucht hatte, an die Schnurre von dem berüchtigten Hauptmann denken musste – sollte es aber noch eine bezahlbare Wohnung geben. Ein Zimmer, Küche, Bad, nichts Besonderes, aber genug für einen jungen Mann, der ein Bett aufstellen wollte, um endlich den Berliner Freund über Nacht dazuhaben, welcher in Hausen bisher nur flüchtig zu Besuch gewesen war; genug für einen jungen Mann, der außerdem, gegen den Wunsch der Mutter, einer älteren Künstlerin, eine Ausbildung ausgerechnet als Bankkaufmann anstrebte. Die fragliche Filiale lag übrigens gleich um die Ecke.

Stefan hatte ohne zu zögern geschrieben und gleich Antwort bekommen. Er sei der Erste, er könne die Wohnung haben, zu dieser Zeit, an jenem Datum. Hier stand er nun, um den Vertrag zu unterschreiben.

Es war aber sonst niemand da.

Schwarz und stumm lag die Straße unter den Häusern mit den leblosen Fenstern. Die Laternen warfen, wie überall in Berlin, ein etwas gelbliches Licht, sodass das frische Laub der immer gleichen Kastanien sofort einen kränklichen Schimmer bekam. Eine Fahnenschnur schlug im Wind gegen das hohle Metall ihres Mastes. Die Bäume erschauderten.

Unschlüssig wiegte Stefan das Handy in der Hand. Was gab es denn sonst noch hier? Er sah sich um, da er keine Nachricht des freundlichen Vermieters Herrn Sass bekommen hatte. Aus Hausen eine etwas altmodische Höflichkeit gewohnt, beschloss er, dessen unkommentiertes Nichterscheinen für eine Verspätung zu halten, wie sie in Großstädten bestimmt üblich war.

Das Handy als Sicherheitsleine in der einen Hand wagte er sich in die Schwärze der Straße hinein. Mit der anderen Hand zog er den Rollkoffer hinter sich her, der protestierend über die schlecht gepflegten Gehwegplatten holperte, zwischen denen schon das Gras spross.

Das Haus selbst war, wie gesagt, eine Enttäuschung. Es ragte zwar sehr hoch auf, doch die Wasserspeier zwischen den Fenstern hatten alle abgebröckelte Nasen und stemmten bucklig Pfeiler, auf denen längst nichts mehr thronte. Weit oben war eine Scheibe zersplittert, merkte Stefan jetzt, und ein Vorhang flatterte so schwach heraus, als wäre er sogar zum Fallen zu müde.

Neben dem Haus befand sich eine schlampig eingezäunte Baugrube, in der schmutziges Wasser stand. Ein eigens angestrahltes Schild versprach den Bau neuer Wohnungen, dazu

Ateliers und einen Kindergarten. Das Datum der Fertigstellung war längst abgelaufen. Am Zaun baumelte eine Art Briefkasten. Stefan entzifferte Kleingedrucktes über Proteste gegen den Abriss einer „Kunstruine“, die vormals hier gestanden haben sollte. Im Briefkasten sollten sich für Interessierte „Protestpostkarten“ befinden. Stefan war nur vage interessiert. Es waren aber auch keinerlei Postkarten mehr da.

Auf ein Geräusch hin fuhr er herum. Eine Krähe hockte auf der anderen Straßenseite hoch auf der Laterne und hatte eine Nuss auf die Straße geworfen, wohl in der Hoffnung, ein Auto würde sie knacken. Es kam aber keins.

Stefan schaute trotzdem links, rechts, dann wieder links, wie er es gelernt hatte, und trat dann mit polterndem Rollkoffer auf die Fahrbahn. Behutsam zertrat er die Nuss und präsentierte dem Vogel, der den Kopf misstrauisch schief gelegt hatte, den Inhalt. „Bitte schön“, sagte er.

Die Krähe krächzte und flatterte auf. Aus dem Lichtkegel einer Straßenlaterne tiefer in der Straße pirschte ein Fuchs und wandte den Kopf.

„Also, diese Straße gibt sich wirklich Mühe“, murmelte Stefan. Er schaute aufs Handy. Nichts. Der Fuchs joggte los, zwängte sich durch den Bauzaun und verschwand in der Grube.

Stefan, der dem Tier mit Blicken gefolgt war, bemerkte nun, dass nur eine bröckelige Mauer das Baugrundstück vom Hinterhof seines Mietshauses trennte. Über diese sicherlich leicht zu überkletternde Mauer ragten Äste eines säulenförmigen Baums mit gelblichen Blüten, die große Staubgefäßen spreizten und süß dufteten. Der Baum schien den Hinterhof ganz auszufüllen und das alte Gemäuer mit seinem Wuchs geradezu zu dehnen.

Das allerdings war ganz schön, fand Stefan. Er überquerte die Straße und stand vor einem anderen Haus mit weit ausgreifenden Balkonen und vielen Metallfahnen, das insgesamt einem Schiff nachgebildet schien. Die Leuchtschrift „Altenheim“ war abgeschaltet. Ein handgeschriebener Zettel an der einst automatisch betriebenen Eingangstür informierte

„Bewohner*innen und Angehörige", dass man den Betrieb zum Jahresende eingestellt habe. Neben dem Altenheim erstreckte sich eine Wiese mit versunkenen Bänken, an deren Ende eine Kirche aufragte, deren bunte Fenster etwas vom Abglanz der Laternen schimmerten, und Stefan musste in der Atmosphäre dieser abendlichen Straße daran denken, wie es wäre, wenn im Inneren plötzlich eine Orgel aufbranden würde.

„Ich bin ja froh, dass mir niemand entgegenkommt", sagte er sich. „Ein Vampir wäre das mit sicherlich. Oder ein Zombie." *Mit sicherlich* – das war eine kleine Sprachmarotte, die mit einem Privatwitz zwischen dem jungen Mann und seiner Mutter ihren Anfang genommen hatte.

Er zerrte den Rollkoffer zurück über die Straße und stellte sich ins Licht der Laterne vor dem Hauseingang. Das Handy blieb stumm und wusste von keiner neuen Nachricht.

Das Licht veränderte sich. Oben, im rissigen Fenster mit dem müden Vorhang leuchtete es. Jemand musste dort drinnen sein. Jedenfalls, wenn es kein Geist ist!, dachte Stefan. Er rechnete, während er zum Klingelschild ging. Dritter Stock? War das nicht seine Wohnung? Jetzt ärgerte er sich über seine kleinstädtische Zurückhaltung. Bestimmt hatte Herr Sass die ganze Zeit schon oben auf ihn gewartet und war nun seinerseits verstimmt. Das Fenster würde man reparieren müssen, aber das hatte der Vermieter sicherlich selbst schon bedacht.

Wischnewski, stand auf dem obersten Klingelschild. Stefan drückte darauf. Aus der hohen Luft tönte ein Schnarren. Wie davon geweckt, ging Musik los. Nur ein paar Pianotupfer zunächst, dann aber klingelndes Schlagzeug, Bassbohrungen, ein quer dazu stehendes Saxofon. In Hausen hätten die Leute schon die Polizei gerufen; hier in Berlin schien die dissonante Musik aus dem Fensterloch auch nach einer halben Minute niemanden zu stören. Wie auch, dachte Stefan. Es ist ja niemand da.

Er klingelte noch einmal. Langsam wurde er ungehalten. Er hatte schon gehört, dass die Leute in Berlin unfreundlich seien. Aber das ging zu weit. Vielleicht schon angesteckt vom Großstadtmiasma klingelte er sofort ein drittes Mal.

Die Gegensprechanlage krächzte. „Hauen Sie ab!", sagte eine Männerstimme. „Es ist eine Unverschämtheit, dass Sie mich um diese Zeit belästigen. Wenn Sie mich jetzt terrorisieren wollen, da haben Sie sich geschnitten. Ich schicke Ihnen die Hans raus. Wenn Sie Ihre Gorillas dabeihaben, das wird Ihnen nichts nützen. Die Hans nimmt es mit allen zugleich auf!" Die Musik fiel in noch grelleren Bruchstücken aus dem Fenster.

Krähen, Füchse und jetzt auch noch Gorillas, dachte Stefan. Mit sicherlich! Und überhaupt: die Hans. Nicht mal Deutsch kann der Mensch.

Er beugte sich zur Gegensprechanlage und redete mit ihr wie mit einem störrischen Kind. „Sie verwechseln mich, glaube ich. Ich bin hier, um die Wohnung zu mieten. Wir waren verabredet."

Für einen Moment war nur die Musik zu hören. Das Becken raste klingelnd wie eine Feuerwehr im Kreis, Bass und Piano brummten und klirrten dazwischen, das Saxofon zerrte an allem, was es in die Finger bekam. Ein Element des Bauzauns fiel krachend um.

„Mit wem waren Sie verabredet?", wollte die Stimme schließlich wissen.

Stefan bekam Kopfschmerzen. Er hielt sich das der Gegensprechanlage abgewandte Ohr zu. „Mit Herrn Sass", sagte er sehr laut. „Sind Sie nicht Herr Sass?"

„Nein", sagte die Stimme. „Ich bin Wischnewski."

Ach so, dachte Stefan. Es steht ja auch auf dem Schild. Er kam sich dumm vor. Dumm und hilflos, denn nun war klar, dass Herr Sass ihn wirklich vergessen hatte und dass er allein in diesem Berlin auf einer ausgestorbenen Straße voller Gruselkulissen festsaß, in der außer Tieren und Bäumen nur ein Wischnewski und möglicherweise ein oder eine Hans lebten, die mit furchtbarer Musik Zerstörung anrichteten, auch wenn es gegen Gorillas ging.

„Kommen Sie rauf", sagte Wischnewski. Die Tür schnarrte und bebte. Eilig griff Stefan nach der Klinke, stieß die Tür mit der Schulter auf und zerrte den Rollkoffer hinter sich her, bemüht, das Handy nicht fallenzulassen.

Im Hausflur war es dunkel und vergleichsweise still. Es roch modrig. Während Stefan den Lichtschalter suchte, fiel hinter ihm die Tür krachend ins Schloss. Weit und breit war kein Knopf zu entdecken. Er fluchte leise, arrangierte Koffer und Handy neu und schaltete endlich die Taschenlampe an dem Gerät ein. Der weiße Strahl strich über achtlos übereinandergeworfene Fahrräder und einen Kinderwagen. „Irgendjemand wohnt wohl doch noch hier“, sagte sich Stefan. Langsam wagte er sich ins Innere des Treppenhauses. Briefkästen, mit Aufklebern überzogen, hingen schief an der Wand. Viele Klappen waren aufgerissen oder von Prospektbündeln gesprengt. Die Namen längst vergangener Mieter, Vormieter und Vorvormieter waren mit Edding aufgemalt und durchgestrichen wie die erledigten Zielpersonen in einem Rachethriller.

Die Musik purzelte lauter ins Treppenhaus. „Es ist ganz oben!“, rief Wischnewski. „Sie müssen die Treppe nehmen.“ Auch das Brüllen schien niemanden zu stören.

Die Treppe wand sich schneckenförmig von Stockwerk zu Stockwerk. Die Holzstufen waren breit und ächzten unter Stefans Tritten. Durch die Spirale führte ein Fahrstuhlschacht, hinter dem Milchglas sah Stefan im Handylicht Schatten von Streben, Rollen und Tauen. Wie ein Röntgenbild, dachte er. Überhaupt ist hier alles gruselig. Wäre das ein Computerspiel, würde mich aus dem Schatten außerhalb des Lichtkegels gleich etwas anspringen. Mit sicherlich!

Kaum hatte er das gedacht, ging ein infernalischer Lärm los. Das war nicht die Musik von oben. Das Dröhnen stieg aus dem Boden, brachte Wände und Treppe zum Zittern, packte die Dunkelheit und schüttelte sie wie ein Gewitterblech. Der Fahrstuhlschacht mit seinen schimmernden Innereien rasselte.

Stefan wuchtete den Koffer auf die Schulter, ließ beinahe das Handy fallen und verlor aus Angst um das kostbare Gerät dann den Koffer, der zu Boden krachte und ein paar Stufen in die Tiefe rutschte. Er ließ ihn liegen, rannte nach oben, nahm zwei, drei Stufen auf einmal, stolperte, verlor wieder fast das Handy, riss sich einen Splitter ein, als er es aufhob, und jagte von Stockwerk zu Stockwerk. Hinter jeder Biegung, auf jedem neuen Stockwerk, wartete das Dröhnen bereits auf ihn. Kaum registrierte er, dass auf jedem Treppenabsatz ein großes Fenster auf den Innenhof ging, gegen das sich Blätter und Blüten des Baumes pressten, der das Gebäude um sich herum fast zu sprengen drohte.

Endlich stand er vor einem Lichtrechteck. Ein schlanker Schatten erwartete ihn. Stefan hielt an, stützte sich auf den Knien ab und rang nach Luft. Aus der Wohnung drang, kaum hörbar, die dissonante Musik, und um ihn herum war noch immer alles voller Lärm.

„Was ist das?", schrie Stefan.

„Hans", schrie Wischneswski zurück.

„Wer?"

Wischnewski winkte unwirsch. „Warten Sie."

Er drängte an Stefan vorbei und stürmte nun seinerseits die Treppe hinunter. Nach wenigen Schritten war er von Dunkelheit und Dröhnen verschluckt. Stefan machte einen zögerlichen Schritt in die Wohnung hinein. Man hatte ihn zwar nicht hereingebeten, aber das Licht und die Aussicht, auch nur einen Fußbreit dem Schacht voller Geräusche zu entkommen, gaben den Ausschlag.

Die Musik, die er hier deutlicher hören konnte, kam ihm gegenüber dem wabernden Luftstrudel im Treppenhaus geradezu anheimelnd vor. Die Wohnung schien überhaupt nicht in dieses Haus zu passen. Alles war hell und honigfarben oder, wie die Bücherrücken in den Regalen, die den Flur deckenhoch säumten, von bedächtiger Buntheit. Stefan spürte einen Luftzug und spähte durch die offenstehende Tür ins Wohnzimmer. Der müde Vorhang flatterte am Fenster. Es gab eine Stehlampe aus weit geschwungenem Chrom, eine Couch, die unbequem und durchgesessen zugleich aussah, eine altmodische Stereoanlage, auf deren Plattenteller sich eine LP drehte, ein ebenfalls bis an die Decke reichendes Regal voller Schallplatten und ein kleineres Möbel, durch dessen Glasscheibe Stefan eine Batterie Flaschen in der Farbe verschiedener Baumfrüchte erblickte. Die gemütliche Höhle eines recht modernen Bären, fand Stefan, der inzwischen überall Tiere vermutete.

An den Wänden hingen gerahmte Plakate. Ein fliederfarbener Andy Warhol, ein dicker, bärtiger Mann vor einem Kreuz, der blutbeschmiert und mit glasigem Blick Messer in den Himmel reckte; die Fotografie eines nachdenklich dreinschauenden, bärtigen Mannes, unter der *Geschichte der Empfindlichkeit* zu lesen stand, sowie die grobkörnige Schwarzweißaufnahme eines fleischigen Penis.

Stefan war so sehr mit Schauen beschäftigt, dass er erst mit Verspätung bemerkte, dass das Dröhnen aufgehört hatte. Die Musik mit dem zerrenden Saxofon war nun wieder sehr laut. Leute unterhielten sich gedämpft im Treppenhaus. Stefan trat in den Flur, lauschte und hörte Wortfetzen: „… ein Mieter … ein junger Mann … der alte Herr Sass … genau … nicht heute Abend. Nein, auf keinen Fall. Wir müssen … kann uns nützlich sein."

Ich kann nützlich sein?, dachte Stefan. Na, mit sicherlich kann ich das. Er hörte, wie Schritte die Treppe hinaufkamen, und zog sich schnell wieder ins Wohnzimmer zurück. „Ich bin hier!", rief er, als Wischnewski die Wohnung betrat. Stefan trat an die Anlage und drehte die Plattenhülle in den Händen, um zu verbergen, dass er gelauscht hatte. Ein Mann blies beseelt in sein Saxofon. *Albert Ayler* stand darauf. *Goin' Home.*

Nach Hause, dachte Stefan. Ich weiß gar nicht, wo das ist. „Mein Koffer!" Das war ihm urplötzlich eingefallen, und gleich hatte er es laut gesagt. Wischnewski stand in der Tür, die Hände in den Taschen, und musterte ihn. „Haben Sie den verloren?", fragte er.

„Ja, im Treppenhaus." Stefan wollte schon wieder los. „Ich habe ihn vor Schreck fallenlassen, als der Lärm losging. Er muss noch auf der Treppe liegen."

Wischnewski schüttelte den Kopf. „Da war kein Koffer", sagte er.

„Ich habe mir doch einen Splitter eingerissen." Stefan hob wie zum Beweis die Hand. Tatsächlich war ein kleiner Blutfleck am Ringfinger. Herr Wischnewski runzelte die Stirn und Stefan merkte selbst, dass er sich nicht sehr klar ausdrückte. „Ach, nein. Das war ja wegen des Handys", fügte er eilig an. Das machte die Situation nun mit sicherlich auch nicht besser, schalt er sich.

Herr Wischnewski blickte ihn mitleidig an. „Sie sind wohl ein bisschen durch den Wind", sagte er. „Setzen Sie sich. Ich bringe Ihnen was zu trinken."

Ehe er es sich versah, hockte Stefan auf dem unbequemen, aber durchgesessenen Sofa unter der bogenförmigen Chromlampe und starrte, ein Glas ungesund riechenden Alkohols in der Hand, den schwarz-weißen Penis an der Wand an.

„Ein prächtiger Schwanz, nicht wahr?" Herr Wischnewski ließ sich neben ihn aufs Sofa fallen und nippte an dem stinkenden Bernsteinzeug in seinem Glas. „Robert Mapplethorpe. Einer von uns, wie Sie sicher wissen." Er musterte Stefan, dem trotz des Luftzugs heiß wurde. „Sie sind doch schwul, oder?"

Stefan nahm schnell einen Schluck von dem Rohöl oder was immer sich in seinem Glas befinden mochte, verschluckte sich, hustete, lief rot an. Herr Wischnewski klopfte ihm auf den Rücken.

„Ich glaube schon", sagte Stefan endlich.

„Ich glaube schon!" Herr Wischnewski stellte das Glas auf den Boden. „Das müssen Sie doch wissen!"

„Also, ich denke schon, dass ich ... also ... dass ich schwul bin. Bisher jedenfalls." Stefans Gesicht brannte. Er hatte das noch nie laut ausgesprochen. „Queer", schob er hinterher. „Also, das auf jeden Fall."

„Queer." Herr Wischnewski schnaubte lauter als die Musik von Albert Ayler. „Junge, wollen Sie Schwänze lutschen?"

Stefans Gesicht stand inzwischen buchstäblich in Flammen. „Ich denke ja", brachte er hervor.

„Wollen Sie haarige Ärsche rimmen?" Herrn Wischnewskis Stimme schraubte sich zusammen mit dem Saxofon in die Höhe.

„Ob ich was will?" Stefan nahm, aus Erfahrung klug, einen kleineren Schluck aus dem Glas. Es brannte gleich weniger. „Haarig, ich weiß nicht …", hob er diplomatisch an.

„O doch, Sie wissen es!" Herr Wischnewski reckte einen bebenden Finger, der direkt vor Stefans Gesicht noch um einiges größer wirkte als der Penis an der Wand. „Sie wissen es nur allzu gut. Sagen Sie es laut! Wenn Sie es nicht sagen, sagt es keiner. Ich bin schwul."

„Ich bin schwul", sagte Stefan. Es klang komisch in seinen Ohren.

„Lauter! Ich. Bin. Schwul."

„Ich bin schwul", sagte Stefan ein weiteres Mal ergeben.

„Das dürfen Sie sich niemals wegnehmen lassen. Von niemandem!"

„Okay."

„Das ist ganz wichtig."

„Klar."

„Wenn wir das nicht mehr sagen, sagt es bald keiner mehr. Und dann dauert es nicht mehr lange, und es ist verboten. Schauen Sie in die USA. Da ist es in einigen Bundesstaaten schon wieder so weit."

„Mit sicherlich." Stefan hatte zwar keine Ahnung, was Wischnewski meinte, aber er war geneigt, dem seltsamen Mieter aus dem Oberstübchen in allem recht zu geben, wenn er ihn dafür nur schnell wieder loswurde.

„Mit sicherlich? Wo kommen Sie denn her? Redet man da so?" Wischnewski hob sein Glas vom Boden auf und nahm schwer atmend einen Schluck. Er schien sehr erregt. Die Platte lief in der Auslaufrille vor sich hin.

„Aus Hausen komme ich. Mit sicherlich, das ist so eine Redewendung, die haben meine Mama und ich … mein Koffer!" Stefan sprang auf. „Ich wollte doch meinen Koffer holen."

„Da war kein Koffer." Wischnewski zupfte Stefan am T-Shirt. „Vielleicht haben Sie ihn vor der Tür oder am Fahrstuhl stehen lassen. Oder Sie haben ihn im Zug vergessen. Sie scheinen ja ziemlich verwirrt zu sein."

Stefan schubste Wischnewskis Hand weg. „Ich bin nicht verwirrt, danke. Ich hole jetzt meinen Koffer und dann rufe ich Herrn Sass an. Ich möchte in meine Wohnung."

„Ich lasse Sie rein. Herr Sass wird nicht mehr kommen. Hans hat Ihnen die Tür inzwischen sicher geöffnet. Ich habe sie darum gebeten. Und übrigens brauchen Sie nicht so grob zu sein. Ich habe nichts Unsittliches mit Ihnen vor, falls Ihnen das Sorgen macht." Herr Wischnewski schüttelte den Kopf, trank aus und stand ebenfalls auf. „Ihr jungen Leute seid so prüde. Ich hätte damals nichts dagegen gehabt, mit einem älteren Mann … na, lassen wir das. Ein alter Schwuler berührt mich, na, was wird der schon wollen? Mit sicherlich!" Wischnewski schnaubte. „Mit dieser *queeren* Jugend …" Er betonte das Wort äußerst abfällig „… brauchen wir keine Heteros mehr."

Stefan ertappte sich dabei, dass er in der Tat seit einer ganzen Weile davon ausging, der Ältere würde gleich zudringlich werden. „Entschuldigung", sagte er. „Also, das meine ich wirklich. Sie sind sehr freundlich. Wie haben Sie … wie hat denn Hans. Ich meine, haben Sie hier Ersatzschlüssel in der Nachbarschaft?"

Herr Wischnewski schien durch Stefans aufrichtige Entschuldigung besänftigt. Er schlüpfte in ein Paar Sandaletten und öffnete die Wohnungstür. Draußen gähnte das Treppenhaus, das ohne den infernalischen Lärm von unten und die Heimwehklage Albert Aylers von oben gleich viel weniger bedrohlich wirkte. „Bitte, nach Ihnen. Sie wohnen eins unter mir." Er knipste eine Taschenlampe an und ließ den Lichtkegel über die Treppen tanzen. Stefan ging voran. „Ich habe Sie da auch wirklich etwas überfallen. Ich entschuldige mich ebenfalls", ließ sich Wischnewski hinter ihm in der Dunkelheit vernehmen.

Sie passierten das Fenster auf dem Treppenabsatz, das ganz und gar vom Astwerk des Baums im Innenhof ausgefüllt war. „Es ist nur, ich freue mich, dass Sie da sind. Hier wohnen nicht mehr viele Leute. Wir sind ja so ein typischer Berliner Altbau, wissen Sie. Vier Wohnungen auf jeder Etage. Aber die meisten stehen inzwischen leer. Ich bin noch da. Hans und ihre Martina, das sind unsere Hausmeister. Hans hat Ihre Tür einfach aufgebrochen, sie kann so was … na, und Lydia mit Emmy. Das ist die Tochter, Emmy. Lydia gibt ihre Seminare auf dem Dachboden. Den alten Herrn Sass hat das nie gestört, aber seit der junge hier das Sagen hat … Sie haben sicherlich mit dem alten Herrn Sass Kontakt gehabt. Der war auch schwul. Wie wir alle hier. Oder lesbisch eben. Wobei, bei Emmy weiß man das natürlich noch nicht. Darum habe ich mich ja so über Sie gefreut, verstehen Sie? Jedenfalls, der alte Herr Sass ist tot."

„Oh", sagte Stefan bloß. Er wusste nicht, was er von all dem halten sollte. Er war müde, verwirrt und sogar etwas ängstlich, denn außer seinem Handy waren alle seine Besitztümer mit dem Koffer verschwunden. „Könnten Sie mal runterleuchten?", bat er Herrn Wischnewski.

„Mit sicherlich." Herr Wischneswki schmunzelte. „Das ist wirklich ein lustiger Ausdruck." Sie waren im Stockwerk unter Herrn Wischnewski angekommen. Eine der Türen stand halb offen. Das Schloss war sichtlich beschädigt. Jemand hatte es offenbar mit einiger Brutalität aufgestemmt. Herr Wischnewski leuchtete über das Geländer. Der Lichtkegel strich über die Windungen der Treppe. Von Stefans Koffer keine Spur.

„Tja", sagte Herr Wischnewski. Er stieß die Tür sachte auf. Knarrend öffnete sie sich zu der Wohnung, die Stefans werden sollte. „Sie haben noch kein Licht", sagte er. „Hans wird Ihnen morgen den Strom wieder anknipsen Etwas abenteuerlich, aber immerhin müssen Sie dann auch nichts zahlen." Herr Wischnewski zwinkerte, was im fahlen Licht der Taschenlampe eher unheimlich als lustig wirkte. „Ich bringe Ihnen noch ein paar Decken und eine Isomatte. Wasser müsste funktionieren. Wollen Sie noch einen Whisky?"

Stefan schluckte und spähte in die Tiefen der dunklen Wohnung. „Nein, danke." Er packte das Handy fester und kam nun endlich auf den Gedanken, die Taschenlampe an dem Gerät ebenfalls einzuschalten. Viel Akku hatte er bestimmt nicht mehr, aber zum Glück war da ja noch die Powerbank … die natürlich ebenfalls im Koffer verstaut war, fiel ihm ein.

„Gute Nacht!“, wünschte Herr Wischnewski und klopfte Stefan auf die Schulter. „Ach, eins noch …“ Auf dem Absatz drehte er sich um und leuchtete Stefan ins Gesicht, der geblendet die Hand hob. „Schieben Sie später irgendwas Schweres vor die Tür, ja? Es ist hier nachts nicht ganz geheuer. Ich glaube, dass sich hier jemand herumtreibt, in den Gängen im Keller und im Hof … nachts kommt er wohl raus. Vielleicht hat er auch Ihren Koffer. Vielleicht ist es auch bloß Tyche. Ich habe sie hier schon länger nicht mehr gesehen. Na, machen Sie sich keine Sorgen. Wir finden Ihre Sachen schon. Schlafen Sie erst mal ein bisschen. Wie gesagt, ich bringe Ihnen gleich noch etwas.“ Dann war er weg.

Keine Sorgen. Mir sicherlich!, dachte Stefan, als er sich in die Wohnung vortastete. Links neben der Eingangstür war gleich eine Öffnung. Dahinter schimmerte eine Spüle im gelblichen Licht der Straßenlaternen, das zum Fenster hineinfiel. Stefan trank aus dem Wasserhahn, der zum Glück anstandslos funktionierte. Er schluckte gierig und merkte, dass er viel mehr Durst hatte, als ihm bewusst gewesen war. Von Wischnewski mit den Decken und der Isomatte immer noch keine Spur.

Stefan ließ sich an der Wand hinabgleiten, warf einen Blick aufs Handy, fluchte leise, weil ihn der Splitter im Finger schmerzte, und schreckte gleich darauf hoch, als er bemerkte, dass er eingenickt war. Ich muss doch noch die Tür verrammeln, dachte er bei sich. Aber nicht bevor Wischnewski … Und dann war er auch schon eingeschlafen, im Sitzen, an die Wand gelehnt, halb umgesunken, gelb beschienen vom Licht, das draußen auch auf Tieren, Baugruben, verlassenen Kirchen und vergeblichen Protestnoten lag.

Stefan träumte, dass auch sein Fenster ganz und gar mit Astwerk gefüllt war, und roch im Traum den süßen Duft der kleinen, gelben Blüten. Ein wilder Mensch mit verfilztem Haar hockte zwischen den Blättern und starrte wie der Mond zu ihm herein. Die Hände des Menschen waren lang und verdreckt, die Nägel gesplittert, und sie umklammerten Stefans Koffer.

Derart in beunruhigende Träume vertieft, bemerkte Stefan weder, wie Herr Wischnewski ihn behutsam zudeckte, noch, wie sehr viel später in der Nacht Schritte die Treppe hinaufkamen und zwei schmutzige Hände mit gesplitterten Nägeln ihm seinen Koffer vor die Tür stellten, aus dem etwas Unscheinbares, aber höchst Wichtiges entwendet worden war.

KAPITEL 2

Füchse, Krähen, Fehlalarme. Ein Einbruch wird geplant. Ein Joint wird geraucht.

Stefan verschlief Fürsorge und Rätselhaftes und die Stadt lebte inzwischen ohne ihn weiter.

Die Krähe mit dem Nussknackerprojekt war vom Scheppern des umstürzenden Bauzaunelements aufgeschreckt worden, das während des Gesprächs zwischen Stefan und Herrn Wischnewski über die Gegensprechanlage den Halt verloren hatte. Nicht anders erging es dem Fuchs, der seine unterirdische Behausung in der Baugrube neben Stefans Haus erreicht hatte. Beide Tiere ließen alles stehen und liegen und flüchteten aus alter Gewohnheit. Wären sie geborene Berliner gewesen, wären sie an das plötzliche, lautstarke Versagen der Infrastruktur vielleicht eher gewöhnt gewesen, aber beide, Fuchs und Krähe, waren, wie die meisten Einwohner, zugezogen, die Krähe aus dem Brandenburgischen, der Fuchs aus dem polnischen Grenzgebiet, und so war die Erwartung, alles Ständische und Stehende müsse Bestand haben, derart tief in ihnen verwurzelt, dass fallende Grenzen und Getöse ihnen immer noch Angst einjagten.

Der Fuchs huschte durch einen Notausgang tiefer ins Erdreich und trabte einen Tunnel entlang, der schon nach kurzer Zeit in einen sehr viel größeren Gang mündete. Er verharrte und witterte: Der Gang war Menschenwerk. Heute aber gab es auch hier Lärm. Eine massive Frau mit Presslufthammer veranstaltete ein infernalisches Geknatter. Erdreich rieselte. Eine zierliche Frau trug Säcke mit Erde fort.

Dies waren Hans und Martina, die nach Herrn Wischnewskis kurzer Ermahnung, den neu angekommenen Stefan nicht gleich zu verschrecken, ihre Arbeit wieder aufgenommen hatten. Bis sie den Tunnel unter die Bankfiliale am Ende der Straße getrieben hätten, würden noch Tage vergehen. Der Fuchs hatte andere Wege. Er zwängte sich durch einen verlassenen Kaninchenbau an die Oberfläche und schnürte, auf der Suche nach Ruhe, über die Wiese vor der Kirche auf das Bankgebäude zu. Aber auch hier gab es Alarm.

Ein roter Kegel rotierte; eine Sirene schrillte durch die Nacht. Niemand war indes der Hausgemeinschaft mit dem geplanten Einbruch in den Tresorraum der Bank zuvorgekommen. Es handelte sich um einen Fehlalarm, ausgelöst durch die Krähe, die auf ihrer Flucht vor dem umfallenden Zaun zu dicht am Fenster der Bank vorbeigeflogen war. Eigentlich hatte sie sich auf den Dachfirst von Stefans Haus zurückziehen wollen, war aber durch Lydia abgeschreckt worden, die nach umfangreichen Vorbereitungen auf die nächste Gruppentherapiesitzung das Dachbodenfenster geöffnet hatte, um im Mondlicht einen gewaltigen Joint zu rauchen. Die Krähe hatte sich noch im Anflug seitlich fallen lassen und den Baum angesteuert, der aber, ganz wie in Stefans Traum, heute Nacht ebenfalls von einem störenden Menschen besetzt war, Tyche, die den Inhalt von Stefans Koffer untersucht und für die Ausgestaltung ihrer stetig wachsenden Skulptur im Hinterhof ein einzelnes Objekt ausgewählt hatte. Die Skulptur jagte der Krähe noch mehr Angst ein, und so schoss sie über den Bauzaun, die Straße entlang, bis zur Bank und zog erst dort, knapp vor dem Fenster, in die Höhe, denn sie war mit ihrem Ärger über Menschen und ihren Lärm beschäftigt gewesen und sah die Warnaufkleber in Form von Vogelsilhouetten erst in letzter Sekunde.

Beide, Krähe und Fuchs, machten sich schimpfend davon und kamen auf verschiedenen verschlungenen Wegen Tage später im Spandauer Forst an, wo sie auf einem eigentlich sehr ruhigen Friedhof schon wieder von eben den Menschen belästigt werden sollten, die ihnen schon in dieser Nacht so viel Kummer gemacht hatten.

Es war nicht der Fehlalarm in der Bank, der die Direktorin Frau Steingräber in ihrer nahegelegenen Wohnung weckte, sondern ein Alptraum, in dem sie wieder einmal die Führerscheinprüfung zu absolvieren hatte und wieder einmal alles falsch machte. Sofort saß sie kerzengerade im Bett – nicht wegen des Traumgespinsts, auf beengtem Raum die Anweisungen eines Mannes ausführen zu müssen, sondern aus Sorge, ihre kranke Mutter könne erwachen, die sie seit deren zweitem, verheerenden Schlaganfall bei sich zu Hause pflegte. Es war zu spät; die Mutter war schon erwacht und stöhnte und wollte irgendetwas, und die schlechte Laune, die Frau Steingräber von dieser Störung, der neusten in einer langen Reihe von Störungen, aus der ihr Leben schon viel zu lange ausschließlich zu bestehen schien, bekam, trug mit dazu bei, dass sie Stefan an seinem ersten Ausbildungstag äußerst ungnädig behandelte, was wiederum langfristig dazu beitrug, dass Stefan sich doch auf die Einbruchspläne seiner Hausgemeinschaft einließ, wenn auch keineswegs so, wie es Wischnewski und die anderen geplant hatten.

Die Polizeistreife, die an der Bank vorbeifuhr, um nach dem Rechten zu sehen, knatterte durch die schlafenden Straßen Treptow-Köpenicks und dröhnte nach verrichtetem Horch und Guck zurück über die Brücke am größten Krematorium Europas, durch das sich anschließende Industriegebiet, vorbei am S-Bahnhof Schöneweide, hinein ins tiefe Oberschöneweide – oder wie die Bewohner sagten: „Oberschweineöde“ –, wo nicht nur die Parteizentrale der NPD in Berlin zu finden war, sondern auch allerlei stillgelegte Industriegebäude, die man wegen ihres rustikalen Schauwerts als Anziehungspunkt für Start-ups bis heute nicht abgerissen hatte. Eins dieser Start-ups war die kleine Medienagentur, in der Noah arbeitete, Stefans Fernbeziehung. Noah war mitten in der Nacht natürlich nicht im Büro, sondern schlief zu Hause neben seiner Frau Marit, einer Tätowiererin, die in ihren Arbeitsräumen in der Wohnung der kleinen Familie ihre Kundschaft empfing.

So geht es oft in unserem Berlin, und darum erzählen wir auch, wie alles von Stefans kaum bezogener Wohnung aus seine Kreise zog. Alle Menschen in dieser großen Stadt sind wie im kleinsten Dorf durch Raum und Zeit über unsichtbare, oft wie zufällige Bande miteinander verbunden und voneinander beeinflusst. Was im Falle Berlins heißt: voneinander genervt. Denn anders, als man im kleinsten Dorf annimmt, leben die Menschen dieser Stadt keineswegs kalt und ohne Interesse nebeneinanderher. Sie stoßen im Gegenteil immer wieder aneinander und schimpfen dann. Für den Geschmack der Menschen in Berlin weiß man viel zu viel voneinander, und je mehr man erfährt, desto weniger möchte man wissen.

Stefan, aus Hausen eine altmodische Höflichkeit gewohnt, die Distanz und Nähe gut zu vermitteln wusste, passte, ohne dass er es schon wusste, keineswegs in diese Stadt und würde doch gerade dadurch einiges in Bewegung setzen, einfach, indem er sich durch sie bewegte. Fürs Erste aber schlief und träumte er, bis er erwachte und meinte, er habe schon einen ganzen Tag verschlafen und müsse zur Arbeit. Auch so ein reizender kleinstädtischer Irrtum, der wie ein allzu runder Kiesel in Berlins schlammiges Wasser fiel und noch ganz unabsehbare Kreise zog.

KAPITEL 3

Stefan springt auf. Die Bank als Avantgarde.
Ein schöner Schwanz stört.

„Ich muss ja zur Arbeit!“

Stefan sprang auf. Er war noch nie im Leben tatsächlich aufgesprungen, wie man es in Romanen liest. Jetzt aber stand er schon, noch bevor der erschrockene Ausruf ihm von den Lippen gehüpft war. Das musste dieses neue Leben als Bankmitarbeiter sein, in dem Verantwortung und Seriosität an erster Stelle standen.

Für ihn waren Banken schon immer alles gewesen, was er im Leben vermisst hatte. Schon als er seine Mutter das erste Mal in die Sparkasse begleitet hatte, war ihm der Raum wie eine wohltuende Kunstgalerie erschienen. Die Gesetze des Alltags galten hier nicht. Hier folgte alles einer eigenen Ordnung. Die Mutter war nervös gewesen, denn sie hatte eigentlich ständig Geldsorgen. Stefan aber hatte sich zum ersten Mal im Leben, wie er erst in diesem Moment bemerkt hatte, leicht und frei gefühlt. Der Vergleich mit einer Galerie kam nicht von ungefähr: Seine Mutter war schließlich Künstlerin, und Galerien, Ausstellungsräume, Installationen und Performances alles Art waren Stefan von klein auf bestens vertraut. Doch wo seine Mutter und ihre Freundinnen mit viel Aufwand versuchten, eine Natürlichkeit wiederzuerlangen, die sie für verloren hielten, verdrängt von einer feindlichen Moderne aus Kapital, Kunststoff und Entfremdung, scherte sich die Bank kein bisschen um all das, was der Mutter so teuer war: Haare, Filz, Fett, Schmutz, Geschmiere, Geschrei, Improvisation.

Hier, zwischen künstlich wirkenden Pflanzen in Kübeln voller Tonkügelchen, im abgedämpften Licht von Milchglasscheiben, auf Schreibtischen, die für Arbeit eigentlich viel zu zierlich waren, in der Wärme summender Computer mit Bildschirmen voll grüner Schrift, im Duft heiß bedruckter Kontoauszüge und geometrisch gemusterter Teppiche, umflüstert vom emsigen Reiben der Schenkel in Strumpfhosen aus Lycra und Anzughosen aus Polyester, hier war es, wie Stefan instinktiv begriff, zum ersten Mal gelungen, eine vollkommen künstliche Welt zu errichten, deren willkürliche Regeln ins Leben der gesamten Menschheit eingriffen und durch das Steigen und Fallen imaginärer Zahlen, eigentlich nur Spannungszustände in Transistoren und Magnetspeichermedien, über Häuser, Straßen, Luxusgüter, Einbauküchen, Geschäftsgründungen, Urlaubsreisen, ja selbst Essen und Hungern, Schuld und Freiheit und am Ende Leben und Sterben zu entscheiden. Hier endlich war der Traum der Avantgarde Wirklichkeit geworden, Kunst und Leben in eins zu setzen. Und davon wollte Stefan unbedingt ein Teil werden. Sollten die anderen aus der Schule ihre kleinen Rebellionen aufführen oder auch nur die erbärmliche Freiheit auskosten, nicht genau zu wissen, was werden sollte, er machte das Abitur gerade so gut, dass man ihn bei der Bank nehmen würde, und verschickte die Bewerbung nach Berlin noch am Tag der Zeugnisausgabe zusammen mit einer noch warmen Kopie des Abschlussdokuments, deren süß-saurer Geruch ihn schon an kommende herrliche Tage denken ließ, in denen Kontoauszüge und Tabellen aller Art durch seine Hände gleiten sollten wie die kostbarsten Stoffe in Schatzkammern aus Tausendundeiner Nacht.

Tausendundeine Nacht hatte er zu dieser Zeit freilich auch schon mit dem Gedanken an Jungs und Männer zugebracht und einige Dutzende Nächte auch ganz greifbar bereits mit Noah, wenn der mal wieder in Hausen war, wo es fast nichts gab, außer der rührigen, von staatlicher Förderung angefachten feministischen Kunstszene. Und eben den Hausener

Druck- und Farbenwerken, die für Zwecke der Außenwerbung und Messebaubedarfe Vorlagen umzusetzen verstanden, die in ganz Europa ihresgleichen suchten. Mit denen arbeitete darum auch Noahs Start-up aus dem fernen Berlin zusammen, das in die Lücke gestoßen war, die der allgegenwärtige Trend zum Virtuellen hinterlassen hatte, indem es nämlich dem Marktschreierischen in der Öffentlichkeit zu neuem Glanz verhelfen wollte mit auffällig geformten Tafeln, die von schönen jungen Menschen dort herumgewirbelt wurden, wo die ermattete Menschheit hinsah, wenn es ihr auf dem Bildschirm zu anstrengend wurde: mitten auf der Straße. Und „Marktschrey" hieß das ganze Jungunternehmen denn auch.

Dass er schwul war, wusste Stefan beinahe ebenso lang, wie er wusste, dass er zum Bankkaufmann geboren war. Diese Tatsache war ihm peinlich, nicht aus Scham oder irgendwelchen anderen altmodischen Regungen, sondern weil es ihm unpassend vorkam, als Bankkaufmann schwul zu sein. Es war wie ein Splitter in der Hand, eine Kleinigkeit, die aber beständig nervte und pochte. Das Schwulsein passte nicht in die Kunstwelt der Bank. Es war Stefan zu ungeplant, zu sehr Bauchgefühl, zu unkontrollierbar, mit einem Wort: Seine Mutter hätte schwul sein sollen, nicht er.

Geoutet, wie man sagte, hatte er sich natürlich nicht. Das hätte seiner Mutter so passen können, dass der Sohn wenigstens etwas unkonventionell war, wenn auch mit Schwulsein heute kein allzu großer oder aufwändig verzierter Blumentopf mehr zu gewinnen war. Stefan vermied es so gut es ging, darüber zu sprechen oder das Wort auch nur in den Mund zu nehmen. Was er aber sehr gerne in den Mund nahm, war Noahs schöner Schwanz, und weil er davon zu seinem großen Ärger nicht genug bekommen konnte, sagte er sich, dass es für den Geliebten bestimmt eine tolle Überraschung wäre, wenn er, Stefan, die Ausbildung in Berlin begönne und sie dann einfach immer zusammen sein könnten, tagsüber im Start-up und in der Bank, nachts im Bett, lutschend, knutschend, reibend, fickend, wo es keiner mitbekam, wie ein ganz normales Ehepaar eben, denn natürlich würden sie heiraten.

„Und Noah muss ich ja auch anrufen!", murmelte Stefan deshalb gleich hinterher, kaum, dass er in der Küche seiner neuen Wohnung aufgesprungen war, hingerissen vom Drang seines Körpers nach Arbeit in der Kunstwelt der Bank und hingerissen zu Noah und seinem schönen Schwanz.

Zunächst aber stolperte er über das Frühstückstablett mit Teller, Glas und Blumenvase, das irgendjemand neben seinem Schlafplatz abgestellt hatte. Er versuchte, sich abzufangen, machte mit rudernden Armen einen Schritt nach vorn, verhedderte sich in der Bettdecke, knallte mit der Stirn gegen den Türrahmen, fluchte, schlug die Hände vors Gesicht, wankte gekrümmt in den Flur, stieß sich den Zeh an der halb offen stehenden Wohnungstür, wollte sie wutentbrannt zutreten, verfehlte sie aber, da er immer noch die Hände vors Gesicht geschlagen hatte, und machte stattdessen einen Ausfallschritt in den Hausflur, wo er endgültig über den Koffer stürzte, der in der Nacht auf seiner Türschwelle abgestellt worden war.

Stöhnend wälzte er sich am Boden. Langsam fiel ihm alles von gestern wieder ein. Und jetzt auch noch eine Slapstick-Einlage. Dieses schwule Leben, befand Stefan, war wirklich eine einzige große Enttäuschung.

„Ist das dein Koffer?"

Die Stimme gehörte eindeutig einem Kind.

Stefan löste die Hände vom Gesicht und blinzelte. Zwei schmutzige nackte Füße füllten sein Sichtsfeld, die mit den Zehen wackelten.

„Ob das dein Koffer ist! Hörst du schlecht?"

Stefan rappelte sich auf. Im Sitzen konnte er dem Kind geradewegs ins Gesicht schauen. Es blickte missmutig drein und zog eine ziemliche Flunsch, was aber auch an dem Lolli liegen konnte, an dem es konzentriert herumsaugte.

„Nein, ich höre sehr gut." Stefan schniefte. Er musterte seine Hand und bemerkte, dass Blut daran klebte. Erst der Splitter, jetzt eine Platzwunde. Berlin tat weh.

„Ich höre nämlich manchmal schlecht", sagte das Kind. Es deponierte den Lolli im Mund und streckte Stefan die Hand hin. „Tag. Ich bin Emmy." Die Hand war klebrig vom Lolli und voll mit allerhand Flusen. Stefan, vom Aufwachsen in Hausen her mit einer für den Umgang mit Berliner Kindern unpraktikablen Höflichkeit geschlagen, fühlte sich trotzdem verpflichtet, sie zu schütteln. „Stefan", sagte er.

„Das ist ja ein langweiliger Name." Emmy runzelte die Stirn.

„Ja, da kann ich ja nichts dafür", sagte Stefan. Er hatte seinen Namen insgeheim selbst immer etwas gewöhnlich gefunden und eine Weile sogar damit experimentiert, sich immerhin „Stephan" zu schreiben, was ihm aber schnell als eines künftigen Sparkassenangestellten unwürdig erschienen war. Eigentlich mochte er den Namen erst, seit Noah ihn ein paar Mal erregt gestöhnt hatte.

„Du kannst dir doch einfach einen neuen geben", sagte Emmy. „Ich habe auch nicht immer Emmy geheißt."

„Geheißen", verbesserte Stefan.

„Was?"

„Geheißen. Man sagt: Ich habe nicht immer Emmy geheißen."

„Das weiß ich doch."

„Du hast es aber verkehrt gesagt."

„Was habe ich verkehrt gesagt?"

„Geheißt."

„Es heißt geheißen."

„Willst du mich veräppeln?"

„Nein. Ich höre nur schlecht." Emmy tippte sich mit dem Lolli ans Ohr. Der Lolli hinterließ einen Schneckenfleck an der Ohrmuschel, wo schon allerhand anderes klebte.

Stefan wischte sich Blut und Lollischleim an der Hose ab. Er merkte, dass er Hunger hatte. Irgendjemand, fiel ihm ein, musste das Frühstück hingestellt haben, sonst hätte er nicht darüber stolpern können.

Emmy schmatzte laut und pustete sich an dem Lolli vorbei eine Haarfranse aus der Stirn. „Du blutest", stellte sie fest. Wie zur Bestätigung fiel ein roter Tropfen auf Stefans Knie.

„Ich weiß", sagte er.

„Okay", sagte sie. Erneut pustete sie sich eine Franse aus der Stirn.

„Hör mal, du hast ja eine total unmögliche Frisur", entfuhr es Stefan. Das stimmte derart auffällig, dass nicht einmal die gute Hausener Erziehung diese Bemerkung unterdrücken konnte.

Emmy deutete mit dem Lolli auf Stefan. „Bist du Friseurin?"

„Friseur", sagte Stefan automatisch. Emmys Gesicht hellte sich auf. „Super, dann kannst du mir ja einen Lesbenhaarschnitt machen!", strahlte sie.

„Nein, ich meine, ich bin … also … ich werde … ich fange bei der Sparkasse an", korrigierte Stefan.

„Als Friseur?", fragte Emmy ungläubig.

„Nein! Ich meinte nur, ich bin keine Friseurin. Und was ist überhaupt ein Lesbenhaarschnitt?"

„Mama sagt immer zu der Frau Rosell, die zum Kurs kommt, dass Frau Rosell einen Rabatt bekommt, wenn sie mir einen richtigen Lesbenhaarschnitt macht. Und Frau Rosell versucht das auch immer. Aber sie sagt, es geht einfach nicht, dass es hinten so lang ist und dann vorne so kurz, wie ich das will. Das ist nämlich ein Lesbenhaarschnitt. Und deshalb muss ich immer pusten." Emmy pustete. „Aber den Rabatt kriegt Frau Rosell trotzdem. Mama braucht nämlich das Geld vom Kurs. Und Friseure gibt es hier sowieso nicht mehr. Hier hat alles dichtgemacht. Wegen der Gentrifizierung. Außer der Sparkasse. Und Mamas Kursen."

„Was sind denn das für Kurse?" Stefan hatte das Gefühl, sich zwischen den vielen sich aufdrängenden Nachfragen für die unverfänglichste entscheiden zu müssen.

Emmy nahm den Lutscher aus dem Mund und schielte zur Decke, als stünde dort etwas geschrieben, das sie jetzt sorgfältig ablas. „Mama ist eine Praktizierende der Lachfleisch-Methode. Die Lachfleisch-Methode ist eine feministische Methode, die Körperarbeit, Atemübungen und achtsame Selbstliebe miteinander verbindet. 1982 in Argentinien von Lemuel Lachfleisch erfunden, hat sie heute Anhängerinnen und Praktizierende in der ganzen Welt." Emmy schloss den Vortrag mit einem Nicken und sah Stefan an, als erwarte sie eine Belohnung.

„Ach was", sagte er. „Na, vielleicht hat sie auch Anhänger außen." Emmy hatte nämlich bei dem Wort „Anhängerinnen" einen hörbaren Glottisschlag eingebaut.

„Hä?"

„Anhänger außen. Wegen Anhänger innen."

„Wie bitte? Ich höre so schlecht." Emmy tippte sich wieder mit dem Lolli ans Ohr.

Stefan seufzte. „Schon gut. Und das funktioniert, diese Methode?"

„Klar funktioniert die. Es gibt zum Beispiel über einhundertvierundvierzig Druckpunkte am menschlichen Körper. Und wenn man die kennt, dann kann man die drücken, und dann passiert was."

„Was denn?"

Statt einer Antwort machte Emmy einen Schritt auf ihn zu und pikte ihm mit dem Lollistiel in den Bauch.

„Aua! Spinnst du? Das hat voll wehgetan!"

„Zum Beispiel", sagte Emmy und steckte den Lolli wieder in den Mund, „hört man dann auf zu bluten."

Stefan tastete nach seiner Stirn. Als er die Hand zurückzog, war kein frisches Blut zu sehen.

„Das ist ja Zauberei, hör mal."

„Nein, das ist die Lachfleisch-Methode."

„Emmy? Emmy!" Jemand brüllte von oben durchs Treppenhaus. „Mit wem redest du da?"

Emmy nahm den Lolli aus dem Mund. „Mit Stefan!", schrie sie so laut, dass Stefan die Ohren klingelten. Immerhin stand Emmy genau vor ihm.

„Wer ist Stefan?", scholl es von oben nur wenig leiser zurück.

„Der wohnt hier!"

„Warum wohnt der da?"

„Weiß ich doch nicht!"

„Geh dem nicht auf die Nerven!"

„Ich geh dem nicht auf die Nerven!"

„Na ja", mischte Stefan sich ein.

„Was sagt er?"

„Keine Ahnung, ich höre doch schlecht."

„Ich sagte, na ja!“, schrie Stefan jetzt auch.

„Er sagt, na ja!“, brüllte Emmy.

„Wenn er na ja sagt, heißt das, du gehst ihm auf die Nerven, und du sollst bitte den Leuten nicht immer auf die Nerven gehen!“

„Ich *geh* dem doch gar nicht auf die Nerven! Ich *frag* den nur was!“

„Aber nur was fragen *ist* auf die Nerven gehen!“

„Und mir geht ihr *beide* auf die Nerven!“ Eine weitere Stimme mischte sich von unten in das Schreikonzert ein.

„Das musst du gerade sagen, Martina!“ Emmy stürzte ans Geländer. „Du hast Glück, dass ich schlecht höre! Sonst hätte ich die ganze Nacht nicht schlafen können, weil ihr wieder an eurem Tunnel gegraben habt!“

„Tunnel“, fragte Stefan laut. „Was denn für ein Tunnel?“ Er stand auf und griff nach seinem Koffer.

„Emmy.“ Die Stimme von unten klang jetzt gefährlich leise. „Erzähl nicht wieder deine Geschichten, ja?“

Von oben näherten sich eilige Schritte. „Ich regle das schon.“

„Das sind überhaupt keine Geschichten!“ Wütend drehte sich Emmy zu Stefan um. „Ich höre ja schlecht, aber dass die alle zusammen einen Tunnel graben bis zur Bank, das höre ich sehr wohl. Weil sie nämlich das Haus kaufen wollen. Weil der alte Herr Sass tot ist und der junge Herr Sass ist nicht schwul und will hier alles kaputtsanieren.“

„Emmy.“

Noch bevor Stefan irgendwelche Fragen zu diesem angeblichen Einbruchsplan gegen ausgerechnet die Bank loswerden konnte, in der er heute seine Ausbildung zu beginnen plante, kam die schönste Frau der Welt die Treppe hinunter.

„O Gott“, flüsterte Stefan und griff nach seinem Koffer. „O Gott“ deshalb, weil ihm genau in dieser Sekunde einfiel, dass er sich für den ersten Arbeitstag fertig machen musste, dass er vermutlich sowieso verschlafen hatte und dass er keine Zeit mehr mit klebrigen Kindern und der schönsten Frau der Welt zu verlieren hatte. „O Gott“ aber auch deshalb, weil die schönste Frau der Welt mit dem Wort „schön“ eigentlich unzutreffend beschrieben war. Die Person, die die Treppe hinunterkam, war in zweiter Linie auch schön. Die Haare auf ihren Beinen sprühten im Treppenhauslicht Funken, ihr Bauch schwang unter dem Kleid sanft hin und her, die Aknenarben auf ihren Schultern schimmerten hellgrau wie ein Regenmond und die Äderchen in ihren Ohren waren Flüsse aus Rubin und Granatapfelsaft. In erster Linie aber löste sie in Stefan den Wunsch aus, auf der Stelle mit ihr zu schlafen. Das Blut schoss ihm in den Penis, noch bevor der Gedanke seinen Kopf erreichte, dass er doch eigentlich schwul war. Deshalb der Griff nach dem Koffer, denn je mehr der Bilderstrom in seinem Kopf Fahrt aufnahm – er, Stefan, zwischen ihren Schenkeln, er, Stefan, zwischen ihren Brüsten, die unter seinen Stößen wackelten, er, Stefan, geschmiegt an ihren Hals, der sich ihm zum Beißen darbot –, desto mehr wanderte sein Schwanz im Halbkreis nach oben, wie die rote Nadel eines Messgeräts, und der Koffer sollte diese Geilheitsanzeige verbergen.

„O Gott", sagte Stefan noch einmal. „Äh. Hm. Puh."

„Hi!", strahlte die Frau ihn an. Sie stand vor ihm und roch nach Blüten, die sich im Regen öffneten, nach Teer und nach Staub. „Ich bin Lydia. Ich bin Emmys Mama."

Lydia streckte ihm die Hand entgegen. „Sie ist Ihnen auf die Nerven gegangen, oder? Bitte entschuldigen Sie. Sie geht immer allen auf die Nerven."

„Gar nicht wahr!", schmollte Emmy.

„Ahh", sagte Stefan. „Hm. Gah." Die gute Hausener Erziehung, der Schreck über das Verschlafen, seine sexuelle Orientierung und sein langsam in einen roten Bereich kriechender Schwanz fochten einen schmerzhaften und verwirrenden Kampf aus, und das Resultat war, dass er so handlungsfähig war wie der Schnauzbart in einem Bademeisterporno. Eine ausgestreckte Hand musste man ergreifen, mit sicherlich, aber zugleich wusste er, dass er sich bei der Berührung dieser Haut in die Hose ejakulieren würde.

Mit einem hörbaren „Plopp" zog Emmy den Lolli aus dem Mund und pikste ihm mit dem Stiel in die Kniekehle. Sofort spürte Stefan, wie sein Schwanz sich senkte, und synchron fiel auch der Schleier der Unwiderstehlichkeit von Lydia ab. Sie war jetzt bloß noch eine schöne, wenngleich etwas müde aussehende Frau, die auf Stefan keinerlei besondere Wirkung mehr hatte.

„Zauberei", flüsterte er.

„Nein, das ist die Lachfleisch-Methode!", flüsterte Emmy, steckte den Lolli in den Mund und pustete sich die Fransen aus der Stirn.

Lydia starrte Emmy böse an, die so frech guckte, wie es nur Kinder können – oder jedenfalls Kinder, die nicht in Hausen aufgewachsen sind.

„Sie müssen schon entschuldigen", sagte Lydia. „Sie geht immer allen auf die Nerven."

„Sie geht mir nicht auf die Nerven", sagte Stefan. „Aber was ist das für ein Tunnel? Planen Sie wirklich einen Banküberfall? Ich fange nämlich da an, in der Bank. Ich müsste …" Stefan überlegte. Was müsste er? Vermutlich die Polizei rufen. Aber die Geschichte klang so bescheuert, das würde ihm sowieso keiner glauben. Außerdem mochte er Emmy und auch Lydia sofort, umso mehr, da sie jetzt nicht mehr die schönste Frau der Welt war und ihn geschlechtlich verunsicherte. Und Herr Wischnewski war auch so nett zu ihm gewesen. Er wollte niemanden anzeigen, hatte auch noch nie in seinem Leben jemanden angezeigt, wusste gar nicht, wie das ging, und falls er sich für sein schwules Leben in Berlin Polizisten vorgestellt hatte, dann höchstens als befreundetes Ehepaar, bei dem er und Noah mal auf einen Apfelkuchen vorbeischauen konnten. Was Schwule in Berlin eben so machten.

„Ich müsste das vermutlich melden", sagte er schließlich. Melden, das klang hinreichend unverbindlich.

Lydia zog Emmy an sich und wischte vor Stefans Gesicht durch die Luft. „Wir sind nicht die Bankräuberinnen, die Sie suchen!", lachte sie. Ihr Tonfall verriet Stefan, dass er jetzt auch lachen sollte. Er gab sich Mühe. Offenbar gelang es ihm nicht.

„*Star Wars*", sagte Lydia. „Kennen Sie nicht? Mos Eisly Raumhafen? Nirgendwo wirst du mehr Abschaum und Verkommenheit finden als hier?"

Stefan zuckte mit den Achseln. „Nein, tut mir leid. Ist das mit diesen Klingonen?“

Ein Nerv unter Lydias Auge zuckte. Emmy nahm den Lolli aus dem Mund, um besser die Augen verdrehen zu können. „Du kommst mal bei uns vorbei“, sagte sie sachlich. „Dann gucken wir *Star Wars*. Alles. Von vorne. Aber nicht *Angriff der Klonkrieger. Angriff der Klonkrieger* ist scheiße. ‚Weil dein Haar so glänzend und deine Haut so weich ist!‘“ Sie schnaubte erneut und steckte den Lolli wieder in den Mund.

„Ja, kommen Sie gerne mal bei uns vorbei. Warum nicht heute Abend? Herr Wischnewski hat mir erzählt, dass Ihre Wohnung noch gar nicht eingerichtet ist. Sie dürfen gerne bei uns essen. Um acht, ja? Ich muss jetzt leider …“

„Um Himmels willen!“ Stefan schlug sich vor die Stirn und zuckte zusammen, weil die Wunde sich zwar dank der Lachfleisch-Methode wieder geschlossen hatte, aber immer noch schmerzte. „Ich muss ja in die Bank!“

Ohne noch weiter auf Emmy und ihre Mutter zu achten, sprang er über den Koffer, bremste kurz vor dem Chaos auf dem Küchenboden ab, wo Toast, Kaffee und Besteck neben einem Blümchen lagen, das in einer Saftpfütze schwamm. „Mein Koffer!“ Stefan schlug sich erneut vor die Stirn, zuckte wieder zusammen, schnappte sich den Koffer und warf die Tür zu. Hastig riss er das Gepäckstück auf und durchwühlte es auf der Suche nach seinem Kosmetiktäschchen und seinem Anzug. Ersteres fand er, Letzterer war weg. Stefan durchwühlte alles noch einmal, warf die Kleidungsstücke auf den Boden. Nichts. Der Anzug war weg.

„Scheiße!“, fluchte er. Wer klaute denn einen Koffer, brachte ihn zurück, riss sich aber vorher einen alten Anzug unter den Nagel? Stefan stürzte ins Bad, klatschte sich Wasser ins Gesicht, putzte sich die Zähne, sprühte sich großzügig mit Deo ein und fischte sich ein blaues Hemd und eine braune Hose aus dem Klamottenhaufen. Zum Rasieren blieb keine Zeit. Er würde in der Bank erklären müssen, dass man ihn bestohlen hatte und dass er gleich morgen in einem passenden Anzug, frisch rasiert … Wie spät war es eigentlich? Das Handy war über Nacht ausgegangen. Stefan warf auf der Suche nach der Powerbank die Klamotten hinter sich, schloss das Kästchen an, das Handy fuhr hoch … 9:30 Uhr. Er war anderthalb Stunden zu spät, mindestens, eigentlich eher zwei. „Die schmeißen mich gleich wieder raus!", sagte er in die Wohnung hinein. „Am ersten Tag. Die schmeißen mich auf der Stelle achtkantig wieder raus."

Stefan flog das Treppenhaus hinunter, noch ehe der Satz zu Ende war. Im Rennen legte er sich eine Geschichte zurecht. Diebstahl … heute Morgen … Polizei … Handy weg … aber hier trug er doch das Handy in der Hand, notdürftig aufgeladen, schon jetzt wieder der Warnhinweis. Es war alles eine Riesenscheiße.

Hinaus, die Straße entlang. Bei Tageslicht wirkte alles noch schäbiger. Ein kühler Wind strich durch den Wildwuchs an der Baugrube. Stefan schwitzte trotzdem. Der Zaun klapperte. Stefan rannte, vorbei am Altenheim, an der Kirche, am kleinen Park. Das Emblem der Bank starrte ihn vom Ende der Straße her an wie ein bösartiges, rotes Auge. Mit letzter Kraft ließ sich Stefan gegen die Tür fallen und rammte die Schulter dagegen.

Und weil eben nicht Montag, sondern Sonntag war und weil er es mit heißkaltem Erschrecken schon selbst ahnte und es jetzt auch auf dem Display las, bevor das Handy wieder schwarz wurde: Sonntag, 9:33 Uhr, verletzte ihn Berlin zum dritten Mal innerhalb kürzester Zeit, diesmal stumpf an der Schulter, denn die Tür war natürlich verschlossen. „Ihr Immobilienberater berät Sie gern!", krähte ein Werbedisplay hinter der Frontscheibe, Vogelsilhouetten gaukelten davor auf dem Glas und Stefan rutschte stöhnend an der verschlossenen Tür zu Boden: Sonntag!

Die Alarmanlage heulte los und eine Rundumkennleuchte flackerte rot rundum. Zum zweiten Mal an diesem Tag sprang Stefan auf. Sein Hingerissensein zur Kunstwelt der Bank hatte gerade einen ziemlichen Dämpfer erhalten, aber zu Noah und seinem schönen Schwanz zog es ihn immer noch. „Ich muss ja Noah anrufen!", entfuhr es ihm. Die Anlage heulte immer noch und die Rundumkennleuchte flackerte noch immer rot rundum. Wie sollte er das bloß ausschalten? Stefan sah sich unwillkürlich um. Es würde ja wohl nicht gleich die Polizei anrücken.

Am anderen Ende der Straße klapperte es; ein Polizeiauto näherte sich gemächlich. Kurz spürte Stefan den albernen Impuls wegzulaufen. Dann nahm er sich zusammen. Es war immerhin nicht seine Schuld, dass die Alarmanlage so sensibel war. Er würde hier als Vertreter der Bank mit den Ordnungskräften das Gespräch suchen und die Lage wieder unter Kontrolle bringen.

Das Auto hielt. Die Scheibe fuhr herunter. Ein Polizist musterte Stefan durch eine verspiegelte Sonnenbrille. Es war nicht die Sorte Polizist, mit der man bei einem Double-Date Apfelkuchen isst.

„Jetzt mal schön die Hände auf den Kofferraum und die Beine spreizen!“ Die Stimme des Polizisten klang wie ein Dreitagebart. Stefans spürte seinen Herzschlag im Hals und bekam weiche Knie. Diese Sorte Polizist ist das!, dachte er. Gerade setzten sich seine Füße in Bewegung, um diesen und jeden anderen Befehl auszuführen, den der bestimmte Ordnungshüter an ihn richten mochte, da nahm der Polizist die Sonnenbrille ab.

„Hey, das war nur ein Witz“, sagte er. Der Polizist hatte blaue und süße Augen, wie zwei Eisbonbons, und natürlich musste Stefan an Lutschen denken. Sein Herz schlug noch schneller.

„Klar“, sagte er.

„Im Ernst. Was machen Sie hier? Einbrechen? Am Sonntag?“

„Ich bin gegen die Tür gelaufen“, sagte Stefan. „Ich dachte, es wäre Montag.“

„Bisschen lang gefeiert, wie?“ Der Polizist zwinkerte und Stefan spürte, dass er dringend einen Eingriff mit der Lachfleisch-Methode brauchte.

Er schluckte „Na ja“ sagte er. „Ich arbeite hier. Also, ab morgen. Deswegen.“

Der Polizist senkte den Blick, grinste und starrte Stefan unverhohlen in den Schritt. „Dann sehen wir uns ja jetzt öfter", sagte er und schob sich die Sonnenbrille wieder auf die Nase.

„Mit sicherlich, sagte Stefan.

„Ich melde dann, dass das hier Fehlalarm ist." Der Polizist tippte etwas in sein Handy. Dann sah er Stefan über den Rand der Sonnenbrille hinweg an. „Aber jetzt benehmen wir uns, ja? Arbeitsbeginn hat Zeit bis morgen. Sonst muss ich Sie verhaften."

„Klar." Stefan wünschte, er hätte einen Koffer gehabt, um ihn sich vor die Hose zu schieben. „Auf keinen Fall."

Der Polizist fuhr die Fenster hoch und zockelte im Schritttempo davon, bis er um die Kurve verschwand.

Warum habe ich ihn nicht nach seinem Namen gefragt?, schimpfte Stefan innerlich mit sich selbst. Gleich darauf meldete sich eine andere zornige Stimme in seinem Inneren: Wozu denn? Immerhin würde er bald Noah heiraten. Da war für irgendwelche verspiegelten Polizisten mit Dreitagebart-Stimme kein Platz.

Die Alarmanlage verstummte. Die Rundumkennleuchte trudelte aus. Das war wohl kaum der Lachfleisch-Methode zu verdanken, sondern eher einer speziellen Polizisten-Magie, von der Stefan nichts verstand. Wovon verstand er überhaupt etwas?

Noah, dachte Stefan. Ich gehe jetzt nach Hause, lade mein Handy auf, dusche mich, frühstücke nett bei Herrn Wischnewski und rufe Noah an. Und heute Abend gucke ich *Star Wars* mit Emmy. Aber nicht Klo Wars. Klo Wars ist scheiße.

Stefan trottete zurück nach Hause. Erst jetzt merkte er, wie müde er war. Er war hibbelig und schlaff zugleich und wusste mit dem Rest des Tages nichts mehr anzufangen. Zu Hause, dachte er. Jetzt denke ich schon zu Hause! Von dieser seltsamen Wohnung in diesem seltsamen Haus. Warum? Immerhin hatte er noch gar keinen Mietvertrag unterschrieben. Der Vermieter war nicht einmal zur Unterzeichnung aufgetaucht. Genau genommen, fiel ihm wieder ein, war der Vermieter bereits tot, also befand er sich widerrechtlich in der Wohnung.

Dubiose Nachbarinnen hatten die Tür aufgebrochen und angedeutet, ihm eine illegale Stromleitung zu legen. Dieselben Nachbarinnen planten dem Vernehmen nach einen Banküberfall. Zu diesem Zweck stellten sie unangemeldete Grabungsarbeiten an. Andere Nachbarn hatten ihm den Koffer gestohlen und ihn nach Entwendung seines Anzugs bei Nacht und Nebel wieder zurückgebracht. Und selbst wenn die Nachbarn ihn nicht in illegale Aktivitäten hineinzogen, hielten sie ihm bei wirrer Musik sexualpolitische Vorträge oder demonstrierten in übergriffiger Weise feministische Körpertechniken an ihm. Es gab also, überlegte Stefan, hinreichend Gründe, das Weite zu suchen.

Dass er es nicht tat, hatte mehrere Gründe. Wohin hätte er denn gehen sollen? Für ein Hotel fehlten ihm Geld und Weltgewandtheit. Zwar hatte er einen Liebsten in der Stadt, aber wie begeistert der wirklich sein würde, ihn zu sehen, da war Stefan sich noch nicht sicher. Heim nach Hausen? Zur Mutter? Das kam nicht infrage. Zumal er gerade noch genug Geld hatte, um sich einen Monat notdürftig am Leben zu erhalten. Für ein Zugticket ohne Reservierung und Supersparpreis reichte das bei der deutschen Bahn nicht. Mitfahrgelegenheiten und ähnlicher studentischer Firlefanz erschienen ihm zu künstlerisch und eines Bankers unwürdig. Nein, er wollte die Ausbildung, die sein Lebenstraum war, unbedingt beginnen, und andere Möglichkeiten, als dorthin zurückzukehren, wohin ihn das Leben eben gespült hatte, erkannte er nicht. Und das war es, was er in den Jahren bisher als „Zuhause" kennengelernt hatte: der Ort, an dem man bleiben musste, weil es keinen anderen gab und weil alles, was dort unheimlich und zwielichtig war, immerhin anheimelnd unheimlich und mit etwas Übung gut durchschaubar war.

So war ihm zwar die Seltsamkeit seiner Lage durchaus bewusst, aber er nahm sie keineswegs zum Anlass, etwas an seiner Situation zu ändern – recht typisch für einen jungen Menschen, zumal, wenn er aus einer westdeutschen Kleinstadt stammt. Stefan schlenderte also zurück ins Haus. Auf der ersten Treppenstufe hielt er inne. Aus der Erdgeschosswohnung drang erneut ziemlicher Lärm. Diesmal war es allerdings kein Baulärm, sondern unverkennbar lautes Beischlafgestöhne, das den Fahrstuhl in seinem Schacht erbeben ließ.

Eine Stimme, die so tief war wie die Schlucht am Wegesrand, in die die Omnibusse fallen, fraß sich mit vielen rostigen Zähnen in ein Jauchzen aus hellem, honigharzigem Holz, untermalt von Schlecken, Schlürfen und Schlabbern, als wären alle Kriechtiere des Waldes schon gekommen, um die verschmadderten Säfte zu verschnabulieren. Die holzhelle Stimme begann unvermutet zu sprechen, etwas außer Atem, aber wohlgesetzt, als würde sie einer eminenten Person einen Preis verleihen. „Hans, du bist die Beste. Du bist die Beste. Keine fickt mich so wie du. Genau so. Genau so. Da machst du jetzt weiter. Da machst du jetzt schön weiter. Komm noch tiefer in mich rein. Genau so. Es ist so geil, auf deinem Gesicht zu sitzen. Fester. Du machst das jetzt noch fester. Ich bin dein Mädchen. Ich bin dein Mädchen und du machst es mir so gut mit deiner Zunge. Da, genau da." Und so weiter, und so weiter.

Stefan wurde gegen seinen Willen rot und schlich die Treppe hinauf. Er hielt sich für abgebrüht und hatte selbst schon Dinge gemurmelt, für die er sich geschämt hatte. Die Person mit der Holzstimme schien sich aber nicht sehr zu schämen; es schien ihr im Gegenteil alles aufrichtig wichtig zu sein. Kaum war Stefan in seiner Wohnung angelangt, begann es unter ihm rhythmisch zu poltern. Die Schluchtstimme gurgelte mit allen Omnibussen und die Holzstimme schrie wie mit vielen Schneckenraspelmäulern, das sei zu hart, aber es solle um Gottes willen nicht aufhören.

Na, da ist ja was los, dachte Stefan und schaute, was er vom Frühstück noch verwerten konnte. Viel war es nicht. Er mümmelte ein aufgeweichtes Brötchen und pellte sich das Ei, das er auf einen Sitz verdrückte. Dann ging es ihm schon besser. Ihm fiel auf, dass er von unten gar nichts mehr hörte. Er legte den Kopf schief. Man war wohl zum Ende gekommen. In dieser Sekunde heulte die Schluchtenstimme auf, als würden alle längst verrosteten Omnibusmotoren zugleich angelassen, und die Holzstimme überschlug sich, als sie brüllte: „Fuck, ich mach dich voll!" Dann war es schlagartig still.

Ich werde Möbel brauchen, dachte Stefan etwas zusammenhanglos. Er griff nach dem Handy, um Noah anzurufen. Es klingelte. Ich lege einfach wieder auf, dachte Stefan. Ich kann ja genauso gut morgen anrufen. Aber er legte nicht auf. Dann hob jemand ab.

„Ja?" Es war eine Frau.

Stefan war noch ziemlich belämmert von den beiden anderen Frauenstimmen, die bis vor Kurzem unter ihm gewütet hatten, und also doppelt überrascht.

„Ja, äh", sagte er geschäftsmäßig und setzte sich gerade hin. „Hallo."

„Hallo?" Die Stimme klang freundlich. „Wer ist denn da?" Ein Kind jammerte im Hintergrund. „Pscht, Schatz, die Mami telefoniert. Wer ist denn da?"

Die Mami?, dachte Stefan.

„Sind Sie ein …" Die Stimme zögerte. „Sind Sie ein Freund von Noah?"

Die kleine Pause und die Art, wie die Frau das Wort *Freund* betonte, verriet Stefan, dass irgendetwas nicht in Ordnung war. Er räusperte sich erneut. „Also, ich …", sagte er.

„Vielleicht vom Schatzsucherverein?"

„Vom was?" Stefan ließ die Eierschalkrümel fallen, mit denen er bis jetzt gespielt hatte.

„Wenn Sie vom Schatzsucherverein sind, er ist unterwegs. Er hat nur sein Handy vergessen. Deshalb können Sie ihn vermutlich nicht erreichen." Die Frau schnaubte. „Das kennen Sie ja bestimmt."

„Nein, ich …" Stefan holte tief Luft. Es gab vieles, was er über Noah nicht wusste, aber er war sich sehr sicher, dass er nicht Mitglied in irgendeinem Schatzsucherverein war. „Mein Name ist Stefan. Ich bin … von der Bank", fiel ihm ein.

„Von der Bank?" Jetzt klang die Frau überrascht. „Ach so. Am Sonntag? Ist irgendwas? Schatz, nicht jetzt. Die Mami telefoniert. Also, wenn da was ist, mit seinem Konto, das können Sie auch mir sagen. Ich bin seine Frau."

Seine Frau. Stefan wusste nicht, was das für ein Gefühl war, das sich in seinem Bauch ausbreitete. Es erinnerte ihn an das heiße Gefühl, das er als Kind gehabt hatte, wenn ihm die Streben eines Klettergerüstes in den Handflächen gebrannt hatten und er, schwitzend und voller Sand, gewusst hatte, dass er entweder loslassen und fallen und oder sich die Hände aufreißen musste.

„Nein, nein", sagte er hastig. „Es ist alles in Ordnung. Er hatte mich da angesprochen, unverbindlich angesprochen …"

„Unverbindlich angesprochen."

„Ja, wegen … es ging um, also, er wollte was aufmachen, was eröffnen bei mir, bei uns, und da habe ich eingewilligt, da habe ich mich bereiterklärt, ihm da unverbindlich, ihn da quasi einzuführen …" Stefan kniff die Augen zu und wünschte sich weit fort.

„Sie wollten ihn wo einführen?"

„Ja, das heißt, nein …"

„Wie war Ihr Name noch gleich?"

„Stefan."

„Herr Stefan. Von der Bank, ja?"

„Genau, ja."

„Ich muss mich jetzt …" Die Frau machte wieder so eine bedeutungsvolle Pause. „… ich muss mich jetzt um unsere Tochter kümmern. Sie verstehen?"

„Natürlich."

„Gut. Er wird ja dann sehen, dass Sie sich gemeldet haben."

„Mit sicherlich."

„Wenn er vom Schatzsucherverein zurück ist, ruft er Sie sicher gleich an."

„Ja."

„Bitte sagen Sie ihm nicht, dass ich das gesagt habe. Schatzsucherverein, das klingt ja nicht gerade seriös. Das ist nur so ein Hobby."

„Was unsere Kunden in Ihrer Freizeit machen, geht uns natürlich gar nichts an, Frau … äh … Frau …" Ihm fiel ein, dass er nicht mal wusste, wie Noah mit Nachnamen hieß.

„Serpinski. Wir haben nicht den gleichen Nachnamen. Also, ehrlich gesagt …“ Es entstand ein Gekruschel, vermutlich, als die Frau den Hörer zwischen Kinn und Schulter klemmte. „Ehrlich gesagt, wir sind auch gar nicht verheiratet. Ich sage das immer, wenn so offizielle Leute anrufen. Das ist dann einfacher als zu sagen, die Mutter seines Kindes. Ich dachte, Sie wären jemand Offizielles.“

Ein Klacken und Knistern, als die Frau sich eine Zigarette anzündete. Sie stieß hörbar Rauch aus. „Spatz, eine Sekunde, ja? Sie klingen aber gar nicht so offiziell.“ Ein hörbares Saugen an der Zigarette.

„Ja, ich bin auch gar nicht offiziell, es war, wie gesagt, mehr so was …“

„Was Unverbindliches“, beendete die Frau den Satz. Stefan schloss die Augen. „Ja, genau“, sagte er leise. Er spürte, wie seine Augen brannten.

„Aha.“ Ihre Stimme war eiskalt. „Na dann, Herr Stefan.“

„Ja.“

„Sie brauchen nicht mehr anrufen. Er meldet sich dann.“

„Ja, okay.“

Ohne ein weiteres Wort legte die Frau auf.

Stefan ließ das Handy sinken und schaute sich um. Er sah die leere, schmutzige Küche, die zusammengeknüllte Decke, den aufgerissenen Koffer, die Klamotten, die er in seiner Panik überall verteilt hatte. Sonntag, sagte seine Uhr. Die Schrift verschwamm, als sich seine Augen mit Tränen füllten. Sonntag, 10.16 Uhr. Die Blume war längst im verschütteten Saft festgetrocknet. Stefan legte den Kopf auf die Knie und heulte krampfhaft.

„Na, na“, sagte jemand neben ihm. Eine Hand legte sich schwer auf seine Schulter. Stefan sah auf und erblickte Herrn Wischnewski, der unbemerkt hereingekommen war. „Ich wollte mal nach Ihnen sehen und das Frühstücksgeschirr wieder mitnehmen.“ Herr Wischnewski ließ sich seufzend neben Stefan auf den Boden sinken. Er trug nur einen Bademantel, und Stefan war froh, dass seine Augen voller Tränen standen, denn andernfalls hätte er direkten Einblick in Wischnewskis Schritt bekommen.

„Er hat eine Frau", schluchzte Stefan. „Sie sind nicht verheiratet, aber sie ist …" Er bekam Schluckauf. „… sie ist … sie ist … die Mutter seines Kindes", stieß er endlich hervor.

„Das sind sie immer", brummte Herr Wischnewski und rieb Stefan den Rücken. „Wollen wir vielleicht hoch zu mir und erst mal richtig frühstücken?"

„Klingt gut", schniefte Stefan.

Oben gab es ein opulentes Frühstück und Stefan merkte erst jetzt, wie hungrig er war. Er akzeptierte sogar einen Sekt und dann noch einen von den holzfarbenen Schnäpsen. Diesmal brannte ihm das medizinisch stinkende Getränk schon nicht mehr ganz so in der Kehle. Herr Wischnewski legte eine Platte mit etwas weniger wirrer Musik auf – Alice Coltrane, las Stefan – und hörte sich Stefans Bericht an, ohne viel zu sagen. Stefan wusste nicht, wie viel Zeit vergangen war, als er endlich aufhörte zu reden. Er hatte alles rausgelassen: seine Liebe zur Bank, das Leben mit seiner Mutter in Hausen, Noah, der Diebstahl seines Anzugs, der Irrtum heute Morgen, der Polizist mit den Eisbonbonaugen.

„Danke, dass Sie mir zugehört haben", schloss er. Die Uhr zeigte Sonntag, 13.14 Uhr. „So spät schon!"

„Gar nicht spät." Herr Wischnewski nippte an einer weiteren gelben Pfütze. „Also, wenn Sie von einer alten Schwester einen Rat annehmen wollen …" Herr Wischnewski hob ironisch die Augenbrauen, als Stefan zu fragen ansetzte, wer denn hier seine Schwester sein wollte, sodass Stefan errötete. „Erstens. Um den jungen Herrn Sass kümmere ich mich. Ich muss ohnehin mit ihm telefonieren. Da bringe ich Ihre Sache unter. Machen Sie sich keine Sorgen. Die Wohnung ist Ihnen sicher. Zweitens. Gehen Sie jetzt schlafen und essen Sie heute Abend bei Lydia. Dann gucken Sie *Star Wars* mit Emmy und gehen zeitig ins Bett. Drittens, ich wecke Sie morgen und bringe Ihnen ein Frühstück und auch einen Anzug. Keinen von meinen, ich bin zu fett. Aber mein verstorbener Gatte hatte in etwa Ihre Statur. Da finden wir etwas. Ich bin mir ziemlich sicher, dass es wirklich Tyche war, die Ihnen den Anzug geklaut hat. Tyche kennen Sie noch nicht. Ehrlich gesagt kenne ich Tyche auch nicht sehr gut. Sie geistert hier in den Katakomben und im Hinterhof herum. Gott weiß, wie sie den Zugang gefunden hat. Na, ich versuche, sie abzupassen und Ihre Sachen wiederzubekommen. Gucken Sie mich nicht so bedröppelt an, Stefan, das verstehen Sie schon noch. Viertens, fangen Sie morgen Ihre Ausbildung an. Und fünftens, Noah, den vergessen Sie jetzt ganz schnell."

„Ich kann ihn nicht vergessen", fuhr Stefan auf. „Nur wegen ihm bin ich doch nach Berlin gekommen! Ohne ihn ist hier alles Mist."

„Sie sind doch Ihretwegen nach Berlin gekommen", korrigierte Herr Wischnewski. „Sie sind nicht der erste und nicht der letzte junge Schwule, der einem Mann mit Frau und Kind hinterherrennt. Je eher Sie das beenden, desto besser. Berlin ist voll von Männern. Die werden zwar auch nicht alle rangehen, wenn Sie am nächsten Tag anrufen, aber wenigstens sind sie keine Klemmschwestern."

„Warum machen Sie das alles für mich?", fragte Stefan.

Herr Wischnewski schien ehrlich überrascht. „Wir müssen doch zusammenhalten", sagte er. „Wo wären wir denn, wenn wir nicht immer zusammengehalten hätten? Wo wäre ich denn, wenn mir nicht als junger Dummkopf ein älterer Mann gezeigt hätte, wo es langgeht?" Er grinste.

Stefan hatte inzwischen das Gefühl, Wischnewski gut genug zu kennen, um das Grinsen zu erwidern. „Wenn Sie meinen."

„Ich meine." Wischnewski erhob sich ächzend. „Nehmen Sie ein paar Bücher mit. Die helfen Ihnen über den Nachmittag. Musik abspielen können Sie ja noch nicht. Hans legt später den Strom, wie gesagt. Ich habe ein altes Gerät, das leihe ich Ihnen."

Stefan wedelte mit dem Handy.

„Das ist keine Musik." Wischnewski winkte ab. „Also, hier haben Sie … mal sehen. Kennen Sie Kathy Acker? Das wird Ihnen gefallen. Das rüttelt Sie mal ein bisschen durch. Was noch … Delany, Aber keins von den dicken Dingern." Wischnewskis Finger tänzelten über die Buchrücken. „*Nova*? Nein, zu brav. Ach, nehmen Sie die *Einstein Intersection.* Und das *Lavendelschwert* natürlich. Na, nein. Nehmen Sie lieber die *Palette.*“ Wischnewski drückte ihm die drei schmalen Bände in die Hand.

„Drei Bücher?“ Stefan beäugte die Buchrücken. „An einem Nachmittag?“

„Behalten Sie sie, solange Sie wollen. Und lassen Sie sich nicht gleich abschrecken, weil das nicht Ihre zahme Schullektüre ist. Hermann Hesse oder so was.“ Wischnewski schnaubte. „Das ist Literatur. Aber auch keine *Literatur.* Verstehen Sie? Das hat mit Ihnen zu tun. Mit uns.“

„Nein, verstehe ich nicht“, sagte Stefan wahrheitsgemäß. Er las eigentlich nicht besonders gerne, traute sich aber nicht, den so freundlichen Wischnewski abzuweisen. „Danke“, sagte er also und drückte die Bücher an die Brust.

„Ihre Dosis Popkultur bekommen Sie dann bei Lydia und Emmy“, sagte Wischnewski mit einem Augenzwinkern. „Entschuldigen Sie, dass ich Sie jetzt hinauskomplimentiere, aber ich muss noch meine Übungen machen.“

In der Tür blieb Stefan stehen. Eigentlich wollte er nach den ominösen „Übungen“ fragen oder nach Herrn Wischnewskis verstorbenem Mann. Aber dann, bevor er die Frage noch im Kopf formuliert hatte, hörte er sich sagen: „Warum ist Ihnen das alles eigentlich so wichtig?“

Wischnewski verstand die Frage sofort. „Die Bücher, meinen Sie?“

Stefan nickte. „Und die Platten. Und die Bilder. Und die … Kunst. Also, das alles.“

„Das ist mein Zuhause“, sagte Herr Wischnewski. „Fast noch mehr als diese Wohnung. Hier habe ich zwanzig Jahre mit meinem Gatten gelebt und ich kenne die Bewohner wie meine Geschwister. Aber diese Sachen, diese Stimmen …“ Er sah sich um. „Das reicht Jahrhunderte zurück. Das verbindet mich mit allem. Vielleicht wie Ihre Bank. Verstehen Sie?“

In den Jahren mit seiner Mutter wäre es Stefan vollkommen unmöglich erschienen, dass die Welt der Kunst etwas mit der kunstvoll geordneten Welt der Bank zu tun haben sollte, die er vom ersten Augenblick an so sehr geliebt hatte. Aber hier, unter den farbigen Buchrücken, bei den Klängen der Musik, aus der er sich beim Zuhören immer etwas aussuchen musste, ahnte er, was gemeint war. Er nickte Wischnewski zu und ging nach unten in seine Wohnung. Er befolgte alle Ratschläge und bekam nach einem veganen Abendessen tatsächlich seine Dosis Popkultur. Der erste *Star Wars* war wunderbar und hätte Emmy nicht ins Bett gemusst, hätte Stefan alles darum gegeben, gleich den zweiten Teil anzuschauen, der nach übereinstimmender Meinung von Mutter und Kind überhaupt der beste war.

„Du erinnerst mich an C3PO", stellte Emmy fest. „Der hat uns hier noch gefehlt."

„Wie ist denn das gemeint?", wunderte sich Stefan.

„Sie meint, dass unsere Hausbewohnerinnen den Figuren aus *Star Wars* gleichen." Auch Lydia verwendete den Glottisschlag. „Herr Wischnewski ist Obi-Wan. Hans ist Chewbacca."

Alle drei kicherten und Stefan fühlte sich, als hätte er schon immer in diesem Haus gewohnt. „Ihre Martina ist Han, ich bin Leia, und Emmy …"

„Ich bin natürlich Luke", sagte Emmy. „Gute Nacht, du Roboter." Sie hüpfte davon.

„Moment mal!", rief ihr Stefan hinterher und klang in seiner Empörung wirklich so haargenau wie der Goldblechmann, dass er selber lachen musste.

„Sie haben ja gar keine Bücher oder Platten hier", stellte er verwundert fest, als Lydia ihn zur Tür brachte. Sie schüttelte den Kopf. „Ich bin nicht Herr Wischnewski", sagte sie. „Bei mir ist alles da drin." Sie klopfte sich an die Brust. „Aber …" Sie seufzte. „Lassen Sie sich ruhig mal alles von ihm ausleihen. Er ist wirklich ein guter Kerl."

„Er hat Ihrem Vater in den Klonkriegen gedient!", sagte Stefan.

Lydia verzog das Gesicht. „Die *Klonkriege* sind scheiße", sagte sie. „Gute Nacht."

„Gute Nacht.“

Stefan ging langsam die knarrenden Stufen nach unten in seine Wohnung. Er versuchte, noch eine Seite in *Einstein Intersection* zu lesen, nachdem er am Nachmittag die *Palette* und *Pussy and the Pirates* befremdet zur Seite gelegt hatte. Irgendetwas mit Cowboys, die einen Treck von Echsenwesen durch die Wüste eines fremden Planeten führten. Oder war es eine ferne, zukünftige Erde? Stefan fielen die Augen zu. Der Boden begann wieder zu vibrieren und die wirre Musik von oben und das Baustellendröhnen von unten vermischten sich zu einem Schlaflied, das Stefan so rasch einnicken ließ, als wäre es ihm bereits an der Wiege gesungen worden.

In der Nacht kauerte, im Traum oder in der Wirklichkeit, ein Mensch mit wirren Haaren und abgesplitterten Fingernägeln im Baum vor seinem Fenster und beobachtete ihn, bis der Morgen graute.

KAPITEL 4

Verschwendetes Unglück. Niemand ist die Wohlfahrt. Ein Prinz aus Bangladesch.

Stefans erster wirklicher Arbeitstag in der Bank lässt sich am besten durch die Augen von Frau Steingräber betrachten. Diese Augen sind keine gewöhnlichen Augen. Um sie zu verstehen, muss man vielleicht bei der Kinderpatenschaft anfangen.

Frau Steingräber ermöglicht nämlich – was niemand weiß – mit nur zehn Euro im Monat einem Kind ein besseres Leben. Einmal im Quartal erhält sie ein selbstgemaltes Bild von einem Mädchen aus Bangladesch. Das Bild kommt zu den anderen tief in ihrem Schreibtisch. Frau Steingräber weiß nichts über Bangladesch. Es wird wohl irgendeines dieser gottverlassenen Länder sein, von denen man in den Nachrichten hört und dann froh ist, dass man nicht dort leben muss. Es ist schon gut, dass das bildermalende Mädchen weit weg in einem beinahe schon ausgedachten Land lebt, wo es mit Frau Steingräbers Spende eine Schule besuchen kann und den lieben langen Tag Brunnen bohrt oder Teppiche webt oder was diese Leute eben so machen.

Was für Frau Steingräber zählt, ist, dass sie selbst einmal ein Mädchen war, das sich sehr gewünscht hat, etwas zu bekommen, ohne dafür etwas tun zu müssen. Ein ungehöriger, alberner Wunsch, das weiß sie heute.

Auch alles andere, was sie sich einmal gewünscht und erträumt hat, hat sie sich ein für allemal geschenkt. Und für wen? Für ihre Mutter.

Oft fürchtet sie, dass die Mutter in ihrer Demenz gar keine Ahnung hat, was Frau Steingräber alles aufgegeben hat: dass Frau Steingräbers Unglück verschwendet ist an die Mutter. Dass sie nach dem Tod der Mutter kaum noch etwas übrighaben wird von dem Leben, das sie damit verplempert hat, sich ins Unglück zu stürzen, darin zu baden und die Mutter damit nass zu spritzen, die sich unangenehm wenig davon ärgern ließ.

Frau Steingräber hat keinen Mann. Sie hat an ihrer Mutter gesehen, wohin so etwas führt. Frau Steingräber hat durchaus Sex, und zwar mit sich selbst. In ihren Fantasien bestehen die Männer aus großen Händen und großen Bäuchen, und diese Hände und Bäuche sind für Frau Steingräber da und halten sie ganz fest, während sie ihre Sache macht, bis es sie schließlich wegfegt.

Besonders fegt es Frau Steingräber weg, wenn sie bei den Männern auf dem Gesicht sitzt. Sie glaubt nicht, dass es das in Wirklichkeit gibt. Immerhin, auch Männer müssen wahrscheinlich atmen.

Leider röchelt oft, wenn es Frau Steingräber nach einer waschechten Wegfegung zumute ist, die Mutter im Nebenzimmer.

Frau Steingräber möchte die Mutter dann mit einem Kissen ersticken. Aber dann wird aus dem Kissen doch der Waschlappen, mit dem sie der Mutter den Mund abtupft. Als die Mutter noch gekonnt hat, hat sie „Danke" gesagt. Oder „Danke, mein Kind".

Frau Steingräber stellt bei diesen Gelegenheiten fest, dass ihr vielleicht irgendjemand unbemerkt die Augen ausgetauscht haben muss. Eine Weile hatte sie die polnische Pflegerin im Verdacht, die tagsüber kommt und die Mutter wäscht und füttert. Sie hat auch ein paarmal die Mutter befragt, ob ihr etwas aufgefallen ist. Dass die Polin sich vielleicht an Frau Steingräbers Augen zu schaffen gemacht hat. Man weiß ja, wie diese Leute sind. Aber die Mutter konnte oder wollte nichts sagen und glotzte sie nur blöde an.

Es kommt nämlich immer öfter vor, dass aus diesen verdächtigen Augen der Frau Steingräber Flüssigkeit austritt. Eine beunruhigende Fehlfunktion, bei der sich Frau Steingräber keinen Rat weiß. Ein Augenarzt fand nichts. Es ist dann einige Male schon so weit gekommen, dass Frau Steingräber diese beschädigten Augen mit ihren Händen ausreißen wollte. Aber die Hände dachten nicht daran, Frau Steingräber zu gehorchen. Sie strichen ihr nämlich sanft über Wangen und Stirn und ließen die Feuchtigkeit aus den Augen einfach laufen.

Und jetzt sah Frau Steingräber mit ihren Augen Stefan, der die Bank betrat, in einem von Herrn Wischnewski geliehenen Anzug, überpünktlich, nervös, doch wieder Tag und Uhrzeit verpasst zu haben, und ihre so unzuverlässigen Hände zählten mechanisch Geld.

Diese Augen sahen jemanden, der auch eine Mutter hatte, dessen Schultern aber nicht gedrückt, dessen Mund nicht verkniffen und dessen Augen nicht auf der Suche nach dem Notausgang hin und her huschten, sondern jedes Tonkügelchen in jedem Topf jeder robusten Schmuckpflanze durch Blickberührung mit Gold behauchten. Sie sah jemanden, dessen lebendiger Gang und bewegliche Hüften verrieten, dass er schon mehr als einmal tatsächlich auf dem Gesicht eines Mannes gesessen hatte, jemanden, der seine Aufgabe erfüllen durfte.

Frau Steingräber sah in Stefan sich selbst.

Störte es sie dabei gar nicht, dass sie im landläufigen Sinne eine Frau, Stefan aber nach allem, was man wusste, ein Mann war?

Es störte sie nicht. *Hate knows no gender.*

Denn sie hasste Stefan sofort mit dem Brennen ihrer Augen und dem Pochen ihrer Hände. Diesem Stefan verbunden zu sein, würde sie zu etwas führen, was sie für immer verloren geglaubt hatte. Ihre Hände stockten beim Zählen des Geldes. Ein entlaufener Geldschein segelte zu Boden. Frau Steingräber folgte ihm mit den betrügerischen Augen.

Schon war dieser Stefan da und hob den Schein auf. Er hielt ihn ihr entgegen. „Bitte", sagte er freundlich.

Dieses eine harmlose Wort riss an Frau Steingräbers Herz mit brennenden Geschirren. Sie nahm ihm den Schein weg und steckte ihn dahin zurück, wo er hingehörte. Ihre Augen hatte man ihr genommen und ihre Hände. Das Herz würde sie nicht hergeben.

Frau Steingräber wappnete sich innerlich mit den grausamsten Geißeln. Für diesen Stefan war kein Platz. Nicht in dieser Bank, nicht in diesem Beruf, und wenn es in ihrer Macht stand, nicht einmal in dieser Welt.

„Sie werden sich die Hände waschen müssen", sagte sie und richtete die falschen Augen wieder auf das vollgültige Geld.

„Bitte?", sagte Stefan.

„Die Hände waschen", wiederholte Frau Steingräber. „Das wird uns jetzt aber nicht zur Gewohnheit, dass ich alles zweimal sagen muss."

„Nein, nein", sagte Stefan.

„Sie müssen auch nicht alles zweimal sagen."

Flapp, flapp, machte das Geld in Frau Steingräbers Hände. Sie musste erneut an die schlabbernden Männergesichter zwischen ihren Schenkeln denken und riss noch wütender an dem Geld.

„Händewaschen", zischte sie. Stefan zuckte zusammen und blickte sich dann suchend um. „Nicht jetzt! Vor der Mittagspause. Und nach Feierabend. Da waschen Sie sich die Hände. Geld stinkt nämlich. Wissen Sie, wie viel Handfett an diesen Scheinen klebt? Und erst die Münzen mit ihren Spalten, Schlitzen und hervorspringenden harten Teilen. Voller Absonderungen ist das. Widerlich, wenn man darüber nachdenkt."

Stefan schluckte vernehmlich. „Ich habe den Geruch von Geldscheinen immer gerne gemocht", sagte er und befingerte die geblümte Krawatte von Herrn Wischnewski.

„Da könnten Sie genauso gut an Geschlechtsorganen riechen", versetzte Frau Steingräber. Sie stieß das Bündel Geldscheine auf die harte Tischplatte, schleuderte es herum und hämmerte ihm die Kopfseite auf den marmorierten Stein, bis sich nichts mehr regte.

„Oder Blumen“, sagte Stefan.

„Bitte?“

„Blumen. Blumen sind doch eigentlich auch Geschlechtsorgane. Und trotzdem riechen die Menschen gerne daran.“

Frau Steingräber funkelte ihn über den Rand ihrer Brille hinweg an und würgte das Bündel Geld. „Ich nicht.“

Ihr starkes Parfüm hing zwischen ihr und Stefan. Es roch tränentreibend nach Veilchen und Lavendel.

„Müssen wir hier eigentlich noch Maske tragen?“, fragte er.

„Sie tragen hier bitte keine Maske. Wir haben doch nicht mehr Corona. Die Kunden wollen Ihr Gesicht sehen.“

„Ich hoffe, es gefällt ihnen.“

„Werden Sie nicht frech. Können Sie was?“

„Ich glaube nicht.“

„Sie sollen nicht frech werden. Ob Sie auf der Berufsschule waren. Ob man Ihnen dort wenigstens irgendwas schon erklärt hat.“

„Leider nein.“

„Na wunderbar.“

„Aber ich habe Banken immer geliebt. Schon seit meiner Kindheit. Ich wollte immer schon bei der Bank arbeiten.“

„Warum?“

Die Frage brachte Stefan aus dem Konzept. „Banken sind mir immer vorgekommen wie … na ja, wie sichere Orte. Die Welt ist sonst nicht so sicher. In der Bank ist alles, wie es sein soll. Eine sichere Bank!“ Er lachte.

„Banken sind überhaupt keine Orte. Merken Sie sich das“, sagte Frau Steingräber eisig.

„Aber …“ Dieser Stefan wies wahrhaftig auf die Schalterhalle und sah sie fragend an.

„Das ist nicht die Bank. Das sind Mauern, Tapeten, Türen, Topfpflanzen, Knax-Kalender und Werbeposter fürs Geldhergeben. Die Bank ist der Fluss des Geldes rund um die Welt, den keiner sehen und niemand beeinflussen kann. Wenn es Ihnen auf den Kopf regnet und Sie den Regenschirm aufspannen, sind Sie ja auch kein Wetterzauberer, nur weil Sie nicht nasswerden."

Frau Steingräber merkte, dass dieser Stefan sie allein durch seine Anwesenheit dazu brachte, wirres Zeug zu reden. Wenn ihr jetzt bloß nicht auch noch der Mund die Gefolgschaft versagte. „Eine Bank ist die Kreuzung aus Menschen und Geldfluss. Die Kunden steigen hinein, bis sie untertauchen. Wer wieder herauskommt, ist fürs Erste neu geboren. Wer mitgerissen wird, ist Opfergabe für den Fluss." Was sie sagte, kam ihr unangemessen grandios vor, so als verbände sie mit dieser Bank doch noch eine Art Leidenschaft, wenn auch eine sehr destruktive. Sie senkte den Blick und fummelte eine Schublade auf. „Ich gebe Ihnen jetzt erst einmal Ihren Disponentenstempel."

Sie legte den kleinen Holzkegel auf den Tisch neben das gezüchtigte Geldbündel. „Darauf ist der Code unserer Bank und Ihre Nummer. Passen Sie gut darauf auf."

Vorsichtig hob Stefan den Stempel auf und hielt ihn gegen das Neonlicht. „Das werde ich."

„Zweitens. Hier sind Ihre Schlüssel. Der Tresorschlüssel liegt allein bei mir. Wenn ein Kunde ans Schließfach möchte, wenden Sie sich an mich. Aber das kommt ohnehin nur selten vor. Wir haben, wie Sie bemerken werden, nicht mehr viel Kundschaft."

„Oh", machte Stefan. „Warum nicht?"

„Warum, warum. Online-Banking. Und die Ströme des unsichtbaren Kapitals, die auch selbst vor den Banken nicht haltmachen. Am Ende tauchen auch wir in den großen Fluss und müssen unsere Rentabilität vor den Märkten beweisen. Wir stehen auf den Zehenspitzen, das kann ich Ihnen sagen. Noch atmen wir. Manchmal nur durch ein Schilfrohr."

„Es sind auch wenig Angestellte hier."

„Gekürzt", sagte Frau Steingräber kurz. „Außer mir gibt es noch Frau Wertheim. Sie ist längerfristig *erkrankt* …" Die Betonung ließ keinen Zweifel daran, was Frau Steingräber von der Wertheim'schen Erkrankung hielt, die ganz bestimmt noch achtzehn weitere Monate anhalten würde, bis die feine Dame verrentet wurde. „Und Herr Lagerfeld … Ja, er heißt wirklich so, und nein, er ist nicht mit dem Modeschöpfer verwandt."

„Er war nie in Paris. Den kennen wir hier nicht." Dieser Stefan grinste. Wenn das ein Witz sein sollte, verstand ihn Frau Steingräber nicht.

„Wie auch immer. Herr Lagerfeld pflegt *seinen Partner*." Frau Steingräbers Stimme wurde so kalt, dass der Computerbildschirm vor ihr beschlug. „Für *manche Leute* ist das ein Grund, ihre Pflichten zu vernachlässigen. Sie sind homosexuell, nehme ich an?"

Stefan errötete. „Was?"

„Wenn Sie das nicht wissen … Mir ist das vollkommen gleichgültig."

„Also, ich glaube schon."

„Gut. Da Sie also *glauben*, homosexuell zu sein, bitte ich Sie um Diskretion."

„Was?"

„Um Diskretion."

„Ich verstehe nicht."

„Das ist doch nicht so schwierig zu verstehen. Ich möchte, dass Sie das in Ihrer Freizeit machen."

„In meiner Freizeit?"

Frau Steingräber nahm die Brille ab und schaute Stefan direkt ins Gesicht. „Ihre Spielchen. Gummi. Latex. Leder. Wenn Sie da durch die Straßen ziehen und gegenseitig Ihren Urin trinken, oder was Sie halt so tun."

„Ich trinke keinen Urin." Stefan schluckte. „Also. Das geht Sie glaube ich auch nichts an."

„Eben. Und ich möchte, dass mich das auch in Zukunft nichts angehen muss. Und unsere Kunden auch nicht. Reiten Sie auf anderen Herren wie auf einem Pferd oder setzen Sie sich denen aufs Gesicht. Es ist mir vollkommen egal. Solange Sie das nicht hier machen."

„Ich würde niemals auf einem anderen Herrn durch die Bank reiten."

Frau Steingräber setzte die Brille auf, um besser beurteilen zu können, ob dieser Stefan sich über sie lustig machte. Er blickte recht unschuldig drein und verstaute den Schlüsselbund in seiner Jacketttasche.

„Schön. Drittens, Überfälle."

„Sind die schon mal vorgekommen?"

„Nein."

„Gut."

„Was ist daran gut?"

„Na ja, ich dachte, es ist doch gut, wenn wir nicht …"

„Stefan. Dass wir bisher nicht überfallen wurden, heißt nur, dass es uns noch bevorsteht."

„Ist das nicht ein bisschen …"

„Das ist keineswegs ein Bisschen, das ist Risikoabwägung. Was nicht ist, das kann noch werden."

„Wir können uns ganz schnell vermehren …", sagte Stefan halb singend.

„Wie bitte?"

„Das ist ein Lied, das meine Mutter manchmal … Entschuldigung."

„Ich weiß nicht, ob Sie die Arbeit hier mit dem gebotenen Ernst betrachten."

„Doch."

„Dann verkneifen Sie sich derartige Faxen. Ich muss Sie hier nicht beschäftigen. Ich habe diese Bank nun fast ein halbes Jahr allein geführt und kann es wieder tun. Ein Auszubildender, der noch nicht einmal die Berufsschule von innen gesehen hat, ist mir keineswegs eine Hilfe. Sie sind zunächst einmal eine Belastung, Stefan. Wenn Sie bleiben wollen, sehen Sie zu, dass Sie so schnell wie möglich eine Hilfe für mich werden."

„Ich möchte bleiben."

„Gut. Wo war ich?"

„Risikoabwägung."

„Falsch. Banküberfälle. Hören Sie doch zu."

„Entschuldigung."

„Und entschuldigen Sie sich nicht andauernd. Das wirkt unseriös. *Sie* wissen, wo es langgeht. *Sie* geben den Ton an. Was tun Sie also, wenn zwei Proleten in Strumpfmasken durch diese Tür dort stürmen und in gebrochenem Deutsch die Herausgabe unseres Geldes verlangen?"

„*Ich* weiß, wo es langgeht. *Ich* gebe den Ton an."

„Falsch. Sie tun, was die Typen verlangen, wirken in Auftreten und Aussagen deeskalierend, drücken, falls sich die Gelegenheit ergibt, diesen Notrufknopf dort unter der Tischkante, aber wirklich nur, wenn es sich ergibt. Arbeiten Sie nicht darauf hin. Vor allem aber: *Bemebemi.*"

„Biba…"

„*Bemebemi.* Beobachten, merken, beschreiben, minutiös wiedergeben. Sie müssen in der Lage sein, den später eintreffenden Ordnungskräften ein vollständiges Täterprofil zu liefern. Etwa: mittelgroß, untersetzt, grob, auffälliger arabischer Akzent, dunkle Hautfarbe, Sie wissen schon."

„Wenn ich das beobachtet habe, dann ja."

„Sie wissen jedenfalls, was Sie zu beobachten haben."

„Und zu merken, zu beschreiben und minutiös wiederzugeben."

„Na, Sie können ja doch zuhören. Prächtig. Jetzt zu den Kunden. Zu denen haben Sie erst einmal wenig Kontakt. Ich habe andere Aufgaben für Sie, bis Sie in der Berufsschule das Nötigste gelernt haben. Warum hat man Sie übrigens zuerst hierhergeschickt? Das ist äußerst unüblich und auch unerfreulich."

„Deutschlandpakt."

„Bitte sprechen Sie doch in ganzen Sätzen."

„Weil, es gibt jetzt den Deutschlandpakt und eine neue digitale Infrastruktur."

„Nicht bei mir."

„Aber in der Berufsschule."

„Das glaube ich gerne. Wann gehen Sie hin?"

„Gar nicht."

„Wie darf ich das verstehen?"

Stefan öffnete den Mund, schloss ihn wieder und atmete hörbar durch die Nase ein. „Weil, es findet im Zoom statt. Ab nächste Woche. Deswegen wurden wir alle erst mal in den

Ausbildungsbetrieb geschickt. Weil, es kann noch dauern. Mit der digitalen Infrastruktur."

„Gott steh uns bei", sagte Frau Steingräber. „Na, nun sind Sie mal hier. Ich habe, wie gesagt, einige Aufgaben für Sie. Hinten liegen die alten Sparbuchakten. Da werden Sie die Zinsen ausrechnen. Das werden Sie ja wohl in der Schule gelernt haben."

„Kann ich, ja."

„Immerhin. Dann gibt es Konten abzugleichen."

„Das habe ich, fürchte ich, nicht in der Schule gelernt."

„Dazu müssen Sie auch nichts können, da müssen Sie nur hingucken und sich nicht so dumm anstellen. Können Sie das?"

„Ich gebe mir Mühe."

„Mühe werden Sie auch haben. Sie werden Kälte und Hitze ertragen, denn unsere Klimaanlage funktioniert nicht. Sie werden Durst und Hunger leiden, denn die Akten krümeln Sie mir nicht mit Ihren Schokoriegeln voll. Vor allem werden Sie Eintönigkeit und Langeweile erdulden. Noch kommt es Ihnen wie ein Kinderspiel vor. Zahlenreihen vergleichen, was kann daran so schwierig sein?, fragen Sie. Warten Sie, bis die Zahlenreihen vor Ihren Augen verschwimmen. Sie blinzeln, aber die Zahlen tanzen umeinander und winden sich über den Rand des Blattes, über den Schreibtisch, bis auf den Boden und Sie wühlen darin herum und versuchen verzweifelt, alles zusammenzuraffen und wieder in die Bücher zu stopfen, und dann umschlingen die Kolonnen Sie und ziehen Sie tiefer und tiefer ins Dickicht und umschlingen Ihren Hals, sodass Sie nicht einmal mehr um Hilfe schreien können …"

„Was?"

„Ich meine, es kann ziemlich eintönig werden."

„Ich habe keine Angst."

„Sollten Sie aber. Falls doch einmal ein Kunde kommt und ich gerade verhindert bin, merken Sie sich Folgendes. Es gibt für Sie zwei Arten von Kunden. Natürlich gibt es unendlich feine Unterschiede und Abstufungen, aber das braucht Sie einstweilen nicht zu interessieren. Für Sie gibt es nur zwei Kategorien. Es gibt wertvolle und wertlose Kunden. Wertvolle

Kunden sind solche, denen wir ein Finanzprodukt verkaufen können oder die bereits ein solches bei uns erworben haben. Wertlose Kunden sind solche, die von uns Geld wollen. Diese wertlosen Kunden unterteilen sich noch einmal in zwei Gruppen."

„Ich dachte, für mich gäbe es nur zwei Kategorien."

„Unterbrechen Sie mich nicht, Stefan. Wer mich unterbricht, ist eine Belastung, keine Hilfe. Was wollen Sie sein?"

„Eine Hilfe."

„Und was tun Sie dann keinesfalls?"

„Sie unterbrechen."

„Gut. Die wertlosen Kunden teilen sich in zwei Gruppen: solche, die Geld von uns wollen, das sie als ihr eigenes betrachten – fälschlicherweise, denn alles Geld gehört am Ende der Bank und wird an die Kunden nur gewissermaßen leihweise ausgegeben. Aber immerhin, diese Kunden haben ein gewisses vorübergehendes Anrecht auf eine bestimmte Summe Geldes. Diese Summe zahlen Sie Ihnen ganz oder teilweise aus. Ich zeige Ihnen noch, wie. Dann gibt es die wirklich wertlosen Kunden, die Geld von uns erbetteln möchten, auf das sich gar kein Anrecht haben. Soll heißen: Kredite, Vorschüsse, ausnahmsweise ungedeckte Auszahlungen, Alimentierungen, milde Gaben, Almosen, heiße Pfennige für die Affen der Leierkastenmänner."

Frau Steingräber blickte Stefan wieder über den Rand ihrer Brille hinweg an, als erwarte sie eine Frage. Die Stille hielt einige Sekunden an.

„Ich sollte Sie doch nicht unterbrechen", murmelte Stefan schließlich.

„Fragen Sie schon!"

„Affen von Leierkastenmännern?"

„Sie müssen nicht alles verstehen, was ich sage. Denken Sie doch ein bisschen mit."

„Ist gut."

„Diesen zerlumpten Gestalten geben Sie keinen Cent. Haben wir uns da verstanden? Stählen Sie sich, Stefan. Versteifen Sie Ihr homosexuelles Rückgrat. Sie werden Geschichten zu hören bekommen von ungeheizten Wohnungen, Schicksalsschlägen jeder Art, Krankheiten, Jobverlust, Todesfällen und sogenannten sozialen Notlagen. Und natürlich wird man Ihnen versprechen, alles ganz bestimmt bei Eingang der nächsten staatlichen Hilfsleistung auf Heller und Pfennig zurückzuzahlen. Mit Zinsen. Sie müssen sich in solchen Fällen ganz klar machen, dass wir nicht die Wohlfahrt sind. Was sind wir nicht, Stefan?"

„Die Wohlfahrt."

„Genau. Wer aber, Stefan, ist die Wohlfahrt?"

„Die ... Wohlfahrt?"

„Nein."

„Die Arbeitsagentur?"

Frau Steingräber schnaubte. „Ganz bestimmt nicht. Wer ist die Wohlfahrt?"

„Die Kirchen?"

„Haben Sie hier in der Nähe eine Kirche gesehen?"

„Ja."

„Waren Sie drinnen?"

„Nein."

„Geht auch nicht. Ist geschlossen."

„Aber da hat jemand Orgel gespielt."

„Wie schön für den Betreffenden. Aber dieses Konzert fand hinter verschlossenen Türen statt. Ich frage Sie noch einmal: Wenn wir nicht die Wohlfahrt sind, wer ist es dann?"

„Ich weiß es nicht."

„Kein Wunder. Es gibt keine Wohlfahrt, Stefan. Eine große Staatsmännin hat einmal gesagt: Es gibt keine Gesellschaft. Es gibt nur einzelne Personen und es gibt Familien. Das heißt für uns: Es gibt nur Kunden und Erben und mündelsichere Wertpapiere. Die Sorgen der Leute haben uns nicht zu interessieren. Haben Sie das verstanden?"

„Ich dachte ..." Stefan senkte den Kopf. „Für mich war die Bank immer ein Ort, an den jeder kommen kann. Wo alles mit rechten Dingen zugeht. Vielleicht nicht gerade die Wohlfahrt. Ich verstehe ja, dass wir den Menschen nichts geben können, was ihnen nicht gehört, aber ..." Er hob den Blick und strahlte

Frau Steingräber an. Sie musste die Augen zusammenkneifen und hörte für einen kurzen Moment nur seine Stimme: jung, begeistert, voller Glauben an die Welt. „Meine Mutter und ich, wir hatten nicht viel, und mein Vater hat die Alimente oft erst viel zu spät überwiesen. Und der Bankbeamte hat dann immer gesagt, ich weiß es noch wie heute: Machen Sie sich keine Sorgen, ich weiß, Sie sind für hundert Euro jederzeit gut. Das hat uns geholfen, dass wir für ihn gut waren. Also, wenigstens für hundert Euro gut. Bis Monatsanfang. Haben wir nicht auch Kunden, die … die für etwas gut sind? Wenigstens für eine Weile?"

Frau Steingräber trat dicht an Stefan heran, so dicht, dass das Leuchten in seinen Augen ihr nicht mehr gefährlich werden konnte. Er war es jetzt, der die Augen schließen musste, als ihn ihr löwenmäuliges Parfüm in die Schleimhäute biss.

„Sie hören mir jetzt ganz genau zu, Stefan. Kunden sind für exakt eine Sache gut: unsere Finanzprodukte zu erwerben. Tun Sie das nicht, sind sie wertlos. Verschonen Sie mich mit Ihren sentimentalen Geschichten aus der Märchenzeit, als das Wünschen noch geholfen hat. Wer Stroh zu Gold spinnen will, holt sich blutige Finger und kann am Ende nicht mal mehr das Stroh verkaufen. Sie setzen sich gegen diese Leute zur Wehr. Haben wir uns verstanden? Übrigens, da kommt die alte Hubermann. Das ist genau so eine Kandidatin. Die bedienen Sie jetzt mal. Zu Übungszwecken. Nach Strich und Faden."

„Ich? Ich weiß doch gar nicht, wie hier alles geht."

„Sie müssen auch nichts wissen. In gewisser Weise ist es sogar einfacher, wenn Sie nichts wissen. Dann kommen Sie gar nicht in Versuchung, etwas zu tun, was am Ende nur das Falsche sein kann. Schicken Sie sie weg. Je schneller, desto besser."

Die Tür glitt beiseite und gab den Blick auf ein altes Mütterchen frei. Es sah genau so aus, wie man sich ein altes Mütterchen vorstellt. Sogar einen verfrorenen Hund hatte es dabei, der aus dem triefenden Schnäuzchen recht unverfroren zu kläffen begann, als er Stefan erblickte.

„Frau Steingräber?", flüsterte Stefan. „Frau Steingräber!"

Doch von Frau Steingräber war weit und breit nichts mehr zu sehen. Es war, als hätte sie eine plötzliche Bewegung an den Märkten gepackt und davongeweht.

„Guten Tag, junger Mann."

Die Stimme der alten Hubermann klang wie die Stimme der gütigen Greisin von der Hörspielkassette. Das Hündchen kläffte in etwa so laut wie der Superpapagei der drei Fragezeichen.

Stefan räusperte sich. „Guten Tag, Frau Hubermann."

Sofort hätte er sich am liebsten auf die Zunge gebissen. Wie sollte er jetzt erklären, dass er den Namen der Kundin bereits kannte? Sie musste wissen, dass man über sie gesprochen hatte.

Frau Hubermann schien sich darüber aber gar nicht zu wundern. Ihr Gesicht erstrahlte, als hätte man einen faltigen Kürbis ausgehöhlt und eine flackernde Kerze hineingestellt. „Sie kennen mich! Das finde ich aber sehr anständig von Ihnen, dass Sie mich kennen."

Zu seinem Entsetzen bemerkte Stefan, dass die nutzlose Kundin über den Tresen gelangt und ihn am Handgelenk gepackt hatte. Er wollte die Hand zurückziehen, aber der Griff der Alten war so fest wie der der Großmutter um die Kaffeemühle, wenn der Räuber Hotzenplotz kommt. Ihr Kürbisgesicht schob sich näher. Stefan sah gelbe Zähne, manche vergoldet, manche ungepflegt. Er roch bittere Mandeln. Die Augen der alten Hubermann waren Seen aus Milch und Blut.

„Junger Mann, ich bin in Not."

Das Hündchen kläffte und sprang am Tresen empor, weil es auch sehen wollte, was dort vor sich ging. Stefan zerrte inzwischen ganz ungeniert am stählernen Griff der Alten, die ihn unbeirrt umklammerte, als verbärge sich unter ihrer abgewirtschafteten Hülle ein Kampfroboter aus der Zukunft, der Stefans Karriere gleich hier und jetzt beenden sollte, um ein zukünftiges Zusammenbrechen der Finanzmärkte zu verhindern.

„Das tut mir leid", ächzte Stefan, „aber leider muss ich Ihnen … aua. Sie tun mir weh! Leider muss ich Ihnen sagen, dass wir keinesfalls …" Er schluckte und versuchte sich an Frau Steingräbers Vortrag zu erinnern, die einzige Berufsausbildung, die er neben den prägenden Kindheitserinnerungen bisher erhalten hatte. „Dass wir den Affen, also in Ihrem Fall wohl eher Hunden … dass wir den Hunden, dass wir da kein Stroh zu Gold, dass Sie eben für uns nicht gut, auch nicht für hundert Euro gut … wie eine große Staatsmännin einmal gesagt hat: Es gibt keine Bank, es gibt nur Ströme, und wenn Sie auftauchen sind Sie … kreditwürdig und Sie, Frau äh …"

„Hubermann", zischte Frau Hubermann. Das Hündchen kläffte. „Ich bin in Not, weil mich eine E-Mail erreicht hat."

„Das ist für sich genommen noch kein Notfall."

Stefan nahm inzwischen die andere Hand zur Hilfe, um die umklammerte zu befreien. Frau Hubermann brachte ihr Gesicht noch dichter an seins heran. „Stellen Sie sich vor: Ein Prinz aus Bangladesch hat mir geschrieben. Aus dem Orient!"

„Bangladesch ist nicht im …"

„Er ist ein sehr freundlicher junger Mann. Und so gebildet. Er schreibt ein ausgezeichnetes, feines Deutsch. Er benötigt für seine Einreise nach Deutschland etwas Unterstützung. Nur ein kleines Startkapital, ach was, nicht einmal ein Startkapital. Eine lächerliche Summe, um einige Verwaltungskosten zu bestreiten. Sie wissen, wie die Behörden hierzulande sind."

„Frau Hubermann." Stefan gab den Kampf um seine Hand auf. Wenn er sie der Alten überlassen musste, dann sollte es so sein. Nur Geld, nahm er sich vor, sollte sie von ihm nicht bekommen. „Frau Hubermann, ich weiß, worauf Sie hinauswollen. Ich kann Ihnen versichern, dass es sich dabei um einen Betrug handelt, eine bekannte Masche, mit der Hacker insbesondere, verzeihen Sie mir, ältere Menschen hinters Licht …"

„Ich bin doch nicht blöd!" Der Griff um Stefans Hand war inzwischen so fest, dass er langsam das Gefühl in der Gliedmaße verlor. Der Gestank nach altem Blumenwasser aus Frau Hubermanns Gebissruine war überwältigend. „Es handelt sich doch nicht um irgendeinen dahergelaufenen nigerianischen Prinzen, der mir sein Vermögen vererben will. Der Herr stammt aus Bangladesch und verlangt auch nicht viel.

Für die Auslage einer gar nicht weiter erwähnenswerten Summe sichert er mir, geprüft durch die international tätige Anwaltskanzlei Harrods & Queen aus London, England, eine … Moment."

Etwas raschelte. Zwischen Frau Hubermann und Stefan tauchte ein verknitterter Zettel auf, offenbar der Ausdruck einer E-Mail. Da ihr Griff um sein Handgelenk keinen Augenblick nachließ, die andere Hand aber offensichtlich dazu dienen musste, den Hund an der Leine zu halten, fragte sich Stefan sofort, ob es vielleicht der Vierbeiner gewesen war, der seinem Frauchen den Ausdruck angereicht hatte, oder ob die nutzlose Kundin neben toten Augen und einem verwesenden Maul auch über eine Armprothese verfügte, die als drittes Greifwerkzeug verwendet werden konnte, was wiederum die Theorie eines Killerroboters aus der Zukunft wahrscheinlicher gemacht hätte, wenngleich, dachte Stefan wirr und verzweifelt, eine Maschine doch eigentlich weniger anfällig für billiges Phishing aus dem Internet hätte sein müssen.

„Er sichert mir eine renditenfeste und garantiert fondantfinanzierte Krypto-Apanage von 350 Prozent, mindestens aber 30.000 $, in Worten dreißigtausend Dollar, zu. Haben Sie so was schon mal gehört?"

„Nein", sagte Stefan wahrheitsgemäß. „Aber ich glaube auch nicht, dass sonst irgendjemand schon mal davon gehört hat. Hören Sie, Frau Hubermann, ich kann Ihnen zwar beim besten Willen jetzt kein Geld geben, aber Kryptowährungen und Blockchain, das ist nichts als Tinnef, Unsinn, Blech, da sollten Sie gar nicht …"

„Warum können Sie mir kein Geld geben?" Frau Hubermann wirkte ehrlich entsetzt. Das Hündchen kläffte empört. „Es gehört doch mir!"

Stefan stählte sich, indem er, im Gedenken an Frau Steingräbers Vortrag, sein homosexuelles Rückgrat durchdrückte. „Weil das Geld streng genommen nicht Ihnen gehört, sondern der Bank. Und hier bleibt es auch. Es sei denn, es fließt über die Märkte und stellt unsere Daseinsberechtigung unter Beweis."

Stefan hörte sich selbst diesen Satz sagen und erschrak noch mehr als über den Verlust seiner Hand durch mangelnde Durchblutung. Gleich darauf fasste er sich wieder. Niemand hatte gesagt, dass es einfach werden würde, einen Beruf zu ergreifen. Als Bankkaufmann war, gerade in diesen Zeiten, eine gewisse Härte gefragt.

„Na, hören Sie mal." Der glühende Wahn, der Frau Hubermanns Stimme beim Schwärmen über fantastische Finanzprodukte vom indischen Subkontinent befeuert hatte, verglomm, und sie war wieder ganz die Hörspieloma von der Märchenkassette. „Wenn ich von meinem Sparbuch achtzig Euro abheben möchte, um Sie einem freundlichen Menschen aus einem armen Land zukommen zu lassen, der sich hier eine neue Existenz aufbauen möchte, dann ist das doch wohl meine Sache."

Der zerknitterte Zettel mit der E-Mail verschwand und an seine Stelle trat ein glänzendes Sparbuch mit dem Emblem der Bank, sorgsam in eine Plastikhülle eingeschlagen und derart fabrikneu, dass es vollends nur von einem Zeitreise-Roboter aus einer zukünftigen Vergangenheit hierhergebeamt worden sein konnte.

„Mein verstorbener Sohn hat mir doch nicht dieses bescheidene Vermögen hinterlassen, damit mir ein Bankfritze wie Sie, der mein Enkel sein könnte, den Zugriff auf mein rechtmäßiges Geld verweigert. Wo ist denn die Frau Steingräber?"

Das Hündchen hielt sich mit den Zähnen an der Kante des Tresens fest, schielte knurrend und strampelte hörbar mit den Hinterläufen, um nicht wieder zu Boden zu fallen.

Wie aus dem Nichts erschien Frau Steingräber und schob Stefan beiseite. Ihre Zaubermacht vermochte offenbar jeden Bann zu lösen, denn wundersamerweise kam seine Hand frei. Stefan rieb sich den Unterarm, der sofort wie mit tausend Nadeln zu prickeln begann.

„Frau Hubermann!" Frau Steingräber befleißigte sich einer derart honigsüßen Stimme, dass jede Fliege, die in der trockenen Luft der Bank noch überlebt haben mochte, darin ertrunken wäre. „Es ist mir eine Freude, eine derart geschätzte, *treue* Kundin unserer Bank hier *persönlich* zu bedienen. Entschuldigen Sie Herrn Stefan, er ist noch neu und kennt den Unterschied nicht zwischen einer Verfügung vom Girokonto, bei dem es manchmal einen bedauerlichen Engpass geben kann …"

„Mein Sohn ist ja nun schon lange nicht mehr und das Amt zahlt immer so spät." Frau Hubermann senkte den Kopf. Das Hündchen fiepte.

Frau Steingräber machte eine wegwerfende Handbewegung. „… einen bedauerlichen, *vorübergehenden* Engpass, wie gesagt, und eben Ihrem Sparbuch, von dem wir natürlich gerne eine internationale Transaktion zugunsten eines *Gentleman* aus dem Orient vornehmen, die sich ganz gewiss für Sie auszahlen muss. Darf ich Ihnen dazu unser Finanzprodukt *Safety First Business Order* vorstellen, ein reduktionsbereinigter, doppelt gedeckter Transferkanal mithilfe aktienangeglichener Mikrokredite, der sicherstellt, dass Ihr Geld auch genau da – und nur da! – ankommt, wo es hingehört, und für dessen Nutzung wir lediglich eine im internationalen Vergleich niedrigpreisige Gebühr von dreißig Prozent …" Frau Steingräber funkelte Stefan an und zischte: „Gehen Sie. Gehen Sie endlich! Sie haben schon genug angerichtet. Gehen Sie die Treppe hinunter zum Tresorraum. Während Sie hier herumgehampelt haben, ist Herr Sass eingetroffen. Er wartet dort bereits auf Sie. Nehmen Sie diesen Schlüssel …" Frau Steingräber nestelte in ihrer Tasche herum und zog das blanke Instrument hervor. „Herr Sass hat seinen Schließfachschlüssel verlegt. Sie werden ihm das von ihm bezeichnete Fach öffnen. *Ausschließlich* das von ihm bezeichnete Fach. Dann entfernen Sie sich diskret und lassen ihn mit dem Inhalt des Schließfachs allein. Wenn er den Tresorraum zu verlassen wünscht, und zwar *erst dann*, betreten Sie den Tresorraum und schließen das Fach wieder. Danach bringen Sie mir unverzüglich den Schlüssel zurück. Haben Sie das verstanden?"

„Mit sicherlich." Stefans Mund war so trocken, seine Hand prickelte so sehr und sein Kopf schwirrte dermaßen, dass er unwillkürlich in die Privatsprache seiner Kindheit zurückfiel.

„Ich warne Sie, Stefan." Frau Steingräber legte ihm zum Zwecke der größeren Vertraulichkeit den Kopf über die Schulter und flüsterte ihm direkt ins Ohr. „Ich bin so kurz davor, Sie an Ihrem ersten Tag bereits wieder vor die Tür zu setzen. Antworten Sie mir: Trauen Sie sich die von mir beschriebene nicht allzu anspruchsvolle Aufgabe zu? Ja oder nein?"

Frau Hubermann glotzte aus den Tümpeln ihrer Augen und die Kerze im Inneren ihres Kopfes blakte so sehr, dass ihr feuchte, schmutzige Tränen über die Wange liefen. Das Hündchen knurrte.

„Ja", hauchte Stefan.

„Gut. Dann will ich hier mal die Scherben aufkehren." Mit bezauberndem Lächeln hielt sie Stefan den Schlüssel hin und strahlte dann Frau Hubermann an. „Herr Sass beehrt uns heute."

„Oh! Der *junge* Herr Sass!" Frau Hubermann freute sich offensichtlich, das Bankinstitut mit einem derart klangvollen Namen zu teilen.

„Der *junge* Herr Sass!", bestätigte Frau Steingräber bedeutsam.

Stefans Körper bewegte sich, den Schlüssel in der nur langsam wieder zum Leben erwachenden Hand, scheinbar ohne sein Zutun durch den Schalterraum und die Treppe hinunter. Mit dem Rücken zu ihm stand dort bereits eine ausladende Gestalt. Sass, Sass, ging es Stefan durch den Kopf. Der Name kam ihm bekannt vor. Und in dem Augenblick, als er die letzte Treppenstufe erreichte und der Wartende sich zu ihm umdrehte, fiel es ihm wieder ein.

KAPITEL 5

Der junge Herr Sass ist der junge Herr Sass. Die Lachfleisch-Methode ist die Lachfleisch-Methode. Nur ein Banküberfall ist vielleicht gar kein Banküberfall, wenn man den Schlüssel hat.

„Der junge Herr Sass? In der Bank im Schließfachraum?"

„Unser Vermieter." Stefan nickte. Die erste Arbeitswoche war vergangen, und das erste Wochenende danach auch. So sehr er die Bank auch nach wie vor liebte, so beschlich ihn doch bereits jetzt der allen Arbeitnehmern wohlbekannte Abschiedsschmerz von den Tagen, die nur einem selbst gehören.

Vielleicht war es der Wunsch, an diesem Sonntagabend das Wochenende noch ein bisschen in die Länge zu ziehen, der ihn dazu verleitete, Herrn Wischnewskis reichhaltige Auswahl an Farbverdünnern und Klosterfrau-Leichenwasser souverän wegzunippen. Auch im Getröte von Albert Ayler und ähnlichen Schwermusikanten meinte er heute Abend Andeutungen von Melodien und geheimen, zum Mitwippen einladenden Pulsen auszumachen.

„Haben Sie ihn auf Ihre Wohnung angesprochen?" Herr Wischnewski lehnte sich vor und schaute Stefan über den Couchtisch hinweg gespannt an. Stefan ließ sich inzwischen kaum noch davon irritieren, dass sein schwuler Ziehvater unter dem Bademantel, der seine Freizeitkleidung darstellte, beständig nackt war. Freizeitkleidung, fiel Stefan ein, der Begriff war überhaupt gut gesagt. Vielleicht fiel ihm das deswegen erst jetzt auf, da er eine Woche lang das berüchtigte Leben eines Arbeitnehmers geführt hatte. Schwulsein, Plattenhören und die ominösen „Übungen“ schienen Herrn Wischnewskis ganzer Lebensinhalt in seinem immerwährenden Home-Office zu sein.

„Nein.“ Stefan nippte schnell an seinem Whisky, um seine Verlegenheit zu verbergen.

„Warum nicht?“

„Ich war ganz damit beschäftigt, das jetzt nicht auch noch zu vermasseln. Das Schließfach-Aufschließen meine ich. Und das Warten, draußen. Und das Schließfach-Wiederzuschließen, als er dann gehen wollte. Und das Schlüssel-Zurückbringen.“

„Haben Sie gesehen, was in dem Schließfach drin war?“

„Natürlich nicht. Ich war ja draußen. Aus Diskretionsgründen.“

„Haben Sie was gehört?“

„Gehört? Was denn gehört?“

„Ob es schwer geklungen hat, meine ich.“ Wischnewski wedelte unwirsch das Whiskyglas durch die Luft, während Albert Ayler ganz besonders gewagt in sein Horn tutete. „War das mehr so ein Geräusch von dicken Geldbündeln? Oder klappernden Juwelen? Haben Sie irgendeine Ahnung, was er da aufbewahren könnte?“

„Eigentlich nicht.“ Stefan überlegte. „Wenn Sie mich so fragen … es klang nach Papier. Aber nicht, als würde er Geldscheine zählen. Es hat sich eher angehört … als würde er Papier falten.“

„Papier falten?“ Wischnewski setzte vernehmlich das Glas ab. „Der junge Herr Sass lässt sich doch nicht sein Bankschließfach aufsperren, um dann Papierflieger zu basteln.“

„Nein, ich meine …“ Stefan fuhr sich mit der Hand über die Augen. Der Whisky setzte ihm doch etwas zu, und zu allem Überfluss fand im Dachgeschoss auch noch die wöchentliche Lachfleisch-Session statt, bei der drei Handvoll Frauen laut atmeten und Konkurrenzmusik zu der von Herrn Wischnewski wummern ließen.

„Ich meine“, sagte Stefan langsam und um Konzentration bemüht, „ich meine, es hat sich angehört, als würde er ein Blatt Papier auseinanderfalten. Ein paarmal hat er irgendwas gemurmelt. Er war vielleicht zehn Minuten da drin. Zum Schluss hat er laut geseufzt. Und dann war da wieder das Faltgeräusch. Er hat nach mir gerufen, ich habe abgeschlossen, ihm Auf Wiedersehen gesagt und habe Frau Steingräber den Schlüssel zurückgegeben. Wenn ich Geld darauf wetten sollte, würde ich sagen, er bewahrt in dem Schließfach ein Schriftstück auf. Ein Schriftstück, das ihm Sorgen bereitet oder ihn vor irgendein Rätsel stellt."

„Aha!" Herr Wischnewski sah Stefan jetzt geradezu lauernd an. „Stefan, verstehe ich das richtig? Sie könnten sich Zugang zu allen Schließfächern verschaffen?"

„Herr Wischnewski." Jetzt war es Stefan, der sein Glas absetzte, um seinen Gesprächspartner umso ernsthafter ansprechen zu können. Langsam begriff er, dass viele der Wischnewski'schen Accessoires unter anderem dazu dienten, dramatische Gesten zu vollführen. „Ich bin ja nun nicht blöd."

„Ich halte Sie auch nicht für blöd."

„Danke. Aber ich frage mich schon … also nehmen Sie es mir nicht übel … ob Sie und Ihre Hausgemeinschaft …"

„Unsere Hausgemeinschaft!", warf Wischnewski ein.

„Danke. Unsere Hausgemeinschaft also. Ob unsere Hausgemeinschaft nicht … Verzeihung, ein bisschen, wie soll ich sagen … bescheuert ist vielleicht nicht das richtige Wort …" Stefan nahm den Whisky wieder an sich, dankbar für die Möglichkeit, seine Rede angemessen untermalen zu können, indem er das bernsteinfarbene Gift schwenkte. „Ich weiß doch schon seit dem ersten Tag – und Emmy hat es mir übrigens ganz offen gesagt –, dass Hans und Martina einen Einbruch planen, indem sie diesen Tunnel aus ihrer Wohnung bis zur Bank treiben. Ich war mir eben nicht sicher, ob *bescheuert* nicht ein zu hartes Wort ist, aber wenn ich das jetzt so laut ausspreche, finde ich ehrlich gesagt, dass es noch freundlich formuliert ist. Herr Wischnewski, wie soll denn das enden? Man hört es doch in der ganzen Straße. Ich frage mich seit einer Woche, wo die beiden den ganzen Abraum lagern, den sie ausbuddeln. Ich vermute, sie transportieren ihn in die Baugrube nebenan oder lagern ihn mithilfe dieser geheimnisvollen Tyche, die anscheinend auf dem Hinterhof lebt, eben dort. Übrigens habe ich meinen Anzug immer noch nicht wieder, aber das nur nebenbei. Jedenfalls, das ist doch kein Plan. Das ist doch nur Quatsch. Ich muss Ihnen sogar sagen, dass man die Bauarbeiten bereits in der Bank hören kann, wenn man im Tresorraum steht. Ich glaube, im Moment fällt es noch niemandem auf. Mir ist es aber sofort aufgefallen, weil ich das Geräusch noch im Ohr hatte. Und solche Tresorräume sind doch gegen Einbruch gesichert. Ich meine, da gibt es doch eine Stahlummantelung und was nicht noch alles. Die Alarmanlage ist überempfindlich, wie ich bereits selbst feststellen musste. Und selbst wenn so ein Einbruch gelingen würde, es gibt ja kaum noch etwas in der Filiale. So viel kann ich Ihnen nach einer Woche schon sagen. Wir kämpfen da ums Überleben. Was hoffen denn die beiden, also, unsere Hausgemeinschaft, was hoffen wir denn da zu finden?"

Wischnewski lehnte sich zurück und kreuzte die Beine. „Bescheuert sind die beiden nicht", sagte er ernst. „Sie sind verzweifelt. Der junge Herr Sass hat dieses Haus von seinem Vater geerbt, mit dem Sie möglicherweise noch Kontakt hatten. Der hat es nach der Wende gekauft. Jetzt schauen Sie nicht so belämmert. Sie wissen schon, dass hier der rote Osten war? DDR? Wurde dann alles billig verramscht. Und der alte Herr Sass fand, unseren Leuten könnte etwas günstiger Wohnraum nicht schaden. Er war, wie soll ich sagen, einer von uns. Wohlhabend zwar, aber er hat nie vergessen, wo er herkommt. Und so hat er an zwielichtige Gestalten wie uns vermietet. Und wenn die Miete mal nicht da war, war er äußerst großzügig. Haben Sie sich gar nicht gewundert, dass Sie bei der gegenwärtigen Lage auf dem Berliner Wohnungsmarkt noch eine derart billige Bleibe finden? Das haben Sie, das haben wir, dem alten Herrn Sass zu verdanken. Der übrigens nicht nur in Bezug auf seine Herkunft und seinen Lebenswandel einer von uns war, sondern auch, hm, schwul."

Stefan machte ein verdutztes Gesicht. „Ist der junge Herr Sass denn nicht sein Sohn?"

„Doch."

„Adoptiert?“

„Nein. Hundsgewöhnlich gemacht. Mit der alten Frau Sass. Die schon lange tot ist. Sie stellen heute ungewöhnlich dumme Fragen, Stefan. Als ob schwule Männer nicht jahrhundertelang geheiratet und Kinder bekommen hätten.“

„Das stimmt eigentlich.“ Stefan schaute tief in sein Glas. „Vielleicht sollte ich doch noch mal bei Noah …“

Herr Wischnewski versetzte Stefan einen schmerzhaften Knuff auf den Unterarm, den vor einer knappen Woche noch Frau Hubermann in ihrem Robotergriff gehalten hatte. „Reißen Sie sich zusammen. Das ist etwas ganz anderes. Der junge Herr Sass jedenfalls hat das Haus hier von seinem Vater geerbt. Und noch einiges anderes. Und was auch immer der junge Herr Sass ist, er ist keiner von uns.“

„Und auch nicht schwul, nehme ich an.“

Herr Wischnewski schüttelte den Kopf. „Nein. Er plant, dieses Haus oder, besser gesagt, das Grundstück, auf dem es steht, zu verkaufen.“

„Na und?“

„Na und, na und! Sie sind wirklich ein Landei. Er verkauft es natürlich nicht an irgendwelche braven Vermieter, die uns vielleicht ein bisschen mehr Geld abknöpfen. Er verkauft es an die Chinesen. Oder die Saudis. Oder die Russen. Oder irgendwelche Geldhäuser aus Oberfranken. Das ist am Ende egal. Die lassen hier alles verrotten, bis wir freiwillig gehen, oder lassen uns von der Polizei abführen. Dann reißen sie den Kasten hier ab und setzen einen Büroturm hierhin.“

„Einen Büroturm? Aber hier will doch niemand arbeiten.“

„Umso besser.“

„Das verstehe ich nicht. Warum baut man ein Bürogebäude, in dem niemand arbeiten will?“

Herr Wischnewski lachte in die Saxofonkaskaden von Albert Ayler hinein. „Ja, mein lieber Stefan, das ist eben der Kapitalismus. Der Markt regelt.“

„Aber regelt er nicht, dass etwas, das keiner will und braucht, sich nicht verkauft? Das sollten doch auch die Chinesen oder Russen oder Oberfranken wissen.“

„Oh, die wissen alles. Die wissen, dass sie ein leerstehendes Gebäude von der Steuer absetzen können. Dass sie es irgendwann wieder abreißen können und den Verlust ebenfalls absetzen. Je weniger Mieter, desto weniger Ärger. Überdies wissen sie auch, dass ein Bürogebäude nach neusten Standards die Mietpreise in der Umgebung steigen lässt. Und wenn sie da noch mehr Häuser besitzen, verdienen sie mehr. Und am Ende haben sie eben einfach Geld, das irgendwo hinmuss, denn wenn es nicht irgendwo hinfließt, wird es schal und verliert an Wert."

„Klingt albern."

„So ist es eben." Herr Wischnewski zuckte mit den Schultern. „Das ist die Welt, in der wir leben. Die ist doch nicht für uns gemacht. Und übrigens auch nicht für aus- oder inländische Investoren. Täuschen Sie sich da nicht, Stefan. Wenn Sie den Irrtum begehen, dass da internationale Blutsaugerbanden am Werk sind und dass wir besser dran wären, wenn brave deutsche Kaufleute unsere Häuser besäßen, da sind Sie nur noch einen Schritt entfernt vom Geschrei vom internationalen Finanzjudentum und dem raffenden Kapital der Ostküste. Das hatten wir alles schon mal, glauben Sie mir. Wer so was glaubt, glaubt auch, dass wir Schwulen ausgemerzt gehören. Nein, die Welt wird nicht von einer kleinen Gruppe interessierter Verschwörer beherrscht, die zufällig alle Namen wie Rothschild tragen. Die Welt wird vom Geld beherrscht, und das steht über allen Menschen."

„Ich bin mir nicht sicher, ob ich Sie da verstehe."

„Müssen Sie auch nicht. Sie müssen nur eins verstehen. Wir, also unsere Hausgemeinschaft, muss irgendetwas in die Finger bekommen, das uns die Kontrolle über unser Haus zurückgibt. Nennen Sie es Erpressung, wenn Sie wollen. Ich nenne es Gerechtigkeit. Wir vermuten schon seit Langem, dass der junge Herr Sass von seinem Vater auch noch etwas anderes geerbt hat. Etwas, das vielleicht wertvoller ist als diese Ruine. Und das, vermute ich, liegt in jenem Bankschließfach, wie Sie mir eben aufs Schönste bestätigt haben. Und wenn Sie das für uns beschaffen könnten, wäre das ganz wunderbar."

„Herr Wischnewski." Stefan wappnete sich für eine entschiedene Antwort und schluckte deshalb den gesamten Whiskyrest auf einen Sitz hinunter. Ein Hustenanfall war die Folge. Wischnewski beugte sich über den Couchtisch und klopfte ihm mit der einen Hand fürsorglich auf die Schulter, während er mit der anderen Whisky nachschenkte. Stefan würgte und machte abwehrende Gesten, was Herr Wischnewski absichtlich oder versehentlich missverstand und nur immer mehr nachschenkte. In Ermangelung eines anderen Getränks griff Stefan schließlich nach dem beinahe randvollen Glas und nahm einen Schluck. Erstaunlicherweise ließ der Husten tatsächlich nach. „Herr Wischnewski", setzte er erneut an. „Wenn Sie hier von mir verlangen, was ich glaube, das Sie verlangen …"

„Ich verlange gar nichts", warf Wischnewski sofort ein. „Ich stelle nur Fragen."

„Wenn ich Ihre Fragen richtig verstehe, dann müsste ich eigentlich schon aufgrund dieser Fragen zur Polizei gehen. Schon wegen der Straftaten, die ganz unverhohlen in diesem Haus geplant werden, ja, die man bereits auszuführen beginnt, müsste ich die Polizei rufen."

„Ihren Polizisten mit den Eisbonbonaugen?", sagte Herr Wischnewski und zwinkerte lustig.

„Bleiben Sie doch einmal ernst."

„Ungern."

„Tun Sie mir den Gefallen. Sie können doch nicht erst von mir verlangen, meine Chefin zu hintergehen und gegen das Bankgeheimnis zu verstoßen, vielleicht sogar einen Diebstahl zu begehen, meinen Job zu riskieren, meine gesamte Zukunft in dieser Stadt, und dann solche abgeschmackten Anspielungen …"

„Abgeschmackte Anspielungen!" Herr Wischnewski lachte und warf die Arme in die Luft. „Stefan, Sie sollten sich mal reden hören! Würden Sie es nicht missverstehen, ich würde Sie küssen. Zeigen Sie mir einen anderen jungen Mann, der heute das Wort *abgeschmackt* überhaupt kennt, geschweige denn so empört hervortrompetet. Mein Lieber! Ich will Sie zu keinerlei Verbrechen verleiten. Ich bitte Sie um Ihre Unterstützung. Und ich versichere Ihnen, dass Sie sich dafür ... nun, vielleicht nicht gerade *nicht* strafbar machen, aber dass keineswegs Ihre Zukunft auf dem Spiel steht. Sie haben sogar eine Zukunft zu gewinnen. Vielleicht hören Sie mir erst einmal bis zum Ende zu? Wollen Sie das, um unserer Freundschaft willen, versuchen?"

„Bitte schön."

„Danke. Der Name Sass sagt Ihnen, abgesehen von unserer Vermieter-Dynastie, nichts, wie ich vermute?"

„Nein. Sollte er?"

„Wären Sie Berliner, stünden die Chancen besser. Was die Weimarer Republik war, das wissen Sie aber noch aus Ihrer Schule?"

„Mit sicherlich."

„Fein. Die Gebrüder Sass, mein lieber Stefan, waren nichts Geringeres als das berühmteste Bankräuber-Duo jener Zeit. Sie hatten sich, für die damalige Zeit unerhört modern, auf das Knacken der aufkommenden Stahltresore verlegt. Der erste Bruch hätte sie auch beinahe das Leben gekostet, weil sie nicht daran gedacht hatten, dass ein Schneidbrenner auch Sauerstoff verbraucht. Die zwei Brüder wären beinahe erstickt."

„Interessant, aber was hat das mit mir zu tun?"

„Mit Ihnen noch gar nichts. Aber mit uns. Mit der Hausgemeinschaft. Beim zweiten Bruch im Jahre 1929 nämlich gruben die Gebrüder Sass einen Tunnel bis zum Schließfachraum der Bank am Wittenbergplatz, schweißten sich durch den Stahlmantel und entkamen mit Beute im Wert von rund zwei Millionen Reichsmark. Dies wurde erst Tage später entdeckt, da die Räuber den Tresorraum von innen verschlossen hatten und selbst Experten der Herstellerfirma die Tür nicht aufbrechen konnten."

„Ach, und diesen Einbruch stellen Hans und Geliebte jetzt nach? Aus poetischer Gerechtigkeit? Weil unser Vermieter zufällig auch Sass heißt?"

„Nicht zufällig."

„Hören Sie auf."

„Ich bin mir ziemlich sicher, dass der alte Herr Sass ein Sohn und der junge Herr Sass ein Enkel von Franz oder Erich Sass ist. Es gibt ja Fotos, und die Familienähnlichkeit ist frappierend. Was aber noch wichtiger ist, ich hatte ja als einziger Hausbewohner noch viel Kontakt mit dem alten Herrn Sass. Weil er eben einer von uns war."

„Schwul."

„Das hätte er so nie gesagt. Sie wissen nicht, was das für Zeiten waren."

„Aids?"

Wischnewski verdrehte die Augen. „Himmel hilf. Nein. Wir reden hier von den Siebzigern. Seit Ende der Sechziger waren schwule Sexkontakte entkriminalisiert. Aber glauben Sie mal nicht, dass diejenigen von uns, die unter den Nazis gelitten hatten, irgendwie entschädigt wurden. In der DDR ging es vergleichsweise fortschrittlich zu, aber hier im gelobten Westen blieben die Naziprarагrafen noch lange wirksam. Und hüben wie drüben gab es Prominente – Richter, Politiker –, die nach dem 175er belangt wurden. Da haben die kleinen Lichter lieber gleich die Köpfe eingezogen. Wobei man sagen muss, die Besatzung war für uns ein großes Glück, mehr noch als für den Rest von diesem Deutschland. In Frankreich zum Beispiel war Schwulsein lange kein Verbrechen mehr. Und die Soldaten haben die schwule Metropole Berlin ein Stück weit wiederbelebt. Prostitution bekamen die da oben auch nicht unter Kontrolle."

„Sexarbeit ist ein zweischneidiges Schwert."

Herr Wischnewski seufzte. „Ihr jungen Leute und eure saure Moral. Ich kann mich nur wiederholen, da brauchen wir bald keine Heteros mehr."

„Aber das stimmt doch! Menschenhandel. Furchtbare Arbeitsbedingungen. Ausbeutung. Traumatisierung."

„Ja, ja. Für euch ist ja alles immer gleich eine Traumatisierung. Ich habe auch nicht Nein gesagt, wenn mir mal einer Geld geboten hat, wenn ich es gebraucht habe. Und war das traumatisierend? Traumatisierend geil vielleicht." Herr Wischnewski erhob sich ächzend und wechselte die Schallplatte. Einen Moment war das Stampfen der feministischen Körpertechnikerinnen der einzige Lärm. Dann kam knisternder Schlager. „Seid umschlungen, Millionen!“, dröhnte ein Männerchor. Eine besoffen klingende Frau schmetterte von großen weißen Vögeln.

„Wie, das passt Ihnen jetzt auch nicht?“ Wischnewski setzte sich wieder und drohte mit dem Finger.

„Die Musik oder ihre Verharmlosung von Sexarbeit?“

„Na, wahrscheinlich beides. Zurück zum alten Herrn Sass. Das war die Welt, aus der er kam. Schwul waren ich und mein Gatte.“ Herr Wischnewski warf dem Foto einen verliebten Blick zu. „Wir waren die Jungen. Beim alten Herrn Sass fehlte gerade noch, dass er ‚Urning‘ gesagt hätte. Nein, er hatte seinen Verein als Tarnung, in dem man für eine anständige Liebe zwischen bürgerlichen Männern und gegen die schnelle Nummer auf dem Bahnhofsklo war. Und die Westberliner Polizei dankte es ihm und seinesgleichen, indem sie es für sinnlos erklärte, respektable Erwachsene zu stören, die an bedauerlicher Verirrung des Trieblebens litten. Trotzdem haben wir uns gut verstanden. Und neidisch war er ein bisschen auf uns junge Wilde. Auf uns *Schwule*.“ Herr Wischnewski untermalte das letzte Wort, indem er das Whiskyglas wie zum Prosten in die Luft reckte.

„Sind Sie auch neidisch, Herr Wischnewski? Auf uns …“ Stefan überlegte, dann fiel ihm das passende Wort gerade rechtzeitig ein. „Auf uns *Queere*?“ Er hatte nur eine vage Vorstellung davon, was das Wort bedeutete, aber er hatte Lust, seinen Gastgeber ein bisschen zu ärgern.

Wischnewskis Whiskyglas wurde jetzt zum knallenden Ausrufezeichen auf dem Couchtisch. „Kommen Sie mir nicht mit diesem Unsinn! Machen Sie, was Sie wollen, aber halten Sie sich von dieser Bagage fern. Sie sind schwul, merken Sie sich das.“

„Ich dachte nur.“ Stefan legte den Kopf schief. „Weil Sie sich so in Rage reden bei dem Thema. Ich kann mir richtig vorstellen, wie der alte Herr Sass sich aufgeregt hat, wenn Sie vom *Schwulsein* geredet haben.“

„Jetzt werden Sie mal nicht frech", sagte Herr Wischnewski leise. Einen Moment saß er mit hängenden Schultern da, lauschte der Musik und sah viel älter aus als in den vergangenen Tagen. Die besoffene Sängerin wollte lautstark den Tod besiegen und dann fiel der Männerchor mit einem Lied ein, das Stefan für die Nationalhymne der DDR zu halten geneigt war. Es war wirklich wieder eine von den alten Aufnahmen, die Herr Wischnewski so liebte.

„Sie wollten mir noch sagen, warum Sie glauben, dass der alte Herr Sass mit den Bankräubern verwandt ist."

„Hm?" Wischnewski erwachte aus seiner Versunkenheit. „Ach ja. Wegen der Familienähnlichkeit, aber vor allem hat er es mir selbst gesagt. Der alte Herr Sass. Mehr oder weniger. Man muss wissen, dass die Gebrüder Sass in der Weimarer Zeit regelrechte Popstars und so etwas wie Robin Hoods waren. Sie prahlten auf Pressekonferenzen mit ihrem Reichtum und steckten unverhohlen ganzen Straßenzügen Geldscheine in den Briefkasten. Nachweisen konnte man ihnen nichts. Das gefiel natürlich den Leuten. Wissen Sie, wer den Reichstag angezündet hat?"

„Äh, nein?"

„Die Gebrüder Sass."

„Das auch noch?"

„Stefan, Sie müssen mal lernen, einen Witz zu erkennen. SA – SS? Verstehen Sie? Das war ein politischer Ulk damals. Da saßen die Brüder schon in Dänemark im Gefängnis, wo sie unvorsichtig gewesen waren. Danach hat man sie an die Nazis ausgeliefert, na ja. Das war das Ende. Aber das Geld, Stefan. Zur Berliner Folklore gehört schon seit damals, dass ein Polizist einen der Brüder mit einem großen Sack in den Spandauer Forst hat gehen sehen. Und als er wieder rauskam, soll der Sack leer gewesen sein. Das hat dieser Polizist vor Gericht unter Eid zu Protokoll gegeben. Ich kann Ihnen gar nicht sagen, wie viele Hobby-Schatzsucher den Forst schon nach dem Schatz der Gebrüder Sass umgegraben haben. Das Geld von dem großen Bruch hat man nämlich niemals gefunden, und die Brüder haben eisern geschwiegen, noch im KZ. Und der alte Herr Sass, der hat mir schon in den Neunzigern – da saßen wir zusammen wie wir beide jetzt, Stefan –, da hat er mir erzählt, nach ziemlich viel Whisky, dass dieses Haus hier, unser Haus, von einem Schatz bezahlt worden sei, den er von seinem Vater geerbt habe. Und den Vater hätte man unter Hitler ins Gefängnis gesteckt, wegen einer großen Sache, und die Beute sei eben der Schatz gewesen. Und der Rest vom Schatz, hat der alte Herr Sass dann weitererzählt, der würde auf keiner Bank liegen, sondern sei irgendwo gut versteckt. Und wenn sein Kind mal groß sei – der junge Herr Sass war damals gerade ein Teenager, aber unter uns gesagt schon damals ein ziemliches Arschloch –, dann würde es den größten Teil des Schatzes erben. Und das hat den alten Herrn Sass nicht sehr gefreut, denn er wusste ganz gut, was sein Sohn für ein Unsympath war. Den größten Teil von dem Gerede hab ich damals auf den Whisky geschoben, aber als ich dann später die Geschichte der Gebrüder Sass gehört und Fotos gesehen habe, da habe ich mich wieder dran erinnert, wegen des Namens natürlich, und heute …"

„… und heute glauben Sie, dass der junge Herr Sass den Schatz tatsächlich geerbt hat? Ach, jetzt verstehe ich Ihre Fragen wegen des Schließfachs! Sie meinen, da ist eine Schatzkarte drin?"

„Eine Schatzkarte vielleicht oder vielmehr: ein Schatzrätsel. Denn so, wie sich der junge Herr Sass verhält, glaube ich nicht, dass er den Schatz bereits in den Händen hat. An unserem Haus lässt er so wenig reparieren wie sein armer Vater, als er schon krank war. Aber verkaufen tut er auch nicht. Und soweit ich das sehe, hat sich an seinem Lebensstil auch nicht viel verändert. Hätte er einfach eine Schatzkarte geerbt, wäre er schon reich, und so, wie ich ihn kenne, bereits in die Karibik oder irgendein Steuerparadies abgedampft. Nein, er braucht Geld, er will Geld, er sucht Geld. Irgendetwas hält ihn davon ab. Dass er ständig in die Bank in unserer Straße rennt, das ist uns hier im Haus schon länger aufgefallen. Das ist ungewöhnlich, denn wie Sie selbst schon gemerkt haben, Stefan, geht dort kaum noch jemand hin. Und wer ein Vermögen zu verwalten hat, gibt es nicht an diese Popelfiliale. Nein, da zieht ihn etwas anderes hin. Und dank Ihnen, Stefan, wissen wir jetzt auch, was. Und das wiederum verleiht dem Vorhaben unserer beiden sympathischen Krawalllesben hier im Haus plötzlich einen gewissen Sinn." Herr Wischnewski rieb sich die Hände. „Statt auf gut Glück einen Tunnel zu graben und einen verzweifelten Einbruch im Sass-Stil durchzuziehen, der ja scheitern muss – obwohl Hans wirklich ausgezeichnet mit dem Schneidbrenner umgehen kann –, könnten wir jetzt wesentlich eleganter an den Inhalt des Schließfachs herankommen. Durch Sie."

„Aber was wollen Sie denn mit dem Schatz?"

„Ich rede doch nicht von dem Schatz. Ich spreche von der Karte oder der Anweisung, wie man ihn findet. Haben wir die, wird der junge Herr Sass nur allzu gerne bereit sein, unser Haus in Ruhe zu lassen. Wir können dann sehr anständige Verträge machen, die uns allen hier bis an unser Lebensende sorgenfreies Wohnen garantieren. Den Schatz heben, ich bitte Sie! Das dürften hundert Jahre alter Schmuck und Reichsmarknoten sein. Wissen Sie, wie schwierig es ist, so was zu Geld zu machen, ohne dass einem die Behörden auf den Hals rücken? Nein, nein. Das überlasse ich dem jungen Herrn Sass und seinen zwielichtigen Kontakten."

„Und selbst wenn es gelingt? Dann reden wir hier von Erpressung."

„Na, na. Wir haben zufällig etwas, das für den jungen Herrn Sass sehr wertvoll ist. Und wir geben es ihm ja auch sofort zurück. Für einen guten Vertrag."

„Sie haben dann einen guten Vertrag. Mich kann das aber alles kosten. Bei so einer Erpressung, bei einem ausgeraubten Schließfach, und da ich zufällig in dem Haus von Herrn Sass wohne, da denkt man doch zuerst an mich. "

„Wir, Stefan. Wir hätten dann einen guten Vertrag. Und ich erlaube mir, darauf hinzuweisen, dass man nicht zuerst an Sie dächte, sondern an Ihre Chefin. Das würde auch die Polizei so sehen, falls jemand Anzeige erstatten würde. Aber das wird nicht passieren."

„Und was macht Sie da so sicher?"

„Jemanden wie den jungen Herrn Sass interessieren Leute wie wir nicht wirklich. Das Wohnrecht in diesem alten Kasten wird ihm wie ein geringer Preis erscheinen. Und wenn er Schwierigkeiten macht? Vernichten wir die Karte oder die Hinweise."

„Das scheint mir eine Schwachstelle in Ihrem Plan zu sein. Wenn er sich das Schriftstück schon so oft angesehen hat, wie Sie sagen, wird er es doch auswendig können. Was liegt ihm an dem Papier, auf dem es steht?"

„Ginge es lediglich um eine Zeichnung oder ein paar Zeilen, müsste er nicht so oft an sein Schließfach. Es muss irgendetwas anderes damit auf sich haben. Etwas an der Beschaffenheit des Schriftstücks. Oder das Rätsel ist sehr kompliziert. Und bevor Sie fragen, ich glaube auch nicht, dass er eine Kopie gemacht hat. Aus demselben Grund. Irgendetwas hat dieses Schriftstück im Schließfach an sich, das es nötig macht, genau diese Ausfertigung zu besitzen, wenn man den Schatz heben will."

„Ihre Erklärung scheint mir sehr dürftig." Stefan schüttelte den Kopf. Er merkte, dass er inzwischen viel zu viel Whisky getrunken hatte, denn von der leichten Bewegung wurde ihm schwindelig. „Abgesehen davon, dass Ihre Geschichte so viele Fragen offenlässt und auf bloßen Vermutungen und Hörensagen basiert, bin ich auch nicht nach Berlin gekommen, um mich in Verbrechen verwickeln zu lassen. Und auch nicht, um mir lebenslanges Wohnrecht in einer Bruchbude zu ergaunern."

Herr Wischnewski zog die Augenbrauen hoch und griff wieder nach dem vorhin so heftig abgestellten Glas. „Ach, nein? Warum denn dann?"

„Weil ich ein schwules Leben beginnen wollte. Ein schwules Leben mit meinem schönen Freund und glänzenden Berufsaussichten. Davon hat sich bisher noch nicht allzu viel bewahrheitet, aber ich muss es ja nicht durch räuberische Erpressung noch schlimmer machen. Ich danke Ihnen also wieder einmal für Ihre Gastfreundschaft und wünschen Ihren Plänen – den Plänen der Hausgemeinschaft – alles Gute. Ich werde Sie um unserer Freundschaft willen nicht verraten. Aber helfen will ich Ihnen auch nicht."

Stefan erhob sich mit etwas Mühe und wollte gehen. Herr Wischnewski packte ihn am Handgelenk, genau da, wo ihm vor einer knappen Woche schon die alte Hubermann das Blut abgeschnürt hatte. „Ich will Ihnen mal was verraten, Stefan."

„Sie tun mir weh."

„Nicht so weh wie das, was ich Ihnen jetzt sagen werde. Ein schwules Leben ist genau das, Stefan. Genau das, was Sie hier um sich sehen und wovon ich Ihnen erzählt habe."

„Zu viel Alkohol, alte Schlagerplatten und rührselige Erinnerungen?"

„Das auch. Aber vor allem heißt ein schwules Leben, dass Sie selber sehen müssen, wo Sie bleiben. Täuschen Sie sich bloß nicht. Dass heute jede zweite Fernseh-Hupfdohle schwul oder *queer* zu sein vorgibt, dass heute über uns in den Schulen gesprochen wird und dass jemand wie Sie sogar ganz offen in einer Bank arbeiten darf, das ist ein vorübergehender Zustand. In den zwanziger Jahren saßen vielleicht schon genau hier, an dieser Stelle, ein alter Schwuler und ein junger, und der Alte hat dem Jungen erzählt, dass die Bismarck'schen Bluthunde immer noch scharf sind wie bei der Eulenburg-Affäre, und der Junge hat im glitzernden Berlin der zwanziger Jahre schon nicht mehr gewusst, wovon der Alte redet. Und dann kamen die Nazis. Und ich habe schon nicht mehr geglaubt, was der alte Sass mir im Suff erzählt hat, weil ich jung und schön und schwul war und jetzt alles besser werden würde. Und dann kam Aids. Sie werden mir auch nicht glauben, Stefan, aber ich will es doch gesagt haben. Ein schwules Leben heißt, dass Sie sich nur auf Ihresgleichen verlassen dürfen. Nicht auf den Staat, nicht auf die Polizei und nicht auf Ihren Arbeitgeber. Wenn alles wieder kaputtgeht, brauchen Sie eigenes Geld, ein Haus, das Ihnen niemand wegnehmen kann, und vor allem Freunde. Mehr als Freunde: Gefährten."

„Solche wie Sie? Wie diese Hausgemeinschaft?" Stefan redete viel lauter und verwaschener, als er es eigentlich vorgehabt hatte. Er war wütend. Wütend auf den alten Herrn Sass, der ihn mit einer verlogenen Wohnungsanzeige in diese Ruine gelockt hatte, bevor er gestorben war. Wütend auf den schönen Freund mit dem schönen Schwanz, der hier in Berlin Frau und Kind hatte. Wütend auf die Bank, die gar keine Bank war, sondern nur Finanzflüsse und eine Chefin ohne lebenswertes Leben. Und wütend auf den einzigen anderen Schwulen, den er kannte, der ihm außer alter Kunst und Schwarzmalerei nichts zu bieten hatte.

„Ja, wie diese Hausgemeinschaft." Herr Wischnewski ließ nicht locker. „Alte Schwule, die nur alles schlechtreden können. Lesbische Hausmeisterinnen und ihre Gespielinnen, die sich in der lehmigen Erde suhlen. Feministische Spiritualitätsschwindlerinnen mit echten Töchtern, die in der Gegend herumhexen. Geklauter Strom, geklautes Wasser, geliehene Anzüge. Und Träume vom großen Geld, für das man an kleinere und mittlere Wunder glauben muss und vielleicht eine kleinere oder mittlere Gaunerei begehen muss. Das ist nicht Ihr Hausen, aber gar kein schlechtes Leben. Immerhin ist es ein aufregendes Leben, Stefan. Ihr Leben. Nicht das von irgendjemand anders. Wenn es auch klingt wie aus einem Buch. Aber das liegt nur daran, dass die Bücher auch von Leuten wie uns gemacht werden, denen nichts anders übrigbleibt, als das schlechte Leben wenigstens mit hastig hingeschluderten Träumen in ein etwas bunteres zu verwandeln. In ihr Leben."

Stefan riss sich los. Er stolperte, fand am Regal Halt. Die Plattenspielernadel rutschte aus der Rille und die besoffene Sängerin verstummte. Stefan stürzte aus dem Zimmer, auf den Flur. Er riss die Tür auf. Von oben dröhnten die Feministinnen. Ihm brummte der Schädel. Die Übelkeit stieg mächtig in ihm auf und er schluckte einen sauren Würgereiz herunter. Das Geländer mit beiden Händen umklammernd, schob er sich die Stufen hinauf.

„Stefan!" Herr Wischnewski tauchte in der Wohnungstür auf. „Sie sind doch schon mittendrin. Wenn Hans an der Bank angekommen ist und tatsächlich den Tresorraum aufschweißt, folgt man dem Tunnel bis hierher. Es wird auffallen, dass Sie in der Bank arbeiten, die da ausgeraubt wurde. Wenn

Sie fliehen wollen, dann mit uns. Aber wohin? Mein Plan ist sicherer. Auch für Sie."

„Lassen Sie mich", keuchte Stefan.

„Sie wohnen unten!", brüllte ihm Wischnewski hinterher. Stefan, schon halb im nächsten Stockwerk angekommen, ging in seinem betrunkenen Kopf auf, dass der Nachbar recht hatte, aber er wollte ums Leben heute keinem Rat des Alten mehr folgen. Trotzig erklomm er die letzten Stufen bis vor die Tür, hinter der die Praktizierenden der Lachfleisch-Methode ihr Unwesen trieben.

„Da gehe ich jetzt rein", sagte er halblaut zu sich selbst. „Da gehe ich jetzt einfach mal rein. Wenn bei den Schwulen für mich kein Platz ist und Lesben meine Arbeitsstelle bedrohen und mein Freund mit dem schönen Schwanz …"

Er kam nicht mehr dazu auszusprechen, was sein Freund mit dem schönen Schwanz tat oder nicht tat, denn die Tür prallte gegen seine ausgestreckte Hand und Stefans besoffenes Gemurmel ging in einen Schrei über. Eine Frau kam ihm entgegen und brachte neue Musik aus dem Dachgeschoss mit, die mit Herrn Wischnewskis schwulen Schlagern die Treppe hinunterpolterte und Stefan beinahe gleich mitgerissen hätte.

Ich gehe durch die Straße
Zu 'nem Gemüseladen
An der Ecke der Plattenladen
Kann mir leider nichts mehr sagen

„O Gott, Entschuldigung!" Die Frau war umflossen von grellem Licht. Sie trat aus der Gloriole heraus und griff nach Stefans Hand. „Habe ich dich verletzt?"

„Ich glaube nicht." Stefan klemmte sich die Hand mit schmerzverzerrtem Gesicht zwischen die Beine. „Ich wollte nur gerade …"

„Zum Kurs?" Die Frau warf sich einen Turnbeutel über die Schulter. Sie trug einen der gerade so modischen Goldringe in der Nasenscheidewand, die sogar bis in Stefans Hausen vorgedrungen waren. Der Ring wackelte bei der Bewegung.

„Ist schon vorbei." Die Frau legte den Kopf schief. „Aber ich finde es echt cool, dass du dich traust." Sie hielt ihm die Hand hin, diesmal weniger schwungvoll. „Marit." Eine andere Frau drängelte sich an ihnen vorbei. Die Musik aus dem Dachgeschoss wurde lauter.

Denn meine momentanen
Gemütsballaden
handeln nur noch von
Schokolade!

Stefan zog die Hand zwischen den Beinen hervor und ergriff die der Frau mit dem Septumpiercing. „Stefan. Hi." Die Frau, die sich als Marit vorgestellt hatte, strahlte. „Und du schüttelst einem auch noch die Hand!" Stefan, der das aus Hausen so gewöhnt war, erinnerte sich erst jetzt daran, dass man sich in Berlin entweder umarmte oder nur lasch die Hand hob. Marit verdrehte die Augen und Stefan befürchtete, es könnte an seinem Fauxpas liegen, aber die Gepiercte deutete über den Turnbeutel Richtung Dachgeschoss. „Diese Musik", seufzte sie. „Das ist Lydias Rausschmeißermucke. Frauenrock. Na ja. Ist halt 'ne feministische Körpergruppe. Und du? Ich sehe dich hier zum ersten Mal."

Stefan fand die wütende und mitreißende Musik nach wochenlanger Bestrahlung mit Wischnewski'scher Avantgarde geradezu erholsam und wollte das gerade äußern, da kündigte lautes Schnaufen auf den Stufen den Älteren auch schon an, der mit wehendem Bademantel herbeigeeilt kam. Als er Stefan vor der Gepiercten stehen sah, hielt er inne und rang, aufs Treppengeländer gestützt, nach Atem. „Stefan …"

„Meine Pronomen sind *sie* und *ihr,* aber du kannst auch *they* sagen", verkündete Marit. „Und deine?"

„Meine Pronomen?" Stefan versuchte, sich an den Deutschunterricht zu erinnern. „Relativ?", fragte er schließlich.

Marit zog die Augenbrauen zusammen und Herrn Wischnewskis Keuchen ging in wieherndes Gelächter über, das Albert Aylers Hymnen in nichts nachstand. „Ich werde hier nicht mehr gebraucht!", stieß er hervor und kehrte um. „Wir sehen uns, Stefan. Denken Sie über alles nach. *Relativ!*", wiederholte er kopfschüttelnd und verschwand lachend hinter der Biegung der Treppe.

Weitere Frauen drängten sich an Stefan und Marit vorbei, allein, in Grüppchen, schwatzend und lachend. Ein dezenter Schweißgeruch umwehte sie, und jedes Mal, wenn sie das Dachgeschoss verließen, stießen sie die Tür ein Stück weit auf, sodass der Frauenrock lauter ins Treppenhaus purzelte. Herr Wischnewski musste seine Wohnung erreicht haben, denn das Lied von den großen weißen Vögeln war verstummt.

„Wer war das denn?", fragte Marit.

„Herr Wischnewski." Stefan rieb sich die Hand. „Mein schwuler Nachbar."

„Ach." Marit nickte, als wäre damit alles gesagt. „So ein Mansplainer."

Vielleicht lag es am Whisky, vielleicht an den Wortgefechten mit Herrn Wischnewski, jedenfalls entschlüsselte sich Stefan das ihm bisher unbekannte Kofferwort sofort. „Ja, erklären tut er in der Tat ziemlich gern."

Marit schnaubte. „Und ein ziemlicher Mann ist er bestimmt auch."

„Na, ich doch auch", sagte Stefan lustig.

„Ach." Diesmal klang es so, als wäre damit noch gar nichts gesagt. „Das hätte ich jetzt nicht gedacht."

Stefan wusste nicht, ob das ein Witz oder eine Beleidigung sein sollte, aber Marit sah ihn nur abwartend an. „Ja, also doch irgendwie schon", brachte er schließlich hervor.

„Ich dachte nur, wegen des Kurses." Marit deutete wieder über die Schulter mit dem Turnbeutel auf Dachgeschoss, Frauenrock und weißes Licht.

„Ach, ich war nur betrunken. Also, bin", winkte Stefan ab.

„Da wärst du nicht die Erste", sagte Marit und schaute weiterhin abwartend. Stefan wusste nicht, was er sagen sollte. Er trat von einem Bein auf das andere und bemerkte durch die leichte Veränderung seiner Position, dass Marit nicht nur einen goldenen Ring in der Nase trug, sondern auch großflächig am Hals tätowiert war. Das bedrohliche Wirrwarr von Kinn bis Halsgrube, das Stefan bisher für einen Schatten gehalten hatte, schockierte ihn nun doch ein bisschen. So etwas trugen in seiner Heimat nur Sträflinge oder Matrosen und beide Gruppierungen waren aufgrund der Hausen'schen Binnenlage und der geringen Verbrechensrate äußerst selten.

„Schöne Tätowierung", sagte Stefan, um überhaupt irgendwas zu sagen.

„Danke. Hab ich selbst gemacht."

„Wie?" Er glaubte, sich verhört zu haben.

„Vor dem Spiegel."

„Ach." Jetzt war es Stefan, der mit dem Wörtchen ausdrückte, dass er, ganz gleich, ob nun alles oder nichts gesagt war, zufrieden war, wenn nichts oder alles ausgeführt würde.

Ein vertrautes Piksen in der Kniekehle rettete ihn aus der peinlichen Situation. Im Schatten neben seinem Knie war Emmy aufgetaucht und bohrte ihm den notorischen Lutscher ins Weiche. Diesmal war weder eine Erektion noch Erschlaffung die Folge, sondern lediglich ein stechender Schmerz.

„Aua", sagte Stefan.

„Ach, Emmy!" Marits Gesicht hellte sich auf. „Musst du nicht schon längst im Bett sein?"

„Ich habe beschlossen, eine Weile nicht im Bett zu schlafen, sondern in einer Hängematte", erläuterte Emmy. „Das Bett als solches ist eine Erfindung der frühen Neuzeit und steht in direkter Verbindung zur Herausbildung des Untertaninnen-Habitus." Wieder der hörbare Glottisschlag. Marit nickte ernsthaft, als wäre es nicht vollkommen grotesk, was das lutscherschleckende Kind gerade geäußert hatte.

„Ihr kennt euch?", fragte Stefan etwas blöde. „Ach, natürlich. Wegen Lydia. Die leitet ja den Kurs."

„Aber ihr kennt euch doch auch." Emmy steckte den Lutscher mit einem leisen Furzgeräusch wieder in den Mund.

„Ach", sagte Stefan.

„Ach", sagte Marit.

„Ja." Der Lutscher kam mit einem obszönen Ploppen wieder an die Luft. „Über Noah."

„Ach!“, sagte Stefan.

„Ach!“, sagte Marit.

„Jetzt weiß ich …“ Stefan trat einen Schritt zurück. Die Frau mit dem Bullenring in der Nase und dem Knasttattoo am Hals ragte mit einem Mal bedrohlicher in das Treppenhaus.

„Deine Stimme kam mir gleich so bekannt vor.“ Marit nahm den Turnbeutel von der Schulter, als wollte sie Stefan damit verprügeln.

„Ja, wir haben telefoniert.“ Stefan wich einen Schritt zurück und spürte die Leere über den Treppen im Rücken. „Ich habe mir dich ganz anders vorgestellt“, sagte er. Das stimmte. Als er bei Noah angerufen hatte, in der Hoffnung, sein schwules Leben in Berlin recht bald mit dessen schönem Schwanz in der Hand oder im Mund einläuten zu dürfen, war ihm eine Stimme entgegengeschlagen, die er mit einer wesentlich älteren, strengeren Frau in Verbindung gebracht hatte. Einem irgendwie abgehärmten, in unmodische Kleider gewandeten Muttertier, das zwar persönlich an schönen Schwänzen nach der erfolgten Kinderzeugung keinerlei Interesse mehr hatte, aber eifersüchtig darüber wachte, dass Noah diesen körperlichen Vorzug auch keinem anderen angedeihen ließ. Diese junge Frau hingegen, mit ihrem Putz aus Zuchtviehaccessoires und rituellen Verletzungen der Halbwelt passte mit dem in feministischen Kampfkünsten gestählten Körper beunruhigend gut zu Noahs zupackender Geilheit.

„Ich habe dich mir auch ganz anders vorgestellt.“ Tatsächlich musterte Marit Stefan gar nicht ärgerlich, sondern eher nachdenklich oder sogar, dachte er, neugierig. „Du siehst gar nicht aus wie die anderen.“

Welche anderen um Himmels willen?, fragte sich Stefan stumm.

„Welche anderen?“, quäkte Emmy.

„Na, die anderen …“ Marit schaute auf ihre Schuhspitzen und dann wieder hoch. „… die anderen vom Schatzsuchverein.“ Sie blickte Stefan pfeilgerade in die Augen. Der Frauenrock war aus.

„Aber", schmatzte Emmy, „das ist doch nur Stefan. Der ist doch in keinem Schatzsucherverein. Der ist doch bloß schwul."

„Eben", sagte Marit. Und bevor geklärt werden konnte, was denn damit nun wieder gemeint war, öffnete sich die Tür zum Dachgeschoss, und Lydia erschien, die Hand am Lichtschalter. „Ach!" sagte sie, was natürlich auch ein passender Kommentar war. „Stefan!"

„Lydia!", sagte Stefan.

„Mama!", sagte Emmy.

„Emmy", sagte Lydia.

„Lydia", sagte Marit.

„Marit!", sagte Lydia.

„Was?", fragte Emmy.

„Ich gehe dann mal." Marit wühlte in ihrem Turnbeutel. „Warte mal."

„Ich höre doch so schlecht", sagte Emmy.

„Pscht, Schatz", sagte Lydia.

„Wer, ich?", fragte Stefan.

„Nein, ich", sagte Emmy.

„Doch nicht du", sagte Marit.

„Ach so", sagte Stefan. „Ich dachte."

„Also, doch, klar, du." Marit hielt ihm eine Karte hin.

„Warum denn jetzt ich?", fragte Emmy.

„Pscht, Schatz", sagte Lydia.

Stefan nahm die Karte und drehte sie ins Licht, das aus dem Dachgeschoss fiel. „*Iteratattoo*", las er. „Marit Serpinski." Adresse, Telefonnummer, E-Mail. Darunter die etwas krakelige Zeichnung eines schief gestellten Würfels, in dessen Oberflächen eine Reihe viereckiger Vertiefungen hineinführten. Im weißen Licht und durch Whiskyaugen betrachtet, rief der Würfel Stefans Kopfschmerzen wieder wach.

„Komm doch mal vorbei", sagte Marit.

„Au ja", sagte Emmy.

„Nicht du, Schatz", sagte Lydia. „Du bist zu jung für ein Tattoo."

„Adultismus", schmollte Emmy.

„Was für ein Tattoo?", wunderte sich Stefan.
„Ein Lolli natürlich", freute sich Emmy.
„Ich lasse mir doch keinen Lolli tätowieren", entrüstete sich Stefan.
„Nicht du", sagte Lydia. „Emmy!"
„Wirklich? Du erlaubst es?", strahlte Emmy.
„Du lässt dich genau so wenig tätowieren wie Stefan", sagte Lydia.
Marit, die bereits einige Stufen die Treppe hinuntergegangen war, blieb stehen. „Warum denn nicht?", fragte sie über die Schulter zurück. „Du bist neu in Berlin. Und schwul. Jedenfalls, soweit wir wissen. Jeder, der neu und schwul nach Berlin kommt, braucht ein Tattoo. Ich mach dir eins."
„Ich arbeite in einer Bank", sagte Stefan hilflos.
Marit warf sich den Turnbeutel über die Schulter und sprang die Stufen hinunter. „Dann stechen wir es irgendwo, wo man es nicht sofort sieht."
Stefan stand entgeistert vor der Dachgeschosstür und wendete die Karte in den Händen. „Sag mal, war das jetzt wieder eure Lachfleisch-Methode?", fragte er irgendwann.
Lydia lachte und knipste das Licht aus, sodass die drei nun endgültig im Dunkeln standen. „Nein. Das war einfach nur Berlin."
„Mit sicherlich", murmelte Stefan.

KAPITEL 6

Digitalisierungsfahrpläne führen zu Ersatzverkehr. Störungen im Betriebsablauf. Ein Zuhause.

Als Stefan am nächsten Morgen, dem gefürchteten Montagmorgen, ziemlich verkatert die Kopfhörer ins Handy schob, hoffte er, dass sein Datenvolumen noch ausreichte, um die erste Bildschirmkonferenz mit seinem Lernteam durchzustehen. Es war Berufsschulwoche.

Datenvolumen, Bildschirmkonferenz, Lernteam. Die Worte waberten in Stefans Whiskykopf herum. Der Deutschlandpakt war der Grund, weshalb er sich nicht in der Berufsschule mit den anderen SuS traf (den Schülerinnen und Schülern, rief er sich in Erinnerung), sondern eben per Datenvolumen in einer Bildschirmkonferenz mit dem Lernteam. Überdies hätte er zum Erreichen seiner Berufsschule auch die Regionalbahn besteigen müssen, denn sie lag in einem angrenzenden Bundesland. Warum das so war, hatte vielleicht auch etwas mit dem Deutschlandpakt zu tun, der dem Vernehmen nach einen Digitalisierungsfahrplan beinhaltete bzw. umgekehrt.

Er wählte sich auf der Lernplattform ein und sah einem Kreis beim Drehen zu. Der Kreis drehte sich, drehte sich, und derweil sprang die App nicht an.

Dass man Digitalisierungsfahrpläne bräuchte, davon war schon in Stefans Schulzeit die Rede gewesen. Sie sollten genau festhalten, in welcher Taktung das Dampfross Richtung Computerstaat davonschnaubte. Da es mit dem Bahnfahren in Deutschland traditionell schwierig war, ergaben sich auch in diesem Digitalisierungsfahrplan einige Verspätungen. Zum Beispiel kam Stefan an diesem Montagmorgen nicht in seinen Lernraum.

„Scheiße", fluchte er. „Ausgerechnet heute."

Richtig dringend waren Pakte und Fahrpläne während der Pandemie geworden. So hieß es jedenfalls immer, wenn Stefan mit irgendeiner Schule zu tun hatte. Niemand erinnerte sich noch so ganz genau, wann die Pandemie eigentlich stattgefunden hatte. Sie war irgendwann dagewesen. Aus China, wie man hörte. Wie alles, was mit der Zukunft zu tun hatte, aber letztendlich unverständlich blieb. Wie die meisten chinesischen Sachen aus der Zukunft war ein paar Wochen eine Riesenaufregung darum entstanden. Dann war die Schule wieder losgegangen, aber online. Die Lehrer hatten immer gefragt, ob das Mikro an war und Sachen in die Kamera gehalten, die man nicht richtig erkennen konnte, weil die Lehrer sie entweder zu hoch oder zu tief gehalten hatten. Und weil spiegelverkehrt war, was die Lehrer mit Edding auf große Papierbögen gemalt hatten. Die Lehrer nahmen sich vor, mit dickeren Eddings auf größere Bögen zu schreiben, damit man es das nächste Mal erkennen konnte, und zwar spiegelverkehrt, sodass es dann im Computer richtig rum wäre.

Das war alles lange her und jetzt war alles wieder normal. Der Luftreiniger im Klassenraum stand schon lange im Lehrmittelraum neben dem Overheadprojektor. Trotzdem war hängengeblieben, dass es mit dem Internet nicht geklappt hatte. Daher: Deutschlandpakt, Digitalisierungsfahrplan.

Als es mit der App für die Berufsschule also endlich losging, saß Stefan in der gekachelten Küche vor den Kacheln auf dem Bildschirm. Er freute sich auf den Berufsschultag. Die Bank war ehrlich gesagt eine Enttäuschung gewesen. Jetzt hoffte er, Gleichgesinnte zu finden, die noch nicht vom Bankalltag desillusioniert waren. Man begann mit einer Vorstellungsrunde.

„Hi", sagte Stefan, und in seinem Bauch wurde es warm. „Ich heiße Stefan und wollte immer schon in der Bank arbeiten, weil ich die Welt zu einem besseren Ort machen möchte."

Das Schweigen, das ihm aus der digitalen Runde entgegenschlug, konnte er zunächst nicht recht deuten. Doch je länger Stefan von den Kacheln in seiner Küche auf die Kacheln auf dem Bildschirm starrte, je länger er den Pixelhaufen zusah, die seine Ausbildungskollegen waren, und je mehr sie in der Vorstellungsrunde davon sprachen, als Bankkaufleute einmal viel Geld verdienen zu wollen, und je öfter einer nach dem anderen auch von den unsicheren Zeiten sprach, in denen man lieber zu den Gewinnern gehören wollte als zu den Verlierern, lieber zu denen, die an den Geldströmen saugten, statt von ihnen ausgesaugt zu werden, je mehr vor allem aber klar wurde, dass keiner der Teilnehmenden Stefans Kindheitstraum von pflanzenbestandenen und von großen, warmen Rechenmaschinen durchglosten Räumen voller Licht und Zuwendung teilte, desto öder, grauer, sinnloser und trauriger kam ihm das alles vor, und schließlich musste auch er die Kamera abschalten, denn niemand sollte sehen, dass er weinte.

Er ging zur Spüle, klatschte sich etwas Wasser ins Gesicht, atmete tief durch und schaltete die Kamera wieder ein. Er war so weit gekommen. Er würde mit sicherlich nicht wegen ein paar Schnöseln alles wegwerfen. „Stähl mal dein homosexuelles Rückgrat!“, zischte er sich selbst zu.

„Bitte?“ Die Kursleiterin hielt inne. Auf ein paar Bildschirmkacheln wurde gekichert.

„Ähm“, machte Stefan. „Nichts. Mikro war an. Entschuldigung.“ Verlegen rieb er sich das Handgelenk, das in der letzten Woche von gleich zwei älteren Menschen mit viel Durchsetzungsvermögen umklammert worden war.

„Okay.“ Die Kursleiterin räusperte sich. „Wie ich gerade sagte, im Bankgeschäft ist gerade heutzutage eine gewisse Härte gefragt. Eine große Staatsmännin hat einmal gesagt: Es gibt keine Gesellschaft. Es gibt nur Einzelpersonen und Familien. Falls Sie also noch diese Kindheitsbilder von Banken mit sich herumtragen, so Pflanzenkübel-mit-Tonkugeln-mäßig, wo der nette Bankbeamte, ich weiß jetzt auch nicht, irgendeiner Mutter großzügig ein bisschen Geld vorstreckt, ja? Das ist vorbei. Das müssen Sie sich klarmachen. Heute muss sich jedes Geldinstitut auf den Märkten beweisen. *Sink or swim!*"

Stefan hatte das deutliche Gefühl, dass sie ihn durch den Handybildschirm hindurch mit Blicken durchbohrte.

Auf den Kacheln wurde pflichtschuldig genickt. Stefan wurde schlecht. Sein Blick fiel auf die geliehenen Bücher von Herrn Wischnewski, die er nicht verstand. Daneben lag der Disponentenstempel, mit dem er laut seiner Chefin die Kunden nur als wertvoll oder wertlos abstempeln sollte. In der Hand wiegte er das Handy mit den geschniegelten Fratzen der anderen Auszubildenden und wusste, dass der Apparat in dieser Stadt ihm sonst nur den Weg zu seinem treulosen Noah wies. Auf dem Boden lag der Koffer, den man ihm direkt bei der Ankunft geklaut hatte. Er rieb sich das schmerzende Handgelenk.

„Arm, aber sexy", sagte die Kursleiterin. Vielstimmiges Lachen. Vermutlich war etwas ganz anderes gemeint. Stefan verstand es als Hohn auf sein Leben.

Er wollte sich zusammenreißen, aber vielleicht zum ersten Mal im Leben hatte er vom Tapfersein genug. Die Visitenkarte lag achtlos hingeworfen auf dem Tisch. Marits Tattoostudio und die Adresse. Stefan hatte das deutliche Gefühl, dass er sich lieber von der Ehefrau seines betrügerischen Geliebten Tinte unter die Haut stechen lassen wollte, als noch eine Sekunde länger in einer Runde mit Leuten zu verbringen, die seinen ohnehin schon ramponierten Traum mit Füßen traten.

Er riss sich das Headset herunter und lief hinaus, die Treppen hinunter, bevor er es sich anders überlegen konnte. Wollte er noch Bankkaufmann werden? Es fühlte sich nicht so an. Mit der Absolutheit junger Menschen beschloss er, alles hinzuwerfen, und mit der Biegsamkeit junger Menschen wusste er zugleich, dass er sich solch wutschnaubende Entschlüsse leisten konnte, weil er morgen ohnehin alles würde neu bedenken können.

Dank Google-Maps fand Stefan die Adresse auf Marits Visitenkarte sofort. Ihm wurde bewusst, dass er seit seiner Ankunft in Berlin den Umkreis seiner neuen Wohnung und der Ausbildungsstätte nicht verlassen hatte. Er hatte keine der üblichen Touristenattraktionen besucht, hatte sich nicht ins Nachtleben gestürzt und nicht einmal einen Spaziergang durchs Viertel unternommen. Sein Berlin, fiel ihm auf, war bisher kleiner als Hausen gewesen.

Auch jetzt gewann er kein klares Bild von der Stadt. Er folgte dem Pfeil auf dem winzigen Stadtplanquadrat und der Computerstimme, bis er beim S-Bahnhof angekommen war. Die Linie, die ihm nun vorgeschlagen wurde, fuhr allerdings heute nicht, wie er einem unauffällig neben dem geschlossenen Brötchenverkauf platzierten Schild entnahm. Es herrschte ein Ersatzverkehr mit Bussen, der in einer Straße abfahren sollte, die sein Handy nicht fand. Ratlos schaute er sich um, während Menschen mit abgekehrten Gesichtern an ihm vorbeihasteten.

Endlich schlenderten zwei gedrungene Gestalten vorüber, deren grellfarbige Westen sie als Mitarbeitende des S-Bahn-Kundenservice auswiesen. Aus Mangel an Alternativen beschloss er, ihnen zu folgen. Sie gravitierten durch eine kleine, feuchte Halle mit einem geschlossenen Imbiss und einem geschlossenen Zeitungsladen auf eine vierspurige Straße, an deren Rändern ein Fernsehreparaturdienst und eine Sexmesse annonciert waren. Ein paar Meter weiter standen weitere Figuren in grellen Westen und kippten Schnäpse von der Art, wie man sie an Supermarktkassen findet. Stefans Leitsterne wurden begrüßt und erhielten ebenfalls Schnäpse.

Aus dem Straßendunst tauchte ein Bus auf. *Ersatzverkehr* stand handschriftlich auf einem Stück Pappe hinter der Windschutzscheibe. Die Türen öffneten sich zischend. Einer mit Köfferchen stieg aus und tippte sich an die Schläfe, bevor er von den Trinkenden ebenfalls mit einem Schnaps versorgt wurde. Ein anderer, der gerade noch getrunken hatte, stieg ein und klemmte sich auf den Fahrersitz. Erleichtert rannte Stefan hin und stieg ein.

Kaum hatte er Platz genommen, strömte wie auf ein geheimes Kommando eine Menschenmenge aus dem S-Bahnhof und rannte in Sekundenschnelle den Bus voll. Auf den Sitzplatz neben Stefan quetschte sich eine Mutter mit Kind. Beide weinten. Andere Leute drängelten sich seitlich, von hinten und unfasslicherweise auch von oben dazu. Die Türen schlossen sich, der Bus ächzte wie ein Beamter, der noch einmal herzhaft furzt, bevor ihn die ersten Antragsteller belästigen, und setzte sich in Bewegung. Es war heiß, feucht, und alles roch nach Regen und Urin. Irgendwann stürzten alle wieder raus aus dem Bus. Stefan beeilte sich, den anderen Berlinern hinterherzurennen.

An einer geöffneten Currywurstbude und einem geschlossenen Friseur vorbei stürzte sich die Rolltreppe in die Tiefe. Die gelbe U-Bahn bremste schon quietschend. Stefan zerrte im Laufen das Handy aus der Tasche, erkannte, dass er die falsche Linie erwischt hatte, und stieg trotzdem ein.

Kaum hatten sich die Türen geschlossen, begann eine Kapelle zu spielen. Aus den Tönen von Akkordeon, Querflöte und Kontrabass erriet Stefan den beliebten Schlager „Atemlos durch die Nacht". Ein Affe ging durch die Reihen und streckte die Hand nach Geld aus. „*Yes, bit of money for little monkey, very good little monkey, danke schön, danke schön, one world, one love, bit of money please*", tönte es aus einem Handy, das der Affe um den Hals trug.

Eine Haltestelle später war der ganze Spuk vorbei. Eine Frau weinte in ihr Handy, ein älterer Mann legte sich der Länge nach auf eine Sitzbank, ein anderer schimpfte laut mit sich selbst, während er aus einem anscheinend bodenlosen Beutel einen pornografischen Bildband nach dem anderen zog. Ein Hund hob an einer Haltestange das Bein.

An der nächsten Station drängten so viele Leute in den Waggon, dass Stefan gegen die Scheibe gepresst wurde. Kurz bevor sich die Türen schlossen, schob jemand von draußen eine schwerbeladene Schubkarre dazwischen. Ein Alarmsignal ertönte, einige Fahrgäste bemühten sich, die Türen wieder auseinanderzupressen, andere, die Schubkarre hinauszudrängen. Der Besitzer des Gefährts jammerte, er müsse umziehen, das sei sein gesamtes Hab und Gut, und am Ende brüllte die Fahrerin so laut durch die Sprechanlage, dass die Rückkopplung allen direkt ins Hirn fuhr: An Wagen sechs sehe man jetzt, wegen welcher Schwachköpfe die U-Bahn immer Verspätung hätte.

Stefan musste im Gedränge kurz ohnmächtig geworden sein, denn er bekam nicht mehr mit, wie die Sache ausging. Beim nächsten Halt war jedenfalls weit und breit keine Schubkarre zu sehen und auch sonst waren fast alle Mitreisenden verschwunden. Die Bahn hielt, eine blecherne Stimme verkündete, aufgrund eines Polizeieinsatzes sei der Bahnverkehr zurzeit unregelmäßig, und alle müssten jetzt aussteigen. Stefan stieg aus. Der Hund, der vorhin an die Haltestange gepinkelt hatte, stieg mit ihm aus.

Niemand sonst stieg aus. Die Türen schlossen sich und die Bahn fuhr weiter. „Ihr wollt mich doch wohl verarschen", fluchte Stefan.

Der Hund trottete ohne eine Antwort in den Wald aus Metallstreben, die den gesamten Bahnsteig versperrten, und verschwand in der Finsternis. Stefan blieb allein zurück. Eine Maus huschte über die Gleise. Wo sie in einem Loch verschwand, entdeckte Stefan Teile eines Hinweisschildes, aus dem er sich zusammenreimte, dass dieser Bahnhof für die nächsten acht Jahre renoviert würde und eigentlich gar nicht mehr angefahren werden sollte. Der Name des Bahnhofs war Karl-Marx-Straße und da fiel Stefan ein, dass dies der Bahnhof war, den sein Handy ihm als nächsten Ausstiegspunkt zum Tattoostudio von Marit genannt hatte.

So schnell es ging, bahnte er sich den Weg durch den Eisenwald und entdeckte irgendwann die Ruinen einer lange stillgelegten Rolltreppe. Als er hinauflief, sprang sie an. Er wurde nach vorne geschleudert und schlug sich das Knie auf. „Scheiße", schrie er und stolperte ins Freie.

Autos staksten auf nassen Reifen vorbei, von schlecht gelaunter Schnelligkeit und doch hörbar bemüht, diese Berliner Straßen nicht mehr zu berühren als nötig. Stefan stützte sich auf den Knien ab und holte tief Luft. Er schluckte eine Mundvoll Miasma, das nach Kotze, Lindenblüten, Brackwasser und dem Angstschweiß all der anderen Verzweifelten schmeckte, die vor ihm hier gestrandet waren.

„Sie haben Ihr Ziel erreicht“, sagte die Computerstimme geschäftsmäßig.

„Na, herzlichen Glückwunsch!“, meckerte ein Passant hinter Stefan und entfernte sich kichernd.

Stefan spürte, wie ihm die Tränen hinter den Augen brannten.

„Sie haben Ihr …“, setzte das Handy erneut an.

„Herrgott noch mal, ja!“ Stefan öffnete die Augen, sah, dass er in Hundescheiße getreten war, und richtete sich auf.

Auf der anderen Straßenseite befand sich die Hausnummer, die er suchte. Die Ampel war, wie nicht anders zu erwarten, kaputt.

Er würgte die Google-Stimme mit einem Wisch ab und hastete über die Straße. Als er schwer atmend das Klingelschild absuchte, fiel ihm ein, dass er ja nach einem Geschäft suchte. Er hatte einen Laden erwartet oder wenigstens ein Leuchtreklame an der Fassade. Aber anscheinend verrichtete Marit ihre Arbeit als Tätowiererin in einem ganz gewöhnlichen Altbau. Suchend ließ Stefan den Finger über das Klingelschild gleiten. Endlich fand er den Namen „Marit Serpinski“ und darunter tatsächlich klein gedruckt „Iteratattoo“. Und als er den Knopf bereits gedrückt hatte, las er noch kleiner darunter: „Noah Belilah“. Ein heißer Schreck durchfuhr ihn. Marit arbeitete von zu Hause aus. Und das bedeutete, hier war auch Noahs Wohnung.

„Ja?“ Die Gegensprechanlage knackte.

Stefan räusperte sich. „Ja, ich bin's, Stefan.“ Wenn sie ihn nicht erkannte? Wenn alles nur ein Scherz gewesen war? Er hätte sich anmelden sollen, statt Hals über Kopf um die halbe Welt zu fahren in diesem Berlin. „Von der Gruppe. Also, wir haben uns da vor der Tür …“ Das klang zu blöd. „Wegen der Tätowierung“, fiel ihm noch ein.

Ein Augenblick Stille.

„Ach ja, klar. Komm rauf!“, tönte Marits Stimme zugleich aus der Gegensprechanlage und durch das Treppenhaus. „Ist gleich im ersten Stock.“

Stefans Berlinschwurbel war wie weggeblasen. Die Angst, die er jetzt in der Magengrube spürte, war ganz und gar hausnerisch. Eine Begegnung mit Noahs schönem Schwanz unter diesen Umständen, also nicht nur mit dem ganzen Noah daran, sondern auch Marit, der Mutter seines Kindes, vielleicht gar noch mit diesem Kind in Person, und drumherum die Wohnung, in der das gesamte ja doch irgendwie gemeinsame Leben der kleinen Familie herumstand, das überstieg womöglich seine Kräfte. Doch was ihn ins Innere zog, war die Tatsache, dass das Licht im Treppenhaus nicht flackerte, sondern ruhig und gelblich schien, dass das Geländer, nach dem seine Hand noch zögernd griff, fest und sicher Halt verlieh, dass die Treppenstufen blank geputzt waren, dass es nicht nach Essen und nicht nach Schimmel, sondern dezent nach Putzmittel roch, und dass ein kleiner Aushang in ordnungsgemäßem Schriftdeutsch verkündete, dass die Gaszähler abgelesen würden.

Die Gaszähler! Abgelesen! Stefan beschleunigte seine Schritte und war schon auf dem Absatz, sah schon um die Biegung die offenstehende Wohnungstür, das gelbe Rechteck, Marits Gestalt mit dem tätowierten Hals. Was kümmerte ihn die Konfrontation mit der treulosen Fernbeziehung, was die Außenseiter-Kunst am Hals der Gastgeberin, hier wurden Gaszähler abgelesen, also ordnungsgemäß Verträge erfüllt, Schulden bezahlt, Mieter und Vermieter durch Rechtsbeziehungen aneinandergebunden, und kein Fahrstuhl in Röntgenbildoptik, kein Geräusch illegaler lesbischer Bohrungen und keine improvisierte Musik des schwarzen Atlantik erschütterte das Haus. Es war kein nasser, feuchter Berliner Wohnblock, in den die Enden von irgendwelchen Würmern herabhingen. Es war, fand Stefan, als die lächelnde Marit vor ihm stand, ein sanierter Altbau, und das bedeutete Behaglichkeit.

„Na?", fragte Marit und deutete mit dem Kinn auf seine Schuhe. „Harten Weg gehabt?"

„Ja, mit den Öffentlichen", antwortete Stefan verlegen. Er beeilte sich, die stinkenden Schuhe vor der Haustür auszuziehen.

Marit lachte und löste die verschränkten Arme zu einer einladenden Geste. „Dit is unser Balin, wa?"

Und Stefan stimmte in ihr Lachen mit ein.

„Was du dir auf jeden Fall sofort abgewöhnen musst", sagte Marit urplötzlich ernst, „ist einfach irgendwo vorbeikommen. Das macht man vielleicht in deinem Dorf da so. In Berlin kommen wir niemals irgendwo einfach vorbei. Man verabredet sich und findet dann keinen Termin."

„Aber wie trifft man sich denn dann?", fragte Stefan und hängte Mantel und Schal an einen Haken, an dem bereits andere Mäntel und Schals hingen. Er hörte Musik. Rockmusik. Er atmete erleichtert auf und fühlte sich gleich noch mehr zu Hause. Ingwertee. Er roch Ingwertee! Der Duft war überall. Das helle Holz der Dielen selbst schien Honig und scharfe Wärme zu verströmen. Es knarzte angenehm unter den Füßen, als er Marit den Flur entlang folgte.

„Man trifft sich nie. Weil es eben nie passt. Alle sind doch busy hier", sagte Marit.

„Aha", machte Stefan. „Komisch. Aber man muss sich doch mal sehen."

„Man sieht sich zufällig", erklärte Marit. „Auf der Straße. Im Club, in der Uni. Auf der Demo. Und dann nicht mehr. Natürlich verspricht man sich bei solchen Gelegenheiten, sich unbedingt bald mal wiederzutreffen. Aber dann passt es wieder nicht. Bis man sich zufällig wiedersieht."

„Aber wie treffen sich denn die Leute in Berlin, wenn sie sich treffen wollen?" Stefan verstand jetzt gar nichts mehr.

Marit drehte sich um und lachte. „Na, man kommt einfach so vorbei und überfällt sich. Sonst wird das ja nie was. Allet richtig jemacht, Großer. Herzlichen Glückwunsch!" Sie machte eine einladende Geste in ein Wohnzimmer, das ein Zuhause war. Stefan ging an ihr vorbei und sah sich staunend um. Ihm wurde gleich so warm, dass er wieder Tränen in den Augen hatte, aber diesmal vor Glück.

Alles sah genau aus wie in der westdeutschen Sparkasse seiner Kindheit. Im Bilderrahmen über dem Sofa hingen zwei leicht geometrische Enten in fiebrigen Krankheitsfarben. Sie schwammen auf einem weitgehend leeren Teich, an dessen Rand aber eine Mühle in winterlichem Weiß stand. Aus dem Schornstein kräuselte sich ein Rauchfaden; aus dem Fensterkreuz schaute eine gesichtslose Figur. Im Glas über dem Himmel spiegelte sich das restliche Wohnzimmer: ein Emanuelle-Korbsessel, dessen Gitterwerk in der Acht-Bit-Kantigkeit einer Tropfenlampe wieder aufgenommen wurde, ein Bücherregal, in dem, anders als bei Herrn Wischnewski, alles geordnet und unschwul dem Alphabet folgte, ein silberfarbener Stereowürfel, der zwar von einem gut ausgestatteten CD-Regal flankiert war, im Augenblick aber von einem Smartphone beströmt wurde, und Comicfiguren: die Mondrakete von Tim und Struppi, Gaston mit einem schwankenden Bücherstapel auf dem Arm und Ganondorf mit aufgerissenem Maul. Vor allem aber bezauberten Stefan die Zimmerpflanzen, die nicht allein in Tontöpfen auf dem Boden und auf Pflanzenhockern verteilt waren, sondern auch in Ampeln von der Decke hingen. Grünlilien bildeten zahllose Luftwurzeln. Sogar Tonkügelchen gab es hier.

Marit ließ sich aufs Sofa fallen, griff hinter die Lehne und knipste einen Schalter an. Eine Gans leuchtete auf. „Hey“, sagte sie. „Du weinst ja. Ist Berlin so schlimm?“

Stefan konnte erst mal nur nicken. Er setzte sich ebenfalls. „Es ist so schön hier“, schluchzte er, als er wieder sprechen konnte.

KAPITEL 7

Berlin-Babys müssen es ownen. Geile Würstchen.
Eine beinahe unglaubwürdige Veränderung.

Marit schenkte ihm Tee ein. Ingwertee! Mit Honig! So sehr Stefan auch die vielen Schmieröle und Sondermülldrinks von Herrn Wischnewski zu schätzen gelernt hatte, dieses Getränk in dieser anheimelnden Umgebung trieb ihm gleich wieder die Tränen in die Augen.

„Du kannst jetzt aber nicht bei mir einziehen", sagte Marit, zog die Füße aufs Sofa und schaute ihn über den Rand ihrer Tasse hinweg an. Stefan bemerkte zu seiner eigenen Überraschung, dass er sich insgeheim genau das gewünscht hatte.

„Warum nicht?", fragte er plump, da er ja ohnehin nichts mehr zu verbergen hatte.

Marit drehte die Tasse in den Händen. „Na, weil du was mit meinem Freund gehabt hast. Und das wäre doch ein bisschen komisch." Sie pustete auf den Tee und sah Stefan nicht an. Stefan verschluckte sich, hustete und bekam noch mehr Tränen in die Augen.

„Das wusstest du?" Anscheinend hatte er wirklich nichts mehr zu verbergen.

Marit nickte. „Ich weiß von eurem ganzen Verein. Vom Schatzsucherverein. Ich habe das nämlich gegoogelt. Weißt du …" Sie setzte die Tasse auf den Couchtisch. „… das Rumgeficke stört mich gar nicht so sehr. Ich meine, Noah hat einfach einen ausgesprochen schönen Schwanz …"

„Ja …“, sagte Stefan träumerisch und nippte schnell an seinem Tee, als ihm aufging, dass das selbst in dieser merkwürdigen Situation vielleicht keine angemessene Bemerkung war.

„… einen ausgesprochen schönen Schwanz, aber das ist ja nun kein Grund, mich zu bescheißen. Mich nervt, dass er nicht ehrlich ist. Wenn er Sex mit Typen haben will, bitte, dann will ich aber dabei sein. Das habe ich ihm ja auch gesagt.“

„Ach“, sagte Stefan.

„Und er hat gesagt, dass er das nicht will.“

„Hm.“

„Und dann habe ich gesagt, dass ich mir dann höchstens noch vorstellen kann, dass ich dann gar nichts davon wissen will, aber dass dann meine Bedingung ist, also, abgesehen davon, dass alles clean abläuft, mit Kondom, und dass er sich testen lässt, du weiß schon …“

„Ja, klar“, log Stefan.

„… dass er erstens noch Sex mit mir hat, und zwar geilen Sex mit allem Pipapo und nicht nur so Beruhigungssex, damit ich ihn nicht verlasse, also, mit an den Haaren ziehen und schweinische Sachen sagen und auf dem Küchentisch …“

„Küchentisch, hm, ach so“, machte Stefan, der mit Noah noch nie auf dem Küchentisch oder irgendeinem anderen Tisch Sex gehabt hatte.

„… und drittens, dass ich dann auch mit anderen will, und dass ich ihm davon auch nichts sage. Und da hat er gesagt, er überlegt es sich.“

Marit nahm die Tasse vom Couchtisch, trank und sah Stefan auffordernd an.

„Und hat er es sich überlegt?“, fragte er, weil ihm nichts Besseres einfiel.

„Er überlegt noch.“

„Ach so.“

Das Wohnzimmer fuhr fort, sich im Ententeich mit Windmühle zu spiegeln.

„Wie lange überlegt er denn schon?“, fragte Stefan vorsichtig.

„Roundabout ein Jahr.“

„Oh.“

„Was heißt denn jetzt oh?“

„Ich habe nur gerade überlegt, wie lange … wie lange ich Noah schon …“

„Wie lange ihr schon vögelt?“

„Ach, vögeln, vögeln würde ich das nicht …“

„Was macht ihr denn so?“ Marit schaute ihn über die Tasse hinweg an, als hätte sie ihn gerade nach dem Wetter gefragt. Stefans Gesicht brannte von den Tränen und weil er peinlich berührt war.

„Machen, ach, wir machen eigentlich …“

„Lässt er sich von dir ficken?“

„Ficken, nee, also ficken, er ist nicht so …“

„Und du? Fickt er dich?“

„Ich bin da auch mehr …“

„Was seid ihr denn für Schwule? Gehört das nicht irgendwie zum Schwulsein dazu? Dass man sich fickt?“

Stefan war zwar überrumpelt und empfand gegenüber der Lebensgefährtin seines Liebhabers auch ein diffuses Schuldgefühl, aber langsam ging ihm das doch zu weit. Nicht nur, dass solche Fragen in einem derart hausnerischen Wohnzimmer absolut fehl am Platz waren, er war auch im Laufe der letzten Woche von Herrn Wischnewski mit einem so hochdosierten Cocktail schwulen Selbstbewusstseins und von Frau Steingräber mit einer derart heftigen Dosis abweisender Härte geimpft worden, dass er auf eine Weise antwortete, die ihm noch mit dem Rollkoffer in der Hand auf dem Weg durchs nächtliche Berlin nie in den Sinn gekommen wäre. „Also, ich finde, das ist privat. Wie das Bankgeheimnis.“

Marit zog die Augenbrauen zusammen. „Hä? Bezahlt er dich da, oder was? Ich meine, Sexwork ist auch Work, aber dass er das nötig hat, das hätte ich nicht gedacht.“

Stefan seufzte. „Nein, er bezahlt mich nicht. Ich meine nur, dass dich das nichts angeht.“

„Das geht mich wohl was an. Immerhin ist er der Vater meiner Tochter.“

„Apropos Tochter. Wo ist die denn überhaupt?“ Stefan sah sich um.

„Na, in der Schule. Hör mal, ich arbeite. Was glaubst du denn?"

„Ach so. Ja, wegen der Tätowierung …"

„Du, jetzt lenk nicht ab. Was ihr da macht? Das geht mich nämlich wohl was an. Weil, ich kenne den schon länger, und wir haben ein Kind und er war bei meinen Eltern Weihnachten zum Essen und wir zahlen zusammen die Miete. Und da möchte ich schon wissen, ob er jetzt dein Sperma schluckt zum Beispiel und ich das dann indirekt auch schlucke. Könnte ja sein. Oder noch ganz andere Sachen." Sie setzte zum Trinken an und schaute dann mit gerunzelter Stirn in die Tasse.

„Nein, das geht dich eben nichts an." Stefan merkte, dass er sauer wurde. Er wurde nur sehr selten sauer, und seit er in Berlin war, war derart viel passiert, dass er überhaupt noch nicht zum Sauerwerden gekommen war, obwohl er, wie er jetzt fand, wirklich allen Grund dazu gehabt hätte. „Aber das ist nicht mal das Entscheidende. Ich will da nicht drüber reden, weil es mir unangenehm ist. Mir ist das unangenehm, mit dir hier zu sitzen, eben weil du mit Noah ein Kind hast und so. Und weil er ja bestimmt auch deine … dings … was eben bei dir unten rauskommt, dass er das vielleicht geschluckt hat, und ich dann indirekt auch. Und ich kann dabei aber nicht einfach weiter Tee trinken und ich finde das auch nicht interessant oder spannend oder geil. Weil ich im Gegensatz zu dir nämlich nie vorschlagen würde, dass ich dann ja dabei sein könnte oder dass ich auch mit anderen was habe. Ich wollte bloß, dass Noah und ich für immer zusammen sind und dass wir so eine Wohnung haben wie die hier und vielleicht auch ein Kind und dass es da keine anderen gibt. Und jetzt gibt es da einen ganzen Schatzsucherverein. Und ich war wohl nur einer von vielen an seinem schönen Schwanz. Geblasen haben wir nämlich. Vor allem ich. Ich habe ihm gerne einen geblasen und meistens hat er mich dann vollgespritzt und ich dann bin ich schon davon gekommen, wenn du's wissen willst. Und gewichst. Mit der Hand. Gegenseitig. Und dabei geknutscht. Das kann man nämlich auch machen, wenn man schwul ist. Man kann überhaupt alles machen, wenn man schwul ist."

Stefan holte tief Luft und wollte gerade fortfahren, da knallte Marit die Teetasse auf das Sofa, und weil das Sofa viel zu weich war, als dass man wirkungsvoll etwas hätte daraufknallen können, spritzte eine Teefontäne in die Höhe und der Rest des Getränks verteilte sich als traurige Pfütze im Stoff.

„Genau! Alles darf man, wenn man schwul ist. Ich bin aber nicht schwul. Auch wenn ich's manchmal gerne wäre. Aber ich bin ja nur die Freundin und die Mutter und sitze hier und warte in der schönen Wohnung und komme mir blöd dabei vor, wie meine Mutti nämlich, fehlt mir nur noch das Nudelholz, vielen Dank. Und einfach sagen, ‚ich will das nicht, bleib bei mir, sei nur für mich da, ich will, dass es da keine anderen gibt', das geht auch nicht, dann fühl ich mich noch muttimäßiger."

„Ja, aber wenn du das willst, dann mach das doch, statt so rumzutönen von wegen offene Beziehung und wie heißt das noch … dings … poly … das ist doch Quatsch, das ist doch, da bescheißt du dich doch nur selbst."

„So einfach ist das aber nicht. Ich würde das nämlich … also, ich finde das nämlich wirklich, der Gedanke, dass er da, dass ihr da …"

„Ja, das macht dich schon auch geil, das hab ich schon gemerkt, wie du da immer mehr drüber wissen willst, du kannst ja gar nicht mehr aufhören."

„Weil ich, wenn ich schwul sein könnte, das würde ich gut finden. Du glaubst das jetzt vielleicht nicht, aber bist du eifersüchtig auf mich? Ich bin nämlich eifersüchtig auf dich! Ich will auch mal mit dem rummachen, nicht, weil wir Kind und Wohnung und Weihnachten bei den Eltern haben, sondern weil es verboten ist und geil und weil ich schon komme, wenn er auf mich abspritzt. Aber so ist das halt nicht."

„Aber warum denn nicht? Mach das doch?"

„Quatsch, ich lass mich doch nicht umoperieren oder was. So weit geht das jetzt nicht, dass ich mich für einen Typen …"

„Erstes heißt das nicht umoperieren und zweitens, wer redet denn von umoperieren?"

„Jetzt sag bloß nicht, das ist alles nur in meinem Kopf und ich muss mich da nur befreien oder was."

„Das ist nicht in deinem Kopf, das ist in deinem Körper."
„Ja, sag ich ja, umoperieren."
„Nein." Stefans Gesicht brannte immer noch, aber dieses Mal weder vor Tränen noch vor Scham, sondern vor einem Eifer, den er sich selbst nicht recht erklären konnte. Er hatte sich in Rage geredet in diesem sicheren, westdeutsch anmutenden Hafen inmitten des hässlichen Berlin. „Ob du's glaubst oder nicht, ich kenne das. Dass man nicht weiß, wie das geht mit dem Schwulsein. In Hausen, also, da komme ich her, da erklärt einem das nämlich keiner. Man spürt irgendwie, dass es so ist mit einem, aber man weiß noch gar nicht, welche Form das … also, wie das geht, wie man das macht, wie das …" Stefan überlegte und Marit zog die Stirn kraus. „Wie das, was man ist, wie man das machen kann, sodass man das dann ist", sagte er schließlich. „Und dann gibt es da nur Bilder im Internet und Filme von der Bundeszentrale für gesundheitliche Aufklärung und Pornoseiten. Und da kriegt man so ein Bild vom Schwulsein. Wie man sich da bewegt und redet und dass es ganz schwer ist. Es ist ein Kampf, aber dann gewinnt man und die Freunde stehen zu einem und die Eltern irgendwann auch und dann ist man schwul, aber ganz normal. Das ist aber Quatsch. Es ist nicht ganz normal. Weil es nie normal ist, irgendwer zu sein. Also du hier mit deinem Entenbild und dem Emanuelle-Sessel und der Acht-Bit-Lampe, das ist sehr normal, aber du bist ja nicht normal. Du fühlst ja, dass das nicht normal ist."
„Okay", sagte Marit.
„So meine ich das nicht. Ähm. Mit den Pornos. Da wird ja gezeigt, wie man schwul ist. Erst wird geknutscht und dann bläst einer und dann wird gefickt und dann kommen beide. Aber wenn man es dann wirklich macht, merkt man, dass es nichts Besseres gibt, als wenn der Schwanz schon richtig hart ist, also der von dem anderen, aber man holt ihn nicht raus, sondern dass er eben kurz davor ist, rausgeholt zu werden, das ist das Gute. Oder wenn man ihn dann im Mund hat, den Schwanz, das ist schon gut, aber das eigentlich Gute ist, dass man den Arsch spürt, also den eigenen, beim Knien, und so kniet man eben nur beim Blasen. Oder dass man fast kommt,

wenn man nach oben guckt, ihm in die Augen, und fast mit seinen Augen sieht, wie geil man jetzt aussieht, und so guckt man und so wird man eben nur gesehen beim Blasen. Deswegen sagt man kurz: Blasen. Aber es geht nicht ums Blasen. Es geht um diese anderen Sachen, die … darum herumwabern. Und dabei fühlt man sich schwul, das sind die schwulen Momente, aber man kann ja nicht ernsthaft immer die ganze Sache sagen, und es gibt auch keine Pornos, oder ich kenne jedenfalls keine, in denen es um diesen Blick geht oder um dieses Arschgefühl."

Stefan hörte einfach auf, weil er merkte, dass er noch endlos hätte weiterreden können. Er war glücklich, sich dabei zuzuhören, denn er spürte, dass es wahr war. In Hausen hätte er das nie so sagen können, obwohl er das alles da schon gemacht hatte. Hier in Berlin ging das erst. „Seit ich nach Berlin gekommen bin, habe ich immer wieder gedacht: Hier ist es gut damit."

„Aber seit du hier nach Berlin gekommen bist, hast du auch nicht mehr mit Noah."

„Nee."

Eine Weile herrschte Schweigen. Draußen rauschte der Verkehr. Marit rieb sich über die Stirn. „Das ist natürlich alles sehr Berlin hier jetzt", sagte sie. „Dass wir uns gar nicht kennen und dann so Gespräche über unseren gemeinsamen …" Sie seufzte. „… Typen. Mann. Noah."

„Schwanz", sagte Stefan.

„Über unseren gemeinsamen Schwanz, genau. Der an einem dritten rumbaumelt. Na ja, dafür muss man diese Stadt auch lieben."

„Muss man?"

„Finde ich schon. Wo kommst du denn her? Um mal was Normales zu fragen? Und wollen wir eigentlich was anderes trinken als Tee? Ich könnte jetzt was vertragen."

„Finde ich nicht. Aus Hausen. Normal finde ich eigentlich gut. Gerne Whisky. Ich nämlich auch."

Marit spitzte die Lippen. „Whisky! Der feine Herr. Maschinenöl oder Torf?"

„Gemischt."

Und dann erzählte er von Hausen und von seinem Traum, Bankkaufmann zu werden, von seiner Mutter, der Ankunft in Berlin, der Hausgemeinschaft, der Enttäuschung in der Bank und der Enttäuschung in der Ausbildung.

„Und jetzt", schloss er und trank den dritten Whisky aus, „jetzt fahre ich zum ersten Mal quer durch Berlin, raus aus dem Kiez zu dir und merke, es ist total schrecklich und die schreckliche Bank und das baufällige Haus, das war noch das Beste." Er sah auf die Uhr und bemerkte erschrocken, dass es erst früher Nachmittag war. „ O Gott, ich bin ja betrunken!"

„Von nun an geht's eben bergab." Marit prostete ihm zu und trank ebenfalls aus. „Hildegard Knef, falls ihr Schwulen das nicht mehr kennt."

„Ihr Schwulen, ihr Schwulen, jetzt hör doch mal auf! Du trinkst nicht nur wie mein Nachbar, du redest auch schon so. Ich wollte nie schwul sein. Nicht mal homosexuell. Ich wollte nur …" Er wedelte mit dem Glas ein Knäuel in die Luft, das die ganze Wohnung und das Familienleben darin einschließen sollte, „…das eben."

„Dafür, dass Wischnewski dir angeblich so auf den Geist geht, hast du dir aber schon viel von ihm abgeguckt. Vom Whisky bis zum Gerede über Schwänze. Und dafür, dass deine Chefin angeblich so eine Bitch ist, hat sie dich in einer Woche aber schon schön geschult, wie du hier reingekommen bist und bei meinem coolen Getue gleich selber ganz cool geblieben bist. Und jetzt gefällt dir meine kleine Hygge-Spießerhölle hier. Also, ich liebe die ja auch. Aber ich glaube nicht, dass du die willst. Du bist einfach nur ein Berlin-Baby."

„Ein Berlin-Baby?"

„Ja." Marit wedelte das leere Glas durch die Luft und verwischte Stefans Lebensmodellumschließungsknäuel. „Ein Berlin-Baby. Ein Hauptstadt-Heiopei. Ein Weltstadt-Wickelkind. Mir ging's genauso. ‚Oh, alles ist so groß hier, alle sind so unfreundlich, ich kann nicht am Alex umsteigen, wo ist der Hörsaal, und was, nein, ich kenne ja in dieser Disco keinen und niemand sagt Disco, und huch, mein Job ist gar nicht so eine geile Karrieregelegenheit, sondern einfach nur der zähe

Teig, durch den ich mich jeden Tag fressen muss, damit mir die Bank nicht das Konto sperrt, und ich bin zwar erwachsen, aber ich weiß doch auch nicht und der Typ, mit dem ich gestern rumgeknutscht habe, ruft nicht zurück, komisch, die Nummer gibt es wohl gar nicht.‘ Und dann passiert es andauernd, dass man bei Leuten reinstolpert, die es anscheinend schon geschafft haben in diesem Berlin, und dann denkt man sofort: ‚So will ich jetzt auch sein! Cool, besetztes Haus, das mache ich jetzt auch. Super, Hausprojekt mit acht anderen Langeweilern, kann mir nichts Besseres vorstellen. Mit vier verzweifelten Jungliberalen an einem Businessplan feilen und in Weißensee eine vegane Maultaschen-Manufaktur eröffnen, die mit einer Behindertenwerkstatt zusammenarbeitet, geil, das wollte ich immer schon. Einmal mit einer Frau auf der Toilette gelandet, huch, ich bin doch nicht schwul. Einmal ein Kleid angezogen, Jesus, bin ich vielleicht trans?‘“

„Ich bin nicht trans.“

„Mach dir keine Sorgen. Das ist nur eine Phase.“

„Ich bin wirklich nicht trans.“

„Nicht das. Das Berlin-Babytum. Irgendwann lernst du, aufs Töpfchen zu gehen, und die Milchzähne fallen aus. Dann schimpfst du auf die S-Bahn wie alle anderen und verachtest Maultaschen-Start-ups wie alle anderen und bestellst nach dem Job, der dich immer noch nicht interessiert, aber dich inzwischen wenigstens nicht mehr nervt, leckere Maultauschen beim Fahrrad-Lieferdienst, und schimpfst auf den Lieferdienst, weil Lieferdienst-Fahrer die Einzigen sind, die noch unter Maultaschen-Jochens rangieren.“

„Kling trist.“

„Ist es auch.“

„Und dann bin ich ein Berlin-Erwachsener?“

„Nein. Dann bist du Berlin-Backfisch.“

„Und wie werde ich erwachsen?“

Marit grinste. „Da musst du lernen, nicht mehr auf das zu schielen, was die anderen machen, sondern dein Ding durchzuziehen. Und wenn du dann auch noch Berlin-Zen-Meister werden willst, schaffst du es dabei, die anderen nicht mehr zu verachten, sondern ihnen mit freundlichem Mitgefühl zu begegnen, weil sie noch nicht so weit sind wie du, du aber auch genau weißt, dass es auf diesem Weg keine Abkürzungen gibt."

„Schade. Ich dachte, du kennst vielleicht eine."

„Eine gibt es natürlich."

„Und die wäre?"

„Ein möglichst großflächiges Tattoo."

„Ist das nicht eher etwas für Berlin-Babys?"

„Ha!" Marit zeigte mit dem Glas auf ihn. „Du lernst schnell. Sehr gut. Natürlich muss jedes Berlin-Baby irgendwann ein bescheuertes Tattoo bekommen, weil es früher oder später eine Person kennenlernt, die auch so ein bescheuertes Tattoo hat, und weil das Berlin-Baby grundsätzlich alles macht, was Leute machen, die es vermeintlich geschafft haben, lässt es sich auch so einen Müll stechen. Drei Ringe um den Arm, weil du im russischen Knast drei Typen umgelegt hast. Oder Schwalben. Rockabilly, immer gut, wirkt auch mit Mitte vierzig kaum lächerlich, aber da traust du dich ja wegen des Bauchs eh nicht mehr ins Schwimmbad. Sternchen auf dem Fußknöchel. Sehr beliebt in letzter Zeit irgendein behämmertes Gekrickel auf dem Handrücken, weil alle Berlin-Babys zeigen müssen, dass sie nur ironisch Berlin-Babys sind. Was sie natürlich zu den allerletzten Berlin-Babys macht."

„Ich finde es sehr schwierig, da den Überblick zu behalten."

„Denk nicht zu viel drüber nach. *Overthink* ist ein sicheres Merkmal für ein Berlin-Baby. Wenn man nämlich das Gekrickel *ernsthaft* trägt, nicht ironisch, dann geht es wieder. Aber das würden Berlin-Babys nie machen. Sie denken vielleicht: ‚Ich mache das nicht ironisch, das machen alle. Ich mache es gerade *nicht* ironisch, sondern *ernst.*' Aber ironischer geht es ja wohl nicht mehr."

„Hä?"

Marit seufzte. „Du musst machen, was du für richtig hältst. Du musst es ownen."

„Ownen?"

„Sag niemals *ownen*. Das ist eine bescheuerte Selfcare-Influencer-Vokabel. Da kannst du ja gleich Tiktoks machen."

„Ist das nicht was für Kinder?"

„Eben. Es sei denn, du *ownst* es. Dann sind Tiktoks wieder cool." Sie zwinkerte ihm zu. „Das ist alles Quatsch, Stefan. Tausend Leute erzählen dir in dieser Stadt tausend behämmerte Geschichten. Vor allem, dass Berlin superspecial und total anstrengend ist. Es ist nur eine Stadt. Eine Stadt voller Leute. Eine Stadt, die schlecht funktioniert. Eine Stadt, in der viele Menschen nicht viel Geld haben. Eine Stadt, die sich wahnsinnig wichtig nimmt. Und die dabei ziemlich pupsig ist. Eine Stadt, in die alle rennen und aus der alle wieder wegwollen und in der die meisten doch klebenbleiben. Eine Stadt eben. Und man braucht keine Lebensweisheiten und keine Selfcare-Ratgeber und keinen besonderen Berlin-Trip, sondern man reißt sich zusammen und geht eine Weile mal früh ins Bett und morgens zur Arbeit und liest abends ein gutes Buch. Man sucht sich richtige Freunde und hält sich vor allem von irgendwelchen bescheuerten Projekten fern. Dann geht es meistens ziemlich schnell wieder."

„Und, schaffst du das?"

„Quatsch. Ich bin doch ein Berlin-Teenager."

Marit lachte. Und dann lachte Stefan auch. Dann tranken sie noch einen Whisky. Es war halb drei.

„Was aber stimmt, ist das mit dem Tattoo", sagte Marit. „Das erdet."

„Erdet? Weil es was ist, was nicht weggeht? Wofür man sich einmal so richtig entscheiden muss?"

Marit wiegte den Kopf. „Das sagen viele. Aber ich glaube, daran liegt es nicht. Viele von meinen Tattoos finde ich jetzt nicht mehr so geil. Das waren keine Entscheidungen für immer und wahnsinnig bedeutungsschwanger. Manche habe ich nur gemacht, weil ich betrunken war. Ganz klassisch."

„Ich bin glaube ich auch betrunken", sagten Stefan.

„Na, siehst du. Beste Voraussetzungen."

„Ich lasse mich nicht tätowieren."

Sie tätschelte ihm den Oberschenkel. „Jetzt gleich. In meinem Studio oben."

„Ich arbeite immer noch in einer Bank."

„Wir machen es irgendwo, wo es keiner sieht."

„Das klingt super unseriös und ehrlich gesagt sexuell."

„Ist es ja auch. Ohne ficken. Aber alles, was super unseriös und verdächtig sexuell ist, findet *woanders* statt."

„Woanders, so Regeln brechen, Normen verletzen?"

„Quatsch. Jeder und seine Mutter hat heute ein Tattoo."

„Ich nicht. Meine Mutter auch nicht."

„Weißt du ja gar nicht."

„Ich weiß doch, ob meine Mutter ein Tattoo hat."

„Aber *du* hast vielleicht eins. Wie oft siehst du deinen Hinterkopf?

„Ich habe keinen Strichcode im Nacken."

„Du bist nicht trans, du hast keinen Strichcode im Nacken, wie willst du denn jemals in Berlin klarkommen?"

„Indem ich es owne?"

„O Gott. Ich tätowiere dich jetzt erst mal. Je schneller, desto besser."

„Nein."

Marit seufzte. „Es ist gut für dich. Und das meine ich ausnahmsweise ernst. Guck mal, natürlich tätowiere ich allen Berlin-Babys ihre Ringe, Sternchen, Schwalben und ihr Gekrickel. Irgendwann im Zuge eines gottlosen Neunziger-Revivals wird auch das Arschgeweih wiederkommen. Aber worum es wirklich geht, ist das *Draußensein*. Wenn du gestochen wirst, gehst du aus deinem Kopf raus. Du gehst in deinen Körper. Aber dann gehst du noch weiter. Oder nicht weiter. Seitwärts. Du stehst neben dir. Und da schwebst du dann und guckst dich an. Und du siehst, was du bist."

„Was bin ich denn bitte?"

„Ein Würstchen."

„Ein Würstchen?"

Marit nickte. „Ein Würstchen. Aber ein geiles Würstchen."

„Und für dieses einmalige Gefühl muss ich mich tätowieren lassen?"

„Ich nehme an, du könntest auch monatelang in einer Höhle hungern oder dich von geilen Hausfrauen aus deiner Region für achtzig Cent die Minute am Telefon zur Sau machen lassen oder dich wirklich ernsthaft einer feministischen Achtsamkeits-Kampfkunst verschreiben. Letzteres versuche ich übrigens *wirklich*, unironisch. Ich owne das. Aber beim Tätowieren klappt es und dabei noch nicht. Allerdings kann man mit der Achtsamkeits-Kampfkunst irgendwann zaubern. Und das geht mit Tätowieren nicht. Aber man trägt danach etwas mit sich rum, überall, wo man hingeht, das einen immer an diesen Moment erinnert, als man *draußen* war. Außerhalb seines Kopfes. Neben sich."

„Und ein geiles Würstchen war."

Marit nickte wieder. „Und ein geiles Würstchen war."

Stefan schaute aus dem Fenster und musterte die abgeschnittenen Giraffenhälse der Straßenlaternen. Struppige Bäume mit fleckiger Rinde standen dort. Er hörte schlecht gelaunte Autos und das Fußgetrappel vieler Menschen, denen es nicht gefiel, wo sie herkamen, und auch nicht, wo sie hinwollten, und die dennoch den Schienenersatzverkehr mit lautstarker Ungeduld sahen. Er dachte an das Haus, an Herrn Wischnewski, an die Bank und an die schwarzen Kacheln der digitalen Lernumgebung. Ein geiles Würstchen schien ihm nicht das Schlechteste, was man sein konnte.

„Ja, okay, dann machen wir das jetzt", hörte er sich sagen. „Aber nur was Kleines."

Er stand schon und ließ sich von Marit an der Hand nehmen.

„Ja, ja", sagte sie.

„Und nur, wo man das nicht sieht. Unterm Pulli."

„Klar", sagte sie und zog ihn vorbei an Türen, die in Arbeitszimmer führten, ein unordentliches Kinderzimmer, in Zimmer mit Plattensammlungen und großformatigen, selbstgemalt wirkenden Ölbildern, in Bäder und in Schlafzimmer, Schlafzimmer mit goldenen Gestängen, mit amerikanisch soften Riesenbetten und nonchalant platzierten Vibratoren.

Sie gingen eine Wendeltreppe hoch. Wer bezahlt das alles, fragte sich Stefan. Wo bitte verdienen Tätowiererinnen so viel Geld? Es gibt in ganz Berlin nicht so viele Berlin-Babys, dass sie mit ihren Schwalben und Sternen und Ringen und ihrem Gekrickel diesen Palast finanzieren. Oder doch? Vielleicht, was weiß ich schon? Ob Noah so viel Geld verdiente mit seinen Reisen ins ferne Westdeutschland, ins Hausener Industriegebiet, zu Außenstellen seines Schatzsuchervereins?

Die Treppe knarrte und Stefan wurde nun doch schlecht vom vielen Alkohol, Training mit Herrn Wischnewski hin oder her.

„Ich glaube, mir wird schlecht", sagte er und setzte den Fuß in die obere Etage der Maisonette.

„Das sagen sie alle beim ersten Mal", erwiderte Marit. „Leg dich schon mal hin und zieh dir den Pulli aus. Ich mach uns erst mal ein bisschen Musik an."

„Das klingt …" Stefan ächzte, als er sich den Pulli über den Schwurbelkopf zog, „…das klingt superunseriös und ehrlich gesagt …" Er legte sich bäuchlings auf die Liege. Das weiße Leder drückte sich kalt gegen seine Wange. „…ehrlich gesagt irgendwie sexuell."

„Entspann dich. Erst tut es ein bisschen weh, aber dann wird es schön."

„Du machst es nicht besser."

„Nur ein Witz."

Er spürte ihre kalten Hände auf dem Rücken. Die Finger tasteten sich voran wie die Mäuler eines Aliens auf der Suche nach Nahrung. „Hier? Nein, das tut zu doll weh für ein erstes Tattoo …" Die Mäuler suchten weiter, schnüffelten, hielten inne, wühlten sich probeweise ein bisschen tiefer. Stefan kiekste, als sie zwischen Schulterblatt und Wirbelsäule landeten. „Da wäre doch gut. Sieht man nicht bei deiner kostbaren Arbeit, kann in Ruhe abheilen und schmerzt nicht bei jeder Bewegung. Was sagst du?"

„Ja, da ist gut. Also, nicht schlecht. Was tätowierst du mir denn eigentlich?"

„Das musst du mir jetzt sagen."

„Keine Ahnung. Knastringe, Schwalben und Gekrickel scheiden wohl aus?"

„Wenn du unbedingt willst, mache ich das schon. Aber nutz doch die Gelegenheit, dass eine der besten Tätowiererinnen von ganz Berlin dir was umsonst sticht."

„Ich kann dich schon bezahlen."

„Nee, kannst du nicht."
„Was kostet das denn überhaupt?"
„Kommt auf die Größe an. Aber da du dir sicher keinen chinesischen Gangsterdrachen stechen lassen willst, der sich über den ganzen Rücken ringelt, würde ich sagen ... dreihundert Euro? Für was Handgroßes?"
„Dreihundert Euro!"
„Bleib liegen. Es ist ja gratis. Sagen wir: ein Freundschaftsdienst unter Leidensgenossinnen."
„Meinst du damit Noah?"
„So ähnlich. Dass wir beide an einer Vorstellung vom Leben kleben, von der wir schon wissen, dass wir sie nicht verwirklichen können. Aber loszulassen, das tut eben noch mehr weh. So, was soll's denn sein? Denk mal nach. Was willst du für immer mit dir rumtragen? Was ist dir wirklich wichtig?"
„Keine Ahnung. Das weiß ich noch gar nicht so genau, was mir wirklich wichtig ist."
„Egal, was ich gerade gesagt habe von wegen Leidensgenossinnen, Noahs Schwanz tätowiere ich dir nicht. Höchstens ins Gesicht. Und dafür bist du noch nicht bereit. Also?"
„Hab ich doch schon gesagt: keine Ahnung!"
„Dann mach halt einfach die Augen zu und sag mir, was als Erstes vor deinem inneren Auge auftaucht."
Stefan kam sich blöd dabei vor, aber er war angetrunken genug, um es zu versuchen. Er schloss die Augen und sog tief die Luft ein. Er roch Desinfektionsmittel, Kunstleder und seinen eigenen Schweiß. Er spürte, wie seine Haut an der Liege klebte. Hinter seinen Augenlidern war es schwarz. Gelbe und violette Punkte glitten von oben nach unten. Darin schwammen Einzeller und Pantoffeltierchen aus zarterem Licht. Ob er sich eins dieser Traumtierchen tätowieren lassen sollte? Ein Traum ... was war sein Traum?
„Ich hab's!" Er schlug die Augen auf. Marits Kleid raschelte, als sie durch den Raum ging. Ein Klacken verriet, dass der Lautsprecher angesprungen war. Stefan drehte den Kopf seitwärts und sah ihre Hände, die auf dem Smartphone herumwischten.

„Musik ist wichtig“, erläuterte sie. „Für das Draußensein. Ich weiß nichts mehr von meinem ersten Tattoo. Nur noch, wie sich das Draußen angefühlt hat. Und welche Musik dabei lief. Die hat der Typ ausgesucht. So eine krude Bude in Neukölln war das, so ’n Rockabilly-Vogel. Ein echtes Berlin-Baby. Aber die Musik war nicht schlecht.“ Sie sang leise vor sich hin, als sie die Playlist durchsuchte.

„*Reverend please, can I chew your ear? I've become what I most fear. I know there's no such thing as ghosts but I have seen the demon host.* Was hörst du denn so?“

„Ach, eigentlich alles.“

Marit seufzte und setzte sich wieder auf den Drehstuhl neben der Liege. „Mit dir ist es aber auch echt schwierig.“ Sie zog die ringförmige Lampe dichter heran und musterte die ausgewählte Stelle auf Stefans Rücken. Dann holte sie sich ein Tablett an einem Gelenkarm, auf dem eine Mischung aus Zahnarztbohrer und Nähmaschine lag, daneben einige Farbfläschchen. „Leg dich mal wieder richtig hin.“ Sie drückte Stefans Kopf auf die Liege, sodass er nicht mehr schielen konnte. „Okay, und was weißt du jetzt?“

Stefan sagte es ihr.

Sie lachte lauthals los. „Ist das dein Ernst?“

„Ja.“ Stefan war etwas beleidigt. Ihm war kalt, der Alkohol kreiste in seinem Magen, und wenn es nicht bald losging, würde er sich die Sache anders überlegen, das wusste er. „Immerhin keine Berlin-Baby-Sache.“

„Nee.“ Stefan konnte förmlich hören, wie Marit den Kopf schüttelte. Der Nähmaschinen-Zahnarztbohrer surrte einmal, zweimal. Stefan sog scharf die Luft ein, als etwas Kaltes, Feuchtes über seinen Rücken strich. „Desinfektion“, murmelte Marit. Sie zog die Haut an der gewählten Stelle mit zwei starken Fingern auseinander und wischte kurz mit einem Stift darauf herum. „Erst mal vorzeichnen.“ Die Maschine surrte wieder, diesmal anhaltend. „Geht los. Entspann dich. Zappel nicht. Hör einfach auf die Musik.“

Noch bevor Stefan sich fragen konnte, wie es sich wohl anfühlen würde, spürte er es auch schon. Etwas fräste sich in seine Haut, spürbar oberflächlich, aber mit viel mehr Druck, als er erwartet hatte. Das Surren des Geräts verwandelte sich in Zerren und Zähne. Die Gleichzeitigkeit von Geräusch und Empfindung packte ihn, setzte ihn auf eine Klinge aus Schmerz und schubste ihn aus sich heraus. Sein Körper war vollständig von seinem Körper ausgefüllt, als tackerte ihn die Maschine zum ersten Mal im Leben genau da, wo er hingehörte. Derjenige Teil von ihm, der zuschaute, überwachte, bewertete und urteilte, schwebte nicht über ihm, sondern irgendwo seitwärts neben ihm, in einem bisher ungenutzten Raum der Welt, der nicht ganz zu ihm selbst und nicht ganz zu seiner Umgebung gehörte. „Ein Würstchen", dachte es in diesem Teil. „Aber ein geiles Würstchen."

Ohne Zeit war es danach vorbei.

Über das Brennen auf dem Rücken rieb und kreiste eine kühle, behandschuhte Hand. Stefan wollte sich aufrichten. Marit drückte ihn hinunter und massierte weiter die Salbe ein. „Bleib noch einen Moment liegen. Dann mache ich die Schutzfolie drauf. Du kriegst ein Foto zum Anschauen. Ist aber gut geworden."

Stefan blieb noch einen Augenblick liegen. Dann schaute er sich das Foto an. Es war gut geworden.

Als er die Jacke anzog, schwankend vom Adrenalin und vom Alkohol, spannte die Schutzfolie unter dem Schulterblatt, als wäre ihm dort neue Haut gewachsen.

„Ja, danke", sagte er lahm.

„Bitte." Marit war nur noch im Türspalt zu sehen. „Wir sehen uns."

„Bestimmt. Ach ja, du bist ja in dem Kurs …"

Marit nickte und wollte die Tür zumachen.

„Komisch, dieses Berlin", sagte Stefan, schon im Gehen. „Eine komische Stadt ist das."

„Mit sicherlich", sagte Marit und schloss endgültig die Tür. Stefan stand im Dunkeln. „Was hast du gesagt?", fragte er ins Treppenhaus. Aber hinter der Wohnungstür blieb es stumm.

Er trat auf die Straße, hinein in die Geräusche, die jetzt nichts weiter waren als Autos, Bäume, Vögel und umgestoßene Mülltonnen. Sein Rücken pulsierte und sein Kopf dröhnte und seine Beine bewegten sich von selbst Richtung U-Bahn.

Wir aber bleiben zurück und müssen uns wundern. Ist das noch der Stefan, den wir kannten? Der junge Mann, dessen Schicksal wir mit einigem Wohlwollen verfolgt haben? Der stets höfliche, beinahe schon zu bescheidene, etwas aus der Zeit gefallene Abiturient, dessen Wunsch nach einem schwulen Leben in der großen Stadt sich ehrlich gesagt von den Hochzeits- und Familienträumen ganz anders orientierter Altersgenossen kaum unterschied? Wohin treibt es dich, Kind Hausens? Tätowiert bist du nun. So schnell und so eilig, dass wir – und vielleicht du selbst – noch gar nicht recht begriffen haben, welches Bild dich da ein Leben lang ziert. Beinahe befreundet bist du mit der Mutter des Kindes deines verflossenen Liebhabers. Wie du da mit ihr gestritten hast! Auch deine Art zu reden erkennen wir gar nicht wieder. Alkohol am helllichten Tag. Beinahe unglaubwürdig, dieser rasche Wechsel. Im Leben allerdings kommt dergleichen vor. Etwas bang beobachten wir, wie es mit dir weitergeht. Festhalten wollen wir allerdings, dass wir derlei Kopfzerbrechen bisher von dir nicht gewohnt waren. Wir wussten, woran wir bei dir waren. Jetzt laufen wir dir atemlos hinterher und müssen befürchten, dich zu verlieren an dieses Berlin mit seinen vielen Möglichkeiten, angesichts derer mancher heute nicht mehr weiß, wer er gestern war. Bleibe doch noch ein bisschen du selbst. Wenn schon nicht um deinetwillen, dann doch um unseretwillen.

KAPITEL 8

Brennende Mülltonnen. Wenn die Nacht am tiefsten ist, ist der Tag am nächsten. Finstere Entschlossenheit.

Es war schon Abend, als Stefan nach vielen Umleitungen und Ersatzverkehren wieder in die dunkle Straße einbog, in der er seit einer Woche lebte. In seinem Kopf drehte sich immer noch alles, vom Alkohol, vom Adrenalin des Tätowiert-Werdens, vom Nachmittag mit Marit und vom Strudel der öffentlichen Verkehrsmittel.

„Eine Woche“, sagte er sich. „Eine Woche ist es erst her. Da kam ich hier reingeschneit mit meinem Rollkoffer und meinem kleinen Handy. Falls man mit einem Rollkoffer reinschneien kann. Vielleicht bin ich eher hineingestolpert, -geklappert oder -geruckelt. Und jetzt komme ich hierher schon betrunken und tätowiert nach Hause. Ja wirklich! Nach Hause.“

Zwei Männer kamen ihm entgegen. Stefan stutzte. Das war noch nie geschehen. Die Straße war sonst immer menschenleer gewesen.

Die Männer hatten es eilig. Sie hatten die Fäuste in den Taschen ihrer Blousons vergraben und stierten zu Boden, während die Beine im Gleichschritt marschierten.

Stefan blieb stehen.

Die Männer passierten den Lichtkegel einer Straßenlaterne. Ihre Köpfe waren kahlrasiert. Die Blousons schimmerten dunkelgrün. Die Beine steckten in weißgefleckten Bluejeans. Die Füße traten mit Stiefeln das Pflaster.

Stefan schaute zu Boden und spürte ein Brennen im Magen. Er ging weiter, weil er nicht wusste, wohin sonst. Stehenbleiben wäre zu auffällig gewesen.

Die Männer waren nun fast bei ihm. Nicht hochgucken, dachte Stefan noch. Sie drängelten sich an ihm vorbei. Er versuchte, Platz zu machen. Eine Schulter stieß gegen seine. Er stolperte, rutschte am Kantstein ab, fiel schmerzhaft auf die Knie. Die Hand, mit der er sich abstützte, brannte.

„Scheiße!", entfuhr es ihm. „Mann, ey."

Einer der Männer blieb stehen. Die Schritte des anderen stapften noch einen Augenblick weiter. Dann verstummten sie ebenfalls.

„Was war das?" Die Stimme war nasal und gemein.

„Komm jetzt", zischte der andere. „Wir haben keine Zeit."

„Ich hau dem aufs Maul", sagte er Erste. „Die Schwuchtel hat mich angerempelt."

Schwuchtel. Stefan kam schwankend auf die Beine. Wohin konnte er rennen? Zur Kirche, dachte er. Aber quer über die dunkle Wiese? Und es wäre sowieso keiner da, denn die Kirche war nicht die Wohlfahrt, wenn sie auch noch so schön orgelte.

„Alter, komm jetzt. Wir müssen weg!"

Stefan hörte, wie der andere Mann hochzog und ausspuckte. Etwas Feuchtes landete auf seiner Wange. Dann setzten sich die beiden Stiefelpaare wieder in Marsch, trabten, rannten.

„Gott sei Dank", dachte Stefan. „Nur angespuckt." Dann sah er auf. Warum rannten die? Die beiden waren schon bei der nächsten Straßenlaterne. Im Lichtkegel glänzten die Köpfe, die Arme pumpten, die fleckigen Jeanshosen und die Stiefel huschten vorbei. Sie beugten sich nach vorn und tauchten ins Dunkel.

Stefan stand auf. Er machte einen Schritt, den beiden hinterher, und hob den Handrücken an die Wange, um sich die Spucke abzuwischen. Die Folie über dem frischen Tattoo am Rücken spannte. Dann flog sein Kopf herum. Über seinem Wohnhaus flammte es plötzlich auf. Ein orangeroter Schein tanzte auf der Fassade. Es knackte, krachte. Funken stoben in den Himmel. Ein Fuchs sprang durch den Bauzaun und rannte geduckt über die Straße. Stefan roch verbranntes Plastik und musste husten.

Die Haustür knallte auf. Ein brennender Müllcontainer wurde auf die Straße geschoben, taumelte, fiel, verteilte loderndes Papier auf den Asphalt. Ein zweiter kam hinterhergerollt, prallte gegen den ersten, blieb qualmend stehen. Dahinter sprang ein Schatten auf die Straße. Einen Moment verharrte die Gestalt, spähte, lehnte sich vor und rannte dann los. Der Boden unter Stefans Füßen erzitterte. Der massive Schatten überragte ihn um Haupteslänge.

Am Ende der Straße strauchelten die beiden Männer, rappelten sich auf und hasteten um die Kurve. „Los, weg!" Der Schatten stürmte ihnen nach. Ein zweiter, kleinerer Schatten stürzte aus der Haustür. „Hans!", schrie die kleinere Gestalt. „Hans, warte!" Sie verharrte einen Moment unschlüssig und sprang dann zu den brennenden Mülltonnen. Stefan erkannte, dass sie im Flammenschein an einem Feuerlöscher herumfummelte.

Am kaputten Fenster, aus dem die Plane leckte, flammte Licht auf. Herr Wischnewski steckte den Kopf auf die Straße. „Hilfe!", schrie er. „Es brennt." Er beugte sich vor. „Stefan? Stefan! Ruf die Feuerwehr. Die Polizei! Ich muss …" Wischnewski verschwand im Haus, ohne zu erklären, was er musste.

Wie im Traum tastete Stefan in der Jackentasche nach dem Handy, griff es, sah seinen zitternden Fingern beim Tippen zu. Am Rand seines Gesichtsfelds flog der Schatten durch den Lichtkegel der Laterne. Ein orangefarbener Overall, Pranken, die vor Lehm starrten, verzerrte Gesichtszüge, Schnaufen, Schweißgeruch.

Hinter der Kurve, schon auf der Hauptstraße, wurde gelacht. Das hässliche Geräusch sprang von Häuserwand zu Häuserwand und schien niemanden zu wecken. „Verbrennt doch, ihr Schwuchteln!", brüllte die nasale Stimme.

„Verbrennen …" Stefan stand noch immer mit dem Handy in der Hand auf der Straße und glotzte mit offenem Mund.

„Berliner Feuerwehr, was kann ich für Sie tun?"

„Verbrennen … bei uns brennt es! Also, die Mülltonnen. Der Feuerlöscher geht nicht." Stefan schrie die Adresse ins Telefon, während er sich in Bewegung setzte. Er erreichte die Tür. Der beißende Plastikgestank war überall. Durch die offenstehende Haustür zuckte Feuerschein. Der Fahrstuhl war zertrümmert, das Milchglas lag in Scherben auf der Treppe. In den Scherben spiegelten sich die Flammen, als warteten sie darauf, dass hier bald noch mehr kaputtging.

Stefan hastete zur Treppe. Er hörte seinen eigenen Atem und die blecherne Stimme aus dem Handy, das er nicht mehr ans Ohr hielt. Die Wohnungstür im Erdgeschoss stand offen. Kalte Luft wehte aus der Dunkelheit.

Stefan stolperte, packte das Geländer, zog sich weiter. Auch im Fenster auf dem Treppenabsatz war ein gezacktes Loch. Dahinter das Astgewirr des Baumes, der den Hof ausfüllte. Irgendjemand hatte kleine Gegenstände ins Geäst gehängt, die sich im Luftzug drehten. Stefan schenkte ihnen keine Beachtung.

Schritte polterten die Treppe hinunter. Herr Wischnewski, mit einem Eimer im Arm. „Stefan! Ist dir was passiert?"

„Mir geht's gut. Aber wir müssen was unternehmen. Draußen brennt es immer noch. Ist hier drinnen irgendwas passiert?"

Wischnewski drückte Stefan den überschwappenden Eimer in die Hand. „Ich glaube nicht. Wir haben die Arschlöcher wohl gestört. Du hast die Feuerwehr …? Gut. Pass auf. Ich kümmere mich um Tyche. Sie muss da irgendwo auf dem Hof sein." Mit wehendem Morgenmantel rannte er weiter „Ich wusste, dass so was irgendwann passieren würde. Ich wusste es einfach. Scheiß-Nazis! Scheißvermieterschweine! Und du kümmerst dich um Emmy und Lydia."

„Ich kann mich um mich selbst kümmern." Emmy trabte die Treppe hinunter, den unvermeidlichen Lutscher im Mund. „Wie gut, dass ich in der beschissenen Hängematte sowieso nicht schlafen kann. Das Bett ist zwar ein Unterdrückungsinstrument, aber immerhin diszipliniert es den Körper zur erholsamen Reproduktion der Arbeitskraft!"

„Ich möchte nicht, dass du mit Lolli im Mund rennst“, rief Lydia, die ihrem Kind auf dem Fuß folgte.

„Das ist jetzt nicht mein größtes Problem“, sagte Emmy ruhig. „Nazis und Vermieterschweine haben unser Haus angezündet.“

„Die Mülltonnen“, sagte Stefan. „Aber trotzdem. Los, raus hier.“

Sie jagten die Treppe hinunter und auf die Straße. Nach Atem ringend blieben sie stehen. „Mist, der Feuerlöscher.“ Lydia rannte geduckt zu den Papiercontainern und schleppte das nutzlos herumliegende Gerät auf den Bürgersteig, während Stefan den kläglichen Rest Wasser aus dem Eimer ohne ersichtlichen Erfolg auf die Flammen kippte. Emmy blieb in sicherer Entfernung stehen und zeigte mit dem Lollistiel auf Stefan. „Hast du ein neues Tattoo?“

„Emmy“, stöhnte Lydia.

„Woher weißt du ...?“ Stefan konnte sich zu einem Staunen nicht mehr aufraffen. „Ist das jetzt wieder deine feministische Hexerei?“

„Keine Hexerei.“ Emmy steckte sich den Lutscher wieder in den Mund. „Dir guckt da was raus.“

Stefan merkte, dass ihm die Folie aus dem Kragen ragte. „Scheiße. Hab mich zu viel bewegt. Das ist doch jetzt total ungeschützt.“

Lydia trat zu ihm und legte ihm die Hand auf die Schulter. Eine beruhigende Wärme durchströmte ihn. „Lachfleisch. Es heißt Lachfleisch-Methode. Und die wirkt bei Hautreizungen ausgesprochen gut.“

„Danke.“ Stefan atmete schwer aus und ließ die Schultern hängen. Die ineinander gekrachten Container standen mit aufgesprungenen Deckeln auf der Straße wie waidwunde Tiere. „Aber einen Regentanz kannst du wohl nicht aufführen? Oder einen Sturm heraufbeschwören?“

Lydia seufzte. „Nein. Zaubern kann ich leider nicht. Nur lachfleischen.“

„Schade.“ Stefan machte ein paar Schritte rückwärts und legte den Kopf in den Nacken. „Zum Glück kommt die Feuerwehr.“

Tatsächlich näherte sich eine Sirene. Gleichzeitig kroch aus der anderen Richtung, von der Bank her, das blau rotierende Licht eines Polizeiautos heran. Die leeren Fenster des Altersheims gegenüber warfen das Blitzen, den Feuerschein und den Lärm teilnahmslos zurück.

„Gott sei Dank." Lydia ging dem Polizeiauto entgegen und winkte. „Hierher."

„Ist, glaube ich, nicht zu übersehen", sagte Stefan.

„Keine Aussagen bei den Cops", murmelte Emmy.

„Emmy!" Lydia verdrehte die Augen und legte ihrem Kind den Arm um die Schulter. „Die sind hier, um uns zu helfen."

„Das sagen sie immer." Emmy klang bockig, kuschelte sich aber trotzdem in Lydias Arme.

Am anderen Ende der Straße sprang die Alarmanlage der Bank an. „Fuck. Das Scheißding ist überempfindlich", murmelte Stefan. Emmy sah ihn aus zusammengekniffenen Augen an. „Wie redest du denn plötzlich? Einmal tätowiert und schon bei den Sturmtruppen?"

„Ich …" Stefan vergaß, was er sagen wollte, als sich die Tür des Polizeiautos öffnete und der Polizist mit den Eisbonbonaugen ausstieg. Die Augen schimmerten, als er die Sonnenbrille abnahm.

„So sieht man sich wieder." Der Polizist mit den Eisbonbonaugen lächelte Stefan kurz zu und sprach dann in sein Funkgerät. Sein Dreitagebart rieb sich an dem Apparat. Da mal Apparat sein, dachte Stefan, trotz Überfall und Brandanschlag.

„O bitte!", stöhnte Emmy.

„Emmy!", sagte Lydia.

„Ist doch wahr", maulte Emmy. „Da brennt das halbe Haus ab und er denkt nur ans …"

Zum Glück bog in diesem Moment die Feuerwehr um die Ecke. Zusammen mit der Alarmleuchte des Polizeiwagens tauchte sie die ganze Straße in bisexuelles Licht. Stefan, Emmy und Lydia zogen sich auf den Bürgersteig vor dem Altersheim zurück. Der Polizist mit den Eisbonbonaugen winkte den Feuerwehrleuten, die türenknallend aus dem Fahrzeug sprangen und Feuerlöscher schwenkten. Die Feuerwehrleute sprühten

Schaum auf die Flammen. Einer steuerte auf Stefan, Emmy und Lydia zu. „Wohnen Sie hier? Können Sie mir sagen, was passiert ist?“

„Lass mich, du Scheißlesbe!“ Tumult von der Hauptstraße unterbrach sie. Der eckige Schatten stieß eine glatzköpfige Gestalt ins Lichtchaos. Die kleinere Gestalt im Kleid, die vorhin vergeblich versucht hatte zu löschen, hielt den Gefangenen am Ärmel gepackt. „Du kommst jetzt mit, du Naziarsch!“, schrie sie. „Deine Story kannst du gleich den Cops erzählen.“

Der Polizist mit den Eisbonbonaugen setzte die Sonnenbrille auf. „Das bin dann wohl ich.“

„Ihr könnt mir nichts beweisen!“, meckerte der Gefangene und versuchte, sich aus der Umklammerung seiner Häscherin zu befreien. Die Schattengigantin packte fester zu. Der Glatzköpfige schrie auf. „Ich hatte nichts damit zu tun. Das ist auch Gefangenenmisshandlung. Das ist gegen die Genfer Konvention. Überhaupt hast du mir nicht mal meine Rechte vorgelesen.“

Der Polizist mit den Eisbonbonaugen seufzte und setzte zu einer Antwort an, aber Emmy kam ihm zuvor. „Die Genfer Konventionen gelten nur im Kriegsfall und die Rechte bekommt man nur in amerikanischen Krimis vorgelesen. In deutschen Krimis hingegen überschreitet die Polizei bei der Verfolgung, der Festnahme und vor allem beim Verhör von Tatverdächtigen regelmäßig ihre Kompetenzen. Ich an Ihrer Stelle würde hier gar nichts ohne meine Anwältin sagen. Das kann Ihnen vor der Richterin, falls es überhaupt zu einer Verhandlung kommt, keinesfalls zum Nachteil gereichen.“

Alle Mieter und der Polizist mit den Eisbonbonaugen begannen sofort zu protestieren. Der Gefangene lachte heiser „Ganz schön hässlicher Junge. Musst du nicht schon im Bett sein?“

Emmy nahm den Lutscher aus dem Mund. „Keine Vermutungen über mein Geburtsgeschlecht, du Wichser!“

Der Gefangene spuckte aus „Wisst ihr, was? Ich hab das gar nicht für das Geld gemacht, sondern weil’s mir Spaß macht. Brennen sollt ihr Schwuchteln in eurer Kakerlakenbude. Je eher ihr da weg seid, desto besser. Ich hab keine Angst vorm Knast. Ich nicht. Und auspacken tu ich auch nicht. Weil, ich krieg das Doppelte, wenn ich dichthalte."

„So, jetzt ist aber mal Schluss", meldete sich der Polizist mit den Eisbonbonaugen zu Wort. „Lassen Sie den Kollegen mal los, gute Frau, den übernehme ich."

„Hans ist nicht Ihre *gute Frau*", protestierte Martina. „Sie ist meine Frau und ganz gewiss nicht gut. Sondern *böse*."

„Ich maße mir kein Urteil über Ihre Gattin an", sagte der Polizist mit den Eisbonbonaugen und schob sich die Sonnenbrille wieder auf die Nase „Ich stelle nur fest, dass der Kollege sich hier gerade in eine Richtung geäußert hat, die sich verdächtig nach einem Geständnis angehört hat. Und nein, junges Fräulein …" Emmy schnaubte verächtlich. „… ich ziehe jetzt keine voreiligen Schlüsse, aber nachdem ich erst nur die Personalien des Herrn hier aufnehmen wollte, glaube ich jetzt doch, es ist besser, ich nehme den mit aufs Revier. Und außerdem rufe ich mal die Spurensicherung an. Es scheint ja hier doch um was Größeres zu gehen." Ohne auf die Proteste des Glatzköpfigen zu achten, legte er ihm Handfesseln an und bugsierte ihn auf den Rücksitz seines Wagens, bevor er zum Funkgerät griff.

Die Feuerwehrleute zerrten die verkohlten Container von der Straße und fegten die Asche in den Rinnstein. Durch eine Lücke in den Gitterelementen des Bauzauns zwängte sich Herr Wischnewski. „Tyche!", rief er. „Hat sie jemand gesehen? Ich kann sie nirgendwo finden."

„Wird hier jemand vermisst?" Der Einsatzleiter drehte sich zu Herrn Wischnewski um.

„Das versuche ich Ihnen ja die ganze Zeit begreiflich zu machen!" Wischnewski warf die Hände in die Luft.

„Wer wird vermisst?" Lydia löste sich aus der Gruppe rund um das Polizeiauto und hastete an Wischnewskis Seite.

„Tyche!" Wischnewski wedelte mit beiden Händen zur Baugrube. „Ich dachte, sie hat ihr Quartier auf dem Hinterhof bezogen. Und jetzt ist sie anscheinend nicht mehr da. Jedenfalls antwortet sie nicht. Die Kellergänge stehen voller Sperrmüll, und da wollte ich vom Nachbargrundstück über die Mauer."

„Brennt es denn hinten?" Der Einsatzleiter legte den Kopf in den Nacken. „Ganz schön dicken Baum haben Sie da. Ist das so genehmigt? Sie haben Glück, dass wir feuchtes Wetter hatten. So ein Kaventsmann kann leicht Feuer fangen. Und wenn sie auch noch alle Fluchtwege zumüllen, steht Ihnen ruckzuck das ganze Haus in Flammen, wenn die Kollegen nicht durchkommen."

„Ach, jetzt sind wir also selber schuld, wenn unser Vermieter uns hier das Haus unterm Hintern anzündet, damit wir endlich verschwinden?" Wischnewski brüllte. Lydia verschränkte die Arme und die inzwischen ebenfalls dazugekommene Emmy murmelte etwas von „Täter-Opfer-Umkehr".

Der Einsatzleiter holte tief Luft, packte seinen Helm und machte sich mit einer wegwerfenden Handbewegung auf den Weg zu seinem Fahrzeug. „Ich an Ihrer Stelle würde mal sehr gut aufpassen, was Sie hier für Vorwürfe äußern. Sonst kommt die Feuerwehr das nächste Mal vielleicht nicht mehr so schnell."

„Was? Das ist ja unerhört!" Lydia machte einen Schritt, aber Wischnewski hielt sie zurück.

„Lass", sagte er heiser. „Hat doch keinen Zweck. Wahrscheinlich hat er recht. Wahrscheinlich ist Tyche wirklich in den Keller geflüchtet und hat sich da irgendwo im Schrott-Labyrinth versteckt." Er ließ die Schultern hängen. „So eine Scheiße. So eine Riesenscheiße. Was machen wir denn jetzt?" Er zog den Bademantel enger um sich. „Heute haben wir noch Glück gehabt. Nächstes Mal vielleicht nicht mehr."

„Also, das war ja nur eine Drohung", sagte Lydia begütigend. „Klar, wir sind jetzt alle erschrocken. Aber ich glaube nicht, dass die hier wirklich das Haus abbrennen wollten. Wenn der junge Herr Sass dahintersteckt, wäre es ja auch blöd, wenn er seinen eigenen Besitz abfackelt."

Arm in Arm kamen Hans und Martina dazu. „Nein. Es reicht", sagte Martina bestimmt. Stefan sah sie jetzt zum ersten Mal richtig. Sie war klein, zierlich und trug eine dünne

Brille. Die Augen dahinter blitzten entschlossen. „Das wird heute nicht das letzte Mal gewesen sein. Wenn ihr jetzt nicht kapiert, dass der Tunnel …" Sie warf Stefan einen Seitenblick zu. „Du weißt es eh schon, oder? Dass der Tunnel unsere einzige Chance ist, dann weiß ich auch nicht. Wir müssen jetzt handeln. Wir müssen noch heute Nacht weitermachen und dann …"

„Ich weiß Bescheid", unterbrach Stefan. „Ich weiß Bescheid. Und ich weiß vor allem, dass das eine echte Scheißidee ist." Er zog sich die Jacke aus und legte sie Wischnewski um die Schultern. Der Ältere zitterte in der Kühle der Nacht.

„Hallo? Wer bist du denn?" Martina ließ ihre Frau los und stemmte die Hände in die Hüften. Die Schattengigantin knurrte. Stefan sah auch sie jetzt zum ersten Mal deutlich. Sie nahm den Platz ein, auf dem sie stand, und der Boden war fester durch ihre Stiefel. „Wir arbeiten seit Wochen an unserer Rettung und du schneist hier rein und …"

„Ich sage ja nicht, dass der Plan insgesamt eine Scheißidee ist", beschwichtigte Stefan. „Aber dieser Tunnel …"

„Es ist auf jeden Fall eine Scheißidee, das zu besprechen, wenn man direkt neben einem Polizeiauto steht", sagte Emmy beiläufig.

Alle verstummten. Der Polizist mit den Eisbonbonaugen hing noch immer am Funkgerät. Der Glatzkopf saß zusammengesunken auf der Rückbank. Als hätte er die Blicke der Hausbewohner bemerkt, stieß der Polizist mit den Eisbonbonaugen die Tür auf und steckte den Kopf raus. „Ich mache mich dann auch mal auf den Weg", sagte er. Die Feuerwehr fuhr tatsächlich bereits rückwärts aus der Straße und zog ihr blau-rotes Geflacker hinter sich her. „Es sei denn, Sie wollen noch eine Vermisstenanzeige aufgeben? Wegen dieser Person, die Sie da auf dem Hof …?"

„Nicht nötig!" Wischnewski winkte. „Vielen Dank. Los, wir gehen rein", raunte er den Hausbewohnern zu. Der Polizist mit den Eisbonbonaugen schob sich die Sonnenbrille hoch und verschwand im Auto. Einen Augenblick später steckte er noch einmal den Kopf hinaus. „Ich fahr gerade noch mal bei der Bank vorbei und sehe nach dem Rechten, damit Sie heute Nacht nicht noch mal gestört werden. Bei diesen alten Alarmanlagen geht nicht nur andauernd die Sirene los, da kann's auch passieren, dass die Sprinkleranlage losbraust. Muss ja nicht sein, dass noch mal die Feuerwehr anrückt." Er schlug die Tür zu und fuhr davon.

Dunkelheit, Stille und der Gestank von verbranntem Plastik. Der Löschschaum in den Containern knisterte. Die Plane flatterte aus Wischnewskis Fenster. Sprinkleranlage, dachte Stefan.

„Hast du was gesagt?", fragte Wischnewski.

„Ich glaube, er denkt nach", meinte Lydia.

„Sprinkleranlage", murmelte Stefan.

„Okay, dieser Cop ist hot und alles, aber für solche Spritzträume haben wir jetzt keine …", setzte Martina an.

„Die Sprinkleranlage!", rief Stefan.

Emmy ploppte den Lutscher aus dem Mund. „Er hat einen Plan", stellte sie fest.

„Ich habe einen Plan." Stefan lachte. „Ich habe wirklich einen Plan. Wie wir das kriegen, was in dem Schließfach liegt. Ohne dass es jemand merkt. Und ohne euren behämmerten Tunnel. Den kippen wir am besten morgen wieder zu, falls die Polizei auftaucht. Und die Polizei wird auftauchen. Und zwar nicht der nette Cop von eben. Aber sie wird nichts finden, denn er wird es selbst gewesen sein."

Alle Hausbewohner starrten ihn verständnislos an.

„Ich verstehe nicht ganz", meldete sich Lydia schließlich. „Du arbeitest doch da. Willst du da jetzt einbrechen?"

„Nicht einbrechen." Stefan machte einen ungeduldigen Schritt auf das Haus zu. „Ausbrechen! Ausbrechen will ich da. Und die Schatzkarte mitnehmen. Ich habe noch eine Woche Berufsschule. Übrigens gehe ich da nicht mehr hin. Also bleibt uns noch eine Woche, alles vorzubereiten."

Zögernd folgten ihm die anderen ins Haus. „Der Strom ist schon wieder weg", stöhnte Wischnewski, nachdem er ein paar Mal auf den Schalter gedrückt hatte.

„Macht nichts." Stefan schaltete die Taschenlampe an seinem Handy ein. Sein Gesicht leuchtete im Dunkel des Treppenhauses auf. „Wir gehen rauf zu mir. Dann erkläre ich euch alles. Ich brauche einen, der gut reden kann. Eine, die ablenkt. Eine, die zaubern kann. Und zwei mit Muskeln. Und vor allem …" Sein Gesicht verschwand wieder in der Dunkelheit, als er das Handy senkte und darauf herumwischte. „… brauche ich hier endlich mal die richtige Musik. Keinen befreiten Jazz und keinen lesbischen Industrial und auch keinen feministischen Grunge. Ich brauche Gangstermusik."

„Nice", sagte Emmy, als sie ihm die Treppe hinauffolgte. „Ich mag, was dieses Tattoo mit dir gemacht hat. Ich kann mir auch ungefähr vorstellen, wer in unserem Team was macht. Aber welche Rolle spielst du dabei?"

Stefan blieb in seiner Wohnungstür stehen und leuchtete sich wieder ins Gesicht. „Ich bin der Maulwurf."

KAPITEL 9

It ain't fixing when you're really broke. When you're faced with an eviction letter note you can really choke.

Dank Stefans intimer Kenntnisse der Bank und der Fähigkeit der Hausgemeinschaft zum halbstrukturierten Kuddelmuddel wurde aus dem plumpen Banküberfall ein waschechter *heist*. Da dieser sich auf menschliche Schwächen und halsbrecherische Ablenkungsmanöver gründende Raubzug in vielerlei Hinsicht vom Zufall abhängig war und die allfälligen Unwägbarkeiten in der Planungsphase von den Mieten allzu oft mit einem zweckoptimistischen „Das klappt dann schon irgendwie!" beiseitegewischt wurden, grenzt es an ein Wunder, dass am Ende doch alles gutging – bis auf eine Kleinigkeit, zu der wir am Ende dieses Kapitels kommen. Was aber am Tag X geschah, lässt sich von außen betrachtet etwa so darstellen:

Eine Woche nach dem Brandanschlag auf das Haus, am darauffolgenden Montagmorgen, verließ der junge Herr Sass seine Wohnung und setzte sich ins Auto, um zu seiner Bank zu fahren. Es war sieben Uhr neununddreißig. Als er den Anlasser betätigte, sprang das Radio an und plärrte ein besonders scheußliches Stück Gangstermusik.

How you cope?
How you breathe better?
How you supposed to up the ante in this jungle
And achieve cheddar?

Er drehte den Knopf herum und das Geplärre verstummte. Der junge Herr Sass verzog das Gesicht und klopfte die Jackentaschen ab. Er murmelte einen Fluch, stieß die Wagentür auf und eilte zum Zigarettenautomaten an der Ecke. Dicke Regentropfen klatschten ihm auf die Brille, als er nach dem Portemonnaie wühlte. „Scheiße. Scheiße, Scheiße, Scheiße."

Natürlich war es einer dieser modernen Automaten, die einen Ausweis verlangten. Der junge Herr Sass hasste solche Kästen. Er hasste überhaupt alles Neue und war der Überzeugung, dass die Welt früher ein besserer Ort gewesen war. Früher, zu einer Zeit, als er noch nicht geboren war und Männer wie sein Vater … bei der Erinnerung an seinen verstorbenen Vater und an die Dinge, die er aus dem Nachlass, aus den Briefen und Tagebüchern erfahren hatte, Dinge, die seinen unerschütterlichen Glauben an eine bessere alte Zeit beinahe ins Wanken gebracht hätten, bei dieser Erinnerung jedenfalls verhaspelten sich seine Finger und der gerade erhaschte Geldbeutel klatschte auf den Boden, wo sich sofort drei, vier, fünf Regentropfen dazugesellten. Die Karten rutschten aus den Fächern und schlidderten über den Gehweg. „Fuck." Derart neudeutsch fluchte der junge Herr Sass sonst eigentlich nie. Dieser Morgen rechtfertigte es.

Dunkel fiel ihm ein, dass schon gestern Abend alles so merkwürdig schiefgegangen war, als er, seiner Gewohnheit entsprechend, das *Maxim* aufgesucht hatte und ihm dort sogar eine ihm bisher unbekannte Schöne über den Weg gelaufen war, kein Stammgast, Frischfleisch gewissermaßen, an die er sich unter Aufbietung seines ganzen Charmes und unter Einsatz selbst grellster Blendmittel, finanzieller Protzereien und so weiter herangemacht hatte. Die Schöne war, das konnte er ohne Übertreibung sagen, die schönste, ach was, die begehrenswerteste oder ganz frei heraus, die geilste Frau gewesen, die ihm seit Langem, vielleicht in seinem ganzen Leben begegnet war, was um so merkwürdiger gewesen war, als dass sie bei Licht betrachtet keineswegs seinen üblichen Kriterien entsprochen hätte. Sie wirkte ganz und gar naturbelassen, beinahe hippiesk, nicht einmal geschminkt und auf eine Weise sportlich, die der junge Herr Sass bei jeder anderen als grässlich emanzenhaft verschmäht hätte. Dieses Exemplar aber hatte den jungen Herrn Sass durch ein gewisses *je ne sais quoi*, das er heute, im Licht des scheußlichen Morgens, geradezu zauberisch, ja hexenhaft zu nennen gewillt war, derart aufgeheizt, platt gesagt: geil gemacht, dass er mit einem Blitzständer, wie er ihn seit der Pubertät nicht mehr erlitten hatte, hinter ihr hergedackelt war und praktisch an nichts anderes mehr hatte denken können, als wie er sie nehmen, nageln, durchorgeln konnte, und zwar am besten gleich dort, vor Ort, auf dem Klo, in einer dunklen Ecke, und wenn er's recht bedachte – viel denken konnte er aber nicht mehr –, auch so, vor allen Leuten.

Zu seinem gelinden Erstaunen war die Schöne auf seine Avancen auch eingegangen. Man hatte getrunken, er hatte, wie gesagt, geprotzt mit allem, was er hatte, während seine Erektion von Sekunde zu Sekunde schmerzhafter gedrängt hatte, bis er fürchtete, einen noch ganz anderen Unfall zu erleiden, der ihm ebenfalls seit der Pubertät nicht mehr zugestoßen war, und sich deshalb schnell aufs Klo hatte zurückziehen müssen, wo er sich einigermaßen peinlich berührt erleichtern musste, indem er selbst Hand anlegte. Dabei war ihm flüchtig der Gedanke gekommen, dass ihm die rätselhafte Schöne vage bekannt vorkam, dass er sie ganz sicher schon einmal irgendwo gesehen hatte, irgendwie im Zusammenhang mit seinem verstorbenen Vater. Diesen Gedanken hatte er allerdings nicht weiterverfolgt, da er genau an diesem Punkt seiner Überlegungen derart heftig ejakuliert hatte, dass er sich zum ersten Mal überhaupt in seinem Leben auf die Hand hatte beißen müssen, um nicht andere Männer auf der Toilette auf sich aufmerksam zu machen. Dieser eher schmerzhafte als genussvolle Höhepunkt hatte ihn mit dem widerwärtigen Bild zurückgelassen, dass sein Vater nach den neuen Erkenntnissen, die er nach dessen Tod gewonnen hatte, nicht wenige Male ähnlich wie er gerade auf einer Toilette gehockt haben musste, und zwar in Gesellschaft mindestens eines anderen Mannes. Angewidert war der junge Herr Sass getürmt, hatte sich sorgfältiger als sonst die Hände gewaschen, nur um dann feststellen zu müssen, dass die Schöne verschwunden war.

Nichts als ein Feuerzeug hatte sie zurückgelassen, ein überaus feines, versilbertes Modell zum Aufschnappen, in das ein verschnörkeltes Monogramm eingelassen war, das der junge Herr Sass nicht recht entziffern konnte. *Lofelia* mochte es heißen, *Lovelace* oder *Lachgeil,* vielleicht auch *Lachgreis.* Mit dem rätselhaften Relikt der Getürmten in der Hand und den peinlich pochenden Lenden war sich der junge Herr Sass vorgekommen wie der Märchenprinz, dem das Aschenputtel den gläsernen Schuh hinterlässt, eine Rolle, die er als Mann, der seit Jungentagen lieber Cowboy als Indianer gewesen war, als dezidiert schwul empfand, was den so verheißungsvoll begonnenen Abend endgültig trübe enden ließ.

Überhaupt war er seit der Begegnung gar nicht mehr er selbst. Er hatte schlecht geschlafen, wirr geträumt, ungewohnte sexuelle Handlungen an gesichtslosen Frauen vorgenommen beziehungsweise durch diese an sich vornehmen lassen, was ihm im Schlaf aber als große Freude erschienen war. Nur so war es zu erklären, dass er hier am Zigarettenautomaten derartigen Träumereien nachhing, und erst jetzt, nach mehrmaligem Durchblättern des Kartenfachs, bemerkte, dass der gesuchte Ausweis dort gar nicht mehr zu finden war. Fluchend schob er das Portemonnaie wieder an die Seite des silbernen Feuerzeugs, das ihm von diesem Abend als Souvenir geblieben war, und zog sich die Jacke als Schutz vor dem immer stärker werdenden Regen über den Kopf. Er sah lächerlich aus, wusste er, als er zum noch immer offenstehenden Wagen zurückspurtete. Unausgeschlafen, untervögelt und ohne Zigaretten. Ob die rätselhafte Schöne seinen Ausweis …? Er verdrängte den Gedanken. Frauen, zumal schöne, waren seiner Erfahrung nach zu solchen Gemeinheiten nicht in der Lage, noch viel weniger, wenn er ihnen bereits signalisiert hatte, dass er gewillt war, sie an seinem Reichtum teilhaben zu lassen. Die meisten fanden es einfacher, es mit ihm zu treiben, als ihn zu beklauen.

Als er sich dem Wagen näherte, bemerkte er zu seinem Entsetzen, dass sich ein Kind darin befand. Es spielte am Radioknopf und grinste ihn frech an. In Mund des Kindes steckte ein obszön großer Lutscher.

Question: Are you broke as a plan
And is God just a fan of the pope?

„Mach das sofort aus!“ Der junge Herr Sass beugte sich über das Kind und stellte das Geplärre zum zweiten Mal an diesem Morgen ab. „Was fällt dir überhaupt ein? Raus aus meinem Wagen. Aber ein bisschen plötzlich.“

Das Kind – der junge Herr Sass bemerkte erst jetzt, dass er nicht hätte sagen können, ob es sich um einen Jungen oder ein Mädchen handelte, das grauenhaft verschnittene Haar ließ beide oder noch ganz andere Schlüsse zu – grinste ihn frech an und sagte etwas ganz Ungeheuerliches. Es sagte: „Bonzenkarren wie deine gehören sowieso enteignet.“

„Wie bitte?“ Der junge Herr Sass traute seinen Ohren nicht. Er traute ihnen derart nicht, dass er kurz dachte, er hätte sich am gestrigen Abend ganz gewiss irgendeine Grippe zugezogen, vielleicht einmal mehr Corona, und so wenig er auch der Panikmache glaubte, die ihm mit irgendeinem Long Ungebumst drohte, wo doch das einzig Lange, was ihn interessierte … na, diesen Witz hatte er zugegebenermaßen schon einige Male zu oft gemacht, aber nach allem, was gestern und heute passiert war, wollte er gerne glauben, dass Corona ihn nun doch erwischt hatte, dass er sich hinlegen sollte und sich brav auskurieren. Er fragte also noch einmal: „Wie bitte?“

Geradezu aufreizend ruhig saugte das Kind an seinem Lutscher. Der junge Herr Sass bemerkte zu seiner nicht geringen Scham, dass sich in seiner Hose bereits wieder eine Erektion regte und dass er angesichts lutschender Kinder auch nur die geringste Erregung verspürte, das war ihm Gott sei Dank selbst in der Pubertät nicht geschehen. Er merkte, wie er rot wurde. Es regnete stärker. „Jetzt mach mal, dass du hier rauskommst“, sagte er.

Mit einem Schmatzen löste sich der Lutscher aus der Mundhöhle des Kindes. Herr Sass spürte, wie sein Kopf glühte. Fieber. Er war sich jetzt ganz sicher, dass er Fieber hatte. „Bonzenkarren wie deine sollte man sowieso enteignen", sagte das Kind betont deutlich, drängte sich an dem sprachlosen jungen Herrn Sass vorbei aus dem Wagern und pikste ihm dabei derartig schmerzhaft etwas Spitzes in die Kniekehle, dass er aufschrie.

„Verdammt, du spinnst wohl!" Er knickte ein und hielt sich am Autodach fest. Das Kind steckte sich den Lutscher wieder in den Mund und musterte ihn beinahe mitleidig, was den jungen Herrn Sass noch wütender machte. „Bleib gefälligst stehen", stöhnte er. „Du wartest hier, bis die Polizei kommt. Die bringen dich zu deinen Eltern. Du müsstest in der Schule sein", schob er zusammenhanglos hinterher.

„Ja, ja", sagte das Kind, dem der stärker werdende Regen nicht das Geringste auszumachen schien. Die unmögliche Frisur klebte ihm am Kopf, als es den Lutscher durch untergründige Operation der Lippen von einem Mundwinkel in den anderen bewegte und dabei auf die Armbanduhr sah. „Sag gerne alles, was dir auf dem Herzen liegt. Mein Job hier endet sowieso in … hm, zehn, nein, acht Sekunden."

„Du kleiner Scheißer, ich will dir mal was sagen. Blagen wie dich habe ich schon im Dutzend …"

„Fünf."

Der junge Sass hatte Kopfschmerzen vom Nicht-Rauchen, miese Laune vom Nicht-Vögeln und er war nass, hatte keinen Ausweis mehr und überdies breitete sich nun auch noch von seiner Kniekehle her ein brennender Schmerz im Bein aus, der sich schneller und schneller Richtung Geschlechtsteile fraß. Er stieß sich vom Wagendach ab und taumelte auf das Kind zu, das keine Anstalten machte, vor ihm zurückzuweichen. „Wenn du glaubst, du kannst hier …"

„Zwei."

Und dann ereignete sich eine wundersame Veränderung im jungen Herrn Sass, für die er im ersten Augenblick keinen Namen wusste. Der Schmerz erreichte seine Hoden, packte sie fest, aber nicht unangenehm, und drehte sie in eine Richtung, von der der junge Herr Sass noch gar nicht gewusst hatte, dass es sie überhaupt gab. Er richtete sich auf; alle Schmerzen waren verschwunden. Er hatte nicht einmal mehr Kopfschmerzen und auch die Nässe machte ihm nichts mehr aus. Er fühlte sich im wahrsten Sinne des Wortes wie neugeboren. Nur der Jieper auf Zigaretten war geblieben.

„Das ist ja Zauberei", flüsterte er.

Das Kind biss knirschend auf den Lutscher. „Nein", murmelte es und zerkaute die Splitter. „Das ist …" Und dann sagte es etwas, das *Lovelace* hätte heißen können, *Lachgeil* oder auch *Lang und heiß*.

„Was?" Der junge Herr Sass wühlte in seiner Tasche nach dem Feuerzug. „Woher kennst du … bist du …?" Als er das Feuerzeug hervorgenestelt hatte und wieder aufblickte, war das Kind verschwunden.

Einen Augenblick stand der junge Herr Sass belämmert im Regen. Dann kletterte er in sein Auto, knallte die Tür zu und fuhr mit quietschenden Reifen los. Er würde zu spät zur Bank kommen.

Es war sieben Uhr fünfundvierzig.

Um sieben Uhr fünfundvierzig und dreißig Sekunden klingelte es bei Frau Steingräber an der Tür. Das kam Frau Steingräber äußerst ungelegen. Sie hatte gerade noch einmal nach ihrer Mutter gesehen und alles für die Ankunft der polnischen Pflegerin vorbereitet. Das machte ihr schlechte Laune, weil diese Person ihr immer schlechte Laune machte. Dann war ihr eingefallen, dass heute Montag war und Stefan aus der Berufsschule zurückkehren würde. Das machte ihr noch schlechtere Laune. Zu guter Letzt stand heute früh einmal mehr der Besuch des jungen Herrn Sass an. In diesen Zeiten war die Bank auf jeden Kunden mit echtem Geld dringend angewiesen. Frau Steingräber würde ihn also persönlich betreuen müssen, was wiederum bedeutete, dass Stefan die anderen Kunden zu übernehmen hatte, was, wie die Erfahrung lehrte, Gefahren barg, da er durchaus imstande war, ihnen Geld zu geben.

Dass Frau Steingräber sich wiederholt bei der Fantasie ertappt hatte, dem auf eine recht dumme Weise attraktiven Herrn Sass einmal nach Herzenslust Befehle zu erteilen, denen er sich zu fügen hätte, vor allem den Befehl, sich wie das winselnde Etwas, das er war, gefügig hinzulegen, während sie auf seinem Gesicht Platz nahm, steigerte ihre Laune ebenfalls nicht. Sie war wütend auf sich selbst, da solche Regungen im Beruf grundsätzlich keinen Platz hatten. Selbst kleinste Versuche, im Tresorraum etwa seine Hand zu streifen oder bei den Anweisungen über die Nutzung der Schließfächer probeweise einen etwas schärferen Tonfall anzuschlagen, hatten zu keiner erkennbaren Reaktion geführt.

Es war sieben Uhr fünfundvierzig und fünfundvierzig Sekunden. Es klingelte noch einmal.

Answer: Just deal with it
Envision holdin' mega bennies and a jet

Selbst das Radio wollte sie verspotten. Sie hieb auf den Aus-Knopf und riss die Tür auf. „Was?"

Vor der Tür stand eine zwielichtige Gestalt. Allerdings, das musste Frau Steingräber zugeben, eine gut gekleidete zwielichtige Gestalt, derart gut gekleidet, dass Frau Steingräber in der zwielichtigen Gestalt unter anderen Umständen unfehlbar einen Homosexuellen vermutet und also mindestens die Tür wieder zugeschlagen oder aber die Polizei gerufen hätte. Zu Frau Steingräbers Bild eines typischen Homosexuellen gehörte aber keineswegs ein Porträtfoto der unumstritten größten britischen Premierministerin des zwanzigsten Jahrhunderts, und ein solches trug der Unbekannte in der Hand.

„Frau Steingräber?"

„Ja?"

Die zwielichtige Gestalt räusperte sich. „Entschuldigen Sie die Störung am frühen Morgen …"

„Ich muss zur Arbeit. Wer sind Sie denn?"

„Gewiss. Mein Name ist Childish. Billy Childish. Ich bin zweiter Sekretär der internationalen Gesellschaft für Individualismus und Reinstatisierung des Freiheitsbegriffs IGIRF. Sie werden von uns gehört haben?"

„Nicht, dass ich wüsste."

„Oh. Dann gestatten Sie … meine Karte."

Frau Steingräber griff nach der Pappe und las. In schnörkelloser schwarzer Schrift stand darauf: *„Billy Childish. Internationale Gesellschaft für Individualismus und Revitalisierung des Freiheitsbegriffs. Zweiter Sekretär."*

Das war alles. Frau Steingräber wendete die Karte in den Händen. „Warum *Revitalisierung?* Sagten Sie nicht gerade *Reinstatisierung?*"

Der Mann, der sich als Childish vorgestellt hatte, nahm ihr die Karte sanft aus der Hand. „Frau Steingräber. Das ist doch im Augenblick alles ganz unwichtig. Wichtig ist nur, dass ich im Auftrag unserer Gesellschaft gekommen bin, um Sie zu ehren."

„Zu ehren. Mich."

„In der Tat. Frau Steingräber, Ihr Einsatz für die Freiheitsrechte und für das Individuum gegen den – ich bin versucht zu sagen: sozialistischen – Zeitgeist ist nicht unbemerkt geblieben."

„So, so."

„Frau Steingräber, Sie sind misstrauisch. Zu Recht. Sie werden sagen: Warum ich? Eine einfache Bankdirektorin. Eine kleine Geldhausleiterin aus der Vorstadt. Aber es sind Menschen wie Sie, Frau Steingräber, Menschen, die auf der Straße, im Getümmel, ich bin versucht zu sagen: im Handgemenge mit dem vielköpfigen Drachen der Staatsgläubigkeit, der Faulheit, des Anspruchsdenkens, der bequemen Risikolosigkeit, mit einem Wort: der Gesellschaft, ja, ganz recht, wir beide verspüren eine leichte Übelkeit bei diesem Wort. Menschen wie Sie also, Frau Steingräber, sind die Steine, auf die wir unsere freie Gesellschaft, unseren Markt der Ideen und den Wettkampf der Lösungen bauen. Ohne Sie, Frau Steingräber, würde dieser Stadtteil mit seiner leidvollen Geschichte, das sage ich ganz offen, bereits wieder unter der Knute Moskaus stehen."

„Übertreiben Sie mal nicht. Aber unter der Knute der Sozialdemokratie, ja, das könnte schon sein. Schön, dass das mal jemand anerkennt. Und was bekomme ich da jetzt? Eine Urkunde? Eine goldene Uhr? Ich muss jetzt auch wirklich …"

„Fotos, Frau Steingräber."

„Wie, Fotos? Dieses Porträt da? Danke. Da habe ich ein schöneres über meinem Bett hängen."

„Nein, nein. Nicht irgendwelche Fotos. Obgleich durchaus Fotos von *ihr*." Der zweite Sekretär der IGIRF tappte bedeutungsvoll auf das Gesicht der Premierministerin. „Sie wissen sicherlich, dass der begabte Frauenfotograf David Hockney die Ehre erhielt, etwas Zeit mit der Eisernen Lady zu verbringen. Dabei ist das berühmte Porträt entstanden, das wir alle kennen und lieben. Weniger bekannt ist allerdings ..." Herr Childish suchte sichtlich nach Worten.

„Ich muss los."

„Es sind eher private Fotos."

Frau Steingräber errötete. „Privat, wie privat? Sie wollen mir doch nicht ..."

Herr Childish knöpfte den Mantel auf und zog ein Foto halb aus der Innentasche. Dabei hob er bedeutungsvoll die Augenbrauen. Frau Steingräber schlug die Hände vor den Mund. „Jesus."

„In der Tat." Childish nickte. „Die Premierministerin war bekanntermaßen eine äußerst resolute Persönlichkeit, die sich nur wenig Entspannung gönnte. Hockney seinerseits war privat auf diesen Typ Frau fixiert und hatte es zu einiger Meisterschaft darin gebracht, auch in ... wie soll ich sagen ... schwierigen Positionen, auch bei mangelnder Luftzufuhr und quasi blind den Auslöser ... die beiden waren dann später noch eng befreundet. Die Eiserne Lady soll nach dem Treffen ein Staatsbankett verpasst haben, da es ihr ... hm ... schwerfiel ... *zu sitzen*."

Frau Steingräber sog hörbar die Luft ein. Herr Childish hob die Augenbrauen noch höher. „Unsere Gesellschaft würde Ihnen in Anerkennung Ihres Einsatzes gerne einige dieser sehr raren Aufnahmen zu privaten ... hm ... Verwendung zur Verfügung stellen. Wenn ich also kurz hereinkommen dürfte."

Frau Steingräber leckte sich die Lippen. Dann sah sie über die Schulter ins Zimmer ihrer Mutter, die vernehmlich schnarchte. Sie drehte das Porträt ihres Patenkindes in Bangladesch gegen die Wand und winkte Childish herein. „Fünf Minuten!"

Es war sieben Uhr und achtundvierzig Minuten.

Um acht Uhr und zwei Minuten bog der junge Herr Sass in die Straße seiner Bank ein. Er passierte dabei das Haus, das ihm sein Vater vererbt hatte. Unwillkürlich drückte er aufs Gas. Vor dem Haus standen zwei verbrannte Papiercontainer. Der junge Herr Sass schloss die Augen, obwohl er am Steuer saß, und zählte innerlich bis drei.

Das mit den beiden Trotteln war schiefgegangen. Angst machen. Das hatte er gesagt. Ein kleines Feuer, hatte er gesagt. Eine paar zerdepperte Scheiben, nicht mehr. Brandstiftung, versuchter Mord, Großeinsatz der Rettungskräfte. Das konnte noch teuer werden. Und unangenehm. Noch hielt der Vogel dicht, den sie geschnappt hatten. Und sein Rechtsanwalt war an der Sache dran. Aber dafür verlangten sie auch etwas. Beide. Der junge Herr Sass öffnete die Augen, als er am Park mit der Kirche dahinter vorbeirollte. Er verspürte ein unangenehmes, kaum bekanntes Gefühl. Es drückte und brannte hinter seinen Augen. Waren das überhaupt noch seine Augen? Er wischte sich über das Gesicht und bemerkte, dass sein Handrücken feucht war.

„Überhaupt noch meine Augen!", murmelte er verächtlich. „So ein Scheiß. Wirst du jetzt sentimental, oder wie?" Aber er hörte selbst, dass seine Stimme brüchig klang. Seine Kniekehle schmerzte noch immer leise, da, wo ihn dieses seltsame Kind gepikst hatte. Hinter seiner Leiste pulsierte es dumpf. Und in der Magengrube ballte sich diese … er suchte nach dem Wort. *Traurigkeit.* Er war ganz eindeutig traurig. Das kam sonst nie vor. Warum jetzt? Wegen gestern Abend? Wegen einer Frau? *Weil jemand hätte sterben können.* Waren das überhaupt noch seine Gedanken? *Jemand hätte sterben können. Und es wäre deine Schuld gewesen.*

„Hör auf!" Er hieb mit der Faust aufs Lenkrad. Die Hupe dröhnte durch die menschenleere Straße. Er zuckte zusammen. Schluss mit dem Mist. Die Alte im *Maxim* musste ihm etwas in den Drink getan haben. Oder dieses seltsame Kind heute Morgen hatte ihm irgendwie eine Spritze ins Knie ... Nowitschok, genau. Wie bei diesen Morden im Tiergarten ... „Komm mal runter", sagte er sich. „Du bist doch kein Spion, auf den es der russische Geheimdienst abgesehen hat. Du siehst Gespenster."

Das furchtbarste Gespenst von allen war dieses Gefühl in seinem Bauch. Und hinter seinen Augen. Dieses Drücken. Dieses Ziehen. Diese Traurigkeit. Heute musste es klappen, sagte er sich. Er musste kapieren, was es mit diesem bescheuerten Brief von seinem Vater auf sich hatte, den Schatz finden, das blöde Haus abstoßen, reich werden und sich nie wieder Sorgen machen. Langsam brachte er den Wagen zum Stehen. Er stieg aus und blieb stehen. Hier stimmte etwas nicht.

Auf dem Dach der Bank turnten zwei Handwerker herum. Einer war groß und eckig, und als der hinunterblickte, erkannte der junge Herr Sass hinter dem Visier des Schutzhelms eine Fresse, von der er nicht sagen konnte, ob sie einem Kerl oder einem Mädel gehörte. Aus einer dieser modernen Bluetooth-Boxen plärrte erneut scheußliche Musik vom Dach:

Simple mind-gaming
How you supposed to be a trapper in the hood?
Re-adjust your mind frame.

Das war noch nicht das Schlimmste. Der zweite, kleinere Bauarbeiter war eindeutig eine Frau. Und er trug eine Brille.

Es war acht Uhr und fünf Minuten.

Um acht Uhr und fünf Minuten und fünfzehn Sekunden verließ der Mann, der sich Childish genannt hatte, Frau Steingräbers Wohnung. Frau Steingräber blieb allein am Küchentisch zurück, vor sich eine Flasche Sekt, eine Urkunde und vier großformatige Schwarz-Weiß-Fotos, auf denen sich Unbeschreibliches auf dem Gesicht der unbestritten größten Premierministerin des zwanzigsten Jahrhunderts abspielte, aber noch viel Unbeschreiblicheres auf dem Gesicht des begabten Frauenfotografen David Hockney, das darum gar nicht erst zu sehen war. Es musste sich irgendwo hinter und unter dem Gesäß der Eisernen Lady befinden, das merkwürdig hell in die Kamera ragte.

Frau Steingräber starrte mit offenem Mund auf die Bilder. Kurz blitzte in ihr der Gedanke auf, ob sie hier einer Täuschung aufsaß. Immerhin, mit Photoshop und KI war alles möglich. Die Hände der Premierministerin schienen auch ein oder zwei überzählige Finger zu haben. Man las so viel über die sogenannten künstlichen Intelligenzen und ihre grafischen Zaubertricks. Aber Frau Steingräber wollte, musste glauben. Sie starrte. Sie leckte sich die Lippen. Die Hände verkrampften sich in ihrem Schoß.

Es war acht Uhr und sechs Minuten.

Um acht Uhr sechs Minuten und zehn Sekunden betrat der junge Herr Sass die Bank. Er wischte sich verstohlen die Augen, als ihn ein weiterer Anfall von Traurigkeit übermannte. Die Bank erinnerte ihn an seinen Vater, doch alles war hier wie immer. Zum ersten Mal in seinem Leben dachte der junge Herr Sass, dass es vielleicht nicht gut war, wenn alles wie immer blieb, und dass es der Seele guttat, wenn sich auch einmal etwas änderte, damit das Leben weitergehen konnte. *Der Seele guttat.* Er schnaubte und richtete sich gerade auf. Die Traurigkeit zog ihn jedoch wieder zusammen.

Ärgerlich steuerte er auf den Schalter zu. Gleich darauf wurde er noch ärgerlicher, denn hinter dem Schalter erwartete ihn der Auszubildende, der ihn vor geraumer Zeit schon einmal bedient hatte. Der junge Herr Sass war der einzige Kunde in der Bank. Der Auszubildende lächelte ihn freundlich an. Er war, wie der junge Herr Sass im Licht dieses Morgens bemerkte, ein sehr gut aussehender, geradezu schöner junger Mann, der eben erst die Schule abgeschlossen haben mochte. Der junge Herr Sass legte die Hände auf den Schalter und spürte die beruhigende Kühle des Marmorimitats. *Schön.* Der junge Herr Sass hatte noch nie im Leben einen Mann schön gefunden. Er musste an seinen Vater denken. Die Traurigkeit drückte und zog in seinem Bauch. Instinktiv tastete er nach der Innentasche seiner Jacke und ärgerte sich zum wiederholten Mal, dass er keine Zigaretten hatte. Dafür war das Feuerzeug noch da. Der junge Herr Sass dachte an die verschwundene Schöne.

Der Auszubildende lächelte und zeigte dabei eine Reihe kleiner, ebenmäßiger Zähne. Seine Augen strahlten. „Guten Morgen, Herr Sass! Was kann ich für Sie tun?“

„Sie können …“ Herr Sass spürte, wie ihm die Tränen in die Augen schossen. Verstohlen wischte er sie mit dem Handrücken weg. Ich fange doch nicht an zu heulen, weil da einer steht, der zufällig ein bisschen schön ist, schimpfte er mit sich. „Sie können mir leider gar nicht helfen“, sagte er betont barsch. „Wo ist denn die Frau Steingräber, bitte?“

„Sie ist leider noch nicht im Haus. Ah! Das wird sie sein.“

Das Telefon klingelte. Der Auszubildende lächelte derart unverfälscht liebenswürdig, dass Herrn Sass gleich wieder die Tränen kamen. Wir sind in einer Bank, Herrgott! Hier hat man nicht so echt zu lächeln. Hier hat man gar nicht zu lächeln. Der Auszubildende hatte bereits den Hörer am Ohr, ohne mit dem Lächeln aufzuhören. Er sah den jungen Herrn Sass an, während er telefonierte. „Guten Morgen, Frau … ja. Ja, genau. In der Tat. Er ist bereits … seit einer Minute, würde ich … Entschuldigung. Seit *genau* einer Minute.“ Der Auszubildende zwinkerte dem jungen Herrn Sass zu und zog eine Grimasse, die wohl auf verschwörerische Weise andeuten sollte, dass seine Chefin wieder einmal nicht die einfachste Person war. „Und Sie … was? Eine Ehrung? Na, da gratuliere ich aber. Na gut, dann gratuliere ich nicht. Nein, ich weiß nicht, was Sie meinen. Haben Sie denn etwas Schönes …? Frau Steingräber?“ Der Azubi hob einen Finger zum Zeichen, dass er einen Moment brauchte, und drehte sich im Bemühen um Diskretion, das die Indiskretion nur umso augenfälliger werden ließ, etwas zur Seite. „Geht es Ihnen nicht gut? Sie klingen so … aufgeregt. Ist wirklich alles …? Brauchen Sie Hilfe? Nein. Natürlich. Ich übernehme das. Bestimmt. Moment, ich notiere. Selbstverständlich vernichte ich diese Notiz später. Ich weiß doch, was ich dem Bankgeheimnis schuldig bin. Und kommen Sie später noch? Rein, meine ich? Indiskret? Ich weiß nicht, was Sie … ja, genau, zur Arbeit meinte ich natürlich.“

Der junge Herr Sass trommelte mit den Fingern auf das Marmorimitat. Der Auszubildende kritzelte hastig ein paar Nummern auf ein Stück Papier und legte dann auf. „Ich hole den Schlüssel zum Tresorraum. Die Chefin ist heute leider unpässlich. Sie war aber so freundlich, mir ausnahmsweise die Kombination für den Schlüsselschrank zu überlassen." Der beinahe schöne junge Mann umrundete den Schalter und lächelte den jungen Herrn Sass im Vorübergehen auf eine Weise an, die dieser nicht anders als anzüglich finden konnte. Trotzdem weigerte sich die Traurigkeit in seinem Magen standhaft, Wut oder einem vergleichbar vertrauten Gefühl Platz zu machen. Während der junge Herr Sass noch derart mit sich rang, waren aus einem Nebenraum Klicken und das Quietschen einer großen Tür zu vernehmen. Kurz darauf kehrte der Auszubildende mit einem kleinen Schlüssel in der Hand zurück. „Folgen Sie mir bitte."

„Woher wissen Sie eigentlich, dass ich an mein Schließfach will?"

„Sie wollen doch immer an Ihr Schließfach."

Der junge Herr Sass folgte dem Auszubildenden die Treppe hinunter. Vor der Tür zum Schließfachraum blieben sie stehen. Der Auszubildende beugte sich vor und steckte den Schlüssel ins Schloss. Es gab ein leises Sirren und dann ein zartes Klicken. Der ausrasierte Nacken des Auszubildenden hing vor seinem Gesicht in der Luft. Der junge Herr Sass sah erschrocken zu, wie seine Hand sich hob, um den Flaum im Nacken des jungen Mannes zu berühren. In letzter Sekunde hielt er sich davon ab und musste leider wieder daran denken, wie er sich auf der Toilette im *Maxim* in die Hand gebissen hatte, um beim Kommen nicht zu laut zu stöhnen. Er hätte alles für eine Zigarette gegeben. Es war acht Uhr und elf Minuten.

Um acht Uhr und elf Minuten und zwanzig Sekunden stand er vor der Wand mit den Schließfächern und suchte am Schlüsselbund nach dem kleinen Schlüssel. Seine Hände zitterten. Die weichen Finger des Auszubildenden berührte die seinen, als der junge Mann ihm den Schlüsselbund sanft aus der Hand nahm. In seinem ganzen Leben war dem jungen Herrn Sass noch nie etwas von einem anderen Mann sanft aus der Hand genommen worden. Er schluckte.

„Ich mache das schon", sagte der Auszubildende.

„Danke. Und jetzt lassen Sie mich allein." Der junge Herr Sass stopfte den Schlüssel wieder in die Hosentasche und zog das Fach aus der Vertiefung.

„Natürlich." Der Auszubildende zögerte.

„Was denn?"

„Ich habe mich gefragt, ob Sie vielleicht gerne rauchen würden." Wie aus dem Nichts war in den weichen Fingern des Auszubildenden eine schlanke, weiße Zigarette erschienen. Schwanenweiß, daunenglatt und seidenschlüpfrig.

Der junge Herr Sass leckte sich die Lippen. Sein Herz pochte, die Traurigkeit drückte und der leise Schmerz in der Kniekehle strahlte wie eine kalte, verschwitzte Sonne. „Ist das denn erlaubt?"

Der Auszubildende lächelte wieder geradezu schön wie eine Frau. Der junge Herr Sass schluckte.

„Sieht ja keiner", sagte der Auszubildende.

Schon hatte der junge Herr Sass die Zigarette zwischen den Lippen. Er hantierte mit dem Feuerzeug, auf dem *Landei* oder *Lachflash* stehen mochte. Endlich sprang die Flamme in die Höhe und setzte die Spitze der Zigarette in Brand. Es knisterte. Rauch kräuselte sich in die Höhe.

Die Sprinkleranlage ging nicht an.

Der Auszubildende zog die Augenbrauen zusammen.

Es war acht Uhr und dreizehn Minuten.

Um acht Uhr und dreizehn Minuten und zwei Sekunden warf Frau Steingräber den Kopf in den Nacken und stieß ein Heulen aus, das kaum noch etwas Menschliches an sich hatte. Die Hände im Schoß kamen zur Ruhe. Sie atmete schwer, schluckte und blinzelte auf die skandalösen Fotografien hinunter.

Es war acht Uhr und dreizehn Minuten und dreißig Sekunden.

„Darf ich auch mal ziehen?", fragte der Auszubildende.

„Was?“ Der junge Herr Sass verharrte beim Öffnen des Schließfachs.

„Es ist immerhin meine Zigarette.“

Der junge Herr Sass seufzte und reichte den Glimmstängel weiter. Kurz war ihm unwohl bei dem Gedanken, dass die Lippen des schönen jungen Mannes eine Zigarette umschließen würden, die schon mit seinen Lippen in Kontakt gekommen war. Dann zuckte er mit den Achseln und reichte sie weiter.

Der Auszubildende sog tief ein, hustete, als hätte er noch niemals geraucht, und stieß eine gewaltige Rauchwolke aus.

Die Sprinkleranlage sprang nicht an.

Es war acht Uhr dreizehn Minuten und vierzig Sekunden.

„Schatz? Musst du nicht zur Arbeit?“

Ertappt wie eine Teenagerin raffte Frau Steingräber bei dieser Wortmeldung ihrer Mutter die Fotos zusammen. Sie sprang auf, warf den Stuhl um und stürzte ins Bad, um sich die Hände zu waschen. Sie stopfte die Fotos in ihre Umhängetasche und riss die Tür auf. „Ich muss zur Arbeit“, schrie sie, drängte sich an der gerade eintreffenden polnischen Pflegerin vorbei und donnerte die Tür ins Schloss.

Es war acht Uhr dreizehn Minuten und fünfundvierzig Sekunden.

Die Alarmanlage plärrte los. Der junge Herr Sass machte vor Schreck einen Satz und ließ das Schließfach fallen. Der Verschluss sprang auf und der Inhalt ergoss sich über den Boden.

Die Sprinkleranlage sprang an.

Es war acht Uhr dreizehn Minuten und sechsundvierzig Sekunden. Um acht Uhr dreizehn Minuten und siebenundvierzig Sekunden rauschte das Wasser von der Decke und durchweichte die am Boden verstreuten Papiere, darunter auch eine große Plastikhülle, in der ein mit geschwungener Handschrift bedeckter Briefbogen steckte.

„Nein!“ Der Brief! Der junge Herr Sass wollte sich darauf stürzen, doch der Auszubildende fiel ihm in den Arm. „Gehen Sie schon. Ich regle das.“

„Sie verstehen nicht! Der Brief ist das Erbe meines Vaters! Er ist …“

„Er ist in der Plastikhülle vor dem Wasser geschützt. Ich werde Ihre Einlage mit meinem Leben verteidigen. Das ist mein Job. Ich bin Bankkaufmann. Gehen Sie. Hier wird es zu gefährlich für Sie.“

Unter normalen Umständen hätte der junge Herr Sass diesem Ansinnen niemals Folge geleistet. Doch in seiner Kniekehle schmerzte das Piksen, in seinem Bauch trudelte die Traurigkeit und der Auszubildende sah zugleich so sanft und so tatkräftig aus und die Haare klebten ihm so süß am Kopf, dass Herr Sass nicht anders konnte. Er drehte sich um und rannte aus dem Tresorraum die Treppe hinauf.

Durch die Glastür sah er den Bauarbeiter am Boden liegen, der eine Frau war. Von überall her schrillte der Alarm. Auch im Schalterraum stürzte das Wasser zu Boden, als hätte man überall Duschen aufgedreht. Dem jungen Herrn Sass schwirrte der Kopf. Er stürzte zur Tür und riss sie auf. Der geschlechtlich zweifelhafte Arbeiter hockte neben dem offenbar verunglückten Frauen-Bauarbeiter. Auf dem Boden stand die Bluetooth-Box, die unbeeindruckt vor sich hin dudelte.

Power bars, so I sold what I sold
Call collect it was cold so I'm owed what I owed

„Der Alarm!“, schrie der junge Herr Sass gegen das Gellen an. Im gleichen Augenblick merkte er, wie dumm sich das anhörte. Selbstverständlich war der Alarm ausgelöst worden. Und ganz offensichtlich war die Zigarette daran schuld gewesen. Es brannte ganz offensichtlich nicht. Schon war er im Begriff, sich umzudrehen und zu seinem Schließfach zurückzurennen. Warum hatte er sich überhaupt überreden lassen davonzulaufen? Seinem kostbaren Erbe konnte inzwischen werweißwas geschehen.

Der grobschlächtige Bauarbeiter, der neben dem Frauen-Bauarbeiter am Boden hockte, pfiff und machte die Geste einer Herzmassage.

Der junge Herr Sass blieb stehen.

I'm a bad, bad boy try'na battle up the bleedin'
I don't bark, I just bite down hard like I'm teethin'
Bail money saver, money or the signer
A poster boy for any given infamous designer

Es war acht Uhr vierzehn Minuten und achtzehn Sekunden.

Um acht Uhr vierzehn Minuten und zweiundzwanzig Sekunden hockte der junge Herr Sass neben dem Bauarbeiter, der eigentlich kein Bauarbeiter war, sondern eine Frau, am Boden und knöpfte ihm bzw. ihr den Overall auf. Noch nie in seinem ganzen Leben hatte der junge Herr Sass neben einer Frau gekniet, die unsinnigerweise die Berufskleidung eines Bauarbeiters trug, während ein echter Bauarbeiter zusah, und sich innerlich darauf vorbereitet, die Brüste der vor ihm liegenden freizulegen. Dass er überhaupt in diese Situation geraten war, lag zum einen an der rotierenden Traurigkeit in seiner Magengrube, die dafür gesorgt hatte, dass er beim Anblick der Verletzten fast in Tränen ausgebrochen war.

Dir hat man geholfen, hatte sich eine Stimme in seinem Kopf gemeldet. Das Erbe deines verstorbenen Vaters hat jemand unter Einsatz seines Lebens für dich gerettet. Also, wahrscheinlich unter Einsatz seines Lebens. Und du willst hier nicht helfen? Zumal du erst letzte Woche den Auftrag zu einem Verbrechen gegeben hast, bei dem ohne Weiteres Menschen hätten sterben können. Mach doch ein bisschen wieder gut.

Auch das hätte ihn unter normalen Umständen vielleicht nicht dazu bewogen, hier tatsächlich zur Tat zu schreiten. Aber zu den tiefsten Überzeugungen des jungen Herrn Sass gehörte es nun mal, dass die Welt aus unfähigen Trotteln bestand, die noch für den kleinsten Mist auf ihn angewiesen waren. Zumal, wenn es sich um Frauen handelte.

Es war acht Uhr vierzehn Minuten und fünfundzwanzig Sekunden.

Aus dem Overall blickten den jungen Herrn Sass zwei Brüste an, die er normalerweise als zu klein und zu ungleichmäßig geformt erachtet hätte, um sie wirklich als Brüste anzuerkennen. Sie sahen entscheiden zu real aus.

Even in a gun war I maintain the fly
Never snitched, take the charge, maintained a lie

Der junge Herr Sass holte tief Luft und presste die Hände zwischen die beiden Brüste. Er schloss die Augen. Er hätte schwören können, dass die Frau im Overall unter seinen Händen kicherte oder würgte oder vielleicht beides.

In das Gellen des Alarms und das Rauschen der Sprinkleranlage mischte sich eine Polizeisirene.

Der junge Herr Sass löste die Hände von den Brüsten des Frauen-Bauarbeiters und öffnete die Augen. Ein Einsatzwagen hielt vor der Bank. Das Fenster glitt hinunter und ein Gesicht mit Sonnenbrille und Dreitagebart wurde sichtbar. Gerade, als der junge Herr Sass sich fragte, warum zur Hölle jemand am helllichten Tag Sonnenbrille tragen sollte, nahm der Polizist die alberne Brille ab und entblößte zwei blaue Augen, die dem jungen Herrn Sass sofort ein vages Gefühl der Minzfrische auf die Zunge zauberten. „Kenne ich Sie nicht irgendwo her?“, fragte der Polizist.

Es war acht Uhr und fünfzehn Minuten.

Um acht Uhr fünfzehn Minuten und drei Sekunden lief Frau Steingräber an der Kirche vorbei. Heute war einer der seltenen Tage, an denen sie wünschte, doch den Führerschein gemacht zu haben. Aus dem Inneren der Kirche drang Orgelmusik. Sie musste an das Gespräch denken, das sie mit Stefan an seinem ersten Arbeitstag geführt hatte. *Wir sind nicht die Wohlfahrt*. Ein Geräusch drang in ihr Bewusstsein, das die Orgelmusik wie ein Giftpfeil durchstieß. Die Alarmanlage! Stefan! Sie hatte doch gewusst, dass man ihn nicht alleine lassen konnte.

Frau Steingräber verfluchte ihre Schwäche und schwor, nie wieder für flüchtige sexuelle Reize ihre Pflichten zu vernachlässigen. Sie gab sich Mühe, schneller zu rennen, aber ihre Knie zitterten noch von den süßen Mühen des Morgens. Wackelig stakste sie voran und fluchte nun ganz ungeniert und laut. Aus dem Inneren der Kirche sang jemand laut zur Orgelmusik mit:

Hard times
Gathering all
Around me
No, No
No, No, No

Es war acht Uhr fünfzehn Minuten und zwanzig Sekunden.

Um acht Uhr fünfzehn Minuten und zweiundzwanzig Sekunden stieg der Polizist mit den Eisbonbonaugen aus dem Fahrzeug. Eine Sekunde später verstummte der Alarm und das Rauschen der Sprinkleranlage ging in ein leises Tröpfeln über. Die Frau, die möglicherweise eine Art Praktikum als Bauarbeiterin machte, knöpfte sich den Overall wieder zu und richtete sich auf.

„Es geht mir schon wieder besser", sagte sie.

Der Kollege reichte ihr die Hand und half ihr auf.

„Komisch", sagte der Polizist mit den Eisbonbonaugen. „Ich hätte schwören können, dass ich Sie von irgendwo her kenne."

Der kantige Bauarbeiter, der in den Augen des Herrn Sass kein echter Mann war, zuckte mit den Achseln. „Ich wüsste nicht, woher", sagte die Frau, die nun anscheinend nicht mehr verletzt war, und drückte sich an den Kollegen. Immer kriegen solche Typen solche Weiber, dachte der junge Herr Sass verbittert. Na ja. Eh nicht mein Typ. So eine Emanze mit Erbsentitten. Kaum hatte er diesen ungehobelten Gedanken zu Ende gebracht, fiel ihm auf, dass die Traurigkeit aus seiner Magengrube verschwunden war. Auch das Piksen in seiner Kniekehle war kaum noch zu spüren.

„Aber den kenne ich!" Der Polizist mit den Eisbonbonaugen lachte und zeigte auf den Auszubildenden, der in diesem Moment aus der Bank kam. „Stefan! Hallo. Na, mal wieder in Schwierigkeiten? Erst brennt's letzte Woche bei dir und dann gleich voller Alarm hier an der Bank. Wo ist denn die Chefin?"

Der junge Herr Sass meinte, bei dieser Ansprache einen Schatten über das Gesicht des Azubis ziehen zu sehen. Der schöne junge Mann drehte sich wie mit Absicht zur Tür und schloss ab.

„He, Moment! Mein Schließfach! Ich will da rein!“ Der junge Herr Sass spürte in sich wieder die alte Tatkraft und das vertraute dreckige Durchsetzungsvermögen. Was auch immer seit gestern Abend mit ihm los gewesen sein mochte, es war vorbei.

„Sie können da jetzt nicht rein!“ Der Auszubildende hob die Hand. „Sicherheitsbestimmungen. Die Bank bleibt zu. Bis morgen. Vorschrift.“

„Vorschrift am Arsch!“ Der junge Herr Sass fuhr zu dem Polizisten mit den Eisbonbonaugen herum. „Haben Sie das gehört? Der will mir mein Eigentum vorenthalten. Sorgen Sie dafür, dass er die Bank wieder aufmacht.“

Der Polizist schob sich die Sonnenbrille wieder auf die Nase und verschränkte die Arme. „Er ist ja hier gerade der Chef“, sagte er. „Wenn er meint, dass aus Sicherheitsgründen eine Öffnung der Bank nicht zu verantworten ist, darf ich mich da nicht einmischen. Vorausgesetzt, Sie erhalten morgen wieder Zugang zu Ihrem Eigentum?“ Die Frage schien dem Azubi zu gelten.

„Eine rein vorübergehende Maßnahme“, beeilte der sich zu versichern.

„Das ist ja wohl …“ Der junge Herr Sass spürte anstelle der schwulen Traurigkeit, die ihn durch den Morgen begleitet hatte, die männliche Wut wiederkehren.

Der andeutungsweise männliche Bauarbeiter pfiff erneut und zeigte die Straße hinunter. In der Ferne wurde eine Gestalt sichtbar, die schlingernd, aber zielstrebig näherkam.

„Wir müssen … ich meine, ich muss dann zur …Zentrale“, keuchte der Auszubildende. „Genau. Alles melden. Kommen Sie morgen wieder, Herr Sass. Wenn die Reinigungsarbeiten abgeschlossen sind. Dann stehen wir Ihnen mit unserem gewohnten Service wieder zur Verfügung. Bis dann!“

Und mit diesen Worten machte der Auszubildende auf dem Absatz kehrt und ging, nein, lief die Straße hinunter, genau in die entgegengesetzte Richtung zu der, aus der der Neuankömmling auf die Bank zusteuerte.

„Und was ist mit meinem Schließfach?“ Der junge Herr Sass lief ihm ein, zwei Schritte nach.

„Ist wieder sicher verstaut!", rief der Azubi über die Schulter zurück. Der Bauarbeiter und die Frau, die ihm auf dem Dach Gesellschaft geleistet hatte, drängten sich am jungen Herrn Sass vorbei und folgten dem Azubi. Sie schlossen zu ihm auf und bogen mit ihm gemeinsam um die Straßenecke.

„Finden Sie das nicht höchst merkwürdig?", wandte sich der junge Herr Sass an den Polizisten mit den Eisbonbonaugen. Der zuckte mit den Achseln.

„Kann sein. Aus polizeilicher Sicht ist die Sache hier erledigt. Tun Sie doch am besten, was er gesagt hat, und kommen Sie morgen wieder." Damit stieg er in sein Fahrzeug und fuhr davon.

„Scheiße!", brüllte der junge Herr Sass. Er rannte zur Tür der Bank und rüttelte daran. Nichts rührte sich. Er trat dagegen und jaulte vor Schmerz.

Es war acht Uhr und achtzehn Minuten.

Um acht Uhr und achtzehn Minuten und neun Sekunden begegneten sich Frau Steingräber und der junge Herr Sass vor der Bank.

„Was ist denn hier los?", rief sie ihm entgegen. „Sie sind ja ganz durchnässt."

Erst jetzt bemerkte er, dass es stimmte, und begann auf der Stelle zu zittern, was ihn noch wütender machte. Er hatte sich lange genug schwach gefühlt. Mindestens seit gestern Abend. Aber eigentlich schon, seit sein Vater gestorben war. Um die Erinnerung an dieses unangenehme Gefühl zu vertreiben, brüllte er: „Was hier los ist? Ihr sauberer Azubi hat einfach den Laden geschlossen und sich aus dem Staub gemacht. Und das, nachdem da drin ein heftiger Wasserschaden entstanden ist. Er meinte, die Versicherung kümmert sich darum. Und dieser Bauarbeiter mit seiner Freundin, der ist einfach mitgegangen. Ihr Dach wird also auch nicht rechtzeitig fertig. Dabei habe ich an dem dürren Ding noch Erste Hilfe geleistet."

„Bauarbeiter? Dach? Ich verstehe kein Wort." Frau Steingräber steuerte auf die Tür der Bank zu und drückte, in der Erwartung, einfach eintreten zu können, so heftig dagegen, dass sie gegen die Glasscheibe prallte. Dann bemerkte sie die

Wassertropfen, die im Inneren daran herabliefen. Sie legte die Hände an die Scheibe und spähte in den Schalterraum.

„Großer Gott! Die Sprinkleranlage. Hat es gebrannt?"

„Nicht direkt. Der Kleine konnte es nicht lassen und hat sich da unten bei den Schließfächern eine angesteckt. Ich habe noch versucht, ihn zu warnen, aber Sie wissen ja sicherlich, wie er ist."

„Das weiß ich, ja." Frau Steingräber zog den Schlüssel aus der Manteltasche und öffnete die Eingangstür. „Obwohl ich nicht gedacht hätte, dass er raucht. Ach du Scheiße!"

Der junge Herr Sass schob sich hinter ihr durch die Tür und betrachtete das Chaos. „In der Tat. Ich hoffe, er hat meine Unterlagen wirklich wieder ins Schließfach gelegt."

„Er war die ganze Zeit bei Ihnen? Und hat dann da unten geraucht?" Frau Steingräber schüttelte den Kopf. „Da stimmt was nicht. Kommen Sie."

Als im Schließfachraum das Neonlicht ansprang, sahen die beiden sofort, dass die Papiere noch immer am Boden lagen. Sie waren inzwischen jämmerlich durchweicht. Das Schließfach stand einen Spaltbreit offen. Der Stahlbehälter im Inneren war sichtbar. Und im Schloss steckte ebenfalls gut sichtbar der Schlüssel.

„Haben Sie Ihren Schlüssel da steckenlassen?", fragte Frau Steingräber.

Der junge Herr Sass hockte schon am Boden und durchwühlte den Papiermatsch. „Wo ist der Brief? Die Plastikhülle?" Er schreckte hoch, als er mit Verspätung verstand, was sie ihn gefragt hatte. „Mein Schlüssel? Das gibt's doch nicht." Er sprang auf und zerrte den Stahlbehälter aus dem Schließfach. „Diese kleine Ratte. Er war es, der mein Schließfach geöffnet hat. Weil meine Hände … na, ist ja auch egal. Und dabei muss er mir den Schlüssel geklaut haben. Und als dann die Sprinkleranlage losging …"

„Öffnen Sie den Behälter", sagte Frau Steingräber tonlos.

Der Behälter war leer.

„Er hat mich beklaut. Dieser miese kleine Wichser hat mich einfach beklaut."

Frau Steingräber ließ sich an der Wand zu Boden sinken. „Das war geplant“, murmelte sie. „Das war alles geplant. Wie konnte ich nur so dumm sein. Childish! Dass ich nicht lache. Da fällt man einmal auf die eigene Eitelkeit rein und dann das.“

„Geplant.“ Der junge Herr Sass fegte den Stahlbehälter vom Tisch in der Mitte des Raumes, sodass er scheppernd in der Ecke landete. „Natürlich. Das alles. O Gott. Wahrscheinlich schon gestern Abend. Diese Frau. Die hat mir irgendwas in den Drink getan. Das Kind heute Morgen. Alle. Diese Frau und dieses … dieses Ding. Ich wusste, dass das keine echten Bauarbeiter sind. Sagen Sie mir sofort, wo die kleine Ratte wohnt. Den knöpfe ich mir vor. Den mache ich fertig. Dem hetzte ich sämtliche Anwälte …“

„Er wohnt in Ihrem Haus“, sagte Frau Steingräber und stand auf. „In Ihrem Haus hier die Straße runter.“

„Was? Wie kann das denn sein? Ich kenne die Penner und Schwuchteln, die mir da die Wohnungen verstopfen.“

„Ihr Vater hat ihm die Wohnung vermietet. Kurz vor seinem Tod. Er ist noch keinen Monat hier.“

„Dann nichts wie hin da. Worauf warten wir noch?“

„*Wir* unternehmen jetzt erst mal gar nichts.“ Frau Steingräber trat dicht an den jungen Herrn Sass heran und blickte ihm geradewegs in die Augen. Er bemerkte zum ersten Mal, dass die Filialleiterin eine recht attraktive Frau war, obwohl sie sicher schon um die vierzig sein musste, also kaum fünfzehn Jahre jünger als er.

„Gar nichts? Aber der hat das Schriftstück meines Vaters. Den Schlüssel zu meinem Erbe.“

„Eben.“ Frau Steingräber legte dem jungen Herrn Sass die Hände auf die Brust, als würden sie sich schon ewig kennen. Die Hände fühlten sich ausgesprochen warm an. Vielleicht war es das viele Wasser, vielleicht das aufgeweichte Papier, aber der junge Herr Sass hatte mit einem Mal einen schwachen Uringeruch in der Nase, der ihn bei aller Wut erregte. „Eben“, wiederholte sie. „Sie kommen schon seit fast einem Monat mehrere Male die Woche hierher und brüten über diesem Schriftstück. Natürlich habe ich das bemerkt“, nahm sie seinen Einwand vorweg. „Ich bemerke Sie immer, wenn Sie zu mir kommen.“ Die Nasenflügel des jungen Herrn Sass bebten, als ihre Hände begannen, ihm die Brust zu kneten.

„Frau Steingräber ...“ sagte er rau.

„Nicht jetzt“, flüsterte sie. „Und nicht hier. Wir befinden uns immer noch in einer Bank. Wenn Sie sich anständig benehmen, dürfen Sie mich auf ein Getränk zu sich nach Hause einladen. Dann werden wir sehen, was mir einfällt. Aber ich habe da schon eine Idee.“

„Das glaube ich.“ Er schluckte. „Aber mein Erbe. Das können wir doch nicht einfach diesen Halunken überlassen.“

„Gewiss nicht.“ Versonnen musterte sie seine Nase und legte ihm dann die Hand an die Wange. Er sog scharf die Luft ein und schloss die Augen.

„Können Sie eigentlich lange die Luft anhalten?“, hauchte sie.

„Bei der Bundeswehr war ich Taucher.“

„Ausgezeichnet.“

Sie nahm ihn an der Hand und zog ihn zur Treppe.

„Mein Erbe ...“, stotterte er.

„Diese Leute verfügen über eine gewisse Bauernschläue“, sagte sie, ohne sich zu ihm umzudrehen. „Denken Sie nur daran, wie die heute zusammengearbeitet haben. Sie waren gerissen genug, um uns beide hinters Licht zu führen mit ihren Verkleidungen und ihrem Homo-Hokuspokus. Aber jetzt drehen wir den Spieß um. Wir lassen sie die Drecksarbeit für uns machen. Dabei behalten wir sie schön im Auge. Wenn sie nicht ans Ziel kommen, können wir immer noch die Polizei verständigen. Und wenn sie den Schatz finden sollten, dann ...“ Sie blieb stehen und musterte ihn prüfend. „Haben Sie eine Waffe?“

„Nein.“

„Ich schon. *Hard times everywhere I go*“, summte Frau Steingräber und zog den jungen Herrn Sass die Treppe hinauf, der angesichts der Aussicht auf intimere Bekanntschaft mit ihrem Geruch und ihrer Entschlossenheit bereits eine Erektion bekam, die es mit der von gestern Abend beinahe aufnehmen konnte.

KAPITEL 10

Ein geheimnisvoller Brief. Die Bibel kann man googeln. Umfeldermittlungen.

„Jetzt machen Sie doch endlich mal diese Gangsterscheiße aus!“

Herr Wischnewski stand, in mehrere Decken gehüllt, wie ein komischer Hohepriester am Kopf des Tisches und winkte Stefan, er möge das Handy abdrehen. „… *everywhere I go*“, war noch zu hören, dann herrschte Stille. Nur das Brummen des Generators war zu hören, der die Wohnhöhle von Hans und Martina mit weißgrellem Licht versorgte. Bücherregale und großformatige Drucke in Leder gehüllter Superheldinnen im Schatten an den Wänden verrieten noch, dass diese Höhle einst ein gemütliches Wohnzimmer gewesen sein mochte. Aber die Ausgrabungsarbeiten hatten ihre Spuren hinterlassen. Und selbst nachdem die beiden im Lauf der vergangenen Woche den Tunnel unter dem gezackten Loch im Wohnzimmerboden weitgehend wieder zugeschüttet hatten, saß die versammelte Hausgemeinschaft an dem langen Tapeziertisch doch auf einer Baustelle. Werkzeug, Erde, Kabel, Kanister und Müll waren nur notdürftig beiseitegeschoben worden. Allerdings gab es nur hier die Möglichkeit, per Generator Strom und damit Licht zu erzeugen.

Auch eine Woche nach dem Brand waren Strom und Heizung noch nicht wiederhergestellt, wahrscheinlich eine weitere Schikane des Vermieters, der ohne Zweifel den Anschlag beauftragt hatte, wenngleich das noch nicht erwiesen war. Herr

Wischnewski hatte in Erfahrung gebracht, dass der Gefangene mit dem Eintreffen eines wahrscheinlich ebenfalls vom jungen Herrn Sass beauftragten Rechtsanwalts alles vor Ort Gestandene widerrufen hatte und sich seitdem in Schweigen hüllte.

Doch das zählte in diesem Augenblick nichts. In diesem Augenblick schauten alle wieder hoffnungsfroh aus den Decken, in die sie sich gewickelt hatten. Das Unglaubliche war geschehen. Der wackelige, an zahlreichen Ungereimtheiten zusammengetackerte Plan hatte am Ende doch funktioniert. Jede hatte ihre Rolle gespielt, jeder, wenn auch oft mit einiger Improvisation, die ihm zugedachte Aufgabe erfüllt. Insbesondere die beiden Bauarbeiterinnen Martina und Hans, die eigentlich nur für den Fall, dass doch ein robusteres Vorgehen gefragt gewesen wäre, vor Ort waren, hatten mit der Improvisation eines medizinischen Notfalls eine zwar wirre, aber schlussendlich doch erfolgreiche Volte eingefügt, die den jungen Herrn Sass immerhin daran gehindert hatte, vor der Bank auf dem Absatz wieder umzudrehen. Wie alles genau hingehauen hatte und was alles hätte schiefgehen könnte, das wollte in diesem Moment niemand mehr so genau analysieren. Immerhin befand man sich im Besitz des lange begehrten Schriftstücks.

„Ruhe!", mahnte Herr Wischnewski wieder. „Wir haben nicht viel Zeit. Ich höre, dass Stefan noch keinen Anruf von seiner Chefin erhalten hat. Und die Bullen stehen auch noch nicht bei uns vor der Tür. Wir dürfen also davon ausgehen, dass unser Diebstahl unbemerkt geblieben ist. Fürs Erste!", dämpfte er das aufkommende Gemurmel. „Umso mehr ist es jetzt geboten, schnell zu handeln. Stefan, wenn ich Sie bitten dürfte. Ihnen gebührt die Ehre. Kommen Sie hier nach vorne und zeigen Sie uns den Weg zum Schatz."

Unter dem Applaus der Hausgemeinschaft stand Stefan auf. Er war nur kurz nach oben in seine Wohnung gerannt, um sich trockene Klamotten anzuziehen. Das Schriftstück hatte er dabei keine Sekunde aus den Augen gelassen. Nun stand er im grellen Schein der Baulampen vor den anderen wie bei einem Schulreferat im Licht des Beamers. Herr Wischnewski setzte sich und zwinkerte ihm aufmunternd zu. Die anderen Mitbewohner wurden vom grellen Lichtschein ausgeblendet. Stefan leckte sich die Lippen und entrollte das Blatt Papier.

„Hier ist es", sagte er etwas überflüssigerweise. „Ich habe gleich gewusst, dass das hier der Brief sein muss, um den es geht. Er ist etwas größer als ein DIN-A4-Blatt. Und das Papier fühlt sich irgendwie dicker an. Rauer. Es erinnert mich an irgendwas."

Herr Wischnewski beugte sich vor und runzelte die Stirn. „Löschpapier", sagte er. „Aber dafür ist es fast zu schwer. Das sind ja gute vierhundert Gramm pro Quadratmeter!"

„Keine Ahnung, wie dick Löschpapier normalerweise ist, aber ja. Danke." Stefan lächelte. „Dass mir das nicht selbst aufgefallen ist. Beinahe wie Löschpapier. Sie hatten ja schon die Vermutung, dass es nicht nur um das gehen kann, was hier draufsteht. Es muss irgendwie auch um das Papier selbst gehen. Vielleicht ist dieses Löschpapier oder was auch immer das genau ist, schon ein Hinweis." Stefan zog das Papier unter der Nase entlang und hielt es dann gegen das grelle Licht. „Sonst merke ich nichts. Riecht gut. Ein bisschen nach Zigarrenrauch und irgendeinem Herrenparfüm. Im Licht ist nichts zu erkennen."

„Halt mal ein Feuerzeug dran", meldete sich Emmy. „Bestimmt ist das so eine Geheimschrift. Oder Mondrunen. Wie beim *Hobbit*."

„Emmy …", tadelte Lydia.

„Wieso?", maulte ihr Kind.

„Wir wollen nichts unversucht lassen", seufzte Herr Wischnewski. Er zog ein Feuerzeug aus der Tasche und schwenkte es vorsichtig unter dem Papier hin und her.

„Nicht anbrennen", warnte Stefan. Alle warteten gespannt. „Nein, ich glaube nicht, dass das was bringt", sagte Stefan schließlich. „Keine Zaubertinte oder dergleichen."

„Was steht denn drin?", rief Martina von hinten.

„Ja", meinte auch Herr Wischnewski. „Das wollen wir jetzt mal wissen."

„Mein lieber Junge", las Stefan laut vor. „Wenn du das hier liest, bin ich tot. Ich gehe davon aus, dass wir uns bis zu meinem Tod nicht besser verstanden haben als im Leben. Aus

Verpflichtung gegenüber deiner verstorbenen Mutter habe ich mir die größte Mühe gegeben, Zuneigung zu dir zu entwickeln. Ich muss gestehen, dass es mir nicht geglückt ist. Du bist, das muss ich leider sagen, ein ziemlicher Unsympath."

Gekicher und zustimmendes Murmeln unter der Hausgemeinschaft. Stefan wartete ab, bis wieder Ruhe eingekehrt war, und fuhr fort.

„Die Anwälte werden dir eröffnet haben, was du von mir zu erben hast. Ich bitte dich insbesondere, das Haus in Ehren zu halten. Ich kann dir aus dem Grab nicht mehr hineinpfuschen, aber bitte verschleudere es nicht bei erster Gelegenheit an irgendwelche Gauner. Es war mein erstes Objekt. Insbesondere mit dem lieben Wischnewski verbindet mich eine alte Bekanntschaft. Möglicherweise habe ich sogar einen Interessenten für die kleine Wohnung im zweiten Stock, obwohl der Kasten dringend mal renoviert gehört. Wie auch immer, du wirst sicherlich auch meine privaten Aufzeichnungen durchgegangen sein, auf der Suche nach dem Schatz, auf den ich gleich noch zu sprechen komme. Ich weiß, dass du dein Leben lang hinter dieser Geschichte her warst und mehr als einmal in meinen Sachen gewühlt hast, um seinem Verbleib auf die Spur zu kommen. Du sollst nun alles darüber erfahren. In meinen Unterlagen wirst du aber auch gelesen haben, was du zu meinen Lebzeiten vielleicht nur geahnt hast oder besser gesagt, wovor du stets die Augen verschlossen hast, so sehr ich auch alles mit dir teilen wollte. Mein Liebesleben, meine Freizeit, meine Orientierung, sagen wir es frei heraus: meine Homosexualität." Stefan räusperte sich und wendete das Blatt. „Den Schatz gibt es wirklich und wir sind tatsächlich mit den Gebrüdern Sass verwandt. Ich vererbe dir den Schatz unter einer Bedingung. Wenn du schon im Leben nichts von mir wissen wolltest, sollst du dich wenigstens im Tod damit auseinandersetzen müssen, wer dein Vater war und wie er gelebt hat. Vielleicht kommen wir uns so doch noch einmal näher. Und vielleicht kann ich dir neben dem beträchtlichen Wert, den die Beute der Sass-Brüder darstellt, noch einen anderen, größeren Schatz mit auf den Weg geben. Und natürlich freut mich auch der Gedanke, dass du dich wie in einem Kinderkrimi auf die Suche nach allerlei Hinweisen begeben musst, um deine Gier zu befriedigen. Du weißt, ich liebe Geschichten aller Art, vielleicht, weil ich mich mein Leben lang nie getraut habe, richtig zu leben, sondern ein ums andere Mal Geschichten erfunden habe … oder vielmehr, in einer Geschichte gelebt habe und große Liebe empfand zu den großen Geschichten, die zahllosen Lebensgeschichten wie meiner einen Sinn verliehen haben. Wenn du nur eins über mich erfährst, dann ist das vielleicht das Wichtigste. Mach dich also auf, eine echte Geschichte zu erleben, wie auch mein Leben aus Geschichten in Geschichten in Geschichten bestand. Los geht's."

Stefan machte eine dramatische Pause.

„In deines Vaters Haus sind viele Wohnungen. Wenn es nicht so wäre, ich hätte es dir gesagt. Dort kannst du der Königin lauschen. Nehmt nicht alle von diesem Korpus und esset davon. Einer aber verrät unter dem Marmeladenhimmel mit der letzten Pfeife die erste Zahl."

„Ach, du Scheiße, das geht noch weiter", murmelte Emmy.

„Pscht", machten die anderen.

Stefan räusperte sich und las weiter.

„Wo der Schwimmer auf die Särge schaut, verläuft die Straße Richtung Aschestätte. Sie kreuzt das Band zur Kaffeefabrik. Geh, bis du nicht Mehrheit und nicht Minderheit, sondern Sommergast bist. Die Königin der Katzen fällt der List der Nachtigall zum Opfer und stürzt sich auf den Hund. Ihr goldenes Halsband verrät die zweite Zahl … Also, das Wort *Hund* …" Stefan drehte das Papier im Scheinwerferlicht „… das Wort *Hund* ist komisch. Das ist nicht in derselben Schrift wie die anderen Wörter. Sieht aufgeklebt aus."

„Darum kümmern wir uns später", sagte Herr Wischnewski. „Lesen Sie weiter, Stefan."

„Viel kommt nicht mehr. Zwei Absätze. Hier steht: Tätowierungen von Schiffen und Tätowierungen von Tränen. Am Rand der silbernen Zukunft musst du bloß nach mir fragen. Ein Lied verrät dir die letzte Zahl."

„Na endlich", seufzte Martina.

Hans wiegte stumm den Kopf.
„Nicht ganz." Stefan hob die Hand und das aufbrandende Gemurmel verstummte. „Schild und Sau. Du weißt, wo es ist. Doch dort ist es nicht. Die traurige Frau aus Köln weist mit dem toten Finger. Folge der ersten Zahl. Die zweite Zahl und die dritte Zahl weisen den Stein. Gold ist Gold, doch es ist wirklich die Geschichte. Ich habe noch jeden reingelegt."
„Das glaube ich gern", murmelte Lydia . Stefan ließ das Blatt sinken. „Dann kommt nichts Wichtiges mehr. Nur noch, dass sich der junge Herr Sass das Leben leichter machen kann, wenn er andere befragt, aber dass er dann wohl den Schatz teilen muss, und dass der alte Herr Sass schon ahnt, dass sein Sohn aus Geiz schon alles alleine versuchen wird."
„Na, so schwer ist das doch nicht." Das charakteristische Ploppen verriet, dass Emmy den Lutscher aus dem Mund zog.
Stefan setzte sich wieder, um nicht länger von dem Licht geblendet zu werden. „Ich verstehe gar nichts", gab er zu. „Doch: eine Sache. *Ich habe noch jeden reingelegt*. Der alte Herr Sass schreibt doch, es geht hier um Geschichten. Diese Geschichte kenne ich, glaube ich. Das ist …"
„*Die drei Fragezeichen*", nickte Herr Wischnewski. „*Und der Super-Papagei*. Wo die drei Detektive eben auch so einem Schatzrätsel nachgehen. Und am Ende ist der Schatz, wenn ich mich richtig erinnere, gar nicht der echte Schatz. Eine Wendung, die in diesen Geschichten häufiger vorkommt."
„Steht ja auch hier", sagte Stefan und beugte sich über das Blatt. „Nur die Geschichte ist die Geschichte … meinte er diese Folge der *Drei Fragezeichen*? Warum denn?"
Emmy ploppte den Lutscher wieder in den Mund und nuschelte drum herum. „Ich weiß zwar nicht, was das für ein Boomerquatsch ist mit den Fragezeichen, aber ich kenne die Geschichte mit der Königin der Katzen und der Nachtigall. Nur, dass es eigentlich ein König der Katzen ist. Das ist aus dem *Silmarillion*, wo Luthien, also *Nachtigall* auf Elbisch, ihren Geliebten Beren aus den Klauen des Katzenkönigs Tevildo befreit, der eben auch ein goldenes Halsband trägt. Die List bestand darin, dass sie den Hund Huan bat, sich schwer

verletzt zu stellen, um die Katzen herauszulocken. Am Ende wurde der König besiegt und musste sein Halsband abgeben. Patriarchaler Scheißdreck eben. Aber schön." Wieder war ein lautes Ploppen zu hören.

„Einmal zahlt es sich aus, dass das Kind so viel Schund konsumiert", freute sich Herr Wischnewski.

„Tolkien ist kein Schund", empörte sich Lydia.

„Die einen sagen so, die anderen so", schnappte Herr Wischnewski.

„Aber selbst wenn wir nach und nach alle diese Geschichten entschlüsseln, wissen wir ja immer noch nicht genau, wo wir hinmüssen und was wir dort machen sollen", überlegte Martina laut.

„Und das soll der junge Herr Sass in den ganzen Wochen nicht selbst so weit rausgekriegt haben, dass er nicht wenigstens losgelegt hat? Ich meine, kann der nicht googeln?" Stefan fummelte am Handy herum. „Da muss man doch nur ein paar Stichwörter … da haben wir es doch schon. *Im Haus meines Vaters sind viele Wohnungen.* Ist aus der Bibel. Johannes-Evangelium. Und da kriegt man doch mindestens die Hälfte von den anderen Sachen auch irgendwie raus. Warum hat er das nicht gemacht?"

„Er kann ja nicht den ganzen Tag in der Bank rumhängen und googeln", warf Lydia ein.

„Doch", erwiderte Stefan. „Klar kann er. Ist sein gutes Recht. Und selbst, wenn ihm das zu blöd ist, er kann doch ein Foto von dem Brief machen und in Ruhe zu Hause nachforschen."

„Wir hatten doch schon vermutet, dass man genau das Schriftstück braucht. Dass er also nicht mit einer Kopie loslegen kann. Und bei dem *Hund* ist doch da schon was draufgeklebt, meintest du?" Herr Wischnewski steckte die Hand aus seinem Deckenumhang und angelte nach dem Schriftstück. „Ja, in der Tat. Und mir war da noch was aufgefallen: *von diesem Korpus essen* … das ist natürlich, weil das in dem Abschnitt um Kirche geht, eine Anspielung auf das letzte Abendmahl. Klar. Hier ist mein Körper, esset alle davon. Da denkt man an Hostien. *Dieser* Korpus, also dieser *Textkorpus*, ist aber genau der Brief, denke ich. Er fühlt sich wirklich komisch und dick und rau an. Ich vermute, man muss ein Stück davon essen."

„Igitt", schüttelte sich Martina. „Aber wer? Eine von uns?"

„Das weiß ich eben nicht", gab Herr Wischnewski zu. „Aber die Frage bleibt. Was hat denn den jungen Herrn Sass daran gehindert, das Wichtigste zu ergoogeln oder einen Detektiv mit Recherchen zu beauftragen und dann mit dem Brief in der Hand loszudackeln? Anders machen wir es doch auch nicht. Vermute ich zumindest. Er ist vielleicht nicht der Hellste, aber dazu muss man wahrlich kein Sherlock Holmes sein. Nein, da muss es noch irgendetwas anderes geben, Irgendein Detail, das wir gerade übersehen. Und ich vermute, das hat ganz direkt etwas mit der Lösung dieses Rätsels zu tun."

Alle schwiegen und blinzelten ins grelle Licht des Scheinwerfers. Sie wussten, dass Wischnewski recht hatte, aber wie lautete die Antwort?

Es war Stefan, der sich schließlich zu Wort meldete. „Der alte Herr Sass schreibt doch, dass er diese ganze Sache mit dem Rätsel nur veranstaltet, weil er möchte, dass sein Sohn gezwungen wird, ihn nach seinem Tod noch einmal besser kennenzulernen. Hier steht, er hat sich sein Leben lang in Geschichten geflüchtet und nie die wahre Geschichte gelebt. Was darauf hinweist, dass er schwul war, nehme ich an. Aber da ist noch mehr. Er hat ein ganz anderes Leben geführt, von dem der Sohn nun erst durch die privaten Aufzeichnungen des Vaters erfährt. Und ich vermute, dass der junge Herr Sass davon gar nichts wissen will. Sag mal, Emmy …" Stefan beugte sich in den grellen Lichtstrahl hinein, um das Kind weiter unten am Tisch direkt ansprechen zu können. „Als du ihm heute Morgen mit der Lachfleisch-Methode zu Leibe gerückt bist, mit deinem Lutscherstiel in die Kniekehle, ja? Hast du ihn da, naja, hast du ihn da irgendwie schwul gemacht?"

Emmy schnaubte und auch Lydia und Herr Wischnewski stöhnten auf. „Man kann niemanden schwul lachfleischen", sagte Emmy würdevoll. „Genauso wenig, wie man jemanden hetero lachfleischen kann. Ich habe nur den Druckpunkt aktiviert, der sein Unterbewusstsein öffnet und seine Gefühle an die Oberfläche bringt. Er wird empfindlicher gewesen sein und besser gespürt haben, was ihn umtreibt. Für einen Typen wie den wahrscheinlich ziemlich unangenehm."

„Eben! Danke." Stefan stand auf und machte ein paar Schritte, während er weiterredete, so als müsste er sich bewegen, um seine Gedanken anzukurbeln. Die anderen folgten ihm mit Blicken. „Er hat mich die ganze Zeit so angestarrt, als wäre er in mich verliebt. Dann war es ihm gleich wieder peinlich und er wurde fast wütend. Aber ausgeflippt ist er nicht. Er war eher wie erstarrt. Gruselig war das."

„Ich glaube nicht, dass der junge Herr Sass insgeheim schwul ist, falls du das damit sagen willst", sagte Herr Wischnewski.

„Das meine ich auch nicht. Er ist jedenfalls nicht schwuler als jeder andere. Ich meine nur, dass er nicht damit klarkommt, wenn er Gefühle entwickelt, mit denen er nichts anfangen kann. Gelachfleischt wie er war, hat er mich angeguckt und zum ersten Mal im Leben vielleicht gemerkt, dass er etwas an einem anderen Mann attraktiv findet, ohne dass er gleich schwul sein muss. Dann friert er ein und macht gar nichts mehr. Und ich könnte mir denken, dass es ihm mit diesem Brief genauso geht. Er spürt, dass er dem Vater näherkommen würde, aber er merkt auch, dass er die Dinge, die er dann erfährt, vielleicht gar nicht wissen will. Er hat Angst, sich auf den Weg zu machen. Und deshalb fährt er lieber alle paar Tage in die Bank, wo der Brief sicher weggeschlossen liegt, und starrt drauf."

„Und was heißt das jetzt für unsere Suche?", fragte Martina. „Wir können jetzt alle Geschichten rauskriegen, die in dem Brief verwurstet sind. Aber deswegen wissen wir noch lange nicht, wo wir mit Suchen anfangen sollen."

„Warte mal." Jetzt stand auch Herr Wischnewski auf. „Was Sie sagen, Stefan, ergibt durchaus Sinn. Ich kenne den jungen Herrn Sass schon ziemlich lange. Und ich habe ihn auch mit seinem Vater zusammen erlebt. Wenn wir uns auf die Spuren des Alten begeben, dann heißt das, dass wir an Orte gehen müssen, die mit seinem Leben zu tun haben. Wo sich eben dessen geheimes Leben abgespielt hat, von dem er in dem Brief spricht. Orte, die der junge Herr Sass auf keinen Fall betreten möchte, selbst wenn er etwas von ihnen wissen würde."

„Aber was sind denn das für Darkrooms und Klappen bitte schön, wo irgendwelche Hostien gegessen werden?" Lydia schütelte sich. „Oder wo Katzenköniginnen wohnen?"

Emmy ploppte wieder mit dem Lutscher. „Schwule kriechen doch nicht immer nur durch irgendwelche Darkrooms, Mama. Der alte Herr Sass wird ja vielleicht auch mal, keine Ahnung, einfach so in einem Café wen aufgerissen haben."

„Wie du wieder redest." Selbst im Scheinwerfergleißen war zu erkennen, dass Lydia errötete. „Darkrooms waren für einen Mann seiner Generation doch wohl gar keine Option. Immerhin war er ja auch verheiratet."

„Wenn du wüsstest", sagte Herr Wischnewski.

„Gibt es nicht gleich hier in der Straße eine Kirche?", unterbrach Stefan. „Ich habe da schon öfter jemanden Orgel spielen hören."

Herr Wischnewski starrte Stefan an, als hätte er einen Geist gesehen. Dann fing er lauthals an zu lachen und ließ sich wieder auf den Stuhl plumpsen. „O Gott. Natürlich. Ich bin so blöd. Das passt natürlich zu dem Alten. Na, das wird ja ein Vergnügen."

„Was, bitte, wird ein Vergnügen?", fragte Lydia.

„Unser junger Freund hier …" Herr Wischnewski deutete aus dem Deckenhaufen auf Stefan „… hat mich unwissentlich auf die Lösung des Rätsels gestoßen. Oder wenigstens auf den ersten Schritt, der zur Lösung führt. Natürlich ist die Kirche in unserer Straße gemeint."

„Warum natürlich?", wollte Martina wissen.

Herr Wischnewski seufzte. „Erstens, weil es sich um die Kirche zum Vaterhaus handelt, auf deren Fassade eben der Bibelvers eingemeißelt ist, der hier im Brief steht. Vaterhaus, natürlich auch eine ziemlich plumpe Anspielung auf den Vater, der hier seinem Sohn schreibt. Zweitens, weil dann auch der Rest des ersten Hinweises plötzlich Sinn ergibt. Dort drinnen gibt es nämlich wirklich eine Königin, die Königin der Instrumente nämlich. Eine Orgel. Welche bekanntlich Pfeifen hat. Und eine von denen wird uns die erste Zahl verraten."

„Und der Marmeladenhimmel … und der Korpus?", fragte Martina.

„Finden wir vor Ort raus", seufzte Herr Wischnewski. Und dann seufzte er gleich noch einmal. „Das ist der dritte Grund, weswegen ich mir jetzt sicher bin, dass wir dort loslegen müssen. Ich kenne nämlich den Orgelspieler persönlich. Und der alte Herr Sass kannte ihn auch. Leider. Ich wünschte, das wäre mir erspart geblieben."

„Ich rieche ein altes Liebesdreieck", flüsterte Emmy in Bühnenlautstärke, sodass es jeder hören konnte.

Stefan überging die Bemerkung. „Worauf warten wir dann noch? Und wenn Sie recht haben, Herr Wischnewski, dann bestätigt das meine Vermutung, dass wir uns an die Stationen aus Herrn Sass' Leben begeben müssen. Und diese Stationen liegen direkt vor unserer Nase. Sie sind hier in unserer Umgebung. Der junge Herr Sass hat vermutlich geglaubt, er müsse bis ans Ende der Welt reisen, um den Schatz zu finden. Aber ich glaube immer mehr, dass wir ihn beinahe zu Fuß finden werden."

„Die Kaffeefabrik", sagte Lydia langsam. „Hinten am Kanal ist eine große."

„Und an der Straße zum Krematorium steht eine Statue, noch aus der DDR. Die heißt *Der Schwimmer*", ergänzte Martina.

„Und genau gegenüber ist ein Bestattungsinstitut." Herr Wischnewski schüttelte die Decken ab und sprang auf. „Auf geht's! Wir haben keine Zeit zu verlieren."

„Wir wissen aber noch gar nicht alles", warf Lydia ein, obwohl sie schon im Begriff war, Herrn Wischnewski zu folgen.

„Aber wir wissen genug, um loszulegen." Stefan schnappte sich den Brief vom Tisch. „Machen wir nicht denselben Fehler wie der junge Herr Sass. Den weiteren Weg finden wir, wenn wir ihn gehen."

„Auf durch Treptow-Köpenick!" Emmy war bereits an der Tür. „Nirgendwo werden wir mehr Abschaum und Verkommenheit finden als hier."

KAPITEL 11

Kirchgang. Ein alter Jatzer.
Schwulsein und Plattenhören ist nicht abendfüllend.

Auf der anderen Straßenseite lag gleich die Wiese, über der die Kirche aufragte. Der Himmel über den beiden Türmen verdüsterte sich. Es würde Regen geben; die Bäume über dem schütteren Gras duckten sich bereits.

Herr Wischnewski, der in der Eile wohl vergessen hatte, sich außer dem obligatorischen Morgenmantel noch etwas überzuziehen, watschelte in seinen Pantoffeln voran. „Bitte beeilen Sie sich, mir wird kalt!", schimpfte er.

„Als ob wir da was dafür könnten", murmelte Emmy. Stefan gab ihr insgeheim recht, beschleunigte aber trotzdem seine Schritte. Er legte den Kopf in den Nacken und schaute hinauf zu den beiden Türmen. Zwischen ihnen tanzte ein Weihnachtsstern im Wind, den seit den Feiertagen niemand entfernt hatte. Mauersegler stürzten sich aus der vergitterten Öffnung des linken Glockenturms. Das Gebäude, fand Stefan, sah, abgesehen von den Türmen, eigentlich gar nicht wie eine Kirche aus. Sicher, der hintere Teil war angemessen verwunschen mit Efeu überwuchert, aber der ockergelbe Anstrich, die schnöde Kastenbauweise und vor allem der Torbogen, der die Kirche mit einem langgestreckten Nebengebäude verband, hinter dem ein ganz besonders schmuckloser Parkplatz lag, erinnerten Stefan eher an die Hausener Mehrzweckhalle, in der sich zweimal im Jahr die Eisenbahnfreunde trafen.

„Hier geht's rein", keuchte Herr Wischnewski. Stefan musterte ihn von der Seite. Der ältere Nachbar hatte die Wohnung offenbar bereits seit Längerem nicht mehr verlassen und beim geliebten Plattenhören zu viel Maschinenölgetränke verkostet, denn der kurze Weg schien ihn über die Maßen angestrengt zu haben. „Wir sind keine Gottesdienstbesucher. Wir wollen den Organisten sprechen." Herr Wischnewski hob die Hand und riss an den Efeuranken. Dahinter wurde eine Tür im Gemäuer sichtbar. Wenn Stefan an der Vaterkirche eben noch eine gewisse Gravitas vermisst hatte, so wirkte diese Tür nun wirklich wie ein Geheimgang, aus dem sich verliebte Mönche nachts in die Arme ihrer Liebschaften davonstahlen. „Stehen Sie da nicht so rum! Helfen Sie mir."

Stefan packte zu und zerrte an den Ranken, die sich als erstaunlich widerspenstig erwiesen. Bald schon schmerzten ihm die Handflächen, und als er sich die Rechte in den Mund steckte, schmeckte er Blut.

„Also, so geht das nicht. Die arme Pflanze." Lydia drängte sich sanft, aber bestimmt zwischen Stefan und Herrn Wischnewski. Noch bevor einer von beiden etwas sagen konnte, hatte sie die Handfläche auf das Gestrüpp gelegt und stieß mit geschlossenen Augen einen Summton aus. Das Efeu erschauderte, als ginge ein Windstoß hindurch. Stefan fuhr herum, als genau hinter ihm ein Mauersegler kreischte und so dicht an ihm vorbeisauste, dass er den Luftzug spürte. Als er sich wieder umdrehte, lag die Tür frei. „Bitte schön", sagte Lydia.

Herr Wischnewski kratzte sich am Kopf. „Ich sollte mich inzwischen daran gewöhnt haben", seufzte er. „Aber wenn es einen Beweis gibt, dass Sun Ra vielleicht doch von einem anderen Planeten auf die Erde gekommen ist, dann sind Sie das, Lydia."

„Das ist einfach nur etwas gelenkte Freundlichkeit", lächelte sie.

„Freundlichkeit?", wunderte sich Stefan. „Ich dachte, die Lachfleisch-Methode."

„Sie umgibt uns. Sie durchdringt uns. Sie hält alles zusammen." Weiter unten ertönte das charakteristische Ploppen, als Emmy sich zu Wort meldete.

„Die Freundlichkeit oder die Lachfleisch-Methode?", fragte Stefan.

Bevor Emmy oder ihre Mutter antworten konnte, pochte Herr Wischnewski an die freigelegte Tür. Das Pochen schien durch die ganze Kirche zu hallen. Hans und Martina kamen nun auch herbeigelaufen. Wie zur Antwort schrien die Mauersegler. Stefan blickte nach oben und sah, dass ein ganzer Schwarm sich auf der Regenrinne niederließ und die Hausgemeinschaft mit schief gelegten Köpfen beobachtete.

„Vielleicht ist keiner da", flüsterte Stefan. „Ich höre auch gar keine Musik. Sonst ist hier immer Musik."

„Papperlapapp." Herr Wischnewski klopfte noch einmal. Wieder das Dröhnen. Die Mauersegler kreischten auf. „Er ist immer da. Wenn er noch da ist."

„Wer denn?", fragte Stefan.

„Seine alte Liebe!", freute sich Emmy.

„Oder sein alter Rivale", meldete sich Martina aus der zweiten Reihe.

Hans nickte.

„Oder beides", bestätigte Lydia.

„Wenn wir jetzt bitte alle mal still sein könnten", raunte Herr Wischnewski. Er klopfte ein drittes Mal. Hall, Mauerseglergeschrei.

„Es ist niemand ...", begann Stefan.

Und dann hörten sie es. Aus dem Inneren der Kirche war ein Schlurfen zu vernehmen, das langsam näherkam. Es hörte sich an, als trüge jemand Hausschuhe, die etwa zwei Nummern zu groß und hinten ausgelatscht waren. „Wer stört mich?", fragte jemand hinter der Tür.

Herr Wischnewski räusperte sich. „Norbert", sagte er. „Ich bin's. Wischnewski."

Die Mauersegler hielten den Atem an.

„Wischnewski", sagte die Stimme. Sie klang brüchig und kräftig zugleich, wie ein Sonnenstrahl, der durch verblichene Gardinen fällt. „Lebst du noch?"

„So gerade eben", erwiderte Wischnewski. „Darf ich reinkommen?"

Einen Moment herrschte Stille hinter der Tür. „Nein“, sagte die Stimme, die offenbar einem gewissen Norbert gehörte. Dann wieder Schlurfen. Diesmal entfernte es sich.

„Norbert!“, rief Herr Wischnewski. Die Mauersegler atmeten piepsend aus und flatterten davon. Stefan hob die Faust und hämmerte gegen die Tür.

„Norbert!“, rief er. „Wir sind alle da. Aus dem Haus drüben. Vom alten Herrn Sass. Wir sind auf der Suche nach dem Schatz. Und der junge Herr Sass ist uns auf den Fersen. Bitte machen Sie auf.“

Das Schlurfen verstummte. Die Hausgemeinschaft hielt mauerseglergleich den Atem an. Dann kamen die Schritte zurück. Im Inneren wurde ein Riegel zurückgeschoben und die Tür öffnete sich einen Spaltbreit. Im Dunkeln erschien ein Gesicht. Hinter einer Goldrandbrille musterten sie wässrige blaue Augen. Schlaffe Wangen zitterten. Norbert musste ein älterer Hamster sein. Seine Augen verengten sich, als er Herrn Wischnewski erblickte. „Meine Güte, siehst du scheiße aus“, sagte er.

„Danke, gleichfalls.“ Herr Wischnewski schlang die Arme um sich. „Norbert, wie du siehst, bin ich etwas überstürzt aufgebrochen. Mir ist kalt. Bitte lass uns jetzt rein.“

Norbert verdrehte die Augen hinter der Brille. Sein Kopf verschwand. Eine Kette rasselte. Dann schwang die Tür auf. Dahinter war es finster. Ein Hauch von Möbelpolitur und Dünndruckbibeln schlug der Hausgemeinschaft entgegen. „Na schön. Folgt mir mal.“

Norbert kehrte ihnen den Rücken zu und griff nach einer Taschenlampe. Er knipste sie an und schlurfte ohne weiteren Kommentar voran. Die Hausgemeinschaft beeilte sich, ihm zu folgen. Als die Tür ins Schloss fiel, zuckte Stefan zusammen. Ob es klug war, sich diesen Fluchtweg zu verbauen? Er schüttelte den Gedanken ab.

Eng aneinandergedrückt folgte die Hausgemeinschaft dem Lichtkegel und dem Geräusch der ausgelatschten Hausschuhe. Tatsächlich konnte Stefan erkennen, dass Norberts nackte Füße bei jedem Schritt ein Stück aus dem Schuh herausschlappten.

Ansonsten war er mit einem Hausmantel bekleidet, der ein direkter Zwilling von Herrn Wischnewskis Kleidungsstück hätte sein können. Allerdings war er im Gegensatz zu Stefans Hausgenossen darunter bekleidet, ziemlich förmlich sogar, mit einer schwarzen Anzughose und einem Hemd, dessen Kragen etwas dumm über den weichen Rand des Hausmantels spitzte. Am Rand des Lichtkegels erkannte Stefan hochaufgetürmten Sakralsperrmüll: Notenständer, ineinandergestapelte Stühle, Kleiderständer voller Ritualgewänder, verstaubte Weinflaschen, Wandbehänge mit naiven Bibelszenen, verblichene Plakate mit Sonnenauf- oder -untergängen, über denen Sinnsprüche prangten, und Kleiderhaufen, die von den letzten Kirchenbasaren übrig geblieben sein mussten.

„Hier entlang", sagte Norbert und beleuchtete eine Treppe, die nach oben führte. Die Hausgemeinschaft folgte ihm die knarrenden Stufen hinauf. Plötzlich traten sie ins Freie. Norbert knipste die Lampe aus. In der Tat war es nun hell. Sie standen auf einer Empore, von der aus man das ganze Kirchenschiff überblicken konnte. Die leeren Bankreihen ächzten im trüben Licht der Buntglasfenster, als wäre selbst diese körperlose Berührung schon zu viel.

„Da seid ihr also", sagte Norbert und ließ sich auf ein Bänkchen fallen. Er legte die Hände auf die untere von mehreren Klaviaturen. Stefan erkannte Pedale und Holzklötze, von denen einige hervorgezogen waren. Das musste die Orgel sein. Er schielte nach oben. Tatsächlich, silberfarbene Pfeifen in verschiedenen Größen, quer über die Wand.

„Da sind wir also. Und wir wären dir sehr verbunden, lieber Norbert, wenn du uns mit diesem Rätsel weiterhelfen könntest." Herr Wischnewski winkte Stefan ungeduldig, dass er das Schriftstück hervorholen sollte. Norbert griff danach, rückte sich die Brille zurecht und studierte es, wobei sich seine Lippen lautlos bewegten. Je weiter er kam, desto deutlicher zog sich ein Grinsen über seine Hamsterbäckchen. „Dass ich das noch erleben darf."

„Dass du was noch erleben darfst, lieber Norbert?", fragte Wischnewski.

„Ich bin nicht dein lieber Norbert!" Der Organist ließ die Finger auf die Klaviatur fallen und ein scharfer Misston ertönte. Die Hausgemeinschaft machte einen kollektiven Satz. „Gott weiß, wie lange du hier nicht mehr aufgekreuzt bist. Als es bei euch gebrannt hat, da dachte ich, ich schaue mal vorbei. Habe dann aber in der Zeitung gelesen, dass niemand zu Schaden gekommen ist. Da hab ich's mir gespart."

„Typisch." Herr Wischnewski stemmte die Hände in die Hüften. „Vielleicht wäre ich mal gekommen, wenn du erst mal gekommen wärst."

„Der Subtext wird hier ziemlich fix zum Text", murmelte Emmy.

„Wie bitte?" Norbert fuhr auf. „Was war das denn? Wischnewski, erst bringst du mir deine Haubesetzer hier mit rein, und dann muss ich mich auch noch beleidigen lassen?"

„Das ist Emmy", sagte Herr Wischnewski begütigend. „Sie ist manchmal etwas vorlaut."

„Ach! Sie!" Norbert ließ sich wieder auf die Sitzbank fallen. „Weiß man bei dem Kind ja nicht, ob das ein Bub oder ein Mädchen ist."

„Weiß man doch heute eh nicht mehr", sagte Herr Wischnewski.

„Hey", rief Lydia. „Bitte keine Frechheiten. Klärt eure alten Beziehungskisten so dramatisch, wie ihr wollt, aber lasst mein Kind in Ruhe."

Norbert seufzte und schaute über die Schulter zurück. „Es tut mir leid", sagte er. „Das war wirklich unhöflich. Entschuldige, Kleine."

„Ich bin nicht klein", sagte Emmy. Lydia versetzte ihr einen Rippenstoß. „Okay", sagte Emmy. „Angenommen."

Hans räusperte sich. Norbert fuhr zusammen. „Was ist das denn?"

„Verscherzen Sie es sich bloß nicht gleich mit der Nächsten", warnte Martina. „Hans meint, wir müssen uns beeilen. Und sie hat recht."

Norbert zuckte mit den Schultern. „Für meine Unhöflichkeiten entschuldige ich mich aufrichtig“, sagte er. „Ich bin alt. Und ich kriege ja nicht viel Besuch!“

Herr Wischnewski verdrehte die Augen. „Es gibt nichts Stureres als eine beleidigte alte Schwester“, stöhnte er. „Norbert. Das ist Jahrzehnte her. Nun lass doch gut sein. Du kennst doch den jungen Herrn Sass. Der war immer schon ein Unsympath. Und da du schon von dem Brand redest, den hat er gelegt. Willst du, dass der den Schatz bekommt? Einmal können doch unsere Leute gewinnen.“

Norbert zog die Schultern hoch. „Ich hätte damals auch gerne gewonnen.“

„Norbert“, flehte Herr Wischnewski. „Bitte mach doch jetzt keine Szene. Ich verspreche dir, wenn das alles vorbei ist, dann komme ich wirklich vorbei und wir reden. Ich komme jede Woche vorbei, wenn du willst.“

„Will ich aber nicht“, sagte Norbert und starrte stur auf die Klaviatur. Herr Wischnewski warf die Hände in die Luft.

„Norbert“, schaltete sich Stefan ein. „Wissen Sie denn, was die Hinweise in dem Brief bedeuten sollen?“

„Weiß ich“, nickte der Organist.

„Okay. Und wenn Sie sich nicht wünschen, dass Herr Wischnewski Sie wöchentlich besuchen kommt, was wünschen Sie sich dann?“

Norbert saß mit hochgezogenen Schultern da und schien zu überlegen. Er schniefte. In der Stille der leeren Kirche klang das Geräusch wie ein Schwert, das die Luft durchteilte. Dann rutschte er ein Stück auf der Bank und klopfte neben sich. „Komm mal her, Wischnewski“, sagte er.

„Nein.“ Wischnewski hob die Hand. „Auf keinen Fall. Das habe ich seit Jahren nicht gemacht.“

„Sollen wir vielleicht rausgehen?“, mutmaßte Martina.

Hans ließ ein abfallendes Brummen vernehmen.

„Ich glaube auch nicht, dass es hier um etwas Intimes geht“, stimmte Lydia halblaut zu.

„Natürlich geht es um etwas Intimes!“, schniefte Norbert. „Um Musik geht es. Um das gemeinsame Musizieren. Was kann es Intimeres geben?“

Seufzend ließ sich Herr Wischnewski auf die Bank fallen. „Meine Güte. Du blöde alte Schachtel.“ Er strubbelte Norbert durch das schüttere Haar. „Das ist der Grund? Da bist du nach all den Jahren noch nicht drüber weg? Mensch, ich dachte, es geht um Walter.“

„Walter, Walter.“ Norberts Finger klapperten über die Tasten. Eine Pfeife gab ein leises Fiepen von sich. „Doch, schon. Natürlich war ich eifersüchtig. Und dass ihr dann später auch noch heiraten musstet! Wie so ein altes Ehepaar.“

„Wir waren später auch ein altes Ehepaar“, sagte Herr Wischnewski leise.

„Du weißt, was ich meine. Aber damit wäre ich noch irgendwie klargekommen. Bloß, dass du die Band dafür hast sausen lassen, das habe ich dir nie verziehen.“

„Die Band!“ Herr Wischnewski legte nun ebenfalls die Finger auf die Tasten. Stefan sah, wie sich sein kleiner Finger auf Norberts Daumen zubewegte. „Das war einfach vorbei für mich.“

„Für mich nicht“, sagte Norbert. „Wir waren echt gut.“

„O ja“, nickte Herr Wischnewski. „Ziemlich gut.“

„Sie waren in einer Band?“ Stefan konnte ein Lächeln nicht unterdrücken und sah mit einem raschen Blick, dass es den anderen genauso ging. „Was war denn das für eine Band?“

„Jazz“, sagte Herr Wischnewski.

„Jazzrock“, trumpfte Norbert auf.

„Jatz“, sagte Herr Wischnewski bestimmt und sprach das Wort mit einem hörbaren „tz“ aus, was ihm ein ähnlich magisches Gepränge verlieh wie Emmys Glottisschläge.

„Fusion“, trumpfte Norbert auf. „*The Fourth Way. The Dark Magus.*“

„Bitte.“ Herr Wischnewski ließ ein leises Würgen vernehmen. Norbert trat ein Pedal und spielte ein paar Töne.

„Ziemlich funky“, urteilte Emmy.

Herr Wischnewski würdigte das keiner Antwort, sondern verzog nur schmerzhaft das Gesicht. Norbert stupste ihm mit dem Ellenbogen in die Rippen. „*Weather Report*", flüsterte er. Sein Gesicht hinter der Goldrandbrille glühte. „*Soft Machine!*"

„Mir wird schlecht", sagte Herr Wischnewski. Norbert lachte. Seine Hamsterbacken wackelten. Das Lachen erfüllte die ganze Kirche und schob draußen die Wolken beiseite, sodass ein stärkerer Lichtstrahl durch die Fenster fiel. Die Bankreihen ächzten wohlig im Farbenbad.

„Meine Güte, ich habe dich vermisst", sagte Norbert schließlich. „Du hast dich gut gehalten. Ich wollte dich vorhin nur beleidigen, weil ich sauer war. Ehrlich. Machst du immer noch deine Übungen?"

„Ja, ja", sagte Herr Wischnewski. „Jeden Tag dreimal."

„Das kann ich bestätigen", meldete sich Stefan. „Obwohl keiner von uns so genau weiß, was er da eigentlich treibt. Man darf ihn dabei nämlich unter keinen Umständen stören."

Norbert gluckste. „Das kann ich mir denken. Also, diese Kegel-Übungen, die hat Walter damals angeblich aus Indien mitgebracht. Dabei sind es ganz schnöde Beckenboden…"

„Das reicht jetzt", sagte Herr Wischnewski.

„Schon gut, schon gut." Norbert rückte sich die Brille zurecht. „Der Hübsche aus deiner Entourage. Der soll mir mal den Brief wiedergeben."

Herr Wischnewski seufzte. „Damit sind Sie gemeint, Stefan."

„Danke." Norbert nahm das Schriftstück entgegen und riss unvermittelt ein großes Stück vom Rand ab. Die Hausgemeinschaft schrie auf. „Keine Sorge." Der Organist wedelte mit dem Blatt. „Alles noch da." Er legte das Blatt sorgfältig an die Seite und teilte das abgerissene Stück mit einem scharfen Ratschen in zwei Teile. Eins davon schob er sich in den Mund. Das andere hielt er Herrn Wischnewski hin. Stefan sah verständnislos zu.

„Das ist doch jetzt nicht dein Ernst", sagte Herr Wischnewski.

„Ist mein voller Ernst“, sagte Norbert. „Überleg doch mal bitte, wie oft wir das mit dem alten Sass gemacht haben. Wenn er uns hier zusammenbringt, mit diesen Hinweisen, was soll es denn sonst bedeuten?“

„Was bedeutet es denn?“, flüsterte Stefan Lydia zu.

„Alle kauen, keiner isst, da weißt du, dass es Techno ist“, sagte Emmy.

Lydia schüttelte den Kopf. „Nicht ganz. Löschpappen. Trips.“ Als sie sah, dass Stefan nicht verstand, wedelte sie mit der Hand. „LSD.“

„O Gott. Drogen?“, entfuhr es Stefan. Whisky war ja eine Sache. Aber stürzte man sich von diesem anderen Zeug nicht aus dem Fenster? Und überhaupt, war das nicht illegal? Gleich darauf fiel ihm ein, dass überhaupt alles, was er seit einer Woche tat, in höchstem Maße illegal war.

„Na, komm“, sagte Norbert und wedelte Herrn Wischnewski mit dem Papierfetzen vor der Nase herum. „Wirkt wahrscheinlich eh nicht mehr nach all der Zeit.“

Herr Wischnewski starrte Norbert einen Moment feindselig an, dann steckte er sich das Papier mit einer raschen Bewegung in den Mund und kaute. „Und jetzt?“

Norbert rieb sich die Hände und spreizte die Finger auf die Tasten. „Jetzt machen wir Musik!“, grinste er und schlug ein paar Töne an. Die Orgel erwachte zum Leben. Es war eine kurze Reihe aus auf- und absteigenden Tönen, die an einen Fluss erinnerten. Stefan musste an das Lied denken, das Marit zu seiner Tätowierung eingeschaltet hatte.

„Marmeladenhimmel“, freute sich Norbert. „Sing, du alte Kröte.“

„Nein. Nicht die Beatles“, sagte Herr Wischnewski.

„Du warst immer schon ein Snob“, lachte Norbert.

„Ich bin ein Freigeist“, sagte Herr Wischnewski indigniert und zog den Hausmantel enger um sich.

Stefan räusperte sich. „Also, manchmal sind Sie wirklich ein kleiner Snob.“

„Das stimmt“, nickte Lydia.

„Ein Spießer“, sagte Emmy.

Hans lachte leise.

„Ihr Musikgeschmack riecht manchmal ein bisschen nach altem Mann“, soufflierte Martina.

„Und die Beatles sind modern, oder was?“, murmelte Herr Wischnewski. „Leute.“ Er seufzte. Norbert spielte die auf- und absteigenden Töne immer weiter und sah ihn auffordernd an. Und dann begann Herr Wischnewski mit erstaunlich wohltönender Stimme zu singen, etwas unsicher zunächst, dann immer fester. Stefan, der ihn bisher vor allem schimpfen und räsonieren gehört hatte, blieb der Mund offen stehen.

Picture yourself in a boat on a river
With tangerine trees and marmelade skies

„Marmeladenhimmel“, brüllte Norbert und schob einen entfesselten kleinen Lauf ein.

Sombeody calls you, you answer quite slowly
A girl with kaleidoscope eyes

Und diese Zeile schien zu genügen, um Norbert in einen wahren Rausch zu versetzen. Oder war es das Rauschgift, das vermeintlich oder tatsächlich den Brief getränkt hatte? Der Organist wirbelte und klapperte an seinem Instrument, dass ihm die Bäckchen wackelten. Entfesselt zog er Register, trat in die Pedale und sprang schließlich so mitgerissen von seinem Bänkchen auf, dass Herr Wischnewski eilig beiseitehechtete.

Die Kirche dröhnte. Sonnenstrahl um Sonnenstrahl schoss durch die Fenster, auf denen Jesus mit entrücktem Blick eine Taube nach der anderen fliegen ließ. Die Musik schichtete sich tortenartig und fiel zusammen wie ein Soufflé, nur um sich dann wie Zuckerguss in die Ohren der gebannten Hausgemeinschaft zu schleichen.

Stefan wusste nicht genau, wie lange der Organist vor sich hin solierte. Er wusste nur, dass er noch nie, vielleicht nur unter der Tätowiernadel, Vergleichbares erlebt hatte. Die Töne packten ihn, hoben ihn empor und tauchten ihn in ein Licht, das die Kirche zum Glühen brachte. Jeder Tastendruck malte neue Säulen, Verstrebungen, Bögen und Wasserspeier in die Luft, bis Stefan diese Kirche beinahe mit Händen greifen konnte. Noch nie hatte er verstanden, wie sehr sich in Musik ein Ton auf den anderen bezog und keiner ohne den anderen existieren konnte. Das gehört ja alles zusammen, dachte er.

Ein Ton aber fehlte. Norbert umspielte diese fehlende Note wie den Schlussstein, der das Gebäude vollkommen macht, und Stefan sah dieses letzte Element beinahe schmerzhaft vor sich, eine Farbe, eine Form, etwas, das unbedingt noch fehlte. Da war es! Norbert hielt die letzte Note, bis sie alles andere überstrahlte. Dann brach er ab.

Stille.

Die Bänke ächzten.

Die Mauersegler klatschten mit den Flügeln Beifall.

Jesu Gesicht schimmerte noch einmal auf und verdunkelte sich dann.

„Wow“, sagte Emmy. „Kennen Sie *Black Country, New Road*? Das sollten Sie mal hören.“

„Kenne ich nicht.“ Norbert drehte sich zu Emmy um. Er nahm die Brille ab und wischte sich über das Gesicht. „Aber ich hör’s mir gern mal an. Wenn du mir eine Platte leihst.“

„Klar“, sagte Emmy.

Herr Wischnewski unterbrach sie mit einem Schluchzen. Er lehnte sich an Norberts Schulter und weinte hemmungslos. „Mist“, heulte er. „So viele Jahre, Mensch. So viele Jahre!“

Norbert legte ihm den Arm um die Schulter und streichelte ihn.

„Pfeife Nummer sechzehn“, murmelte er. „Das war der letzte Ton, der alles ganz gemacht hat. Eure Zahl ist sechzehn.“

„Sechzehn was?“, schniefte Herr Wischnewski.

Norbert zuckte mit den Achseln. „Keine Ahnung. Das müsst ihr schon rausfinden. Aber sagt’s mir, wenn ihr’s wisst.“ Er wuschelte dem immer noch schniefenden Wischnewski noch einmal durchs Haar. „Und lass dich diesmal etwas schneller wieder hier blicken, ja?“

„Dasselbe könnte ich zu dir sagen." Wischnewski schüttelte Norberts Hand ab und stand auf. Er räusperte sich. „Wir sind hier wohl erst mal fertig", sagte er an die Hausgemeinschaft gewandt. „Ihr hattet glaube ich da schon Ideen, wo diese Statue und die Särge … und eine Fabrik sein sollen? Vielleicht gehen wir da hin und schauen dann, ob wir auf einen der anderen Hinweise stoßen." Wischnewski verzog das Gesicht und fuhr sich mit der Zunge über die Lippen. „Meine Güte, dieses Papier schmeckt wirklich schauderhaft. Norbert, merkst du eigentlich was?"

Der Organist nickte verzückt. „Dauert wahrscheinlich noch, bis es richtig wirkt. Aber das Licht, das durch die Fenster fällt, vibriert schon ganz ordentlich."

Wischnewski winkte ab. „Da steht mir ja noch was bevor. Ich hatte gehofft, das nie wieder mitmachen zu müssen."

Norbert stand ebenfalls auf. „Helfen deine Übungen eigentlich? Ich könnte da auch mal was gebrauchen, was mir da unten …"

„Doch, doch." Wischnewski ging eilig auf die Treppe zu.

„Wie funktionieren denn eigentlich so indische Kegelübungen?", fragte Stefan neugierig. Er bemerkte, dass sich der Rest der Hausgemeinschaft vielsagende Blicke zuwarf.

„Das wüsste ich auch gerne mal", meldete sich Emmy. „Er verrät ja nie was."

„Da sprechen wir mal in Ruhe drüber, wenn wir zu Hause sind", sagte Lydia und griff nach Emmys Hand. „Ein paar Geheimnisse müssen sein."

Hans brummte leise und Martina nickte vielsagend.

„Ganz schön viele Geheimnisse", murmelte Stefan, als die Hausgemeinschaft am Fuß der Treppe angekommen war. Herr Wischnewski steuerte diesmal nicht auf den verwunschenen Hintereingang zu, sondern stieß eine Tür auf, die ins Kirchenschiff führte. Er lief den anderen voraus und hielt inmitten der Lichtstrahlen inne, die durch die Fenster fielen. Das Gesicht voller Farben schloss er die Augen und holte tief Luft. Die anderen umringten ihn.

„Geheimnisse, Geheimnisse“, flüsterte er. „Das ist halt so das, was sich im Lauf eines Lebens ansammelt. Das sind gar keine Geheimnisse. Bloß Geschichten, die manchmal zu umständlich zu erklären wären.“

„Dass Sie in einer Band waren zum Beispiel?“ Stefan hob den Kopf und blinzelte ebenfalls in den Lichtwasserfall, der aus dem Jesus strömte, der einen heiligen Geist nach dem anderen abfeuerte.

„Zum Beispiel“, murmelte Wischnewski, zog den Hausmantel enger um sich und watschelte in Richtung Ausgang.

„Und dass Sie hier mit dem alten Herrn Sass und Norbert Drogensessions veranstaltet haben?“, fragte Emmy.

„Drogensessions!“ Herr Wischnewski schnaubte und griff nach der Kirchentür. „Wie das schon klingt. Wer so geredet hat, war schon damals vermutlich Zivilbulle. Wir haben unser Bewusstsein erweitert. Auf die eine oder andere Art.“

„Und ist das auch der Grund, warum der alte Herr Sass den ersten Hinweis ausgerechnet in einer Kirche versteckt hat? Kommt mir nicht gerade schwul vor. Oder überhaupt wie ein Ort, an dem man sein geheimes Leben kennenlernen kann.“ Stefan blickte immer wieder zu dem Buntglasfenster zurück. Hatte sich dort etwas bewegt? Schoss der Gottessohn immer noch Tauben in die Luft oder waren die weißen Schlieren in dem gelben Himmel etwas ganz anderes?

„Na, immerhin sind Kirchen so geheim, dass kaum noch wer hingeht.“ Herr Wischnewski riss die Tür auf. Kalte Luft strömte herein, begleitet von Verkehrslärm und dem Plätschern eines Springbrunnens. In der Straße, in der die Hausgemeinschaft lebte, zeigte sich kaum noch jemand. Hier, auf der anderen Seite der Kirche, herrschte der nachmittägliche Betrieb einer Einkaufspassage. „Der alte Herr Sass mochte einfach die bunten Fenster. Die Musik. Den Musiker. Und die Menschen.“

Herr Wischnewski machte einer alten Dame Platz, die ein verfroren aussehendes Hündchen auf dem Arm trug. Stefan erhaschte im Vorübergehen einen Blick auf ein Gesicht, das ihn an einen ausgehöhlten runzeligen Kürbis erinnerte, in den jemand eine Kerze gestellt hatte. Das Hündchen kläffte laut wie der Super-Papagei bei den drei Fragezeichen. Die Hausgemeinschaft beeilte sich, Frau, Hündchen und ihrem Begleiter Platz zu machen, einem groß gewachsenen schwarzen Mann mit auffälligem Goldschmuck an Hals und Fingern. Stefan zog die Stirn kraus und kramte in seinem Gedächtnis danach, wo er diese Frau schon einmal gesehen hatte, wurde aber sofort von Herrn Wischnewski abgelenkt, der im Trubel auf dem Kirchenvorplatz anhielt und ihn streng ansah. „Und weil der alte Herr Sass all diese Dinge so mochte, hat er auch die Orgel finanziert. Und den Organisten. Und die Restaurierung der Fenster."

„Das war doch sicher ziemlich teuer", schaltete sich Lydia ein.

„Kann man wohl sagen", nickte Herr Wischnewski. „Es wundert mich gar nicht, dass der junge Herr Sass so verzweifelt auf der Jagd nach Geld ist. Außer dem Haus wird nicht sehr viel übrig geblieben sein. Der Schatz vielleicht noch, wobei wir wieder beim Thema wären."

„Geheimnisse über Geheimnisse!" Stefan war immer noch nicht damit fertig, sich über das zu wunder, was er in den wenigen vergangenen Minuten über seinen väterlichen Freund und den alten Herrn Sass erfahren hatte.

„Seien Sie nicht dumm, Stefan." Herr Wischnewski studierte bereits wieder das Schriftstück, das sie zu den nächsten Hinweisen führen sollte. „Oder haben Sie etwa geglaubt, das Leben von alten Schwulen besteht nur aus Schwulsein und Plattenhören?"

Stefan räusperte sich. „Mit sicherlich nicht."

KAPITEL 12

Ostzonensuppenwürfel machen ein bisschen balla-balla. Man ist kein Vereinsmitglied. Von Pet Sounds nach Pet Cemetery.

„Langsam kriege ich Hunger“, maulte Martina. Hans zog die zierliche Freundin tröstend an sich und die ganze Hausgemeinschaft warf sehnsüchtige Blicke auf das mexikanische Restaurant, das am Wegesrand auftauchte. Doch Herr Wischnewski duldete keinen Aufschub. Vielleicht hatte ihn die Begegnung mit dem alten Freund beflügelt, vielleicht rumorte das Löschpapier doch in seiner Gehirnchemie, jedenfalls stürmte er mit wehendem Morgenmantel voran und schien sich kein bisschen daran zu stören, dass die Hausschuhe inzwischen sichtlich durchgeweicht waren. Auch die befremdeten Blicke der Passanten glitten an ihm ab.

Stefan war das nur recht. Auf dem kurzen Weg über die Hauptstraße hatte er zum ersten Mal seit dem fluchtartigen Verlassen der Bank die Gelegenheit gehabt, genauer darüber nachzudenken, was er hier eigentlich tat. Nicht nur, dass er seine Ausbildung nach diesem Tag wahrscheinlich endgültig in den Wind schießen konnte wie der Herrgot seine Tauben, er beging mit ziemlicher Sicherheit eine Straftat, die ihn ins Gefängnis bringen konnte. Ihm wurde heiß und seine Beine merkwürdig leicht, sodass er das Gefühl hatte, gleichzeitig zu schweben und überhaupt nicht mehr richtig voranzukommen.

Zum Glück riss ihn Emmy mit einem lautem Schrei wieder zurück in die Gegenwart der wilden Schatzjagd. „Da! Der Schwimmer!“

Kurz wusste Stefan überhaupt nicht, was gemeint war, bis ihm einfiel, dass der „Schwimmer“ ja eine Skulptur sein sollte. Tatsächlich stand am Straßenrand, halb versteckt unter einigen schütteren Bäumen, eine Statue aus dunklem Metall. Zusammen mit dem steinernen Sockel war sie etwa so hoch wie Stefan. Eine Inschrift gab den Namen des Kunstwerks und den der Bildhauerin Gertrud Classen an. Stefan musterte die bis auf eine Badehose unbekleidete Kindergestalt und fand es schwierig, eine Geschlechtszuordnung vorzunehmen, was aber auch daran liegen mochte, dass Emmy genau davorstand und die Figur ebenfalls interessiert betrachtete. Überhaupt wunderte sich Stefan, dass das Metallkind auf dem Sockel ein Schwimmer oder eine Schwimmerin sein sollte. Die Pose mit den vor der Brust verschränkten Armen und dem spielerisch angewinkelten Bein wirkte eher abwartend oder beobachtend.

„Was sind das für komische Narben?“, wollte Emmy wissen und zeigte mit dem Lutscherstiel auf die Metallwülste, die die Extremitäten mit dem Torso verbanden. Auch am Hals war ein solcher Wulst zu erkennen.

„Das sind tatsächlich Narben“, erläuterte Lydia. „Die Figur wurde vor einigen Jahren gestohlen. Die Diebe zersägten sie und wollten sie einem Schrotthändler verkaufen, der dann die Polizei alarmiert hat. Nach der Restauration hat man den ‚Schwimmer‘ wieder an Ort und Stelle aufgestellt. Bezahlt hat das Ganze übrigens …“

„… der alte Herr Sass?“, schloss Stefan.

„Ganz genau.“ Herr Wischnewski trat vor und legte die Hand auf die sichtbaren Verletzungen an dem kindlichen Körper. „Ein anderes Werk jetzt, aber kein schlechteres, wenn ihr mich fragt. Ich hasse ja eigentlich dieses dämliche Gerede von *Queerness*, aber hier ergibt es ausnahmsweise mal Sinn. Vorher war es achtbare Kunst im öffentlichen Raum, sehr ostig auf seine Art, jetzt erzählt es eine Geschichte von Gewalt, Rettung und Stolz.“

Stefan schaute verstohlen zur Seite und bemerkte einen fiebrigen Glanz in den Augen seines älteren Nachbarn. Vielleicht fingen die Drogen wirklich an zu wirken, vielleicht war es auch nur eine beginnende Erkältung. Zum Glück schien Herr Wischnewski selbst schnell weiterkommen zu wollen.

„Da drüben hätten wir ja auch die Särge", sagte er und deutete auf das Bestattungsinstitut auf der gegenüberliegenden Straßenseite. „Und nun? Die Straße soll Richtung Aschefabrik verlaufen …" Er beschirmte die Augen mit der Handfläche. „Ich sehe da hinten nur ein Café Sack. Nicht sehr einladend."

„Da gibt es gute Suppe", schaltete sich Martina ein. „Die Aschefabrik wird das Krematorium sein. Auf der anderen Seite der Brücke fängt der Friedhof an. Das Krematorium ist eins der größten in ganz Europa."

„Und die Kaffeefabrik liegt kanalabwärts." Lydia deutete nach rechts, wo ein Sandweg zwischen den Reihenhäusern zum Wasser führte. „Da bin ich früher hingejoggt. Sind vielleicht drei Kilometer."

„Na, dann los." Wieder setzte sich Herr Wischnewski an die Spitze. Die Hausgemeinschaft folgte ihm, bis ein Spielplatz mit glotzenden Holzpiraten in Sicht kam, hinter dem der Kanal zwischen Büschen zu erahnen war. Ein Frachter schob sich gemächlich zwischen den Bäumen entlang, dessen Ladefläche hoch mit Kies behäuft war. Sie folgten dem Weg am Ufer entlang und steuerten, den Kanal zur Linken, zur Rechten Einfamilienhäuser mit Gärten voller Wäschespinnen und Trampolinen, auf eine Brücke mit einem auffälligen roten Metallbuckel zu, von dem Verstrebungen ausgriffen, die das Gelände festzuhalten schienen.

„Müssen wir da hin?", fragte Emmy zweifelnd. „Sieht aus wie ein Seeungeheuer, wie das rote Rückenteil da aus dem Wasser guckt. Würde ja zu der Katzenkönigin passen, die uns noch erwarten soll."

„Bis zur Kaffeefabrik ist es noch ein ganzes Stück", wusste Lydia. „Auf der anderen Seite der Brücke kommt rechts die Königsheide und die Kleingartensiedlung mit den ganzen Datschen, die sich die Ostler gegen jede Regulierung damals gezimmert haben. Richtige Paläste sind das …"

„Das würde doch zu einer Katzenkönigin passen", meldete sich Stefan gedankenverloren.

„O je!“ Herr Wischnewski blieb stehen und klatschte sich die Hand an die Stirn. „Datschen. Jetzt weiß ich, was mit den Sommergästen gemeint ist. Das ist aber schon ein richtig dummes Rätsel. Der alte Herr Sass hat entschieden zu viel gelesen. Aber die Russen waren ihm immer schon die liebsten. Und Salonmarxist war er natürlich auch, Reichtum hin oder her. Gerade bei den Vermögenden, zumal wenn sie schwul waren, war das damals sehr beliebt.“

„Erleuchten Sie uns“, sagte Lydia.

„Es ist wirklich so blöde, ich traue mich gar nicht, das jetzt lange auszuführen.“ Herr Wischnewski setzte sich wieder in Bewegung. „Die *datschoi*, das sind die Sommergäste. Nicht, dass ich russisch könnte. Aber das ist ein Stück von Gorki, der ja, wie man weiß, ein zwiespältiges Verhältnis zu den neuen Machthabern in Russland hatte, den *Bolschewiki* … der Minderheitspartei, wie man weiß, gegenüber der Mehrheitspartei der *Menschewiki*. In dem Stück geht es auch um Familiensachen, na ja … ihr kennt ja diese Gorki-Stücke.“

„Klar“, sagte Lydia.

„Natürlich“, sagte Martina.

Hans nickte.

„Mit sicherlich“, sagte Stefan.

Sie trabten eine Treppe empor, überquerten die Brücke mit den zwei Spuren voller schneller Autos und überblickten linkerhand ein gescheclktes Grün-Braun aus Kleingärten und Datschen, die teilweise eher an Villen erinnerten.

„Wo sollen wir denn da eine Katzenkönigin finden?“ Emmy sog am Lutscher und pustete sich die unmöglichen Haare aus dem Gesicht.

„Wir fragen.“ Stefan deutete auf zwei ältere Menschen im Unterhemd, die auf ihrem Rasenviereck herumstanden und Gartenzwerge betrachteten.

„Du kannst die doch jetzt nicht einfach nach einer Märchengestalt fragen“, zischte Lydia.

Hans machte ein sehr kleines Geräusch.

„Mit Zwergen kennen die sich aber schon mal aus“, soufflierte Martina.

„Stimmt“, musste Herr Wischnewski zugeben. „Also los.“

Stefan benötigte diese Aufforderung nicht mehr. Er war schon vorangestürmt und steuerte, den Arm grüßend erhoben, auf die beiden Unterhemdmenschen zu. Neuer Regen begann in schweren Tropfen vom Himmel zu fallen. Die dicken Spritzer auf der Erde erinnerten Stefan an die Sprinkleranlage heute Morgen. Die List, mit der sie den jungen Herrn Sass übertölpelt hatten, schien ihm schon eine Ewigkeit zurückzuliegen.

„Hallo?“ Er winkte. „Hallo? Nein, warten Sie bitte.“

Die Unterhemdleute warfen ihm über die Schulter hinweg misstrauische Blicke zu und machten Anstalten, sich in ihr Häuschen zurückzuziehen. Doch Stefan war schon am Zaun und schleuderte das Lasso seiner Hausener Höflichkeit nach ihnen. „Ich wäre Ihnen sehr verbunden, wenn Sie … nur eine kleine Auskunft. Mein Name ist Stefan.“

Die Unterhemdmenschen zappelten in den klebrigen Schnüren des guten Benehmens, weil sie zwar das Gespräch mit dubiosen Fremden unbedingt vermeiden wollten, nun aber, da sie Stefans Vorstellung nicht schnell genug ausgewichen waren, nicht mehr anders konnten, als sich ebenfalls vorzustellen.

„Mumminger“, murmelte der Größere von beiden. Er murmelte so undeutlich, dass es auch „Mumie“ oder „Morgenkaffee“ hätte heißen können. Der Kleinere der beiden musterte Emmy mit unverhohlener Abscheu. Erst, als Hans und Martina sich hinter dem Kind aufreihten, löste er den Blick von ihr.

„Sie sind aber keine Vereinsmitglieder“, schnaufte das kleinere Wesen. Die Gartenzwerge starrten finster unter ihren Mützen hervor.

„Nein“, sagte Stefan derart freundlich, als wäre dies das einzig Richtige und Angemessene. „Wir sind nur auf der Suche nach jemandem.“

„Hier gibt es aber keinen Jemand“, blaffte der Große und zerrte sichtlich an den Fesseln der Höflichkeit, um endlich ins rettende Haus zu gelangen.

„Aber vielleicht eine Katzenkönigin“, warf Stefan schlagfertig ein.

„Keine richtige Königin natürlich“, schaltete sich Herr Wischnewski eilends ein. „Aber vielleicht einen Menschen, der Katzen sehr gerne hat. Oder …“ Er deutete auf die Gartenzwerge. „…oder jemand, der Katzenfigürchen im Garten hat.“

„Oder Katzenminze anpflanzt“, schlug Lydia vor.

Hans hob die gekrümmten Finger. Die Unterhemdmenschen wichen zurück. „Oder eine Person, die viele Bäume auf dem Grundstück hat. Kratzbäume eben“, beschwichtigte Martina, indem sie die Geste erklärte.

„Oder jemand, die öfter nackt im Garten in der Hängematte liegt“, überlegte Emmy laut. „Vielleicht nur mit einem goldenen Halsband bekleidet. Weil, die Katzenkönigin könnte ja Katzenkönigin heißen, weil sie gern ihre Mu…“

„Emmy!“, sagte Lydia.

„Was?“, maulte Emmy. „Das sind hier alles Ossis. FKK ist für die normal.“

„Das Kind ist äußerst schlecht erzogen“, jammerte der kleinere Unterhemdmensch.

„Wir sind aus Charlottenburg“, ergänzte der Größere würdevoll. „Und Personen gibt es hier bei uns nicht.“

„Und auch keine Jemande“, meldete sich der Kleinere.

„Hier gibt es nur Gartenfreunde.“ Der Größere hob den Zeigefinger.

„Und Freundinnen.“ Der Kleinere hob den Mittelfinger und, als er merkte, wie komisch das aussah, schnell auch noch den Ringfinger, eine feinmotorische Leistung, die sich nur mit dem Willen erklären ließ, Fremde in der Kolonie möglichst nachdrücklich zu belehren

„Nackte gibt es hier ebenfalls nicht.“ Der Größere hob den kleinen Finger.

Der Kleinere schielte auf die Hand seines Gartenfreundes, dann auf die eigene, verdrehte ratlos die Augen und nahm schließlich die zweite Hand zur Hilfe. „Und keine Kratzbäume. Und schon gar keine Katzenfigürchen. Als Rasenschmuck sind nur Zwerge und maritime Motive erlaubt. Das sind Frösche, Kröten, angelnde Schnecken und dergleichen.“ Er starrte Emmy böse an, als erwarte er eine freche Antwort. Tatsächlich war es Lydia, die nicht an sich halten konnte. „Maritim bedeutet doch aber *auf die See bezogen* und alle diese Tiere leben nicht gerade am Meer."

„Mama", sagte Emmy ungeduldig.

„Wieso, stimmt doch." Lydia legte den Arm um ihr Kind und starrte die Unterhemdmenschen mit einer Mischung aus Boshaftigkeit und heller Freude an, die nur Eltern zeigen können, deren Kind gerade von Fremden gemaßregelt wurde.

„Jedenfalls gibt es hier nichts von dem, was Sie wissen wollten. Guten Tag." Der Größere zerriss endgültig das Spinnennetz der guten Sitten und verschwand im dunklen Urgrund seiner Datsche.

„Guten Tag", giftete der Kleinere, ließ die vielen erhobenen Finger fallen und schickte sich an, seinem Unterhemdkumpan zu folgen.

„Also auch keine Katzenkönigin?", rief ihm Stefan hinterher.

„Die wohnt in Parzelle 3-B", rief der kleinere Unterhemdmensch aus dem Maul der Datsche. Dann wurde die Tür zugeschlagen. Der Perlenvorhang am staubigen Fenster bewegte sich leicht. Die Gartenzwerge lehnten sich wieder gegen ihre Schubkarren, ohne auch nur einen Millimeter voranzukommen.

„War das gerade echt?" Herr Wischnewski breitete die Hände aus und sah die Hausgemeinschaft ratsuchend an. „Das war doch nicht echt, oder? Ich hoffe doch, das war das LSD, das langsam zu wirken beginnt."

„Wo es Katzenköniginnen gibt, gibt es auch Unterhemdmenschen, die alles sehr wörtlich nehmen." Stefan winkte den anderen bereits, ihm zu folgen. „Kenne ich aus Hausen. Kommt, wir suchen 3-B."

Die Reihe der Gartengrundstücke waren zum Glück äußerst akkurat nummeriert. Die Hausgemeinschaft folgte dem Sandweg um einige Biegungen, vorbei an Trampolinen, die wie geöffnete Blüten auf arglose Kinder warteten, kleinen Teichen, unter deren Plastikabdeckung es verdächtig brodelte, und Zementflächen, aus denen abwischbare geometrische Körper ragten. Es regnete stärker, und in der Ferne war ein leises Grollen zu vernehmen. Martina drückte sich im Gehen an Hans, und Emmy schlüpfte bei ihrer Mutter unter. Herr Wischnewski versuchte kurz, den Hausmantel über den Kopf zu ziehen, entblößte sich dabei aber untenrum derart peinlich, dass er es wieder sein ließ. Nur Stefan schien das schlechte Wetter nichts auszumachen. Er lief voran, hielt inne, um hier und da die Beschilderung zu überprüfen, und rief schließlich: „3-0, 3-A … das da vorne muss es sein!"

Das Grundstück stach unmittelbar aus der Gartenanlage heraus. Schon im Näherkommen bemerkte die Hausgemeinschaft, dass das bemooste Dach der Datsche schräg lag. Das ganze Haus schien auf der einen Seite etwas im Erdboden versunken. Ein knorriger bemooster Baum reckte die kahlen Äste über das Dach. Das Klirren eines Windspiels versteckte sich im Tröpfeln des Regens. Hinter dem rostbraun und grau gescheckten Zaun drängte sich hüfthohes Gras um das Haus. Die Fenster waren schwarz und leer.

„Sieht nicht gerade wie ein Palast aus", fand Herr Wischnewski und wischte sich die Stirn. „Leute, mir geht es gar nicht gut. Dieses Klingeln hört ihr auch, oder?"

„Ein Windspiel", beruhigte Martina. Hans trat einen Schritt von Martina weg und legte Herrn Wischnewski in einer Geste erstaunlicher Zärtlichkeit den Arm um die Schulter.

„Tja." Lydia kratzte sich am Kopf. „Sieht vor allem verlassen aus." Sie nahm Emmy fester in den Arm und beugte sich über das Kind, als der Regen sich zu einem stetigen Nieseln verdichtete. „Vielleicht müssen wir unsere Suche fürs Erste unterbrechen?"

Stefan drückte probeweise die Klinke der Gartenpforte. „Abgeschlossen." Er schaute sich suchend um und schwang dann das Bein über den Zaun.

„Sie wollen doch jetzt nicht da einbrechen?", zischte Wischnewski.

„Ist das Ihr Ernst?" Stefan blieb, das eine Bein diesseits, das andere jenseits, auf dem Zaun hocken. „Sie finden nichts dabei, ein Dokument aus einer Bank zu entwenden, aber wenn wir uns in einen Kleingarten stehlen, schlägt Ihr Gewissen Alarm?"

„Ich meine nur, dass es gefährlich werden könnte.“ Herr Wischnewski wischte sich den Regen aus dem Gesicht und versuchte, so gut es ging, in Hans’ Windschatten unterzuschlüpfen. „Denken Sie an die Sage, die Emmy uns berichtet hat. Dieser Königin ist eventuell nur mit List beizukommen.“

„Also, mir wird kalt.“ Emmy löste sich von ihrer Mutter, rückte sich den Lutscher zurecht, nahm Anlauf und sprang am Zaun empor. Sie klammerte sich mit beiden Händen fest, zog die Beine in die Hocke, verharrte einen Moment auf dem Zaun wie ein Alb mit schlechter Frisur und stieß sich dann ab.

„Emmy!“, rief Lydia. Doch das Kind war bereits im Dickicht verschwunden. Stefan wollte hinterher, war aber mit der Hose hängengeblieben und mühte sich damit ab, den Stoff loszubekommen, ohne sich das Beinkleid zu zerreißen.

Im stärker werdenden Regen beugten sich die Grashalme auf dem Grundstück beiseite, als Emmy sich im Verborgenen den Weg ans Haus bahnte. Gerade, als Stefan die Hose losbekommen hatte und das Bein über den Zaun zerrte, tauchte Emmys unmögliche Frisur vor der Haustür auf. Das Ploppen des Lutschers kündigte an, dass sie sich anschickte, etwas zu unternehmen.

„Finger weg von der Tür“, zischte Stefan und sprach damit aus, was alle dachten. „Ich komme da rüber.“

„Emmy, warte auf Stefan“, flüsterte Lydia. Das Grollen ertönte jetzt unmittelbar über ihnen, und die Wolken warfen nasse Schnüre auf sie.

„Was? Ich höre so schlecht.“ Emmys Gesicht unter den nassen Haaren grinste ihnen kurz zu. Dann tauchte sie wieder unter. Die Haustür bewegte sich. Ein Spalt Dunkelheit wurde sichtbar.

„Emmy!“ Lydias Stimme klang jetzt eindeutig ängstlich. Ob es nun am Regen, am grauen Licht oder der Geschichte von der boshaften Katzenkönigin lag, die allen Mitgliedern der Hausgemeinschaft angesichts des verwilderten Grundstücks im Kopf herumspukte, alle hatten plötzlich das Gefühl, Heimlichkeit sei vonnöten und das Kind müsse unbedingt beschützt und gerettet werden.

„Keine Panik, hier ist doch …“ Emmy konnte den Satz nicht mehr beenden.

Die Tür flog krachend gegen die Hauswand. Etwas flog durch den Regen und riss Emmy zu Boden. In ihren Schrei mischte sich ein Fauchen.

„Emmy!“ Lydia packte den Zaun und stelle einen Fuß darauf.

„Keinen Schritt weiter!“ Die Stimme drang leise aus der Dunkelheit der Gartenlaube, als schleiche sie selbst auf Katzenpfoten hervor. Emmy lag schluchzend am Boden. Auf ihrer Brust hockte eine zerzauste Katze, groß wie ein Waschbär. Sie starrte die Hausbewohner aus einem Auge an. Das andere war ein vernarbter Krater. Lydia erstarrte.

„Schon besser.“ Unter die Stimme aus dem Dunkel mischte sich nun ein rhythmisches Knarzen. *Quiek – quork. Quiek – quork.* Irgendwo im Dunkel wälzte sich ein Schaukelstuhl.

Hans schüttelte Martinas Arm ab und drückte die Klinke der Gartenpforte. Die Katze auf Emmys Brust fauchte. Herr Wischnewski packte Hans an der Schulter.

„Keinen Schritt weiter habe ich gesagt.“ *Quiek-quork. Quiek-quork.* Die Stimme verriet keine Regung. Hans ließ die Klinke los und ballte die Hand zur Faust.

Eine weitere Katze stolzierte mit aufgerecktem Schwanz aus der Dunkelheit. Dann eine zweite. Eine dritte. Ein endloser Strom Vierbeiner umringte die weinende Emmy, setzte sich, legte sich, sprang auf umgestürzte Blumenkübel, Baumstümpfe und die durchgebrochene Sitzbank. Die Einäugige auf Emmys Brust ließ die Hausbewohner nicht aus dem Auge. Als alle Posten bezogen hatten, kehrte Stille ein. Nichts war zu hören als Emmys Schluchzen, das Klatschen des Regens und das Knarzen des Schaukelstuhls aus dem Dunkel.

Quiek – quork. Quiek – quork.

„Was wollt ihr?“

„Lassen Sie mein Kind frei!“ Lydia schlug mit beiden Händen auf den Zaun, dass der Regen spritzte.

Die einäugige Katze hob die regennasse Pfote und leckte daran. Die geborstenen Krallen waren nicht zu übersehen.

„Die Katzen tun, was sie wollen. Ich erteile ihnen keine Befehle. Wenn sie das Gefühl haben, dass ich bedroht werde, beschützen sie mich. Verhaltet euch friedlich. Dann passiert niemandem etwas."

„Sie sind ja verrückt!" Herr Wischnewski versuchte vergeblich, den durchweichten Morgenmantel irgendwie so um sich zu drapieren, dass er ihn vor dem Regen schützte. Die Katzenarmee verwandelte sich zusehends in eine Schar zerzauster Alptraumgestalten.

„Das ist mein Garten. Was verrückt ist, bestimme ich. Was wollt ihr?"

Stefan schälte sich aus seiner Jacke und hängte sie Herrn Wischnewski um. „Wir sind Freunde von Herrn Sass. Vom alten Herrn Sass. Ich glaube, Sie kennen ihn. Wir sind auf der Suche nach seinem Erbe, bevor die anderen es finden. Und ich glaube, Sie können uns helfen."

Das Knarzen im Dunkel verstummte. Die Katzen duckten sich und schlugen nervös mit den Schwänzen. Nur die Einäugige rührte sich nicht.

Aus dem Dunkel tauchte eine Gestalt auf. Sie blieb an der Grenze des Regenlichts stehen, und doch erinnerten die schemenhaften Umrisse an die einer durchnässten Katze. Das Haar klebte am Kopf, dicke Brillengläser verzerrten das Gesicht, ein Kleidersack blähte sich und haftete andernorts in dunklen Flecken am Fleisch. Eine teigige Hand mit gesplitterten Krallen umklammerte eine Krücke. Die Katzen maunzten wie aus einem Maul. Stefan spürte, dass Herr Wischnewski zitterte. Lydia löste die Hände vom Zaun und wich einen Schritt zurück.

„Sass", zischte die Gestalt. „Ich kenne den alten Sass."

Die einäugige Katze auf Emmys Brust zischte ebenfalls. Das Kind begann vernehmlich zu weinen. Lydia schluchzte. „Meine Güte", flüsterte Martina. „Das muss ein Ende haben."

„Ruhe!" Die Katzenkönigin stampfte mit der Krücke auf.

Alles verstummte. Der Regen klatschte. Emmy wimmerte.

„Ein schöner Mann war das. Ein schöner Mann! Bloß schwul wie drei Frisöre. Leider. Und er mochte Katzen. Magst du auch Katzen, mein Kind?"

Die Königin trat in den Türrahmen und stupste Emmy mit der Krücke an. Die einäugige Katze reckte den Kopf und keckerte. Eine Wolke von Gestank zog mit der Königin aus ihrem Haus. Katzenpisse und offenes Bein.

Statt einer Antwort war ein „Plopp!" zu vernehmen. Die Hausgemeinschaft sah Emmys Hand und einen Lutscher im Regen. Die einäugige Katze zog die Nase kraus und witterte nach dem Lolli.

„Warum war der alte Herr Sass denn mit einer wie Ihnen befreundet?", fragte Emmy. Ihre Stimme zitterte immer noch, aber sie weinte nicht mehr. Mit angehaltenem Atem sah die Hausgemeinschaft zu, wie sie den Lolli in der Hand herumdrehte, bis der Stiel nach vorne ragte.

„Eine wie ich!" Die Katzenkönigin stieß ein Grunzen aus, das ein Lachen sein mochte. „Ich war nicht immer so eine, mein Kind. Vielleicht bin ich's auch heute nicht. Vielleicht sehe ich bloß so aus wie so eine. Und stinke so. Vielleicht war ich mal eine andere. Eine, die sich mit Recht und Gesetz auskannte. Gab nicht viele Frauen damals, die sich vor ein Gericht gestellt haben und welche von uns rausgehauen haben. Das hat die schon geärgert, die Bluthunde. Wenn da eine Frau stand und ihnen ihre Gesetze unter die Nase gehalten hat. Und wenn diese Gesetze dann leider gegolten haben, auch für einen, der schwul ist wie drei Frisöre. Oder seine Freunde. Oder Leute, die sich bloß keinen Mann als Anwalt leisten konnten. Das hat er oft bezahlt, der alte Sass. Und meinen Palast hier. Den ganzen Palast. Und meine Kinder. Und gekommen ist er auch dann noch, als ich die gute Fee ein bisschen zu oft eingeladen habe. Die kommt in Flaschen abgefüllt, die gute Fee. Und irgendwann ist sie dann nicht mehr weggeflogen. Hat ihr wohl gefallen bei mir." Wieder das Grunzen, das ein Lachen sein konnte. Von irgendwoher war eine Flasche in der freien Klaue der Katzenkönigin aufgetaucht, die sie an den Mund setzte.

„Wir sind ein echtes Liebespaar, die Fee und ich", seufzte sie. „Und von Liebe, die man nicht loswird, hat er was verstanden, der alte Sass. Wir sind verheiratet, ich und die Flaschenfee. Das Haus hier ist nur der äußere Palast. Sie ist da drinnen die ganze Zeit bei mir.“ Mit dem Flaschenhals tippte sich die Katzenkönigin an den Kopf und schob sich dann damit die Brille zurecht. „Ich wandere mit ihr durch die Dämmerhallen aus Gold und Schatten und diese Welt …“ Die Katzenkönigin musterte die Flasche und schleuderte sie dann in die Dunkelheit der Gartenlaube, wo sie zersplitterte. „Diese Welt ist mir zu hässlich. Katzen wandern zwischen den Welten. Sie begleiten mich von hier nach dort. Und der alte Sass. Der hat mich nicht vergessen und kam, bis er unter der …“

Emmy hatte den Monolog der Königin genutzt, um Kraft zu sammeln, und stach mit dem Lutscher zu. Die einäugige Katze kreischte und sackte in sich zusammen. Die Königin stieß sich mit der Krücke ab und landete im Regen. Der Gestank traf die Hausgemeinschaft wie eine warme Welle. Hans drückte die Klinke hinunter. Die Pforte quietsche. Lydia war halb über den Zaun. Herr Wischnewski schüttelte Stefans Hände ab. Martina würgte einen kleinen Laut hervor. Die Katzen maunzten und sprangen auf.

„Halt!“ Das war Emmy. Sie hielt die einäugige Katze im Würgegriff und reckte mit der anderen Hand den Lutscher drohend in Richtung Königin.

Alles erstarrte. Die Katzen, die Hausgemeinschaft, die Königin. Nur der Regen ließ sich nicht beeindrucken. „Sie sind krank und Sie tun mir leid“, sagte Emmy. Ihre Stimme zitterte noch immer, aber das war das einzige Zeichen von Unsicherheit. „Aber das ist kein Grund, sich hier wie ein Arschloch aufzuführen. Wir sind genau die Leute, für die sie früher gekämpft hätten. Also kommen Sie raus aus Ihrem Deliriumspalast und helfen Sie uns. Der alte Herr Sass hat Ihnen etwas gegeben. Etwas, das mit seinem Erbe zu tun hat. Rücken Sie es raus.“

„Selber Arschloch“, brummte die Königin. Dann lachte sie wieder ihr grunzendes Lachen. Der Regen rann ihr in schmutzigen Bächlein über Brille und Wangen und konnte doch den Gestank nicht von ihr abwaschen. „Du bist so eine richtige vorlaute kleine Scheißkuh, was? Er hätte dich gemocht, der alte Herr Sass. Scheiße, ich mag dich auch. Erinnerst mich an mich.“

Die Krücke sauste durch die Luft und schlug den Lutscher in hohem Bogen davon. Emmy schrie auf und steckte die Hand in den Mund. Die einäugige Katze erwachte aus ihrer Lachfleisch-Erstarrung und sauste mit angelegten Ohren in die Laube. Die Katzenkönigin drückte Emmy den Gummipropf am Ende der Krücke an die Kehle. Dann zwang sie sie, das Kinn zu heben.

„Aber du musst noch ein bisschen üben, damit du mit den Großen spielen kannst. Stopp, Mama." Das galt Lydia, die über den Zaun springen wollte. Hans trat gegen das Gartentor. „Auch, wenn ich eine verrückte alte Katzenoma bin, möchte ich Kindern nicht mehr wehtun als nötig. Also gebt Ruhe." Die Königin wandte sich wieder Emmy zu. „Oh, du wirst kämpfen, meine Kleine. Du bist eine wilde Katze, das sieht man. Du wirst kämpfen wie ich und verlieren wie ich und am Ende in einem Palast aus Feengold hausen wie ich. Weil diese Welt für Kampfkatzen wie uns nur das vorsieht. Die Bluthunde kriegen uns klein."

„Mich nicht", sagte Emmy.

„Nein", sagte die Königin und senkte die Krücke. Emmy behielt das Kinn oben. „Nein, dich vielleicht nicht." Die Königin grunzte erneut. „Du bist vielleicht die Erste, die es schafft. Oder deine Tochter. Oder die Freundin deiner Tochter. Oder deren Tochter. Irgendwann ist selbst in unserem Palast aus Gestank und Verzweiflung kein Platz mehr. Das Geschenk des alten Sass ist nicht mehr da", sagte die Königin unvermittelt. „Es ist tot und begraben. Wie er. Und wie so vieles andere."

„Tot und begraben?" Herr Wischnewski fuhr auf. „Dann war das alles umsonst?"

„Oh, das liegt an euch." Die Katzenkönigin grinste und zeigte erstaunlich lange und weiße Zähne. „Ihr könnt es natürlich wieder ausbuddeln." Sie zeigte mit der Krücke auf den hinteren Bereich des Gartens, wo unter tropfendem Gestrüpp eine Reihe schiefer Holzkreuze stand. „Das Halsband ist vielleicht verrottet. Wie der Rest. Aber der Anhänger muss aus Gold gewesen sein, so wie ich den alten Sass kenne. Hat ihn mir geschenkt, für meinen Liebling. Meinte, ich soll gut drauf aufpassen. Weil sein Sohn eines Tages kommen würde. Ich schätze, ihr seid genauso gut. Oder weniger schlecht. Und was könnte sicherer sein als die kalte Erde? Holt ihn euch, wenn ihr wollt. Es steht eine Zahl darauf. Die ist wichtig, hat er gesagt."

Die Katzenkönigin wandte sich um und humpelte in die Laube zurück. Die Katzen sprangen auf und folgten ihr.

„Können Sie uns die Zahl nicht einfach verraten?", rief Emmy ihr hinterher. Die Königin drehe sich um. „Vermutlich könnte ich das. Ich glaube, ich erinnere mich sogar. Aber in dieser Welt kriegst du nichts geschenkt. Nur der Palast gibt und gibt. Aber wenn du da bist, hast du eigentlich schon alles bezahlt, was du je hattest. Also grab, meine kleine Scheißkuh. Grab eine Leiche aus und schnapp dir die Schätze der Vergangenheit. Bezahl deine Zukunft damit. Sie wird kaum stinken."

Die Tür fiel zu und die Laube verschluckte die Katzenkönigin mit ihrem Gefolge, als hätte sie wahrhaftig das Tor zu einer anderen Welt durchschritten.

Endlich wagte Lydia über den Zaun zu springen und Emmy in die Arme zu schließen. „Schon okay, es geht mir gut", murmelte Emmy, aber sie ließ es geschehen. Nach und nach folgten die anderen. Hans fand einen Schuppen und förderte einen Spaten zutage. Ohne viel Federlesens machte sie sich ans Schaufeln. Martina wärmte den fröstelnden Herrn Wischnewski, der sich überdies alle naslang rückversicherte, dass all dies wirklich geschah und ob alle anderen auch zusahen, wie Hans ein Katzengrab nach dem anderen aufgrub.

Alle sahen es.

Es war Emmy, die schließlich einen triumphierenden Schrei ausstieß, nachdem sie auf allen vieren mit bloßen Händen das Erdreich durchwühlt hatte. Sie reckte ein verdrecktes Lederhalsband, an dem neben einigen Rippen und einem Unterkiefer ein goldener Anhänger in Herzform baumelte. „Vier", rief sie. „Ist hier eingraviert. Die Vier."

„Endlich", seufzte Herr Wischnewski. „Ich muss dringend hier weg."

„Ich auch.“ Martina schlang die Arme um sich. „Dass eine von uns so abschmiert … Ich ertrage das hier keine Sekunde länger.“

Hans wischte sich die Hände an der Hose ab, während sie aus dem Schuppen kam, wo sie den Spaten verstaut hatte. Die kleinen Gräber hatte sie sorgsam wieder zugeschaufelt. Sie nahm die Geliebte in die starken Arme, an die wiederum Herr Wischnewski gekuschelt war, sodass eine komische, wenn auch recht herzerwärmende Familienskulptur entstand.

Man ging.

Als die Gartenpforte schon ins Schloss gefallen war, lief Emmy zurück und hängte den Anhänger an den Türgriff der Laube. Stefan blickte sich am Ende des Weges ein letztes Mal um und sah das kleine Goldstück im Regenlicht blinken. Er schauderte.

„Das war echt stark“, sagte Stefan. „Von Emmy, meine ich. Dass sie das Herz noch zurückgebracht hat. Aber auch von dir, natürlich. Irgendwie hast du geglaubt, dass sie es schaffen würde, oder?“

Lydia zog gegen den Regen die Schultern hoch. „Sie ist stark“, sagte sie leise.

„War sie schon immer so?“

Lydia zuckte mit den Achseln. „Weiß nicht. Wahrscheinlich schon.“

„Wie kannst du das nicht wissen?“

„Ich kenne sie noch nicht so lange.“

„Wie?“ Stefan verstand gar nichts mehr.

„Sie ist einfach bei uns aufgetaucht. Ich habe mich um sie gekümmert. Seitdem sind wir Mutter und Tochter.“

„Ach.“ Stefan wusste nicht, dass das ging. „Muss man da nicht die Eltern verständigen? Oder das Jugendamt?“

Lydia wiegte den Kopf. „Emmy meint, es gibt keine Eltern.“

„Jeder hat doch Eltern.“

Jetzt blieb Lydia stehen. „Manche Leute nicht“, sagte sie. „Manche Leute sind einfach so auf der Welt.“

„Und dann traust du ihr zu, dass sie sich gegen wilde Katzen und stinkende Königinnen aus Schattenpalästen schon durchsetzen wird?“ Gleich darauf hatte Stefan das deutliche Gefühl, etwas sehr Dummes gesagt zu haben.

Lydia kniff die Augen zusammen, als wolle sie etwas an ihm prüfen. „Du hast eine Mutter?“, fragte sie.

„Ja. Die ist toll!“, sagte Stefan. „Ich habe ein schlechtes Gewissen, weil ich sie so lange nicht angerufen habe.“

„Dann freu dich mal“, sagte Lydia und setzte sich wieder in Bewegung. „Und zum Rest deiner Frage: Das sucht man sich nicht aus. Selbst wenn man schwanger wird und ein Kind auf die Welt bringt. Oder wenn es einfach vor der Tür steht. Und du musst dich entscheiden: Bist du jetzt diese Person oder nicht. Und ich habe mich entschieden.“

„Was man alles nicht weiß über seine Nachbarinnen“, sagte Stefan wie zu sich selbst.

Lydia lachte und legte ihm den Arm um die Schulter. „Du hast doch wohl nicht gedacht, dass ich nur so eine alte Achtsamkeits-Turnlehrerin bin, die bloß in der Fantasie ihres Kindes Prinzessin Leia ist?“

Stefan wischte sich Regen aus den Augen. „Mit sicherlich nicht“, sagte er.

KAPITEL 13

Ein Taxi voller Jatzrock. Der bröckelnde Rand einer silbernen Zukunft. Eine Inflationsheilige macht Ärger.

Frierend stand die Hausgemeinschaft am Straßenrand. Teilnahmslos sausten die Autos vorbei. Der Regen hingegen schien es genau auf sie abgesehen zu haben, kroch ihnen durch kleinste Ritzen bis auf die Haut und saugte ihnen die Wärme aus den Gliedern.

„Wir müssen irgendwo ins Warme“, sprach Emmy aus, was alle dachten. Sie schien den Kampf mit der Katzenkönigin gut verkraftet zu haben und schmiegte sich nur vielleicht etwas enger an Lydia als sonst.

„Sollen wir zurück nach Hause?“, fragte ihre Mutter.

„Bloß nicht!“ Herr Wischnewski klapperte wahrhaftig mit den Zähnen. „Wir müssen davon ausgehen, dass Stefans Chefin, der junge Herr Sass oder beide zusammen uns auf den Fersen sind. Wir dürfen keine Zeit verlieren. Dennoch unterstütze ich den Wunsch unserer tapferen jungen Emmy. Hätte ich bloß daran gedacht, mir etwas Wärmeres anzuziehen!“

„Ich gucke mal …“ Stefan zog einmal mehr das Schriftstück aus der Innentasche seiner Jacke und winkte Hans als Regenschutz herbei. Selbst im Windschatten der gewaltigen Lesbe flatterte das Papier. An vielen Stellen war die Schrift durch Regentropfen verwaschen, und Stücke des drogengetränkten Dokuments fehlten bereits, wo der Organist und Herr Wischnewski zugegriffen hatten. Das Testament war vom Leben ziemlich gezeichnet.

„Tätowierungen von Schiffen und Tätowierungen von Tränen. Am Rand der silbernen Zukunft musst du bloß nach mir fragen. Ein Lied verrät dir die letzte Zahl", murmelte Stefan.

„Also, wo man sich hier Tätowierungen machen lassen kann, keine Ahnung", sagte Lydia nachdenklich. „Hast du dich nicht erst neulich stechen lassen?", fragte sie an Stefan gewandt. „War das hier in der Gegend?"

„Nee." Stefan schüttelte den Kopf, während er sich abmühte, das Dokument halbwegs unbeschadet wieder in der Jacke zu verstauen. „Das war bei Marit."

„Marit aus dem Kurs?" Lydia lachte. „Na, das war ja ein schicksalhaftes Treffen. Mal wieder! Du ahnst ja gar nicht, wer sich bei mir im Kurs schon alles über den Weg gelaufen ist. Wie im Berlin der Siebziger."

„Hä, wieso?" Stefan verstand wieder nichts und hatte einmal mehr das Gefühl, dass alle älteren Menschen um ihn herum nur allzu gerne mit ihrem überflüssigen Wissen aus Pop- und Queergeschichte prahlten. Ausgerechnet Herr Wischnewski, sonst einer der größten Prahler vor der Herrin, schien in dieser Minute ähnlich genervt wie Stefan. „So sehr ich Reminiszenzen an die gute alte Zeit auch schätze, können wir bitte … ich friere wirklich …"

„Entschuldige." Lydia streichelte ihm über den Kopf. „Ja, Tätowierungen … ich weiß nicht. Vielleicht fragen wir dann einfach Marit? Was Besseres fällt mir nicht ein."

Stefan zuckte mit den Schultern. „Den Versuch ist es wert." Mit klammen Fingern fummelte er in der Tasche herum, auf der Suche nach dem Handy. „Scheiße, mein Handy. Muss ich zu Hause vergessen haben. Lydia, hast du Marits Nummer?" Sie hatte. Er tippte, es klingelte.

„Hallo?" Mit einem Schlag war Stefan aus Regen und Kälte in eine Hölle voller brennender Dornen gerissen. Es war Noah.

„Ja, hallo, ich …" Stefan spürte, wie sein Herz klopfte. Seine Stimme war belegt, als hätte er gerade von Noahs schönem Schwanz abgelassen. „Ich wollte eigentlich Marit sprechen."

Stille am anderen Ende. Dann sagte Noah: „Stefan? Bist du das?“

Sehr kurz war Stefan in Versuchung zu lügen. „Äh, ja“, sagte er dann aber.

„Warum willst du denn Marit sprechen? Du willst mir doch jetzt keine Szene machen? Du, die weiß Bescheid. Das ist alles abgesprochen zwischen uns. Sie ist da voll okay mit. Sie hat auch ihre Lover. Das ist alles ganz easy zwischen uns. Wenn du meinst, bloß weil du jetzt in Berlin bist oder was, und wir ein paarmal rumgemacht haben, dass du mir jetzt hier mit der Mutter meines Kindes und beruflich oder was ... also, ich bin da out, ja? Das ist unser Lebensmodell. Auch in der Firma. Da wissen alle, was bei mir läuft. Da kannst du sagen, was du willst ...“

„Noah. Noah!“ Stefan unterbrach den Redeschwall ungeduldig. Bei den Worten „ein paarmal rumgemacht“ war ihm vor Wut derart heiß geworden, dass er weder Regen noch Kälte noch abgestandene Geilheit länger spürte. Die panische Stimme, die ihm aus dem Handy entgegenquäkte, erschien ihm nur noch klein und gemein und keineswegs mehr verknüpft mit dem wirklich sehr schönen Schwanz, den er so schätzen gelernt hatte. Vielleicht, dachte er, war es ihm in Wahrheit schon immer nur um den schönen Schwanz gegangen und kaum bis gar nicht um die offensichtlich doch recht unangenehme Person, die daran hing, was seine Heiratspläne endgültig lächerlich wirken ließ. Man konnte, gesellschaftlicher Fortschritt hin oder her, ja nicht bloß einen Schwanz heiraten.

Stefan gab sich einen Ruck und tauchte aus den wirren Gedanken wieder auf. „Noah“, sagte er. „Ich kann dir das jetzt nicht erklären. Ich bin hier auf einer Schatzsuche. Die Zeit drängt. Es ist mir egal, was du dir und anderen für Lügen erzählst. Ich muss bloß mal mit Marit sprechen.“

Wieder Stille am anderen Ende. „Woher kennt ihr euch überhaupt? Kennt ihr euch etwa?“ Noahs Stimme klang jetzt erst recht panisch.

Stefan schloss die Augen. „Ja, wir kennen uns. Von der Lachfleisch-Stunde. Und dann hat sie mich tätowiert. Warum gehst du übrigens an ihr Handy? Ist das nicht ein bisschen übergriffig?"

Ohne auf diese Frage einzugehen, echauffierte sich Noah weiter. „Sie hat dich tätowiert? Bei uns zu Hause?" Seine Stimme klang zusehends schrill. „Stefan, habt ihr gefickt? Ich weiß, dass ihr gefickt habt, um euch an mir zu rächen. Aus purer Bosheit. O Gott, ihr habt gefickt. Ihr habt gefickt! Auf unserem Wohnzimmertisch. Vor dem Foto meiner Eltern. Im Zimmer meiner Tochter. Auf der Tätowierliege. Ihr habt ..."

Stefan holte tief Luft, als Herr Wischnewski mit zitternder Hand nach dem Handy griff, aus dem Noahs Redeschwall so laut dröhnte, dass es die peinlich berührte Hausgemeinschaft deutlich mitbekam.

„Noah!", bellte Wischnewski. „Noah! Beruhigen Sie sich. Es ist egal, wer mit wem gefickt hat. Ihre kleinbürgerlichen Gefühle sind jetzt noch unwichtiger als ohnehin schon. Bitte geben Sie mir dringend die Mutter Ihres Kindes. Ja, jetzt sofort. Danke. Jesus!", seufzte der verdrogte Obermieter an Stefan gewandt. „So einen schönen Schwanz kann aber keiner haben, dass man diese Zickerei aushält."

„Doch, doch", sagte Stefan.

„Na, wahrscheinlich haben Sie recht ... hallo? Marit? Ja, Wischnewski hier. Von Stefan. Und Lydia. Ja, das ist jetzt komisch. Wir haben aber keine Zeit für Erklärungen. Es regnet, wir frieren und das Handy sieht schon reichlich kristallin aus in meiner Hand, was an den Drogen liegt. Nein, nicht auflegen, bitte. Es ist wichtig. Sie sind doch Tätowiererin? Ja? Gut. Ähm ... wir brauchen Hilfe mit einem Rätsel. Einem Erbschaftsrätsel. Und zwar: Tätowierungen von Schiffen und Tätowierungen von Tränen. Sagt Ihnen das was? Wir müssen wohl irgendwie an den Rand der silbernen Zukunft ... hm, ja. Gefängnistattoos. Nein, ein Gefängnis gibt es hier nicht. Es ist wahrscheinlich eher aus der Kunst- und Kulturgeschichte. Wir sind jemandem auf den Fersen, der sich sein Leben lang in Büchern und Platten versteckt hat. Ach! Das ist ja ... ein Lied, ja? CocoRosie, sagt mir nichts. Jatz ist das nicht, oder?

Ach so. *Queens and criminal queers*, na gut, das bringt uns auch nicht weiter. Die können überall …"

„*Queens and criminal* … die silberne Zukunft… ob er das alte Silver Future meint?", schaltete sich Martina nachdenklich ein. „Das ist doch deren Motto."

„Stimmt!" Lydia schnippte mit den Fingern. „Das könnte passen. Bis Neukölln ist es auch nicht weit von hier."

„Moment!" Herr Wischnewski bedeckte mit altmodischer Grazie den Handylautsprecher mit der Hand. „Silver Future? Was redet ihr da?"

„*We all need a daddy*", summte Emmy. „*Standing on the edge of a silver future*. Monster Magnet, so Macker-Sludge, sonst nicht so mein Fall, aber ganz cool."

Herr Wischnewski runzelte die Stirn. „Das Kind ist mir eindeutig zu brutal aufgeklärt", sagte er. „Aber wer oder was ist Silver Future?"

„Eine Kneipe", erläuterte Martina.

Hans brummte. „Eine *queere* Kneipe", übersetzte Martina.

„O Gott", stöhnte Herr Wischnewski. „Muss das sein?"

„Sie werden es dort mögen." Lydia nahm ihn am Arm und winkte in die Schlange der vorbeifahrenden Autos. „Es gibt dort stark alkoholhaltige Getränke, alles ist voller Sexsachen und um diese Tageszeit bekommen wir sogar noch Kuchen."

„Queeren Kuchen?", maulte Herr Wischnewski.

„Fruitcake!", freute sich Emmy.

„O Gott", stöhnte Herr Wischnewski wieder. „Aber leider muss ich zugeben, dass das auf eine perverse Art stimmig ist. Der alte Herr Sass hat auf seine alten Tage eine verhängnisvolle Affinität zu diesen queeren Schwurbeleien entwickelt. Und Neukölln ist ja wirklich gleich die Sonnenallee rauf. Passt ins Muster, dass hier alles vor der Haustür liegt."

„Perverse Stimmigkeit ist die beste Stimmigkeit", befand Lydia. „Taxi! Hallo!"

Ein Auto hielt mit quietschenden Reifen. Stefan pflückte Herrn Wischnewski sanft das Handy aus den Fingern, verabschiedete sich rasch von der hörbar verwirrten Marit und schob sich als Letzter zu den anderen ins sehr volle Taxi.

Herr Wischnewski saß auf dem Beifahrersitz, Martina bei Hans auf dem Schoß, Emmy bei Lydia und Stefan eingequetscht an der Seitentür.

„Geld habt ihr aber?“, fragte der Taxifahrer misstrauisch.

„Ja“, sagte Lydia. Stefan nickte. Herr Wischnewski klapperte mit den Zähnen.

„Und wo soll's hingehen?“ Der Taxifahrer ruckte am Rückspiegel.

„Silver Future“, rief Emmy.

Der Fahrer fädelte den Wagen wieder in den Verkehr ein. „Seid ihr Touristen oder Schwuchteln?“, wollte er wissen.

Hans knurrte. „Schwuchteln“, übersetzte Martina.

„Okay“, sagte der Fahrer.

„Folgen Sie diesem Wagen da!“, schrie Herr Wischnewski plötzlich so laut, dass alle einen kleinen Satz machten. „Das wollte ich schon immer mal sagen“, kicherte er. Offenbar war er in der Wärme des Taxis in eine andere Phase des Rausches eingetreten.

„Jesus“, sagte der Fahrer und drehte die Musik lauter. Etwas relativ Befreites brandete auf, in dem aber derart viel Melodie und Tanzrhythmus auszumachen waren, dass Stefan sofort ahnte, Herr Wischnewski würde etwas dagegen haben. Zu seiner großen Überraschung begann Wischnewski allerdings vernehmlich mit dem Fuß zu wippen.

„United Jazz + Rock Ensemble!“, krähte er.

Der Taxifahrer strahlte und drehte noch lauter. „Live im Schützenhaus!“, schrie er.

„Das war die Lieblingsband unseres alten Organisten damals! Mangelsdorff!“, jubelte Herr Wischnewski. „Wolfgang Dauner!“

„Barbara Thompson!“, kreischte der Taxifahrer.

„Volker Kriegel!“, röhrten beide unisono.

Die Wohngemeinschaft hielt sich die Ohren zu. Das klingende, swingende Taxi bog zu den Klängen von *Circus Gambet* – „*Circus Gambet*! Mit E!“, wie Herr Wischnewski begeistert und bedröhnt erklärte – auf die wie stets verstopfte Sonnenallee ein.

„Wie schade, dass die Fahrt schon rum ist!" Herr Wischnewski drehte sich zur Rückbank um, als der Wagen auf dem Kopfsteinpflaster vor dem Silver Future hielt. Inzwischen war ein stark vergniedeltes Stück im Schleichtempo angebrochen, in dem schleppende Bläser in eine ganz und gar entfesselte Gitarrenarbeit hineindröhnten, der man das verkrampfte Gesicht des Saitenhexers förmlich anhörte. *„Hey Day!"*, stöhnte der Taxifahrer genießerisch. „Lasst mal euer Geld stecken. Ich bin der Udo."

„Wischnewski", sagte Herr Wischnewski. „War mir eine Freude, einen alten Jatzer zu treffen."

„Können wir jetzt bitte aussteigen?", fragte Emmy gequält. „Ich höre zwar sehr schlecht, aber nicht schlecht genug für diese Musik."

„Diese Kinder mit ihrer Bummsmusik von irgendwelchen Schlafzimmerproduzentinnen." Herr Wischnewski schüttelte den Kopf. „Mach's gut, Udo."

„Du, auch Wischnewski. Hier, meine Karte. Falls ihr noch mal wohin müsst. Ich und meine alte Mühle, wir haben's mal wieder Billie Eilig!" Udo wieherte über den eigenen Witz, beugte sich über den Beifahrersitz, knallte die Tür zu und brauste davon. Die Hausgemeinschaft begann prompt wieder zu frieren.

„Bloß rein da!" Herr Wischnewski watschelte mit wehenden Mantelschößen voran, offenbar für die Konfrontation mit einer queeren Bar durch das Manna freakiger Virtuosität aus der guten alten Zeit gekräftigt. Die große Scheibe war von innen beschlagen, sodass nur purpurfarbener Schimmer und eine Ahnung von Zigarettenrauch mit Undercut in den regnerischen Nachmittag sickerte.

Herr Wischnewski stieß die Tür auf und Lärm quoll auf die Straße. Die Hausgemeinschaft quoll im Gegenzug hinein. Hier war es warm und dunstig und laut und sehr pink. Hinter der Theke ein Spiegel, viele Flaschen, zwei Menschen unbestimmten, aber umwerfenden Geschlechts. In einer Vitrine Kuchen, in einer anderen Accessoires, die rein modisch, aber auch sexuell verwendet werden mochten. Von der Wand grüßte eine Superheldin mit herausforderndem Blick, die per Sprechblase verkündete, sie liebe ihre Vagina. Die Blicke der Menschen, die auf einem Podest direkt vor dem Fenster hockten, streiften die Hausgemeinschaft und wandten sich dann wieder dem jeweiligen Gegenüber zu. Obwohl der Begriff „Nerdcore" für das Publikum des Silver Future erfunden worden zu sein schien, waren ihm auch ein älterer Schwuler im Hausmantel, eine Lesbe, die der Star ihrer eigenen Horrorfilmreihe hätte sein können, ihre zierliche Martina, ein junger Mann von westdeutschem Äußeren, eine feministische Kampfturnlehrerin und ein schwerhöriges Kind mit verunglücktem Lesbenhaarschnitt keinen zweiten Blick wert.

Die klamme Truppe schaute sich unschlüssig um, bis Lydia die Initiative ergriff und einen freien Tisch am Durchgang zum Raucherbereich im hinteren Teil des Ladens ansteuerte.

„Wart ihr schon mal hier?", fragte sie in die Runde, als alle Platz genommen hatten.

„Mit sicherlich nicht", sagte Stefan.

„Ich mit sicherlich auch nicht", sagte Herr Wischnewski. „Haben die hier auch Whisky?"

„Haben sie, würde ich aber nicht empfehlen", sagte Martina. „Ich würde hier überhaupt keine Schnäpse empfehlen. Sie sind nämlich billig, aber reichlich. Vor allem in Limonade oder Saft bemerkt man sie erst, wenn es zu spät ist."

Herr Wischnewski seufzte. „Ich hätte nicht gedacht, dass ausgerechnet ihr beiden dieses Etablissement von innen kennt. Na gut, dann nehme ich ein Bier."

„Bier würde ich auch nicht empfehlen", riet Martina. „Es schmeckt nach Kopfschmerztablette, macht aber seltsamerweise Kopfschmerzen."

„Jesus. Was kann man denn hier überhaupt trinken?" Herr Wischnewski klang unüberhörbar quengelig. „Mir ist kalt, ich musste ein Taxi voller schöner Musik verlassen, ich bin auf der Flucht vor Banken, Mietern und vielleicht der Polizei und in meiner Blutbahn kreisen Halluzinogene. Gibt es Wein?"

„Bloß keinen Wein hier", schaltete sich Lydia ein. „Er schmeckt zwar nicht nach Kopfschmerzen, aber man bekommt trotzdem welche."

„Gibt es auch was ohne Kopfschmerzen?" Herr Wischnewski sah sich um. Sein Gesicht hellte sich auf, als er den maskulineren der beiden Menschen hinter dem Tresen genauer beäugte. „Für die schöne Bedienung riskiere ich aber Kopfschmerzen. Kommt er denn nicht zu uns?"

„Ich glaube ..." Stefan räusperte sich. „Ich glaube, auf dem Schild steht ‚Selbstbedienung.'"

Emmy kicherte. „Die beiden gucken auch ganz schön abweisend in ihre Handys." Sie schlüpfte aus dem Stuhl und schlängelte sich zum Tresen durch..

„O Gott", stöhnte Herr Wischnewski. „Was ist denn das hier für ein seelenloser Synthiebrei? Ich hatte gehofft, dergleichen wäre mit den Achtzigern gestorben."

Lydia knuffte ihn in die Seite. „Selbst drippend und trippend sind Sie noch ein fürchterlicher Snob."

Herr Wischnewski kicherte, wohl, weil ihm das kleine Wortspiel gefiel. „Es gibt hier einen Flaschenzug", stellte er interessiert fest. „Wozu gibt es hier einen Flaschenzug? Ist das was Sexuelles? Das würde mich mit dieser Anhäufung gut gemeinter Geschmacklosigkeiten versöhnen."

Tatsächlich senkte sich in diesem Moment eine prall gefüllte Plastiktüte an einem Kletterseil von der Decke. Die Tresenkraft, die Herrn Wischnewskis Begehrlichkeiten geweckt hatte, wühlte darin herum und förderte schließlich eine Tüte Erdnussflips zutage. Zusammen mit einem Tablett voller Gläser trug Emmy sie herbei, indem sie sich durch die Beine der Geschlechter-Avantgarde drängelte.

„So." Sie pustete sich die Haare aus der Stirn, als sie die Gläser auf dem Tisch verteilte. „Wodka Tonic für alle und eine Cola für mich. Und die Flips. Ich habe einen Blick auf die Torten geworfen, aber sie scheinen mir nicht mehr recht frisch. Immerhin ist man hier so vernünftig, Flips statt Chips zu servieren." Sie riss die Tüte auf und warf sich einige Maiskringel in den Mund.

Stefan räusperte sich, bevor er die Stimme erhob, um den Lärm zu übertönen. „Das ist ja alles ganz schön", sagte er. Die anderen verzogen das Gesicht und steckten die Köpfe dichter über dem Tisch zusammen. Nur die sonst so schwerhörige Emmy schien in dieser Umgebung plötzlich gar keine Verständnisprobleme mehr zu haben und lauschte interessiert und kauend, während sie die Beine schlenkerte. „Das ist ja alles ganz schön!“ Stefan schrie jetzt. Wo bitte schön war es denn am frühen Nachmittag bereits derart voll? In Hausen bestimmt nicht. „Aber was machen wir denn jetzt? Was wir jetzt machen!“, brüllte er noch einmal lauter, als er begriff, dass ihn die Hausgemeinschaft immer noch nicht verstand. Er zerrte das Dokument aus der Jackentasche und hielt es der Runde so gut es ging vor die Nase. „Am Rand der Zukunft musst du bloß nach mir fragen. Ein Lied verrät dir die letzte Zahl“, las er vor. Die anderen nickten, sei es, weil sie sich erinnerten, sei es, weil Stefan dem Text beim Vorlesen klugerweise mit dem Finger gefolgt war. „Wen sollen wir denn hier fragen?“

„Die Bedienung!“, schrie Herr Wischnewski und nahm einen großen Schuck von seinem Wodka Tonic. „Den Knaben würde ich gerne noch ganz andere Sachen fragen.“

„Sie sollten vielleicht in Ihrer Lage nicht auch noch Alkohol trinken“, legte sich Lydia ins Mittel.

„In meiner Lage? Was soll denn das heißen, in meiner Lage? Bloß, weil ich alt bin? Wir sind doch hier in einer Umgebung, wo sich jeder andauernd wegen irgendwas diskriminiert fühlt. Ich könnte mich jetzt wegen Altersdiskriminierung beschweren! Am besten gleich bei dem hübschen Kerl am Tresen. Da steht ein Schild, dass man wegen Äußerungen, die nicht mit dem Zentralkomitee abgestimmt sind, hier rausgeschmissen werden kann. Erst schmeißt er euch fiese Diskriminierer raus, rettet mich und dann knutschen wir.“

„Reden Sie doch nicht so einen Unsinn“, sagte Lydia ernst. „Das steht Ihnen nicht.“

„Ich darf nicht knutschen?“ Der offenbar von Löschblatt-Drogen, Jazzrock und Alkohol aufgeputschte Herr Wischnewski zwinkerte anzüglich und gab sich, vielleicht zum ersten Mal, seit Stefan ihn kannte, erkennbar Mühe, ein kleines bisschen tuntig zu wirken.

„Knutschen dürfen Sie, so viel sie wollen, aber dieses Gemecker über angebliche Redeverbote ist doch Tinnef." Lydia verdrehte die Augen. „Tinnef und unter Ihrer Würde."

„Unter meiner Würde?" Herr Wischnewski ereiferte sich jetzt derart laut, dass selbst an diesem lärmigen Ort einige Gäste zu ihm herübersahen und sich peinlich berührt den T-Shirt-Zipfel wieder in den Bund der Hochwasserhose schoben. „Wenn ich in Stimmung bin, pfeife ich auf meine Würde. Ich habe schon weitaus Hässlicheren hinterhergefiept als dem Knaben hinter dem Tresen und mich dabei weitaus mehr erniedrigt. Wenn ich dafür auf angenehme Art von *ihm* erniedrigt werde, ist es mir das allemal wert. Wie viel er wohl kostet?"

„Herr Wischnewski!", entfuhr es Stefan. „Jetzt reicht es aber. Nehmen Sie sich zusammen."

„Prostitution ist kein Scherz", warf Martina ein.

„Ist doch wohl nicht euer Ernst!" Herr Wischnewski sog geräuschvoll und absichtlich albern an seinem kleinen Strohhalm. „Ihr glaubt doch nicht, dass so ein Gerät mit einem alten Typen wie mir umsonst mitgeht?"

„Ich bin für das nordische Modell", sagte Martina würdevoll.

„Ich doch auch!" Herr Wischnewski nickte eifrig. „Ich hoffe, er hat ein richtig großes nordisches Modell. Leider habe ich in meinem Hausmantel kein Geld dabei. Aber wenn mir einer aus unserer Runde mit ein paar Scheinen aushelfen könnte, dann …"

Er kam nicht mehr dazu zu erklären, was dann passieren würde, denn in diesem Augenblick wurde das queere Grundrauschen von einer schrillen Stimme unterbrochen. „Kann mal *bitte* jemand an die Kinder denken?"

Wie aus dem Nichts war unmittelbar neben dem Tisch der Hausgemeinschaft eine ganz in schwarz gekleidete Person aufgetaucht. Das prominente runde Kinn und die blauen Trinkeräuglein verliehen ihr etwas von einem lieben, aber auf die schiefe Bahn geratenen Schwein, während das sackartig an ihr herunterhängende Ganzkörpergewand ins Krähenhafte spielte. Die Stimme allerdings tönte unverkennbar menschlich. Stefan dachte an eine Lehrerin, die er in Hausen gekannt hatte, und dann an eine Mitarbeiterin des dortigen Einwohnermeldeamtes, die sich aufgrund eines Schreibfehlers der ungelenken Kinderhand einmal geweigert hatte, dem achtjährigen Stefan einen neuen Reisepass auszustellen, was ihn stark geängstigt hatte, da er bange Minuten befürchtet hatte, nun nicht in den Urlaub fahren zu dürfen. Es war eine Stimme, die das Rechthaben gewohnt war, und in dieser Sekunde wiederholte sie noch einmal, womit sie diesmal recht zu haben gedachte: „Die Kinder! Kann nicht mal *bitte* jemand an die Kinder denken?"

„Welche Kinder?", schrie Lydia zurück.

„Ich glaube", sagte Stefan so leise, wie er es im Silver Future gerade noch riskieren konnte, „sie meint Emmy."

„Ich bin aber keine Kinder", sagte Emmy und holte von irgendwoher den Lutscher hervor wie eine Boxerin, die sich den Mundschutz zwischen die Zahnreihen schiebt. „Ich bin genau ein Kind."

„Hier ist ein Kind", zeterte das rechthaberische Mischwesen. „Wer passt denn bitte schön auf dieses Kind auf?"

„Meine Mama passt auf mich auf", sagte Emmy.

„Das kann man wohl sagen", sagte Lydia.

Hans brummte.

„Ich will Ihnen mal *was* sagen", begann die unversehens Aufgetauchte.

„Ich nehme nicht an, dass ich es hören will", sagte Lydia.

„Wie können Sie es mit Ihrem Gewissen vereinbaren? Mit Ihrem Gewissen *als Mutter*? Ein Kind! Ein *Kind!* An diesen Ort zu bringen?" Die Person wedelte in den deutlich betonten Pausen derart mit den Armen, dass sie schier abheben wollte.

„Wenn ich Sie jetzt so sehe, frage ich mich auch, warum ich meinem Kind das zumute", sagte Lydia.

„Unerhört! Wie heißt du denn, mein Mädchen?", wandte sie sich dann direkt an Emmy. „Sind das überhaupt deine richtigen Eltern?"

„Ich bin kein Mädchen", wehrte Emmy ab. „Und meine Mutter sagt, ich soll nicht mit Fremden sprechen."

„Wieso bist du kein Mädchen?", zeterte die Person. „Haben dir das diese Leute eingeredet? Da sehen Sie es! Das Kind lehnt seine Weiblichkeit bereits ab, weil ihm keine klare Haltung gegen das Patriarchat vorgelebt wird."

„Ich habe eine sehr klare Haltung gegen das Patriarchat", sagte Emmy würdevoll.

„Bitte gehen Sie jetzt", sagte Lydia.

„Ich denke nicht daran!" Die Person wedelte erneut stark mit den Armen. „Ich lasse mir hier nicht mein Recht auf freie Meinungsäußerung beschneiden. Typisch für die Klientel dieses Ladens. Einmal äußert man etwas, das ihnen nicht passt, schon stellen sie ihre Diskursunfähigkeit unter Beweis."

„Mama?" Emmy wandte sich demonstrativ an Lydia. „Was redet die Person? Ich höre doch so schlecht."

„Ich bin keine Person. Ich bin eine Frau!", schrie die Frau.

„Das ist schön für Sie", sagte Lydia. „Aber bitte lassen Sie uns jetzt in Ruhe."

Hans grollte und erhob sich einen Zentimeter von ihrem Sitz.

Die schwarze Botin wich zurück. „Man droht mir!", schrie sie. Der Lärm des Silver Future ebbte etwas ab. Gesichter wandten sich dem kleinen Aufruhr zu. „Man droht mir Gewalt an! Man will mich mundtot machen! Diese Leute reagieren auf meine Aufforderung zum Dialog mit Um-sich-Schlagen!"

„Wenn es denn etwas weniger hysterisch ginge!", ließ sich Herr Wischnewski vernehmen.

„Herr Wischnewski!", empörte sich Stefan.

„Sie machen es nicht besser", zischte Lydia.

Emmy trat ihn unter dem Tisch.

„Wo er recht hat, hat er recht", sagte Martina.

Die Aufgebauschte ließ die gesamte angesammelte Luft in einer Sprechblase entweichen, die ziemlich krickelig im Lärmen des Silver Future herumhing, aus dem aber an allen Ecken und Enden Totenschädel, Dynamitstangen und Messer herausragten.

„So", sagte eine neue Stimme im Gewirr. „Sie kommen jetzt mal mit."

„Unerhört!", schrie die Krähenperson.

„Ja, ja", sagte die rettende Tresenkraft, die die Zeternde sanft am Arm fasste. „Sie lassen jetzt mal bitte die Leute hier in Ruhe. Ich gebe Ihnen was zu trinken und Sie setzen sich erst mal."

„Lassen Sie mich los!" Die stark Erregte entriss der Tresenkraft den Arm. „Ich lasse mich doch nicht mit ein paar Schnäpsen ruhigstellen. Und wenn schon ein Tisch, dann bitte im Raucherbereich. Ich muss meine Nerven beruhigen."

Die Tresenkraft hob demonstrativ die Hände. „Natürlich. Ihr Stammplatz wartet schon auf Sie."

Die Schwarzgekleidete blähte noch einmal das Flattergewand, stieß Unartikuliertes in Richtung der Hausgemeinschaft hervor und schwebte dann wie ein sehr schlechtgelaunter Wetterballon durch die dichtgedrängte Menge, während ihr die Tresenkraft wie ein misstrauisches Kampfflugzeug hinterhersauste.

„Puh", machte Herr Wischnewski.

„Puh in der Tat", sagte Lydia. „Allerdings haben Sie sich auch nicht gerade mit Ruhm bekleckert. Hysterie? Ihr Ernst?"

Martina schüttelte bloß stumm den Kopf. Hans knurrte.

„Ihr jungen Leute habt alle keinen Humor mehr", maulte Herr Wischnewski. Aber als auch Stefan und Emmy die Augenbrauen hochzogen, lenkte er doch ein. „Ja, na gut. Okay. War blöd. Aber die war halt auch blöd."

„Ich danke Ihnen, dass Sie sich auf Ihre Lebenserfahrung und Reife besinnen", sagte Lydia spitz. „Alles klar, mein Schatz?"

„Klar ist alles klar", sagte Emmy.

Die Tresenkraft kehrte zurück. „Sorry für die Inflationsheilige", sagte sie. „Das passiert hier manchmal. Sie ist eigentlich gar nicht so, aber sie hat halt ihre Themen. Da geht es mit ihr durch."

„Danke für deine Hilfe", sagte Lydia.

„Warum schmeißen Sie die nicht raus?", erkundigte sich Herr Wischnewski.

„Was ist eine Inflationsheilige?", wollte Emmy wissen.

Die Tresenkraft schob sich zwanglos auf die Sitzbank neben Herrn Wischnewski. „Wenn wir jede rausschmeißen, die ab und zu mal Scheiße labert, kommt bald keiner mehr", seufzte sie. „Klar, wir haben hier ein Sicherheitskonzept, aber das ist auch Ermessenssache. Und die Inflationsheilige hat eben auch ihre Verdienste. Alte Feministin, viel gekämpft, viel abgekriegt. Und dann eben ein bisschen abgedriftet. Kann den Besten passieren. Also schützen wir ihre Opfer, wenn sie ihre fünf Minuten kriegt, und sind ansonsten nett zu ihr. Würde ich auch wollen, wenn ich alt bin."

„Ich will auch, dass man nett zu mir ist, weil ich alt bin", sagte Herr Wischnewski anzüglich.

„Jesus", sagte Stefan leise.

Die Tresenkraft musterte den älteren Herrn amüsiert. „Hundertzwanzig Euro", sagte sie. „Aber weil ich Ältere mag, sind es diesmal nur hundert."

„Wer kann mir hundert Euro leihen?", fragte Herr Wischnewski in die Runde.

„Jesus", sagte nun auch Lydia.

Martina räusperte sich. „Dazu müssten wir erst mal den Schatz finden."

„Schatz? Klingt ja spannend." Die Tresenkraft nippte an Herrn Wischnewskis Tonic. „Seid ihr Schatzsucher*innen?"

„Wir sind auch Schatzsucher außen", sagte Herr Wischnewski.

Die Hausgemeinschaft stöhnte im Chor. Die Tresenkraft lachte und zauste dem alten Jatzer das Haar. „Du bist schon ein ganz besonderer Oldtimer", sagte sie. „Wie heißt du denn?"

„Ich bin der Herr Wischnewski", sagte Wischnewski und zauste zurück, „wir suchen den Schatz vom alten Herrn Sass."

„Wischnewski … Sass …Moment mal." Die Tresenkraft sprang auf. Herr Wischnewski sah sofort enttäuscht aus. Sie verschwand im Getümmel und kehrte Augenblicke später mit einem verknickten Briefumschlag zurück. Die Hausgemeinschaft steckte die Köpfe zusammen.

„Also", sagte die Tresenkraft. „Wusste ich's doch. Der Herr Sass ist eine richtige Legende hier bei uns, wisst ihr? Ich arbeite hier noch nicht so lange. Aber diejenigen, die schon von Anfang an dabei sind, haben euren Herrn Sass noch gekannt."

„Der war hier?", entfuhr es Wischnewski.

Die Tresenkraft nickte. „Er war nicht nur hier, er hat uns den Arsch gerettet. So wie die Mieten hier hochgegangen sind, standen wir mehr als einmal vor dem Aus. Und er war ja reich. Er hat uns immer ausgeholfen. Und ehrlich gesagt nie darauf bestanden, dass wir die Kredite auch zurückzahlen. Dieser Umschlag hier, der liegt schon seit … ach, seit letztem Jahr hier am Tresen. Wir haben uns immer gefragt, ob den noch mal jemand abholt. Wir sollten den nämlich aufbewahren. Ich glaube, er ist für euch. Unter anderem, heißt das."

Auf dem Umschlag stand in geschwungener Schrift, die unverkennbar dieselbe war wie auf dem Dokument aus der Bank: „An die Schatzsucher. Auszuhändigen demjenigen, der danach fragt."

„Streng genommen haben wir gar nicht gefragt", sagte Stefan.

„Das ist, wie vieles hier, Ermessenssache", sagte die Tresenkraft elegant. „Macht mal auf. Ich wollte immer schon wissen, was darin ist."

Stefan griff beherzt nach dem Umschlag und fummelte ihn auf. Darin war ein etwas mitgenommener Bogen Papier, auf dem groß die Zahl „7" stand.

„Juhu", sagte Emmy. „Wir haben alle Zahlen."

„So einfach?", wunderte sich Martina. „Was steht denn da noch?"

„Dies ist ein Geschenk", las Stefan gegen den Lärm des Silver Future an. „Leute wie wir haben es schwer genug. An diesem Ort musste ich nie etwas beweisen. Für diesmal musst auch du hier keine Prüfung bestehen. Die wichtigsten Dinge in meinem Leben habe ich immer geschenkt bekommen. Unter anderem auch dich, mein Sohn, auch wenn es sich nicht immer so angefühlt hat."

„Das ist aber schön", sagte Lydia und drückte Emmy an sich. „Schade, dass der junge Herr Sass das gar nicht mitkriegt."

„Keine Zeit für Sentimentalitäten!" Jetzt, wo das nächste Puzzleteil auf dem Tisch lag, hatte Herr Wischnewski die

Freiersfüße blitzschnell wieder gegen das übliche hermetische Schuhwerk getauscht. „Wir sollten mit den drei Zahlen jetzt so schnell wie möglich an den Ort fahren, wo wir den Schatz finden. Was sagt das Dokument doch gleich, Stefan?"

„Hier steht noch was." Stefan bat mit einer Handbewegung um Ruhe, schrie aber selbst gegen den Lärm der Umgebung an. „Zum Dank für ein Geschenk darfst du dem Laden, der so vielen so viel bedeutet hat, etwas zurückgeben. Am besten eine Darbietung. Du musst nicht, aber du darfst. Ich wünsche es dir. Eine Darbietung!" Stefan ließ das Blatt sinken. „Ich kann nichts darbieten, glaube ich. Es sei denn, die Menschen hier wollen auf der Stelle bei mir ein Konto eröffnen."

Lydia wiegte den Kopf. „Für eine Session Lachfleisch-Methode ist es hier entschieden zu verraucht."

Emmy ploppte den Lutscher. „Und ich habe meine Star-Wars-Sammelkarten gar nicht dabei."

Herr Wischnewski hob abwehrend die Hände. „Was guckt ihr mich so an? Erstens bin ich innerlich und äußerlich durchweicht und zweitens habe ich heute schon ein furchtbares Lied gesungen. Was ist denn deine Lieblingsplatte?", fragte er an die Tresenkraft gewandt.

„Ich streame eigentlich nur", erwiderte der Schöne.

„Natürlich tust du das", seufzte Wischnewski und tätschelte ihm die Wange „Was …äh, Hans, was machst du … was wird das bitte?"

Hans kletterte auf den Tisch und warf dabei ein paar Gläser um. Die Hausgemeinschaft rückte eilig vom Tisch ab. Die Gespräche im Silver Future verebbten, als die Menschen sich anstupsten und sich auf die Gigantin aufmerksam machten, die hoch erhobenen Hauptes auf dem Tisch stand und in die Runde blickte.

Dann war es sehr still. Irgendwo klatschte jemand. Aus dem Raucherbereich war ein schwaches „Unerhört!" zu vernehmen, gefolgt von etwas schwer Gelalltem, in dem das Wort „Kinder" auszumachen war.

In der gespannten Stille begann Hans zu tanzen. Die Füße in den Arbeitsstiefeln schoben sich behutsam umeinander und brachten die Gläser zum Schwingen. Die Hüften kreisten wie schwere Staubgürtel um Planeten, nachdenklich und auf ganz eigener Bahn. Der Bauch rollte und riss die Luft mit sich und sie summte und pfiff. Er war eine kräftige, heftige Gewalt. Die Brust und die Schultern waren die Eckpfeiler, die kantigen Träger, die alles konnten. Hans drehte sich und zeigte dem Publikum die Rückseite ihres Massivs: Schenkel, Po und Rücken, wo Stränge und Kolben arbeiteten. Sie nahm die Schiebermütze ab und warf sie ins Publikum. Eine Baby-Butch fing sie und drückte sie ans Herz. Haar quoll hervor. Es war kurz und struppig und machte alle Hunde neidisch. Zwei Hände flogen herbei wie Transportflugzeuge und öffneten die Hemdknöpfe. Darunter war ein Unterhemd und unter dem Unterhemd Unglaubliches. Eine Brust wie Brotlaibe und Schläuche voller Wärme und Schmierstoffe für Maschinen, die die Welt in Gang brachten. Der Bauch zeigte ein Narbengeflecht, das alles hielt und wie ein Kettenhemd schützte. Im Planetenschwung waren sie die Krater und Einschlagstellen. Dieser Körper war von Anbeginn an dabei gewesen und hatte immer noch Schwung und knallte urstark weiter und weiter in Bereiche, die er sich mit der Ausdehnung erst schuf. Die Jeans fiel auf die Knöchel. Hans hielt sich mit Unterhosen nicht auf. Unter dem Arbeitsstoff lebten Haare, Täler, Muskeln und Geruch. Auf dem Tisch mitten in der atemlos staunenden Kneipe stand ein ganzer Berg und tat, was Berge sonst viel zu langsam tun, um von Menschen gesehen zu werden: tanzen, Blicke auf sich ziehen und alle um den Finger wickeln.

Für eine ewige Minute drehte sich in diesem Striptease im Silver Future die Welt und um sie herum das All, und die ganze ergriffene Menge drehte sich mit. Im Mittelpunkt der Blicke und der Sehnsucht, die sich plötzlich, unvermutet, wie es ausschließlich möglich ist, selber spürte, war Hans das schönste Wesen der Welt.

Sie verbeugte sich. Der Berg verbeugte sich vor der Welt, die zugesehen hatte. Nicht, weil er es nötig hatte, sondern aus Freude.

Stille. Dann rastete das Silver Future aus. Alles klatschte und johlte. Hans zerrte die Klamotten halb hoch und drückte die auf den Tisch gesprungene Martina an sich, küsste sie, der Tisch gab auf, krachte und beide kollerten zu Boden. Man half ihnen auf. Strahlende Menschen umringten sie und waren in beide für diese Augenblicke verliebt.

„Meine Güte", sagte die Tresenkraft. „Vielleicht werde ich doch noch lesbisch."

Und das fasste recht gut zusammen, was alle empfanden. Selbst aus dem fernen Raucherbereich klang das „Unerhört!" nun eher anerkennend.

Als sich alles etwas beruhigt hatte und Hans sich in ihre Klamotten geschraubt hatte, setzte auch der Lärm wieder ein.

„Danke!", strahlte Lydia. „Das war wirklich sehr schön."

„Ein toller Tanz vom Hans!", freute sich Emmy.

Stefan war weitgehend sprachlos. „Äh, machst du das öfter?", fragte er. „Hast du das irgendwo gelernt?"

„Sie macht das normalerweise nur für mich", sagte Martina und drückte sich strahlend an die väterliche Geliebte. „Ich wusste immer schon, dass sie sich toll bewegen kann. Das war eine sehr passende Gabe für diesen Ort, finde ich."

„Bist du nicht eifersüchtig?", fragte Stefan. „Wenn da so jeder zuguckt?"

„Nein", sagte Martina entschieden. „Meine Hans ist so stark, die zieht alle Blicke auf sich und hält das aus. Für mich wird sie dadurch nur noch besser."

„Ihr seid ganz anders, als ich gedacht hätte", sagte Stefan.

„Hast du etwa geglaubt, wir haben außer Lesbischsein und Bauarbeiten nichts drauf?"

„Mit sicherlich nicht."

„Ich gebe zu, auch als Bewunderer der lesbischen Kultur aus der Ferne bin ich beeindruckt", sagte Herr Wischnewski. „Aber wo müssen wir denn jetzt hin mit unseren Zahlen? Im Dokument steht doch, wenn ich mich recht erinnere, der Schatz ist zwar dort, wo wir ihn vermuten, aber eben doch nicht ganz. Sinngemäß. Und die Frau weist uns den Weg?"

Stefan guckte jetzt doch noch einmal nach. „Die traurige Frau aus Köln", sagte er. „Wo soll dieser Schatz gleich noch mal liegen?"

„Im Spandauer Forst", sagte Herr Wischnewski. „Aber wie gesagt, da wurde natürlich alles schon x-mal abgegrast. Die Sage vom Schatz der Gebrüder Sass ist ja nicht gerade unbekannt. Da wurde jeder Stein schon dreimal umgedreht. Nur mit ein paar Zahlen kommen wir da auch nicht weiter."

„Traurige Frau aus Köln", sinnierte Stefan. „Ich war noch nie in Köln, aber ich nehme an, dass es dort viele traurige Frauen gibt. Und wie sollen die ausgerechnet in den Spandauer Forst kommen?"

„Wie soll überhaupt irgendwas nach Spandau kommen?", schnaubte Lydia. „Ist auch kein beliebtes Ausflugsziel. Armut, Nazis, Wasserflächen, Hundeauslaufgebiete, die Villa von Hans-Jürgen Wussow und Friedhöfe. Daran denke ich."

„Wie die meisten Berliner", warf Martina ein.

„Friedhöfe", sagte die Tresenkraft und schnippte mit den Fingern. „Auf dem Spandauer Friedhof liegt natürlich nur eine einzige traurige Frau aus Köln. *Die* traurige Frau aus Köln."

„Hä?", fragte Emmy.

„Nico", sagte die Tresenkraft. „Nico Paeffgen. Also, die Nico von Velvet Underground. Die war ja Deutsche. Da gibt es sogar ein Lied. Von *Angelika Express*." Er sang dünn und schief: „Fünf Uhr morgens, es dämmert am Tresen, ein alter Mann ist übriggeblieben, Erinnerung, Alkohol, Liebe und Kunst, er hat es mit Nico im Keller getrieben, da da da damm, das ist die Stimme von Nico Paeffgen, das ist die Stimme der traurigen Frau aus Köln ... kennt ihr, oder?"

„Der Knabe kennt ja doch Platten", freute sich Herr Wischnewski.

„Ich streame eigentlich nur", sagte die Tresenkraft bescheiden.

„Strömen ...", sagte Herr Wischnewski träumerisch.

Stefan war schon am Handy. Im Gegensatz zum Empfang in seiner Wohnung hatte er hier eine traumhafte Internetverbindung. „Friedhof Grunewald-Forst", rief er triumphierend. „Oder auch Selbstmörder-Friedhof. Weil die Havel da einen Knick macht und Wasserleichen angespült wurden. Gruselig."

Herr Wischnewski hieb auf den Tisch, dass die Gläser wackelten. „Dann verschwenden wir keine Zeit mehr. Ich rufe den Udo an."

KAPITEL 14

Schüsse fallen. Eine Kündigung wird dennoch nicht angenommen. Der Schatz ist mündelsicher und nachtmahrgeschützt.

So fuhren sie davon. Wir bleiben zurück und atmen endlich einmal durch, vielleicht zum ersten Mal seit drei Kapiteln. So rasend schnell geht alles, dass wir kaum noch hinterherkommen, geschweige denn, uns zu Wort melden können. Wir haben recht deutlich das Gefühl, dass unser Wort, das freie, offene Wort, gar nicht mehr gefragt ist. Die alte weiße Seite soll so schnell wie möglich mit dem Fortschritt der Geschichte gefüllt werden. Man meint selbst recht gut zu wissen, wohin die Reise geht, schreitet los, tritt in Gespräche ein, zeigt, statt umständlich zu erläutern.

Wir wollen dem selbstverständlich nicht im Wege stehen. Wir verstehen schon ganz gut, wenn wir nicht mehr erwünscht sind. Auch wir waren ja einmal jung. Obwohl wir uns schon gewünscht hätten, dass unsere Erfahrung hier noch etwas gälte. Es tut weh, wenn wir mitansehen müssen, wie die Menschen, die wir nun schon einen beachtlichen Teil der Handlung begleiten, in ihr Unglück laufen. Wir sollen uns nicht einmischen. Wie eine Filmkamera sollen wir nur zeigen, was geschieht.

Dass etwas geschieht, ist für sich genommen aber etwas wenig. Jeden Tag, rund um die Welt, geschieht etwas. Interessiert uns das? Nein. Uns interessiert nur das, wovon erzählt wird. Und damit etwas erzählt werden kann, braucht es – davon sind wir überzeugt – leider doch ein bisschen mehr als nur Dabeisein. Es braucht ein bisschen Erfahrung. Ein bisschen Abstand. Etwas von jener Objektivität, die man heutzutage nur allzu leicht als autoritäre Vereinnahmung der ach so kostbaren individuellen Stimmen abtut. Wo man von uns nichts mehr wissen will, sondern lieber, halbgaren Hinweisen folgend, von der Kirche in die Laubenkolonie in die Kneipe rennt und überall das brodelnde Leben entdeckt, da geht natürlich auch was verloren. Man kriegt Dinge nicht mehr mit.

Man kriegt beispielsweise nicht mehr mit, dass man verfolgt wird.

Da laufen einem zwei Leute hinterher. Diese Leute sind, altmodisch gesagt, ein Mann und eine Frau. Man könnte sie erkennen, wenn man sich einmal umsehen würde. Man sieht sich aber nicht um. Man reißt an Löschpapieren, konsumiert Drogen zweifelhafter Herkunft und musiziert auf formlose und vermeintlich freie Weise. Wer registriert, dass der Mann und die Frau der junge Herr Sass und Stefans Chefin, Frau Steingräber, sind? Niemand.

Sie gehen untergehakt und stecken die Köpfe zusammen. Geben sie sich Mühe, unentdeckt zu bleiben? Nein. Das müssen sie aber auch nicht. Außer uns beachtet sie niemand. Haben sie vielleicht gar auf irgendeine Weise moderne Technik zum Einsatz gebracht, Peilsender, GPS, Spionagesatelliten, Drohnen? Ach, was. Sie müssen nur abwarten, beobachten, hinterherschlendern.

Sie tippen sich gar noch spöttisch an den Hut und grinsen, wohl wissend, dass sie sich uns zu erkennen geben dürfen. Die Personen unserer Handlung sind ja ganz und gar mit sich selbst beschäftigt. Die beiden sind übrigens passend gekleidet und haben auch einen Regenschirm dabei, unter dem sie sich verliebt aneinanderdrängen. Hätten unsere Leute ein bisschen länger gewartet und für unsere erzählenden Einwürfe mehr Geduld aufgebracht, hätten sie auch nicht im Morgenmantel und in der Übergangsjacke losrennen müssen.

So springen unsere Leute ungeduldig ins Taxi und stecken gleich Hals über Kopf in der nächsten Sache, einer Auseinandersetzung mit Jazzrock, wie eins dieser Kinder, die heute mit modischen Syndromen diagnostiziert und mit Pillen versorgt werden, damit sie nicht jedem vorbeiflatternden Schmetterling nachträumen. Der junge Herr Sass und Frau Steingräber nehmen ganz gemächlich und von keiner Entdeckung bedroht ein anderes Taxi und sprechen die magischen Worte: Folgen Sie dem Wagen da vorne! Sie haben eben ihre klassischen Thriller geschaut und kennen ihren Hitchcock und ihre schwarze Serie. So gelangen sie ohne Weiteres nach Neukölln und kehren in einem dem Silver Future gegenüberliegenden Café ein, von wo aus sie, wiederum ohne Angst vor Entdeckung, den Gang der Ereignisse abwarten. Unser Personal ist zu beschäftigt damit, die nicht unberechtigten Sorgen einer verdienten Frauenrechtlerin abzuwiegeln und sich dann mir nichts, dir nichts auszuziehen.

Am Ende brausen unsere Leute davon Richtung Friedhof, wo der Schatz verborgen ist. Und der junge Herr Sass und Frau Steingräber hinterher. Und das ist ja, was uns so maßlos ärgert. Denn am Ende, das nun kurz bevorsteht, werden wieder einmal die kleinen Leute das Nachsehen haben. Die Unterstellung, wir würden durch unsere Draufsicht nur Herrschaftswissen vertreten, könnte falscher nicht sein. Die Herrschenden, um einmal in der uns durchaus geläufigen Sprache des Marxismus zu bleiben, werden hier den Sieg davontragen und einmal mehr den Mehrwert abschöpfen, den unsere Leute sauer erarbeitet haben. Immer nur direkte Aktion, das ist eben doch zu wenig, um die Verhältnisse zum Tanzen zu bringen. Es braucht schon etwas Organisation, Führung und ja, auch Autorität. Sollen wir uns dafür schämen, dass wir geeignet sind, diese Autorität auszuüben? Zum Beispiel, indem wir rechtzeitig darauf aufmerksam machen, dass Frau Steingräber in der Tat, wie angekündigt, eine Waffe bei sich trägt? Dass sie, wie wir mit einem einfachen Blick in ihr Gemüt und in ihre Vergangenheit erkennen können, auch bereit ist, diese Waffe einzusetzen?

Man weiß es nicht, man will es auch nicht wissen, man findet das Erzählen von außen so was von beschissen.

Gut. Dann nehmen wir das so hin. Soll keiner meinen, wir hätten es nicht gesagt. Zwar haben wir es auch nicht gesagt, aber man hat uns ja auch nicht gefragt. Und damit ist man letztlich selbst schuld und wird jetzt die Konsequenzen zu tragen haben.

Unsere Leute sind inzwischen angekommen. Sie sehen den Friedhof ganz verschieden. Das wissen sie nicht, weil sie darüber nicht miteinander sprechen. Wir sehen es jedoch ohne Weiteres.

Stefan sieht den Tod und denkt mit Schaudern an die angeschwemmten Selbstmörder. Dass jemand so sehr am Leben verzweifelt und allen Träumen so nachhaltig Lebewohl gesagt hat, erfüllt ihn mit Grausen. Hat er nicht selbst in wenigen Tagen alles verloren, woran er einmal geglaubt hat? Er denkt nicht an Selbstmord, keineswegs, aber dass andere es taten, macht ihm Angst. Der Schatz soll dafür sorgen, dass es weitergeht. Ein großes, zugefallenes Glück nach langer Abenteuerfahrt, das ist ein Funken aus der Kindheit, von der jetzt schon so viel verloren ist.

Herr Wischnewski denkt an seinen verstorbenen Mann. Lange hat er nicht mehr an ihn gedacht. Er geht auch nicht auf Friedhöfe. So viel haben sie zusammen gekämpft und dann kam einer, gegen den hat noch jeder verloren. Herr Wischnewski kann all seine Bücher, seine Musik, seine Gemälde, seine Kunst der Freiheit auffahren, der Tod ist der große Fluxuskünstler, der an die Decke über der mühsam erklommenen Leiter schreibt: Ich bin schon da. Schnell rennt Herr Wischnewski weiter. Der Schatz soll es sein. Das ist eine Rache am Tod, wenn er gegen diesen kleinen Tod, den Vermieter, noch gewinnt.

Lydia denkt an die Lachfleisch-Methode und den Fluss der Energie durch den Körper und durch die Welt. Sie schaut auf das Kind neben sich und spürt Wärme und Entsetzen. Ihre Kraft fließt und fließt in dieses Kind, doch es wird nie genügen. Und wenn sie tot ist? Der Schatz soll es richten für Emmy, die dann alleine ist und wenigstens Freiheit haben soll. Freiheit, irgendwo zu wohnen und weniger Befehle ausführen zu müssen, um überhaupt leben zu dürfen.

Emmy denkt an den Friedhof von Alderaan. Das Asteroidenfeld entstand durch die Zerstörung des Planeten Alderaan durch den ersten Todesstern. Überlebende kehrten später zurück und hinterließen Erinnerungsstücke und bestatteten dort Verwandte, die in der alten Heimat liegen wollten. Aus so viel Zerstörung kann noch etwas Gutes werden. Sie schaut ihre Mama von der Seite an. Diese Frau, die sie aufgenommen hat und für sie kämpft, soll glücklich werden. Der Schatz soll aus dem Friedhof von Alderaan, der vielleicht auch ein bisschen ihr Wohnhaus ist, ein Zuhause für immer machen.

Martina und Hans sehen das Ende aller Hoffnung. Hier ist alles für immer unter Steinen festgelegt. Sie beide bewegen sich seit Langem quer zu allen Modellen von Liebe und Familie. Sie haben ihre eigene Sprache und wollen nicht zulassen, dass ihnen die Welt einen Stein auf den Kopf setzt und in der verordneten Sprache sagt: Hier liegen Mutter, Tochter, Martina, Frau, Gefährtin. Der Schatz soll die Freiheit kaufen, die eigene Sprache in einen Stein zu meißeln, den ihnen niemand mehr wegnehmen kann.

So erscheint der Selbstmörderfriedhof im Grunewald unseren Personen. Interessiert es jemanden, wie es dort wirklich aussieht? Hat sich vielleicht jemand im Vorfeld dieser Beschreibung die Mühe gemacht, dort einmal hinzufahren und ordentlich zu recherchieren? Oder sagt unsere Zeit nur: Es gibt doch Google Maps. Schaut es euch doch selber an.

Der junge Herr Sass und Frau Steingräber sehen alles ganz klar. Grabreihen, Mauern, Bäume. Wege, Entfernungen, Zeiten. Sie suchen sich strategisch günstige Positionen, keine emotionalen. Man wird ihnen nicht entkommen. Wie gesagt, es wird eine böse Überraschung geben Aber bis dahin dauert es noch eine Weile.

Mit Einbruch der Dämmerung betrat die Hausgemeinschaft den Friedhof.

„Nicht gerade groß hier", stellte Stefan fest. „Wo ist denn das Grab von dieser Nico?" Auf der Fahrt war ihm von einem zusehends delirierenden Herrn Wischnewski die Geschichte der Velvet Underground und Warhols Factory im New York der sechziger Jahre bis zum tragischen Ende der hier in Spandau beigesetzten Chanteuse haarklein auseinandergesetzt worden. Alle Fahrgäste waren stumm übereingekommen, den alten Obermieter schwadronieren zu lassen. So blieb er wenigstens halbwegs in der allgemein geteilten Realität und driftete nicht völlig ins Reich von Doktor Hofmann ab.

Auf Martinas Arm gestützt und in Stefans Jacke gehüllt, tappte er nun etwas wackelig, aber durchaus wach über den Friedhof. „Tatsächlich nicht viel los hier", murmelte er. „Dann schwärmen wir mal aus."

„Oder gucken im Internet nach." Emmy saugte vernehmlich am Lutscher.

„Gute Idee." Lydia fummelte schon am Handy. „Das ist der Grabstein. Der ist … Moment … da drüben. Das muss er sein."

Man eilte. Tatsächlich. Der schlichte schwarze Stein markierte das Doppelgrab von Margarete Päffgen und ihrer prominenten Tochter Christa, deren Künstlername Nico in Versalien über dem Todesdatum „1988" leuchtete. Treue Fans hatten die Grabstätte mit einem kleinen, gerahmten Foto der traurigen Frau aus Köln versehen. Zwei Grablichter waren längst verloschen.

„*Mundus transit et concupiscentia eius*", murmelte Herr Wischnewski.

„Jesus." Martina verdrehte die Augen.

„Johannes", korrigierte Wischnewski. „Und nun? Stefan, welche Zahlen haben wir doch gleich beisammen?"

„Äh, sechzehn, vier und, dings, sieben." Stefan zog die Schultern hoch und blickte sich um. „Bald wird es dunkel. Wir müssen jetzt irgendwas abzählen, nehme ich an."

Alle zählten alles. Grabsteine, Büsche, Schritte in jede Richtung.

„Also, so ein Schatzversteck, das muss doch irgendwie auffallen", wunderte sich Martina. „Hier ist ja echt gar nichts."

„Eben nicht." Lydia drehte sich ebenfalls verzweifelt im Kreis. „Wenn es auffallen würde, wäre es ja kein Versteck."

„Auch wieder wahr.“ Stefan zog das inzwischen reichlich ramponierte Testament aus der Innentasche seiner Jacke, die Herrn Wischnewski um die Schultern schlackerte. „Hier steht: Du weißt, wo es ist. Doch dort ist es nicht. Die traurige Frau aus Köln weist mit dem toten Finger. Folge der ersten Zahl. Die zweite Zahl und die dritte Zahl weisen den Stein. Gold ist Gold, doch es ist wirklich die Geschichte. Ich habe noch jeden reingelegt.“

„Na, wir wissen, dass es hier ist. Herr Wischnewski, Sie meinten doch, tausend Leute hätten hier schon gesucht. Wegen dieser Sage um die Gebrüder Sass.“ Lydia legte den Finger an die Nase.

„Im Spandauer Forst, ja. Aber sicher nicht hier auf dem Friedhof.“ Herr Wischnewski drängte sich enger an Martina und Hans, die ihn schützend in ihre Mitte nahmen.

„Eben.“ Lydia spann den Gedanken weiter. „Also, nicht hier, sondern: hier. Auf dem Friedhof. Und die traurige Frau aus Köln haben wir auch. Was ist denn ihr toter Finger? Hans will sicher nicht noch ein Grab ausheben.“

„Ach, jetzt weiß ich auch mal was“, freute sich Stefan. „Ich frage mich schon die ganze Zeit, was hier so riecht.“

„Ich dachte, das wärst du, aber ich wollte nichts sagen“, feixte Emmy.

Stefan ignorierte sie. „Irgendwo hier … genau!“ Er umrundete das Grab und zeigte triumphierend hinter den Stein. „Stinkmorcheln. Pilze. Oder auch: Leichenfinger.“

Emmy trat an seine Seite und spähte ebenfalls. „Igitt. Sieht penoid aus. Warum weißt du so was? Du weißt doch sonst nie was.“

„Pilzesammeln mit meiner Mutter“, sagte Stefan würdevoll.

„Aber die kann man doch sicher nicht essen“, wunderte sich Emmy. „Ah, jetzt verstehe ich: weil die so penisförmig aussehen. Da hast du in deinem kindlichen schwulen Kopf gedacht: Mama sagt, nicht reinbeißen. Interessant, darüber will ich mehr wissen.“

„Emmy“, mahnte Lydia.

„Mit ist kalt und ich trippe“, jammerte Herr Wischnewski. „Ich brauche jetzt nicht auch noch Pilzgeschichten. Diese Leichenfinger zeigen nach oben, nehme ich an? Sollen wir jetzt im Himmel suchen?“

Hans brummte und zeigte auf die Baumreihe an der Friedhofsmauer. Tatsächlich verlief eine dünne Spur der stinkenden Morcheln bis dorthin. Ein besonders großes Exemplar ragte so weit in die Höhe, dass es vom Standpunkt der Hausgemeinschaft aus sichtbar war.

„So ein Pilzgeflecht lebt praktisch ewig und treibt immer wieder neu aus. Das wird schon vor Jahren so gewesen sein. Gut möglich, dass diese Leichenfinger tatsächlich gemeint sind, die uns den Weg zu den Bäumen weisen. Also nichts wie hin.“ Herr Wischnewski machte sich von den lesbischen Hausmeisterinnen los und eilte voran. Die Hausgemeinschaft folgte.

Unter den Bäumen wanderten alle Blicke nach oben, wie es die faulige Pilzspitze wies. „Die zweite Zahl und die dritte Zahl irgendwas Stein“, murmelte Lydia.

„Na, da ist doch gleich die Mauer.“ Martina trat vor und legte die Hand auf die bröckelnden Steine. „Aber die hat viel mehr als sechzehn, vier oder sieben Steine.“

„Wir sollen ja auch der ersten Zahl folgen.“ Stefan legte den Kopf in den Nacken und bewegte lautlos die Lippen.

„Was macht er denn jetzt wieder?“, fragte Emmy halblaut.

„Ruhe, ich verzähle mich sonst.“ Stefan seufzte und begann von vorne. „Aha!“ Er zeigte ins Laub. „Sechzehn Äste. Ziemlich weit oben. Seht ihr das auch?“

„Ich sehe alles Mögliche“, jammerte Herr Wischnewski.

„Ein Schädel“, rief Martina. „Igitt.“

„Zum Glück nicht von einem Menschen.“ Lydia wanderte unter dem Baum hin und her, um einen besseren Blick zu erhaschen. „Ziemlich winzig. Ratte? Maus? Na ja. Jedenfalls gut gesehen, Stefan. Wenn man nicht wirklich mit den Augen die Äste abzählt … Und was jetzt?“

„Hoch da. Wir müssen durch die Augen des Schädels gucken. Oder ich will nicht Jupiter heißen. “ Herr Wischnewski machte Anstalten, den Baum zu erklimmen, aber Hans hielt ihn mit schwerer Hand zurück.

„Jupiter Wischnewski. Komischer Name", flüsterte Emmy.

„Quatsch." Stefan hüpfte und haschte nach dem untersten Ast. „Er hat sicher mal wieder irgendwas gelesen. Mist, ich hab mir die Hand aufgeschürft."

Hans seufzte, spuckte in die Hände und verschwand raschelnd im Laub. Es regnete Zweige und Blätter. Dann ein Brummlaut von oben.

„Sie ist da!" Martina legte die Hände an den Stamm. „Schatz, siehst du was durch die Augen von diesem toten Nager? Hat das Ding vielleicht vier Löcher? Oder drei?"

Ein abwehrender Laut.

„Zählen Sie die Steine in dem Ausschnitt des Mauerwerks, den Sie sehen", befahl Herr Wischnewski. Vierte Reihe, siebter Stein. So vielleicht. Und wir anderen treten an die Mauer und versuchen, Hans' Anweisungen zu folgen."

Die Dämmerung war vollends hereingebrochen, bis die Hausgemeinschaft den vielen „oben", „unten", „mehr rechts", „nein, von mir aus gesehen" der durch den Schädel starrenden Hausmeisterin so weit gefolgt war, dass endlich, unter Emmys tastenden Händen, ein Stein wackelte. Schnell waren alle zur Stelle. Man zerrte. Man zückte Nagelfeilen, Schlüssel und Lollis. Man brach sich Fingernägel ab. Ein Loch entstand in der Mauer, das zusehends vergrößert wurde. Dahinter kam eine flache Kiste zum Vorschein. Handys wurden hervorgefummelt und die Taschenlampen eingeschaltet.

„Wir haben sie", frohlockte Herr Wischnewski. „Die Kiste. Wahrhaftig, der Schatz der Gebrüder Sass! Vorsicht, Stefan. Ziehen Sie sie langsam heraus."

„Komisch, dass der alte Herr Sass … uff, die ist schwerer, als sie aussieht … dass er den Schatz lieber hier auf dem Friedhof einmauert, als ihn irgendwo in Sicherheit zu bringen." Stefan hatte die Kiste endlich aus dem Loch im Mauerwerk befreit.

„Gold ist Gold, doch es ist wirklich die Geschichte", zitierte Emmy das Testament.

„Die Kiste auf den Boden. Und dann drei Schritte zurücktreten." Eine Waffe klickte, als Frau Steingräber den Hahn spannte. „Bisschen plötzlich. Ich mache keine Witze."

„Ist das wirklich nötig?" In der Dämmerung warf das Licht der Handytaschenlampen gespenstische Schatten auf das Gesicht des jungen Herrn Sass.

„Papperlapapp. Diesen Leute ist nicht zu trauen." Frau Steingräber wedelte ungeduldig mit der Pistole. „Meine Bank ausrauben und mich in meinem eigenen Zuhause zum Narren halten! Nein, nein. Diesmal gehen wir kein Risiko ein. Also auf den Boden mit der Kiste!"

Stefan, der bis jetzt wie alle anderen Mitglieder der Hausgemeinschaft starr vor Entsetzen gewesen war, drehte sich um. Beinahe hätte er die Schatzkiste fallen lassen. Obwohl sie kaum größer war als eine Spielkonsole, hatte er Mühe, sie zu tragen. Das Metall war hier und da angerostet, aber das Vorhängeschloss schien nach wie vor intakt. Keuchend stolperte er voran.

„Stehenbleiben!"

Stefan wollte die Augen gegen das grelle Licht abschirmen, traute sich aber nicht, die Kiste einfach fallen zu lassen. „Okay, okay. Ich stelle das Ding jetzt hierhin, ja?"

„Aber langsam." Frau Steingräbers Beine konnte Stefan außerhalb des Lichtkegels gut erkennen. Sie pflanzte die Füße jetzt weiter auseinander, vermutlich, um einen besseren Stand zu haben, während sie ihn ins Visier nahm.

„Wir sollten jetzt wirklich Ruhe bewahren", meldete sich der junge Herr Sass wieder zu Wort. „Nicht, dass am Ende noch jemand zu Schaden kommt."

„Du bist so eine Memme." Frau Steingräbers Füße kehrten sich zur Seite. Offenbar richtete sie die Waffe jetzt auf ihren Spießgesellen. „Willst du dein Erbe oder nicht?"

„Natürlich." Jetzt traten die blankpolierten Halbschuhe des jungen Herrn Sass in Stefans Sichtfeld. *Bemebemi*, zuckte es ihm durch den Kopf. Beobachten, merken, beschreiben, minutiös wiedergeben. Die blankpolierten Halbschuhe waren mit Friedhofserde beschmiert. „Aber ich will dafür niemanden erschießen."

„Ich schon. Wenn's sein muss. Oder auch, wenn es nicht sein muss. Billie Childish!“ Frau Steingräber schnaubte. „Internationale Gesellschaft zur Reinstatisierung des Freiheitsbegriffs! Noch nie in meinem Leben habe ich mich so geschämt. Für dich mag es was Finanzielles sein, Sassilein. Für mich ist es was Politisches.“

Stefan hörte Emmy in seinem Rücken kichern. „Sassilein!“, gluckste sie.

„Pscht!“, machte Lydia.

Herr Wischnewski räusperte sich. Stefan schloss die Augen, doch die dramatische Beleuchtung der Friedhofsszene sickerte rot durch seine Lider. Die Kiste, die er nach wie vor umklammerte, zerrte an seinen Armen. Bitte nicht, dachte er. Aber es war zu spät.

„Verehrte Frau Steingräber, ist das zwischen uns nicht eher eine private als eine politische …“

„Das Private ist politisch!“, bellte Frau Steingräber. „Das ist überhaupt das Politischte, was es gibt. Dass ich zu Hause nicht mit Politik behelligt werde. Und also auch nicht von Kreaturen wie Ihnen.“

Stefan konnte hören, wie Herr Wischnewski sich die Hände rieb. Bitte halt doch einfach die Klappe, betete er stumm. Aber Herr Wischnewski wäre nicht Herr Wischnewski gewesen, wenn er sich diese Gelegenheit zum Dozieren hätte entgehen lassen. „Das ist natürlich die klassische Position des von Ihnen vertretenen Liberalismus“, hob er an. „Wenngleich die Ineinssetzung des privaten und des politischen Raums natürlich eher …“

Ein Schuss knallte. Erde spritzte. Stefan ließ die Kiste fallen und schlug die Hände vors Gesicht. Er schrie und stolperte rückwärts, als ihm die Kiste auf die Füße knallte. Die Schreie der Hausgemeinschaft gingen in einem schrillen Pfeifen unter, das erst Stefans Ohren und dann seinen ganzen Kopf zu erfüllen schien. Er riss die Augen auf.

Im Taschenlampenlicht spielte sich eine Stummfilmszene ab. Inmitten dramatischer Schatten rangen Frau Steingräber und der junge Herr Sass um die Waffe. Stefan wusste nicht, ob sie sich wirklich langsam wie unter Wasser bewegten oder ob seine Wahrnehmung durch den Schock des Schusses getrübt war. Schwankend kämpfte er sich auf die Füße. Am Rande seines Gesichtsfelds entstand Bewegung. Hans hechtete ins Bild, warf sich mit gestrecktem Oberkörper nach vorn und rammte die Schulter in Frau Steingräbers Seite. Die Filialleiterin wurde in die Luft geschleudert und flatterte durch das gleißende Licht wie eine Motte, die von einem Windstoß erfasst wird. Stefan öffnete den Mund, brachte aber keinen Ton hervor. Martina tauchte auf, wuchtete die Kiste hoch und rannte gebückt hinter dem jungen Herrn Sass, der mit weitgeöffnetem Mund die Flugbahn seiner Gefährtin verfolgte, ins Dunkel. Er löste den Blick von der trudelnden Frau Steingräber, drehte den Kopf, um Martina hinterherzuschauen, und wurde im selben Augenblick von Emmy zu Fall gebracht, die wie eine Eidechse mit sehr schlechtem Haarschnitt in die Szene platzte und dem Vermieter diesmal nicht den Lolli, sondern gleich den ganzen Dickschädel in die Kniekehle rammte. Der junge Herr Sass fiel auf die Knie, riss den Mund zu einem unhörbaren Schrei auf und reckte den Kopf in den Himmel wie ein Filmbösewicht, dessen Pläne schmervoll zunichtegemacht werden. Lydias Hände tauchten ins Bild, rissen Emmy vom jungen Herrn Sass weg und verschwanden wieder aus Stefans Blickfeld.

Frau Steingräber schlug auf. Sie krümmte sich, federte zurück und entfaltete sich. Sie hob die Waffe. Das böse, schwarze Metall riss die Arme auf seinem Weg über Frau Steingräbers Kopf mit sich. Die Mündung bildete den Endpunkt der gesamten Körperlinie. Frau Steingräber glotze in den Himmel und die Pistole zeigte oberhalb ihres Kopfes, am Ende der ausgestreckten Arme, auf den jungen Herrn Sass. Stefan hörte immer noch nichts als das schrille Piepen, aber an Hans' Gesicht und am Flug der Hände zu ihren Ohren konnte er ablesen, dass sich ein weiterer Schuss löste. Der Kopf des knienden jungen Herrn Sass ruckte nach vorne. Er schielte auf seine Schulter, wo Stofffetzen in die Höhe standen. Ein Rauchfaden kräuselte sich ins Licht. Stefan dachte noch, dass das nicht sein könne, dass doch an einer Schusswunde kein Rauch entstand, und dann begriff er, dass es Blut war, das schwarz und schubweise aus dem Loch spritzte.

Die Welt knallte ihm auf die Ohren.

„Sassilein!“ Frau Steingräber rappelte sich auf. Noch immer hielt sie die Waffe in den Händen, fremd, dumm und unpraktisch. Der junge Herr Sass krümmte sich am Boden und schrie. Seine Hände versuchten irgendwie die Schulter zu erreichen, aber sie fanden den Weg nicht und krabbelten im Lehm herum. Hans legte die Pranken auf den Vermieter.

„Hände weg von ihm!“ Frau Steingräber stand mit weit gespreizten Beinen da und stierte auf die Pistole, die ihre Arme schon wieder in die Länge zog. „Lass ihn los, du Scheusal!“

„Sie will ihm doch nur helfen!“ Stefans Stimme klang verzerrt in seinen Ohren. Seine Zunge bewegte sich im Mund wie etwas Fremdes, ebenso schwer und hart wie die Pistole. Hans presste die Hände auf die Wunde. Der junge Herr Sass brüllte vor Schmerzen.

„Hör auf, ihm wehzutun!“ Die Waffe bebte in Frau Steingräbers Händen.

„Sie verschließt die Wunde, Sie Rindvieh.“ Martina trat ins Licht zurück, die Schatzkiste noch immer im Arm. Emmy und Lydia folgten ihr Hand in Hand.

„Hände hoch!“ Frau Steingräber löste eine Hand von der Pistole, um sich die Haare aus dem Gesicht zu wischen. Kaum noch gebändigt, zuckte die Waffe von einer Person zur anderen wie bei einem Abzählreim. Frau Steingräber festigte den Griff und visierte Martina an. „Hände hoch und Kiste runter.“

„Ja, ja.“ Martina stellte die Kiste ab. Lydia drückte sich an Emmy. Stefan spürte Hände an den Schultern.

„Alles okay?“, flüsterte Herr Wischnewski. Stefan nickte mechanisch, obwohl er keine Ahnung hatte, wie okay er wirklich war.

„Er braucht einen Arzt“, übersetzte Martina Hans’ Knurren. „Wir sollten einen Krankenwagen rufen.“

„Wir rufen hier gar nichts. Erst die Kiste aufmachen.“ Frau Steingräber wedelte mit der Waffe. „Wird’s bald!“

Martina setzte zu einer Erwiderung an, aber Lydia kniete sich kurzentschlossen neben die Kiste und fummelte am Schloss herum.

„Brechen Sie das Ding doch auf, Herrgott“, rief Frau Steingräber.

„Ich kann nicht glauben, dass Ihnen der Schatz wichtiger ist als Ihr Freund“, sagte Martina kopfschüttelnd. „Sie wissen schon, dass er sterben könnte?“

„Von einem Schuss in die Schulter stirbt man nicht“, erwiderte Frau Steingräber kalt. „Aber an Armut stirbt man. Man stirbt, nachdem man jahrelang von irgendeiner polnischen Pflegerin gewendet wurde wie ein skelettiertes Brathühnchen. Fleisch wächst nach, Geld muss man sich nehmen. Und ich gedenke, es mir zu nehmen.“

Der junge Herr Sass schluchzte, als Hans den Druck auf seine Wunde verstärkte. „Scheiß doch auf den Schatz, Mensch“, wimmerte er. „Ich verblute hier.“

„Du verblutest nicht. Du kümmerst dich jetzt mal um dich selbst. Diese Proleten hier haben für dich die Drecksarbeit gemacht. Ich übe jetzt das Recht der Stärkeren aus, und dein Beitrag ist bitte, dass du nicht stirbst. Kriegst du das hin?“

„Bin mir nicht sicher“, jaulte der junge Herr Sass.

„Jetzt rufen Sie schon den Krankenwagen!“, rief Herr Wischnewski. „Wir lassen Ihnen ja den Schatz, aber Sie können den doch hier nicht verrecken lassen.“

„Wenn ihr ihn retten wollt, dann macht jetzt mal schnell die Kiste auf.“ Frau Steingräber stieß ein meckerndes Lachen aus. „Wenn er stirbt, ist es nur eure Schuld!“

„Ich habe ein Messer dabei.“ Martina hob den Finger wie in der Schule. „Wenn ich das rausholen darf, können die beiden das Schloss aufstemmen.“

„Kein Messer!“ Frau Steingräbers Stimme schoss in die Höhe wie eine Leuchtrakete. „Ich traue euch keinen Millimeter weit.“

„Dann schießen Sie doch das Schloss auf, Mensch“, rief Lydia über die Schulter zurück.

„Damit ich abgelenkt bin? Das könnte euch so passen. Los jetzt!“

„Die Dummheit der Reichen bei Ihrer Ausbeutung macht einen fertig", stöhnte Herr Wischnewski.

Lydia zupfte Emmy am Arm. Gemeinsam hockten sich beide vor die Kiste und legten die Hände darauf. Stefan meinte, einen grünlichen Schimmer rund um das Schloss zu erkennen, aber das konnte auch der Schock sein. Das Schloss sprang auf. „Bitte schön", schrie Emmy. „Da haben Sie Ihren Schatz. Papier. Es ist alles nur Papier. Der alte Herr Sass hat noch jeden reingelegt."

„Aktien, du dummes Kind. Wertpapiere." Frau Steingräber. „Geld kann entwertet werden, wenn Staaten versagen. Gold und Edelsteine sind zu romantisch. Unternehmensanteile sind Blut und Körperteile starker Organismen, die die Zeit überdauern. Weg jetzt von der Kiste!"

Lydia und Emmy standen auf. Martina wich zurück.

„Ihr beide!" Frau Steingräber zeigte mit der Waffe auf Stefan und Herrn Wischnewski. „Rüber zu den anderen!"

Stefan war immer noch wie betäubt. Herr Wischnewski nahm ihn sanft am Arm. „Kommen Sie", sagte er leise. „Für heute ist unser Kampf hier verloren. Wir ziehen uns zurück und sammeln unsere Kräfte." Stefan ließ sich zu den anderen führen. Im Taschenlampenlicht der am Boden verteilten Handys sah er die Kiste. Gelbliches Papier quoll aus dem geöffneten Deckel. Das war es also, dachte Stefan. Dafür haben wir alles riskiert. Und jetzt, am Ende, alles verloren.

„Und jetzt der Affe!" Frau Steingräber machte einen Schritt auf Hans zu. „Ab jetzt. Ich übernehme."

Zögernd stand Hans auf. Der junge Herr Sass hustete und tastete kraftlos nach der Schulter. „Rüber zu den anderen", bellte Frau Steingräber. Hans wich zurück, ohne Frau Steingräber aus den Augen zu lassen. Als sie bei der Hausgemeinschaft angekommen war, stieß Frau Steingräber einen Triumphschrei aus. „Die Ordnung hat gesiegt!", gellte sie. „Die Lebenskräftigere setzt sich durch. Kreativität, Vitalität und das nötige Quäntchen schöpferischer Zerstörung."

„Sie ist vollkommen wahnsinnig", murmelte Herr Wischnewski. „Seien Sie froh, dass Ihr Job nun wohl Vergangenheit ist, Stefan."

„Von wegen!" Frau Steingräber kniete sich schwankend neben den laut weinenden Herrn Sass. Die Waffe richtete sie dabei schwankend auf das entsetzte Grüppchen der Hausgemeinschaft. „Ich erwarte Sie auf Ihrem Posten, Stefan. Sobald der Wasserschaden in der Filiale renoviert ist. So leicht kommen Sie mir nicht davon. Sie tun gefälligst Ihre Pflicht. Auch, wenn ich dann vielleicht schon nicht mehr da sein werde. Für mich und Sassilein brechen jetzt andere Zeiten an. Aber Ihnen gönne ich es, Stefan, dass Sie in dieser gottverlassenen Bank Tag für Tag daran erinnert werden, wovon Sie als Kind geträumt haben. Und dass Sie zusehen müssen, wie dieser Traum vor die Hunde geht."

Sie lachte schrill.

„Ich kündige", sagte Stefan tonlos. Hätte er den Disponentenstempel bei sich getragen, den er am ersten Arbeitstag erhalten hatte, er hätte ihn seiner Chefin vor die Füße geworfen.

Die Chefin kicherte erneut. „Sie können nicht kündigen. Noch bin ich Ihr Boss. Wer kündigt, bestimme ich. Und selbst wenn Sie nicht mehr bei mir arbeiten, arbeiten werden Sie müssen. Denn Arbeit ist überall. Und wir lassen nicht zu, dass solche wie Sie sich einfach aus dem Staub machen. Gearbeitet wird! Hören Sie? Wenn das System funktionieren soll, gehen Sie arbeiten! Wenn jeder einfach die Arbeit niederlegen würde, könnten wir unsere Ordnung vergessen."

„Ein Grund mehr", sagte Stefan.

„Kommen Sie, wir gehen." Herr Wischnewski hob sein Handy vom Boden auf und schaltete das Licht aus. Einer nach dem anderen taten sie es ihm gleich.

Im schwachen Licht der Wegbeleuchtung, die den Friedhof in der Dämmerung notdürftig erhellte, sahen sie Frau Steingräber über ihrem Gefährten hocken wie eine Leichenfresserin, die hier auf dem Totenacker ihr neustes Opfer gefunden hatte. Die Kiste stand mit aufgesperrtem Rachen ein Stück entfernt und zeigte die gesplitterten Zähne aus Papier.

„Ja, rennen Sie nur!", schrie die Alptraumgestalt über dem klagenden Opfer. „Lauft, ihr erbärmlichen Opfer. Wenn Sassilein wieder auf dem Damm ist, dann kriegen wir euch. Wir klagen euch aus eurer Kakerlakenbude. Wir nehmen euch das letzte Hemd. Ihr könnt nicht gewinnen. Ihr habt heute verloren und ihr werdet wieder verlieren. Immer und immer wieder."

„Sollen wir nicht lieber den Krankenwagen rufen?", flüsterte Emmy ihrer Mutter zu. Lydia schüttelte den Kopf. „Wir haben alles und mehr getan", sagte sie müde. „Die Alte ist verrückt, aber sicher nicht so verrückt, dass sie einen reichen Mann verbluten lässt, der mit einer Waffe angeschossen wurde, auf der ihre Fingerabdrücke sind. Auf ihre Selbstsucht können wir uns verlassen, denke ich."

„Packt schon mal eure Sachen!", brüllte ihnen Frau Steingräber aus dem Friedhofsdunkel hinterher. „Eure Tage sind gezählt! Wir machen ein Bürogebäude aus eurer Räuberhöhle! Wir bauen ein Einkaufszentrum auf den Ruinen eures Schwuchtelpuffs! Wir lassen euch vom Staat rausprügeln und verkaufen den Grund und Boden an Unternehmen, die über Staaten nur lachen können! Flieht, ihr Narren!"

Das Gezeter wurde leiser und leiser und verstummte schließlich ganz, als sie in den dämmrigen Grunewald hinaustraten.

„Und jetzt den ganzen Weg nach Hause", stöhnte Herr Wischnewski. „Und ich war doch schon so müde."

„Wir könnten noch mal Udo anrufen", schlug Martina vor. Aber der Anruf ergab, dass Udo das Taxi für heute schon geparkt hatte und auf seinem Zweitjob als Altenpfleger festhing.

Die S-Bahn war weit entfernt. Eine kalte und dunkle Nacht brach herein.

KAPITEL 15

Ein Ultimatum, ein Schlendriansmagnet und ein großes Eintrudeln. Die Internationale der Arbeitsscheuen in der Schlacht der fünf diversen Gruppen. Reitende Boten.

Es dauerte sehr lange, bis sie die S-Bahn erreicht hatten. Emmy ritt auf Lydias Rücken voran und schlief irgendwann ein, sodass ihr beinahe der Lutscher aus dem Mund rutschte. Hans und Martina kamen als Nächste und wechselten sich damit ab, den Lolli wieder zurückzuschieben. Mit gesenktem Kopf, vor Drogenungemach jammernd, folgte Herr Wischnewski, der sich vergeblich bemühte, den Hausmantel gegen die Kälte des frühen Abends enger um sich zu schlingen, und mit den Füßen in den durchnässten Schlappen ein beständiges Quietschen fabrizierte. Das Schlusslicht bildete Stefan. Er war zu müde, zu schockiert und zu überfordert, um etwas Besonderes zu spüren oder einen klaren Gedanken zu fassen. Er empfand keinen Schmerz und keine Anstrengung und glitt durch die kalte Frühjahrsluft wie ein Geist, den der Friedhof in die Stadt gespuckt hatte. Alles war umsonst gewesen, so viel war ihm klar. Spätestens morgen würde die Polizei vor der Tür stehen und diesen zweiten Anlauf eines schwulen Lebens nach der gescheiterten Bankkarriere beenden. Gefängnis also. Und dann? Wie viele Jahre standen auf seine Verbrechen? Was würde seine Mutter denken? Eigentlich, dachte er, müsste ich weinen, aber sein Geisterkörper hatte keine Tränen.

Sie erreichten den S-Bahnhof und warteten, während die Dunkelheit sich senkte.

Dann fuhr der Zug ein.

In jeder anderen Stadt wäre diese Haugemeinschaft aufgefallen. In Hausen oder einer anderen anständigen Gemeinde hätte man die Notbremse gezogen, den Sicherheitsdienst oder die Polizei informiert. In Berlin starrte man gleichgültig aus dem Fenster, stritt sich oder war selbst damit beschäftigt, einen Stapel Zeitungen zu schwenken und um Spenden zu bitten. Dies war der Moment, in dem Herr Wischnewski überdreht lachen musste und sich bei dem Versuch, ein Geldstück aus den Taschen seines Hausmantels zu fummeln, verschluckte, um dann bei der mauligen Vorhaltung des Zeitungsverkäufers, er hätte ruhig einen ganzen Euro geben können, noch lauter und noch hemmungsloser zu wiehern, bis die Mitfahrenden doch die Köpfe drehten.

„Entschuldigung", sagte er schließlich und wischte sich die Augen. „Es tut mir leid. Aber dass ausgerechnet wir jetzt angebettelt werden, das ist doch …" Es schüttelte ihn erneut.

„Ich kann darüber nicht lachen", zischte Lydia, die die schlummernde Emmy im Arm hielt. „Kann ja sein, dass Sie nichts zu verlieren haben. Ich schon. Und damit meine ich nicht nur meine Wohnung. Und meinen Kursraum. Was aus Emmy wird, wenn ich in den Knast gehe, kümmert Sie wohl gar nicht?"

„Es kümmert mich durchaus", versetzte Herr Wischnewski. „Und Sie, lieber Stefan, und unser Hausmeisterinnenpärchen, Sie sind mir ebenfalls nicht egal. Wie Sie richtig anmerken, habe ich von uns allen am wenigsten zu verlieren und nehme gerne alles auf meine Kappe, wenn das irgendwie möglich ist. Wir sollten morgen mit frischem Kopf unsere Story, wie man sagt, abstimmen. Aber das schaffe ich heute Abend nicht mehr. Ich habe in meinem Leben weiß Gott viele Niederlagen einstecken müssen, aber das …" Er schüttelte den Kopf und sagte nichts mehr.

Knast! Stefan blieb ebenfalls stumm, aber in seinem Kopf rasten die Gedanken. In der Bank gab es doch Sicherheitskameras, fiel ihm ein. Er schloss die Augen, so sehr schämte er sich seiner eigenen Dummheit. Wie hatte er nicht einmal daran denken können, dass seine Tätigkeit als *inside man* bei einem Banküberfall mit sicherlich festgehalten worden war? Dass vermutlich auch der Außenbereich gefilmt wurde, dass mehrere andere am Überfall Beteiligte … er lehnte den Kopf gegen die Scheibe und sagte ebenfalls keinen Ton mehr.

Als sie endlich zu Hause ankamen, unternahmen sie noch kurz den Versuch einer Versammlung in der Wohnung von Hans und Martina. Stefan machte sich auf die Suche nach dem verlorenen Handy. Er kroch auf allen vieren herum und suchte das Gerät, wollte sogar den Hausflur durchkämmen, bis ihn Herr Wischnewski an der Schulter fasste und ihn mit sanfter Gewalt emporzerrte. Er nahm ihn in die Arme und da endlich konnte Stefan losheulen. „Na, na", brummte Herr Wischnewski. „Ist ja gut, ist ja gut." Irgendwann konnte Stefan nicht mehr weiterheulen.

Lydia regte noch müde einen kleinen Disput darüber an, ob Aktien aus der Zeit der Weimarer Republik überhaupt noch etwas wert seien und ob man die heute noch ohne Weiteres zu Geld machen könnte. Kurz keimte Hoffnung auf, das Gaunerpärchen aus Vermieter und Bankchefin habe schon in die Röhre geguckt. Leider ergab eine kurze Recherche mit Lydias Handy, dass derartige Wertpapiere sehr wohl gleichbedeutend mit Anteilen an Unternehmen seien, also selbst von Wert, wie etwa ein Geldschein, vorausgesetzt, die Firma oder eine Rechtsnachfolgerin existierte noch, wobei natürlich größter Wert auf die Überprüfung des rechtmäßigen Besitzes der Papiere gelegt wurde. Das werde ja wohl schwierig, fand die Hausgemeinschaft, erlitt aber sofort einen vernichtenden Dämpfer ihrer Hoffnung, als weiterhin klar wurde, dass solche alten Aktien als „Nonvaleurs" gesuchte Sammlerstücke waren, die umso teurer bezahlt wurden, je spannender und farbiger ihre Herkunft sich darstellte. Insbesondere reiche Chinesen und Russen sollten für Papiere, die mit Börsencrash, Firmenpleiten oder, und hier stöhnte man auf, illegalen Unternehmungen in Verbindung gebracht wurden, Traumsummen zahlen. Das Internet spuckte Beispiele von mehreren tausend Euro pro Dokument aus, was sich bei einzigartigen Konvoluten – „unser Schatz ist so ein Konvolut", erklärte Herr Wischnewski resigniert – bis in Millionenhöhe schrauben konnte.

„Selbst wenn die beiden von den Firmenanteilen nichts mehr haben, die Papiere als solche sind ein Vermögen wert", fasste Martina zusammen. „Auch schon wieder ironisch. Die Irre erzählt uns was von Teilhabe an übermenschlichen Unternehmenskörpern und was bringt ihr am Ende die Kohle? Das schnöde Ding an sich, das nur durch die menschliche Blödheit bepreist wird. Na, ihr wird es recht sein."

Man ging zu Bett.

Erstaunlicherweise schlief die gesamte Hausgemeinschaft tief und traumlos. Als man am nächsten Morgen feststellte, dass man keineswegs durch das Pochen der Staatsgewalt aus dem Schlaf gerissen worden war, traf man zu einem überraschend üppigen Mahl in Herrn Wischnewskis Wohnung zusammen. Er war vor allen anderen aufgestanden und hatte mit dem Rest seiner Bargeldvorräte einen kleinen Einkauf erledigt. Jetzt, verkündete er, sei es ja wohl auch schon egal und wer sparen wolle, sei ein bedauernswerter Trottel. Mit *Someday My Prince Will Come* lief eins der frühstückskompatibleren Jatz-Meisterwerke. Herr Wischnewski unterhielt alle mit Anekdoten von früher. Es herrschte ein wenig zu gute Laune. Der erste Schock war vorbei. Es war nichts passiert. Man konnte genauso gut erst einmal Kräfte sammeln.

Der Tag ging dahin. Stefan blätterte im *Lavendelschwert* und ließ sich am Nachmittag von Lydia und Emmy zu einer Vorführung von *Das Imperium schlägt zurück* einladen, der tatsächlich noch viel besser war als der erste Teil. Unter viel Gekicher brachten ihm die beiden einige Grundübungen der Lachfleisch-Methode bei. Ein schlechtes Gewissen hatte Stefan nicht. Er war beschäftigungslos und so gut wie verurteilt. Diese Stunden waren ihm mit sicherlich geschenkt. Herr Wischnewski hatte ganz recht. Jetzt war es ja wohl eh schon egal.

Abends tranken die Erwachsenen. Als es klingelte, ging kurz ein Friedhofsgeist durch den Raum, aber es war nur Norbert, der Kirchenorganist. Er brüllte von unten herauf, der alte Wischnewski solle gefälligst aufmachen, er habe Rita mitgebracht. Rita entpuppte sich als eine sperrige Hammondorgel, und Norbert musste Herrn Wischnewski nur ungefähr achtmal bitten, bis der eine schöne Hollowbody-Gitarre im Sunburst-Finish hervorholte, die im ganzen Haus noch nie jemand zu Gesicht bekommen hatte. Nach einigen weiteren ätzenden Getränken war Herr Wischnewski auch so weit, noch einmal die geschmeidige Gesangsstimme einzusetzen, die er in der Kirche bereits hatte hören lassen.

Heute gab es kein vulgäres Liedgut der Beatles oder anderes Je-je-je. Heute sangen sie die schönen alten Lieder: *As Time Goes By, Take Love Easy, Cheek to Cheek, My Man* und in einem Anfall poppigen Überschwangs *The Girl from Ipanema*, von Herrn Wischnewski natürlich auf Portugiesisch intoniert. Alle summten mit, Emmy tanzte und Herrn Wischnewskis verstorbener Mann schaute von seinem Foto aus zu. Dann fragte Norbert, wie es eigentlich mit dem Schatz gelaufen war, und ließ sich alles berichten. Nach einer Minute entsetzen Schweigens wollte er wissen, ob von dem Löschpapier noch etwas übrig war. Als Stefan bejahte, zerfetzten die beiden Jatzer das verdrogte Dokument in viele kleine Stücke und bedienten sich auf der Stelle. Zu Stefans gelindem Entsetzen griffen auch Lydia und Martina zu. Hans brummte und Stefan winkte doch ab. Es mochte ja alles egal sein, aber so egal nun auch wieder nicht. Im Morgengrauen schlurfte er in seine Wohnung und überließ die Trippenden sich selbst.

Der nächste Tag verlief im Großen und Ganzen genauso, nur dass jetzt *Die Rückkehr der Jedi-Ritter* dran war und zur abendlichen Session nach einem drängenden Anruf Wischnewskis auch noch der Taxifahrer Udo hinzustieß. Er schleppte eine Snare-Drum, eine Basstrommel und ein verbeultes Becken die Treppe hoch und erwies sich bald als das solide Fundament, das den ausufernden Improvisationen von Norbert und Herrn Wischnewski noch gefehlt hatte. Im Gegensatz zu seinen Bandkameraden war er gern bereit, auch etwas modernere Klänge einzuflechten, und bereicherte die Party damit um beschwingte Versionen von *In the Sunshine of Your*

Love, Here Comes the Village Green Society und sogar *Magic Bus*, das Norbert mithilfe einer gewagten Kadenz in eine besonders beseelte Version von *Dark Star* übergehen ließ, dessen Ende Herr Wischnewski mit einem Solo krönte, das Udo spitze Begeisterungsschreie entlockte.

Kurz gesagt, man war guter Dinge. Die Feiernden bemerkten dies selbst. Herr Wischnewski zog unter allgemeinem Aufstöhnen den geliebten Thomas Mann aus dem Regal und verlas, „ich hab's gleich, ich hab's gleich!“, eine Stelle über den „Schlendrian“ der Kranken, ein Lebensgefühl, das, ähnlich dem der Hausgemeinschaft, im Wesentlichen von der Gewissheit geprägt war, dass es schlimmer nicht mehr werden konnte.

Das war ein Irrtum.

Am nächsten Morgen, als man schon halb glaubte, es käme nichts mehr, pochte es an der Tür. Nicht an einer der Wohnungstüren. An der Haustür. Das Pochen hallte durch das gesamte Haus. „Aufmachen!“, rief eine barsche Stimme. „Polizei!“

Man drängte im Flur vor die Briefkästen mit den vielen durchgestrichenen Namen und ahnte, dass auch der eigene bald durchgestrichen sein würde. Es war Herr Wischnewski, der schließlich öffnete. Hausgemeinschaft und Gäste schauten ihm, so gut es ging, über die Schulter. Draußen standen zwei Polizisten. Stefan hätte schwören können, dass der rechte der Einbrecher war, der in der Nacht des Brandes davongekommen war, aber das konnte auch am schlechten Licht liegen. So oder so grinste der Beamte feist. „Schießen Sie los, Herr Anwalt“, sagte er.

Eine schwarze Gestalt schob sich zwischen den Cops hindurch. Sie war schwarz gekleidet und schwarz war ihr hoher Hut. Doch sie war kein Geist vom Friedhof, sondern ein lebendiger Mann. Der Rechtsanwalt vom jungen Herrn Sass war er, und sein Name wird in keiner Erzählung überliefert, denn er selbst hatte ihn vergessen, als er sagte: „Ich bin der Sprecher des jungen Herrn Sass. Ist hier irgendeiner in diesem wilden Haufen, der ermächtigt ist, mit mir zu verhandeln? Oder der auch nur Verstand genug hat, mich zu verstehen? Nicht Sie wenigstens!", höhnte er und wandte sich voller Verachtung an Hans, die alle überragte. „Es braucht mehr als einen haarigen Schlägertyp, um die Macht des Gesetzes zu brechen."

Hans sagte nichts als Antwort, aber sie sah dem anderen in die Augen, hielt seinen Blick fest und einen Augenblick rangen sie so miteinander. Und obwohl sie sich nicht rührte und nicht drohte, zitterte der Anwalt, als hätte Hans die Faust gehoben. „Ich bin ein Herold und Botschafter und darf nicht angegriffen werden!", schrie er.

„Wo solche Gesetze gelten", sagte Herr Wischnewski, „ist es auch Sitte, dass Botschafter weniger unverschämt sind. Was haben Sie uns zu sagen?"

Der Anwalt rückte ein Schriftstück heraus. Herr Wischnewski nahm es bedächtig entgegen. Der Schwarzgekleidete hüpfte von einem Bein auf das andere, als wollte er noch etwas sagen. Dann wandte er sich um und trabte mit seinen Bullen zurück, woher er gekommen war.

Das Schriftstück enthielt eine fristlose Kündigung aller Mietparteien zum nächsten Ersten. Man erwarte, die Mietsachen leer und besenrein vorzufinden. Etwaige Kautionen würden nicht zurückerstattet. Befänden sich nach Ablauf der Frist noch bewegliche oder unbewegliche Gegenstände oder Personen, natürliche, juristische oder tote, im Mietobjekt, behalte man sich deren Entfernung nötigenfalls unter Anrufung der Staatsgewalt vor. Man bitte die Adressaten, keine Rechtsmittel einlegen zu wollen, das sei Zeitverschwendung, zumal, so das Schreiben unverfroren am Ende, man ja wisse, was man gegen die Mietergemeinschaft in der Hand habe.

Bedächtig rollte Herr Wischnewski das Dokument zusammen. „Das", sagte er, „war es dann ja wohl."

Das Eintreffen des Schlimmsten verstärkte den Schlendrian nur. Niemand wollte den Versuch unternehmen, einen Anwalt hinzuzuziehen. Zugleich war man auch zu verzweifelt, um einen Umzug zu organisieren oder sich um eine neue Bleibe zu bemühen. Wie auch? Man lebte schließlich nicht in Hausen. Man lebte in Berlin, wo schon für Gutverdiener und Familien keine Wohnung mehr zu bezahlen war. Alle schienen sich stillschweigend darauf geeinigt zu haben, das Unvermeidliche bis zum letzten möglichen Augenblick hinauszuzögern.

Der Schlendrian weste also fort. Tags legte man für Essen zusammen, vergnügte sich mit Spielen und leichter Kultur, um dann abends zu feiern, die schrumpfenden Drogenvorräte zu gebrauchen, zu musizieren, zu reden und zu tanzen.

Allerdings schien diese Ballung an Schlendrian bald eine Art Gravitationskraft auszusenden. Ein Schlendriansmagnet musste im Haus entstanden sein. Zunächst war es die Lachfleisch-Klasse, die sich der Party hinzugesellte. Sie war nach der letzten Stunde von Lydia informiert worden, dass die Lehren des Lemuel Lachfleisch künftig an diesem Ort keine Heimat mehr hätten. Das Grüppchen strömte in Herrn Wischnewskis Wohnung und versicherte, wie leid es allen täte. Ob man nicht etwas tun könne. Von einer Online-Petition war die Rede. Herr Wischnewski erwiderte: Nein, man könne nichts tun, danke der Nachfrage, aber tanzen könne man und mittrinken. Ob eine der Kursteilnehmerinnen vielleicht noch Rauschmittel dabeihätte?

Mehrere hatten Rauschmittel dabei. Von Löschblattqualität war zwar nichts darunter, aber bald hatte man ein oder zwei beachtliche Joints zustande gebracht, und ein Tütchen mit weißem Pulver machte die Runde. Die Wohnung wurde allgemein als zu eng empfunden. Es sei doch Frühling, befand man. Ob man das Fest nicht nach draußen verlagern wollte?

Man wollte. Die Absperrung rund um die Baugrube auf dem Nachbargrundstück war rasch durchbrochen, eine Verlängerungsschnur für die Instrumente und einige Lichterketten gelegt. Jemand holte ein paar Tüten Wein vom Späti. Drogen und Tanzen machten Hunger. Ob man nicht was kochen könnte? Hans und Martina hatten noch Grillausrüstung. Udo fuhr ein paar Wohnungen der Kursteilnehmer ab und holte dies und das. In der Nacht und zwischen dem ganzen Gejatze verbrannte alles ziemlich. Aber es war warm und machte satt und gab Hoffnung.

„Na?", fragte Marit und tippte Stefan auf die Schulter.

„Ach", sagte er. „Du bist ja auch hier."

„Klar bin ich. Bin doch Lachfleischianerin. Was macht das Tattoo?"

„Dem geht's gut. Gut gestochen!"

„Hast du's schon jemandem gezeigt?"

„Nee. War noch nicht der richtige Augenblick."

„Die werden ihr blaues Wunder erleben."

Dann wurde getanzt. Tanzte auch Stefan? Er tat es. Mit Marit. Und Hans. Und Emmy. Und mit vielen anderen. Woher das Tanzen plötzlich kam? Es musste wohl der Schlendrian sein.

Die Sache sprach sich herum.

Eine Gruppe Jugendlicher tauchte auf. Ob hier wirklich Party sei? Und ob es denn wahr sei, dass man sich hier kostenlos tätowieren lassen könne? Beides wurde bejaht und Marit ließ die Nadel summen. Die Jugendlichen bekamen bald mit, dass die ganze Veranstaltung sehr alt, sehr weiß und weitgehend queer war. Sie benahmen sich aber aus Dankbarkeit ziemlich anständig. Sie wussten recht gut, dass sie Vergleichbares in der Gegend sonst nicht geboten bekamen.

Zum Dank brachten sie ein paar Verwandte mit, die teils in Handwerksberufen, teils in der Kleinkriminalität beschäftigt waren. In der Folge erhielten die allabendlichen Zusammenkünfte einen wesentlich professionelleren Grill, eine reichhaltigere Ausstattung an qualitätvolleren Drogen und Zuwachs an Musizierenden, deren *elektro bağlama und kanun* dem Jatz ganz neue Impulse verliehen. Die Jugendlichen verschworen sich mit Emmy und einigen Lachfleischianerinnen, um Turntables und ein paar vernünftige Boxen zu organisieren. Das Musikprogramm pendelte sich auf einen Wechsel aus Jatz, Dancefloor und dann wieder Jatz im Morgengrauen ein.

Zwei Abende später hielt ein Bus vor der Baugrube. Heraus stieg eine Partygesellschaft aus dem nahegelegenen Neukölln. Man habe gerade das Silver Future verlassen, weil es hier in der Nähe des Krematoriums ja wohl noch tierisch abgehen sollte.

In der Tat ging es tierisch ab. Die Queers brachten tütenweise Salzgebäck mit. Vor allem aber fügten sie dem Schlendrian eine gewisse dramatische Note hinzu, die alles auf ein ganz neues Level hob. Vermehrt wurde geknutscht.

„Na?“, sagte die Tresenkraft und tippte Herrn Wischnewski auf die Schulter, der sich zum ersten Mal seit Beginn der Sessions verspielte.

„Äh, na!“, sagte er.

„Du bist schon ein besonderer Oldtimer“, sagte die Tresenkraft und wuschelte Herrn Wischnewski durchs Haar. „Machst du jetzt Ethno?“

„Das ist Müslüm Gürses“, sagte Herr Wischnewski.

„Ich streame eigentlich nur“, sagte die Tresenkraft und zwinkerte.

Herr Wischnewski schluckte. „Nach dem Song ist Schluss“, sagte er. „Wollen wir dann, also, sollen wir?“

„Auf jeden Fall“, sagte die Tresenkraft.

Als die Gesellschaft nach einer guten Woche auf etwa hundert Personen angewachsen war, schaute der Polizist mit den Eisbonbonaugen vorbei.

„Na, Leute“, sagte er. „Geht hier was Ungesetzliches vor?“

„Nö“, sagten die Jugendlichen und grinsten.

„Dachte ich mir“, sagte er. „Es hat Beschwerden gegeben. Von so einem Rechtsanwalt. Frage mich aber, was der gehört haben will. Der wohnt hier nicht.“

„Nee, nee“, sagten die Jugendlichen.

„Okay“, sagte der Polizist mit den Eisbonbonaugen und nahm die Sonnenbrille ab, damit man seine Eisbonbonaugen noch besser sah. Die Jugendlichen ließen die Kippen sinken und staunten. „Ich verfolge das Unrecht, müsst ihr wissen.“

„O.G.!“, murmelte einer der Jugendlichen. Die anderen nickten zustimmend.

„Aber ich verfolge es nicht zu sehr.“ Der Polizist mit den Eisbonbonaugen setzte die Sonnenbrille wieder auf und die Nacht wurde etwas dunkler. „Abend, Stefan!“ Er tippte sich grüßend an die Mütze, als er ins Auto stieg.

Marit stupste Stefan in die Seite. „Sag doch was!“

„Äh ja, hallo“, sagte Stefan.

„Trottel“, sagte Marit. „Der steht auf dich.“

„Meinst du?"
„Bist du schwul? Willst du haarige Ärsche rimmen?"
„Ach, haarige, das weiß ich jetzt nicht …"
„Bei dem kannst du's."

Stefan schluckte. Zum Glück befreite ihn Marits Kind aus der Verlegenheit, indem es seine Mutter in Verlegenheit brachte, als es wissen wollte, was „rimmen" sei. Überhaupt brachten inzwischen viele Leute ihre Kinder mit. Sie blieben ungewöhnlich lange wach, huschten zwischen Turntables umher, hüpften in die Baugrube, spielten Gespenster in den Rauchschwaden und schliefen unter dem Sternenlicht schwer von Grillgut ein.

Füchse, Krähen und Eichhörnchen schauten vorbei, doch sie stellten bald fest, dass die Party sehr laut, sehr menschlich und weitgehend queer war. Sie benahmen sich aber aus Dankbarkeit ziemlich anständig. Sie wussten recht gut, dass sie Vergleichbares in der Gegend sonst nicht geboten bekamen.

Irgendwie – niemand konnte genau sagen, wie – schien es beschlossene Sache, dass man sich gegen die Räumung zur Wehr setzen würde. Ohne dass irgendjemand die Parole ausgegeben hätte, war die Rede davon, dass das Haus besetzt sei. Immer mehr Gäste blieben gleich ganz. Sie campierten auf dem Baugrundstück oder zogen in die leerstehenden Wohnungen ein. Die Jugendlichen und die Queers beschämten alle, als sie tatkräftig die Vorurteile widerlegten, die auch der Hausgemeinschaft bei aller Sympathie durch den Kopf gespukt waren. Handwerksberufe und Kleinkriminalität, Salzgebäck und Schlendrian mit Knutschen, das mochte alles bis zu einem gewissen Grad stimmen, aber natürlich entpuppten sich diese Menschen wenig verwunderlich als so verschieden wie alle anderen Menschen auch. Insbesondere verfügten sie über diverse Fähigkeiten der Instandsetzung, der Organisation, der Zusammenarbeit, der guten Laune, des frischen Mutes und des Zweilinkehändehabens, aber andere Anfeuern-Könnens, sodass im Laufe der darauffolgenden Tage und Wochen das Haus in einen Zustand versetzt wurde, der einerseits so komfortabel und funktional war wie schon seit Langem nicht mehr, andererseits aber aufgrund stillschweigender Übereinkünfte starke wehrhafte Elemente aufwies.

Türen und Fenster wurden befestigt, das angekokelte Dach geflickt. Das Gerümpel im Hausflur und die Fahrstuhltrümmer wurden durch herbeigeschlepptes Gerümpel und zusammengeraffte Extra-Trümmer ergänzt. Durch diese Wellenbrecher zog man geheime Wege, die den Bewohnenden bekannt waren, Eindringlinge aber in die Irre führen und verschlingen mussten. Die Bauausrüstung aus der Wohnung von Hans und Martina nutzte man, um Fallgruben und Trittfallen auszuheben. Auf dem Dach stellte man Wasser und Wurfgut bereit. Bei brennbarem Material schritt Herr Wischnewski ein, der meinte, er wolle dem Elan der Jugend ja nicht im Wege stehen, aber er sei alt genug, um sich an die Vergeblichkeit solcher Besetzungen zu erinnern, und wenn man schon den heldenhaften, aber dummen Versuch unternehmen wollte, das Haus zu halten, sollte dabei wenigstens niemand ums Leben kommen, wenn es von Seiten der Hausgemeinschaft vermieden werden könne. „Immerhin, es ist schön zu sehen, wie viel Ihnen unser alter Kasten bedeutet", seufzte er. „Es wird natürlich alles nichts nützen, aber wenn wir schon rausmüssen, dann mit einem *bang* und nicht bloß einem *whimper*."

„Ja, ja", sagte die Tresenkraft und strich ihm durch das Haar.

Die letzten, die eintrafen, waren die Katzenkönigin und Stefans Mutter. Erstere fand man eines Morgens zusammengerollt unter der Plane, die man endlich von Herrn Wischnewskis Fenster entfernt hatte, nachdem die Scheibe repariert worden war. Mehrere Hausbewohner hatten aufgrund des Gestanks ein verendetes Tier vermutet. Die Katzenkönigin fauchte und zog die Plane enger um sich. Man bot ihr Nahrung und eine Dusche an und nahm sie ansonsten, wie sie war.

Stefans Mutter stand abends im Gedränge vor ihm. Er verschluckte sich an seinem Bier. „Mama!"

„Junge, was machst du denn für Sachen! Ich habe dich im Fernsehen gesehen?"

„Im Fernsehen? Wieso im Fernsehen?"

Die Mutter machte eine Geste, die die Menge, die Musik, die Rauchschwaden, das trotzig hergerichtete Haus und den Gestank der Katzenkönigin mit einschloss. „Wegen dem hier. Ihr wart in der Tagesschau."

„O Gott", stöhnte Herr Wischnewski. Eine eilends gestartete Umfrage ergab, dass tatsächlich irgendjemand irgendwann, man wusste weder wer noch wann, mit einem Kamerateam und mehreren Zeitungsjournalisten gesprochen hatte. „Jetzt wird die Sache richtig heiß", jammerte Herr Wischnewski und rang die Hände in den Bademantelärmeln. „Jetzt ist es für die Stadt was Persönliches. Die rücken hier mit einer Hundertschaft an!"

„Die werden sie auch brauchen", meinte Stefans Mutter trocken. In der Tat war die Menschenmenge, die sich Abend für Abend in und um das Haus einfand, inzwischen unüberschaubar geworden. Drei Tage vor dem Räumungstermin donnerte das erste Mal ein Hubschrauber über die Straße und tauchte die Baugrube in grelles Scheinwerferlicht. Man begrüßte ihn mit einem Pfeifkonzert und hundert gereckten Mittelfingern.

„Und wer ist deine nette Freundin?", erkundigte sich Stefans Mutter, als sie es sich auf der Luftmatratze in seiner Küche bequem machte. Marit und ihre Tochter schüttelten sich Decken im Badezimmer auf.

„Ich bin die Mutter von Noahs Kind", rief sie. „Sie erinnern sich noch an Noah?"

„Der junge Mann, der früher so oft bei uns zu Besuch war? Vom Schatzsucherverein?"

„Genau der."

Stefans Mutter gähnte. „Und du bist jetzt auch bei diesem Schatzsucherverein?"

Stefan errötete. „Ich glaube schon", sagte er.

Seine Mutter rollte sich auf die Seite. „Das ist doch schön. Wenn du nur nicht diese unselige Ausbildung machen wolltest."

„Ich glaube, damit ist es ehrlich gesagt vorbei."

„Na, da bin ich aber froh. Gute Nacht, mein Sohn."

„Gute Nacht, Mama."

Zwei Tage vor der Räumung bezogen maskierte Polizeikräfte auf dem Dach des Altersheims gegenüber Stellung. Neuankömmlinge berichteten, die umliegenden Straßen seien von Einsatzwagen und Wasserwerfern gesäumt.

Es wurde Zeit für eine Versammlung.

„Wer gehen will, sollte gehen", verkündete Emmy. „Übermorgen wird hier geräumt. Wahrscheinlich wird es eine Erschütterung der Macht geben, als ob Millionen in panischer Angst aufschrien und plötzlich verstummten. Im Ernst, Leute. Man muss hier keine Heldentaten vollbringen. Es ist okay, wenn man lieber nicht eins auf die Fresse kriegen will. Oder wenn man andere Leute hat, um die man sich kümmern muss. Oder Angst hat. Aber wer bleiben will, wir freuen uns."

Manche gingen. Manche hatten zwar Angst, blieben aber trotzdem. Andere auch.

In der Nacht vor der Räumung feierte man mit dem Mut der Verzweiflung. Die Jatz-Band sang das schöne alte Lied vom *Big Rock Candy Mountain*, und alle stimmten mit ein.

One evening, as the sun went down
And the jungle fire was burning
Down the track came a hobo hiking
And he said, "Boys, I'm not turning
I'm headed for a land that's far away
Beside the crystal fountains
So come with me, we'll go and see
The Big Rock Candy Mountains"

An dieser Stelle konnte sich Norbert nicht enthalten, wie immer zu schreien, es mögen jetzt „nur die Mädels" oder „nur die Jungs" singen, was unfehlbar zu Durcheinander führte, bis sich alle nach Tagesform irgendwie einsortiert hatten. Dann ging es weiter:

In the Big Rock Candy Mountains
You never change your socks
And the little streams of alcohol

Come a-trickling down the rocks
The brakemen have to tip their hats
And the railway bulls are blind
There's a lake of stew, and of whisky too
You can paddle all around 'em in a big canoe
In the Big Rock Candy Mountains

Und sehr laut zum Schluss, unisono:

I'm a-goin' to stay where you sleep all day
Where they hung the jerk that invented work
In the Big Rock Candy Mountains

Danach war alles gesagt. Man stellte Wachen auf und legte sich hin. Nur wenige schliefen.

Im Morgengrauen schlugen die Posten Alarm, aber das wäre nicht nötig gewesen. Stiefelklappern, Motorengeheul, dröhnende Durchsagen verrieten, dass der Aufmarsch begonnen hatte.

Scheinwerfer klackten. Aus dem Lautsprecher kam die Aufforderung, man solle das Mietobjekt verlassen, ansonsten erfolge die Räumung.

Das war eine Formalität.

Angespannte Stille trat ein. Es begann zu regnen. Tropfen klatschten auf Helme, auf Schilde, auf Körperpanzer und auf die Windschutzscheiben unter den Gittern. Hunde zerrten an den Leinen.

„Big Rock Candy Mountain!", schrie jemand.

Das verstand jeder, ob Cop oder Bewohner.

Es ging los. Man wusste gar nicht, was losging, aber eine Welle aus Lärm stürmte als Vorhut heran, dann Dröhnen, Tritte, Schreie, Bersten, und nach den Geräuschen Körper, die aufeinanderprallten, Gegenstände, die stürzten oder geschleudert wurden, Wasser wie Faustschläge und Faustschläge wie Wasser. Eine Polizistin taumelte aus dem Getümmel. Der Helm wurde ihr hinterhergeschmissen. Sie hielt sich das blutige Gesicht. Jugendliche trugen einen der ihren auf Händen in

Sicherheit. Leitern wurden umgeworfen, Fenster eingeschlagen.

Und obwohl niemand wusste, was da genau passierte, taten alle, was gerade nötig war. Gegenhalten, hinrennen, fliehen, hauen, sich ducken, beschließen, doch nicht zu hauen, nach Händen greifen, jemanden retten, jemanden wegstoßen, schreien, heulen, denken, dass man damit doch nichts zu tun haben wollte. Und vor allem: sich formieren. Es war plötzlich klar, dass man hier mehr Leute brauchte und dort weniger. Dass es an der Zeit war wegzurennen. Dass man hier an dieser Stelle nicht aufgeben durfte.

Und so begann und entspann sich die Schlacht der fünf diversen Gruppen. Zunächst waren es nur vier diverse Gruppen. Auf der einen Seite die Cops, auf der anderen Seite die Hausgemeinschaft, die Tiere und wir, denn auch wir gerieten zwischen die Fronten, nahmen die Hände von der Tastatur und warfen sie in die Luft und schrien irgendwas und taten zwar nichts Sinnvolles, aber auch nicht direkt etwas Falsches. Vielleicht wäre es besser gewesen, wir hätten aufgeschrieben, was wir sahen. Aber wenigstens für den Moment gab es nichts zu berichten, nur zu tun, und dass der Bericht abbrach, war die lauteste Botschaft, die wir weitergeben konnten.

Unser Bericht setzt wieder ein, als die fünfte und letzte der diversen Gruppen eintraf. Denn als alles verloren schien, als die Krähen die letzten verzweifelten Nüsse aus Eichhörnchenlieferung auf die Helme der Cops warfen und die Füchse tapfer, aber vergeblich in die Stiefel bissen, als die Lachfleischianer keine Druckpunkte mehr in den Lücken der Körperpanzer fanden und den Queers die Munition ausging, als Herr Wischnewski von oben verzweifelt „Rückzug! Rückzug!“ schrie und Stefan Marit und seine Mutter die Treppe hinaufzerrte, als Emmy ihren Lolli wutentbrannt gegen den Wasserwerfer schleuderte, dass er in der Windschutzscheibe stecken blieb, und türmte, da erklang der Ruf, erst leise, dann immer lauter, sprang von Mund zu Mund, ungläubig, freudig, triumphierend, und die Cops wendeten die Köpfe, starrten aus den Visieren und bekamen Angst: „Die Lesben! Die Lesben kommen!“

Hans und Martina hatten die Gefährtinnen versammelt. Ein Zug von Frauen wälzte sich in die Straße, und die gewaltige Riesin führte ihn an, die zierliche Martina auf den Schultern. Butches in karierten Hemden kamen, Femmes mit nur leicht verschmiertem Make-up, Kindergärtnerinnen, die an diesem Tag nicht zur Arbeit gegangen waren, Kassiererinnen, Buchhändlerinnen, Pflegerinnen, Tänzerinnen, Journalistinnen und Influencerinnen. Sie kamen in Lederstiefeln und in goldenen Pantoffeln und ganz hinten marschierte die Inflationsheilige und brüllte, dass doch jemand an die Kinder denken solle, aber da das im allgemeinen Getöse unterging, machte es fast gar nichts. „Unerhört!", rief sie, als Martina von Hans' Schultern in die Reihen der Cops sprang. Und dann ging die Post ab.

Natürlich hatte die ganze Sache trotz allem keine Chance.

Am frühen Nachmittag war die Hausgemeinschaft verhaftet, geflohen oder versprengt. Die Cops bildeten ein Spalier. Hindurch schritten der junge Herr Sass, den Arm in einer Schlinge, und Frau Steingräber. Triumphierend sahen sie sich um.

„Endlich unser!", rief Frau Steingräber.

Der junge Herr Sass nahm sie in die Arme und küsste sie. „Das alles ist bereits so gut wie verkauft!", schmetterte er. „Morgen rücken hier Bulldozer an. Die Investoren kommen, und dann haben wir hier eine schöne Brache und übermorgen oder in drei Jahren wird hier ein anständiger Büroturm errichtet."

Die Hausgemeinschaft sah mit hängenden Köpfen zu. Herr Wischnewski stützte sich auf die Tresenkraft und drückte abwechselnd Udo und Norbert die Hand. Martina und Hans hielten sich schwer lädiert im Arm. Lydia und Emmy saßen auf dem Boden und teilten sich eine Tüte Gummibärchen. Stefan hatte den Arm um seine Mutter gelegt und winkte Marit zu, die jenseits der Polizeiabsperrung mit ihrer Tochter Zuflucht gefunden hatte. Auch wenn es nicht geklappt hat, es war doch ganz gut, dachte er bei sich. Nur schade, dass es jetzt vorbei sein soll.

Ein Wagen bahnte sich hupend den Weg durch die Einsatzkräfte. Es war ein großes, schwarzes und absolut geräuschloses Auto. Polizistinnen stürmten herbei, klopften auf die Motorhaube und versuchten, dem Fahrer begreiflich zu machen, dass er hier nicht vorbeikönne. Das Fahrerfenster wurde heruntergekurbelt und ein Schriftstück herausgereicht. Die Einsatzleiterin nahm es, las es, las es noch einmal und eilte dann zum jungen Herrn Sass. Sie flüsterte ihm etwas ins Ohr und wedelte mit dem Dokument. Der junge Herr Sass erbleichte, beugte sich zu Frau Steingräber und flüsterte ihr seinerseits etwas ins Ohr.

„Nein!“, schrie sie. „Das darf nicht sein. Das darfst du nicht zulassen! Tu doch was, Sassilein!“

„Es sieht alles sehr rechtskräftig aus, meine Liebe“, seufzte der junge Herr Sass. „Aber für uns ändert sich doch dadurch gar nichts.“

„Es änderte sich alles!“, schrie Frau Steingräber und stampfte so heftig mit dem Fuß auf, als wolle sie sich mitten entzweireißen. „Meine Rache ändert sich! Diese … diese Unpersonen können doch nicht …“

„Was ist denn da los?“ Stefan reckte den Kopf und auch die anderen Mitglieder der Hausgemeinschaft wandten die Köpfe.

„Es ist alles sehr rechtskräftig“, ließ sich eine leise Stimme vernehmen. Ein absolut unauffälliges Männchen war aus dem schwarzen Auto gestiegen und hatte sich absolut geräuschlos durch die Polizeikette geschoben. Es rückte sich die Brille zurecht und strahlte die Hausgemeinschaft an, als hätte gar keine Schlacht stattgefunden und als gäbe es nicht den geringsten Grund zur Sorge. „Entschuldigen Sie, dass ich es nicht früher geschafft habe. Die Formalitäten haben sich etwas hingezogen. Bitte“, wandte sich das Männlein an die Einsatzleiterin. „Sie dürfen jetzt gehen. Ich danke Ihnen und Ihren Leuten von ganzem Herzen für Ihre Mühe. Ihr äußerst korrekter Einsatz soll nicht ungerühmt bleiben. Aber jetzt gibt es hier nichts mehr für Sie zu tun. Ich vertrete die neuen Eigentümer dieses Hauses. Meine Mandanten wünschen keinerlei Räumung. Die

Mietparteien dürfen bleiben. Hier entsteht keine Brache und kein Büroturm."

„Was?"

„Warum nicht?"

„Wer sind Sie?"

Es war nicht ganz klar, wer das gefragt hatte. Es kam aber auch nicht darauf an.

Das Männlein lächelte. „Mein Name tut nichts zur Sache und der meiner Mandanten ebenso wenig. Es genügt, dass wir Haus und Grund rechtskräftig von den Investoren erworben haben, an die unser Herr Sass hier recht unvorsichtigerweise beträchtliche Eigentumsanteile abgetreten hatte. In diesem Haus befindet sich nämlich ein Kunstwerk von unermesslichem Wert. Oder besser gesagt: Dieses Haus *ist* ein Kunstwerk von unermesslichem Wert. Es soll genau so bleiben, wie es ist, und in geregeltem Maße dem Publikumsverkehr zugänglich gemacht werden, der sich, sobald die Nachricht von der hier in jahrelanger Arbeit erstellten Installation einmal an die Öffentlichkeit gelangt ist, unzweifelhaft einstellen wird."

„Installation? Was denn für eine Installation?" Das war Stefan.

„Tyche!" Das war Herr Wischnewski. Er zeigte mit ausgestrecktem Finger auf die verzottelte Gestalt, die leise aus dem Eingang getreten war und sich scheu umblickte. Sie bestand fast nur aus Bart und schwarzen Augen und schüchternem Lächeln. Sie wirkte, als wären ihr der Sonnenschein und die laute Welt hier draußen unheimlich. Das war also Tyche.

Herr Wischnewski eilte auf die Gestalt zu und umarmte sie. „Mensch, Tyche. Wo hast du denn gesteckt? Wir haben uns Sorgen um dich gemacht." Tyche schloss die Augen, lächelte inniger und erwiderte die Umarmung.

„Wer ist das denn?" Stefans Mutter beugte sich zu ihm hinüber. „Noch eine Hausbewohnerin?"

Stefan zuckte mit den Achseln. „Ich habe bisher nur von ihr gehört. Obwohl ich glaube, dass sie mir meinen Anzug geklaut hat."

„Folgen Sie mir, wenn Sie so gut sind, auf den Innenhof!" Das Männlein winkte und schritt voran. Tyche, Herr Wischnewski, die verwirrte Einsatzleiterin, das schimpfende Pärchen aus Vermieter und Filialleiterin und dann die gesamte Hausgemeinschaft schlossen sich schließlich an.

Durch den Hausflur und in den Keller ging die Reise. Das Männlein entzündete eine Laterne und führte das Trüppchen über Gerümpel und in Durchbrüche, um zahlreiche Biegungen und durch knarrende Türen, bis man schließlich über eine steile, ausgetretene Treppe wieder ans Tageslicht gelangte.

„Hier also ist der Innenhof!", rief Stefan. Er musste den Kopf einziehen, um unter den wuchernden Ästen des Baumes, der den Hof ganz ausfüllte, Platz zu finden.

„Hier war ich schon seit Jahren nicht mehr." Herr Wischnewski legte den Kopf in den Nacken. „Tyche, was hast du hier gemacht?"

„Kunst." Das Männlein löschte die Laterne. „Kunst von Weltrang. Eine Geschichte der Dinge und eine Historie der lebenden Ideen, versinnbildlicht durch die geheim-offenbarte Zurschaustellung des klandestin angeeigneten Gutes der Selbstermächtigung als Besitzender und Kuratierender."

„Klingt wie ein Finanzprodukt", fand Stefan. „Hey, mein Anzug! Und mein Handy!"

„Es ist ja auch ein Finanzprodukt", jubelte Herr Wischnewski. „Beziehungsweise komplett egal. Und Sie haben das jetzt gekauft?", wollte er von dem Männlein wissen.

„Nicht ich. Meine Mandanten. Aber ansonsten: ja", nickte das Männlein.

Staunend umrundeten die Emissäre der Machtgruppe den Baum, so gut es ging. Ein wildes Sammelsurium war darin aufgehängt. Neben Stefans Anzug und seinem Handy fanden sich Lachfleisch-Utensilien, Sexspielzeuge, Lollis. Krähenfedern, Schnurrhaare eines Fuchses, Protestpostkarten, Notenblätter, Fotografien, Haushaltsgeräte, Spielzeug und vieles andere.

„Die hat unser ganzes geklautes Zeug da aufgehängt", wunderte sich Emmy. „Das ist doch keine Kunst."

„Mit sicherlich ist das Kunst", ließ sich Stefans Mutter vernehmen.

„Mit sicherlich!" Frau Steingräber wollte sich auf Stefans Mutter stürzen und konnte vom jungen Herrn Sass und der Einsatzleiterin nur mit Mühe zurückgehalten werden. „Mit sicherlich! Wenn ich das noch einmal hören muss! Dieser Stefan quatscht schon so. Und jetzt auch noch die! Ich will mir aber nicht vorschreiben lassen, wie ich zu sprechen habe! Meine Wörter gehören mir! Nur mir!"

„Jetzt beruhige dich doch." Der junge Herr Sass nahm sie fest in den Arm, eine liebevolle und gewaltvolle Geste. „Die sollen doch quatschen, wie sie wollen. Die sollen doch hier wohnen bleiben. In dieser Bruchbude. Mit diesem Schrottbaum. Mensch, wir haben das Haus verkauft. Wir haben einen Käufer für die alten Aktien. Wir haben uns. Wir nehmen die Kohle und …"

„Du verstehst das nicht!" Frau Steingräber machte sich los und starrte wild in die Runde. Alle starrten sie an und sie war ganz allein. „Es geht mir nicht ums Geld. Es geht mir nicht um dich. Ich will … alles soll so sein, wie ich will! Die Welt soll nicht so sein, wie die sind. Sie soll so sein, wie ich bin. Die Welt soll endlich sein, wie ich bin. Die Welt macht mich kaputt und ich muss mich endlich wehren."

„Kommen Sie doch zu uns." Stefan ließ Marit und seine Mutter los und streckte die Hand aus. „Kommen Sie zu uns. Ich kenne Sie, Frau Steingräber. Sie haben doch ein gutes Herz. Wir können Leute mit Pflegeerfahrung gebrauchen." Er streckte die Hand aus. Die ehemalige Chefin wich zurück. Ihr Mund öffnete sich, bewegte sich, brachte nichts hervor. Sie stieß einen Schrei aus und rannte die Kellertreppe hinunter. Dann war sie weg.

„Ich glaube, ich gehe dann mal da hinterher." Der junge Herr Sass hob die unverletzte Hand zum Gruß und lief der Geliebten hinterher.

„Dann gibt es hier für mich nichts mehr zu tun." Die Einsatzleiterin presste den Mund zusammen. „Wegen der Ausschreitungen heute erwartet sie alle noch unangenehme Post.

Aber was dieses Haus angeht, bin ich nicht länger zuständig." Sie erteilte über das knacksende Funkgerät den Rückzugsbefehl und ging.

„Und das bleibt jetzt für immer da, ja?" Herr Wischnewski zeigte auf den Baum, der ein Kunstwerk von Weltgeltung war.

„So lange, wie der Baum lebt, und so lange, wie die Künstlerin das lebendige Objekt ausbaut und erweitert", bestätigte das Männlein. „Übrigens werden wir Personal brauchen, das Künstlerin und Werk versorgt, Führungen organisiert, Materialien erstellt und für die ohne Zweifel bald einsetzende wissenschaftliche Beschäftigung mit dieser lebendigen Plastik als Ansprechpartner zu Verfügung steht. Da Sie ohnehin hier wohnen: hätten Sie nicht Lust, diese Arbeit zu übernehmen? Ich bin mir sicher, meine Mandanten zahlen gut." Das Männlein strahlte in die Runde.

„Sie sind wirklich des Königs fucking reitender Bote, oder?" Herr Wischnewski begann zu singen: *„Gerettet, gerettet, ich bin sehr glücklich! So wendet sich alles am Ende zum Glück! So leicht und friedlich wäre unser Leben …"* Er umarmte der Reihe nach alle, auch das Männlein und zuletzt Tyche. Man verließ den Hof. Die Künstlerin blieb zurück und verschwand wieder in den Ästen des Baumes, der ihr Zuhause und ihr Werkskörper war.

Auf der Straße setzten die Polizeifahrzeuge bereits zurück. Auf dem Dach des leerstehenden Altenheims gegenüber packten die Scharfschützen ihre Lafetten zusammen.

„Tja", sagte Stefan und blinzelte in die Sonne. Der Frühling war jetzt da und das unentschlossene Wetter würde schon bald dem brüllenden Berliner Sommer weichen, der Tag für Tag elastisch jagte, um dann ab Mittag nur noch zu schlummern.

„Tja", sagte Marit und nahm ihre Tochter auf den Arm. „Ich habe Hunger. Wir haben gar nicht gefrühstückt."

„Wie heißt du eigentlich?", fragte Stefan das Mädchen. „Ich habe gar nicht gefragt."

Das Kind schüttelte den Kopf.

„Resi", sagte Marit.

„Diese alten Namen kommen wieder in Mode", freute sich Stefans Mutter.

Die vier diversen Gruppen trauten sich aus ihren Verstecken und blinzelten in die Sonne. Vereinzelt und in Grüppchen standen sie auf der Straße und auf dem Baugrundstück herum, steckten die Köpfe aus dem Hauseingang und ließen die Füße vom Dach baumeln. Alle spürten, dass man gesiegt hatte, aber es fühlte sich noch nicht so an. Man würde aufräumen müssen, die Verletzten pflegen, anwaltliche Unterstützung organisieren und für ein müdes Heer die Verpflegung organisieren. Aber für den Augenblick spürten alle nur der Betäubung nach und lebten sich in die Erkenntnis hinein, dass es vorbei war und dass es weitergehen würde.

Jemand tippte Stefan auf die Schulter. Es war der Polizist mit den Eisbonbonaugen. Er hatte die Sonnenbrille abgenommen, um besser funkeln zu können. „Hallo", sagte er.

„Äh", sagte Stefan. „Ich weiß nicht, ob ich das jetzt so kann. Du bist Polizist. Aber hallo."

„Verstehe ich", sagte der Polizist. „Obwohl ich nicht dabei war."

„Trotzdem", sagte Stefan.

Marit, Resi und seine Mutter starrten den Polizisten mit den Eisbonbonaugen ebenfalls an. Nicht direkt feindselig, nur erschöpft.

„Ich wollte immer schon Polizist werden, müsst ihr wissen", sagte der Polizist mit den Eisbonbonaugen. „Seit ich ein Kind war. Für andere da sein und helfen, das hat mir immer ein Gefühl … ich weiß auch nicht. Ein Gefühl von Zuhause gegeben. Ich hatte es nicht so gut und zu mir waren Polizisten immer freundlich."

„Das ist doch kein Grund", sagte Stefans Mutter.

„Das verstehe ich", sagte Stefan.

„Ich habe mir sogar mal den Berliner Polizeistern tätowieren lassen", sagte der Polizist mit den Eisbonbonaugen. „Da!" Er knöpfte sich das Hemd auf und zeigt die behaarte Brust vor. Alle bekamen Stielaugen.

Stefan schluckte. „Ich habe mir das Sparkassenlogo tätowieren lassen", sagte er leise.

„Du bist tätowiert?“, fragte seine Mutter.

„Geil“, sagte der Polizist mit den Eisbonbonaugen. „Das würde ich gerne mal sehen.“

Stefan fühlte sich plötzlich erheblich gelachfleischt. „Okay“, sagte er.

„Weißt du, wovon ich schon seit Längerem träume?“ Der Polizist mit den Eisbonbonaugen legte den Kopf schief. Seine Stimme klang dabei wie ein ganz besonders kratziger Dreitagebart.

„Nein“, kiekste Stefan. „Das … äh … das weiß ich nicht.“

„Ich gehe mal“, sagte Stefans Mutter. „Komm, Resi, wir gehen mal Brötchen holen für alle.“

Der Polizist mit den Eisbonbonaugen machte einen Schritt auf Stefan zu. Er trug ein nicht zu aufdringliches Parfüm. „Ich wollte schon immer mal mit einem geilen Typen in einer Bank Tattoos vergleichen.“

„Oh“, sagte Stefan. „Da … hm … da müsste man ja nur noch einen, dings, geilen Typen finden.“

„Er meint dich“, sagte Marit.

„Genau“, sagte der Polizist mit den Eisbonbonaugen. Er setzte sich die Sonnenbrille wieder auf. Stefan sah sein Spiegelbild in den Gläsern. Mit den Augen des Polizisten betrachtet, sah er gar nicht so übel aus.

„Wisst ihr, wovon ich schon lange träume?“, fragte Marit.

„Nein?“, sagte der Polizist mit den Eisbonbonaugen.

„Ich wollte schon immer mal zwei geilen Typen dabei zusehen, wie sie sich in einer Bank ihre Tattoos zeigen.“

„Geil“, sagte der Polizist mit den Eisbonbonaugen. Er wandte sich Stefan zu. „Arbeitest du nicht zufällig in einer Bank? Ist die nicht gleich die Straße runter?“

„Leute“, stöhnte Marit.

Stefan sah sich um. Herr Wischnewski saß mit dem Rest der Jatz-Band auf den Verstärkern, führte ein Sektglas an den Mund und wirkte äußerst vergnügt. Emmy fachsimpelte mit den Jugendlichen über *Star Wars*. Lydia leitete die Lachfleischianer bei einer Übung an, die den Sieg über die Gewalt feierte. Hans und Martina knutschten im Schlamm der Baugrube. Die Inflationsheilige fand alles unerhört. Normalität kehrte ein und Stefan wurde hier gerade nicht mehr gebraucht.

„Du musst nicht ja sagen“ sagte Marit. „Es wäre geil, aber du musst es selber wissen.“

Der Polizist mit den Eisbonbonaugen nickte. „Du musst es selber wissen. Aber es wäre geil.“

Stefan öffnete den Mund, und als er seine Antwort gab, ertönte sie so laut und klar, dass es jeder hören konnte.

EIN NEUES KAPITEL

Die Zeit des steigenden Meeresspiegels. Begriffe wandern. Der Mars mit sicherlich.

Der globale Meeresspiegel war seit dem Ende unserer Geschichte um gut einen Meter angestiegen, als die zwei jungen Frauen sich schwer atmend auf die Seite fallen ließen.

„Das war gut“, sagte die Ältere von den beiden.

Die andere rang noch um Atem und konnte nur nicken.

Nicht gut war, dass etwa ein Fünftel ihres Heimatlandes Bangladesch inzwischen dauerhaft überflutet war. Selbst Städte wie Khulna, eigentlich zwei bis vier Meter über dem Meeresspiegel gelegen, waren durch die Lage in Flussnähe nahezu unbewohnbar geworden. Aus dem Zimmer des Studentenwohnheims der Southeast University in Dhaka hätten die beiden Frauen tagsüber die Slums erahnen können, die sich durch die Flucht aus den Überschwemmungsbieten unablässig vergrößerten. Die Landeshauptstadt war schon zu der Zeit der Schatzsuche in Berlin eine Megacity und die am dichtesten besiedelte Region der Erde gewesen. Die Klimakatastrophe hatte sie endgültig zum Hotspot der weltweiten Katastrophe gemacht, gegen die die langweiligste Pandemie der Welt nur ein trauriges Lehrstück über die Abgehängtheit der alten westlichen Länder gewesen war.

„Wie heißt du eigentlich?“, fragte die Ältere.

„Theresa“, keuchte die Jüngere.

Die Ältere zog die Augenbrauen zusammen. „Theresa“, wiederholte sie den Namen mit englischer Aussprache. „Wollten deine Eltern dich schon als Kind nach Harvard schicken, oder wie? Genau wie bei meinen. Trotzdem ist es noch eine ordinäre Benisha geworden."

„Das passt." Die Jüngere quietschte, als die Ältere mit dem Vornamen „Blitz" sie an sich zog. „Nee. Meine Eltern habe ich gar nicht gekannt. Ich bin im Heim aufgewachsen. Da kamen viele Spenden aus Deutschland und da haben wir alle deutsche Namen bekommen. Aus Dankbarkeit." Theresa schnaubte.

„Bist du nicht dankbar, Resi?" Benisha küsste die Jüngere geräuschvoll am Hals. „Dabei hast du doch sogar gruselige alte Weiße über deinem Bett hängen."

„Dankbar bin ich nicht." Theresa entwand sich dem Griff der Freundin. „Ich habe nämlich nichts davon gehabt. Weniger als nichts. Und die gruselige Weiße ist zufällig mein Vorbild."

„Och. Ein Studienplatz hier ist doch nicht Nichts. Was studierst du überhaupt? Und du hast doch bestimmt von diesen Weißen mit ihrem schlechten Gewissen ein hübsches Stipendium bekommen. Du konntest zur Schule gehen, studieren ..."

„Wirtschaftswissenschaften. Und Stipendium? Von wegen. Das habe ich mir alles selber erarbeitet." Theresa rollte sich auf die Seite und angelte die Zigaretten vom Nachttisch. Sie stieß Rauch aus und starrte an die Decke. „Geld habe ich bekommen. Und zwar eine ganze Menge. Das haben sie mir bloß wieder abgenommen."

„Lass mich auch mal ziehen. Wer hat dir dein Geld abgenommen?"

„Die Heimleitung. Angeblich hatte ich noch Schulden bei ihnen. Sie haben natürlich nicht alles behalten, aber das meiste. Eine richtig fette Erbschaft war das."

„Du hast geerbt? Ich dachte, du kennst deine Familie gar nicht?"

„Das war meine Patin. Aus Deutschland. Die ist gestorben. Und da hat mir ihre Mutter einen Brief geschickt. Die hat das Geld nämlich von der Tochter geerbt. Weil sie wohl schon sehr krank war. Den Brief habe ich dann später bekommen. Nachdem das meiste von dem Geld schon weg war, vielen

Dank auch. Jedenfalls meinte sie, meine Bilder und Briefe hätten ihrer Tochter immer so viel bedeutet. Und dass sie das Geld nicht haben wollte, weil es schmutziges Geld sei. Deshalb sollte ich es kriegen."

Benisha schnaubte Rauch aus den Nasenlöchern. „Sag ich ja. Weiße und ihr schlechtes Gewissen."

Theresa schüttelte den Kopf. „In diesem Fall hatte sie aber auch Grund dazu. Ich habe das dann recherchiert, so gut das von hier aus ging. Aber der Fall war in Deutschland vor ein paar Jahren in allen Zeitungen. Soweit der Bot mir das übersetzt hat, war meine Patin mit einem Typen zusammen, der durch Nazigold reich geworden war."

„Es ist doch immer Nazigold!"

„Ja, oder so ähnlich. Ganz genau habe ich das nicht verstanden. Aber was noch viel krasser ist, sie hat ihn dann umgebracht. Oder nicht umgebracht. Es war ein Unfall. Ein Sexunfall."

„Du hast das Nazigold von einem geerbt, der bei einem Sexunfall getötet wurde?"

„Ja. Meine Patin hat sich so lange auf sein Gesicht gesetzt, bis er erstickt ist."

Benisha bekam einen Lachanfall, an dem sie fast ebenfalls erstickt wäre. „Das gibt's ja nicht", keuchte sie schließlich, als sie wieder Luft bekam. „Übrigens bringt mich das auf eine Idee …"

„Untersteh dich", schrie Theresa, als die Bettbekanntschaft Anstalten machte, sich über ihr Gesicht zu rollen. „Und ich habe das Geld ja nicht geerbt. Wie gesagt, der größte Teil war weg. Einbehalten vom Heim. Und so habe ich gelernt, dass man sich auf niemanden verlassen kann. *There's no such thing as a free lunch.*"

„Robert Heinlein", ergänzte Benisha mechanisch.

„Hä, wer ist das?"

„Schriftsteller. *The Moon Is a Harsh Mistress*? Von wegen, dass man nichts umsonst bekommt."

„Wie, nee, das ist von Thatcher." Theresa zeigte auf die gerahmte Fotografie über ihrem Bett. „Die bedeutendste Politikerin des zwanzigsten Jahrhunderts. Keine Gesellschaft, keine Familie, nur deine eigene Kraft. Sie hat sich gegen alle Männer durchgesetzt. Und deshalb studiere ich Wirtschaft. Keine Almosen mehr. Ich schaffe es selber oder gar nicht."

„Schatz, *ich* studiere Literatur. Und einer der bedeutendsten Schriftsteller des zwanzigsten Jahrhunderts, jedenfalls, was die Science-Fiction angeht, war Robert A. Heinlein. Und das mit der Unmöglichkeit kostenlosen Essens, das stammt aus seinem Buch. Solltest du vielleicht mal angucken."

„Nein, danke. Ich stehe nicht auf Bücher und schon gar nicht auf Weltraummärchen."

„Schon mal welche gelesen?"

„Nee."

„Ich leihe es dir mal."

Die Naturgesetze, die den CO2-Ausstoß mit dem Anstieg des Meeresspiegels verknüpften, bedingten es auch, dass Bettgeschichten zwischen Studentinnen, die sich auf einer Uniparty über den Weg laufen, nicht lange halten, und dass Bücher, die danach ausgetauscht werden, nicht zurückgegeben werden müssen.

Theresa war bereits im dritten Semester, als sie die zerfledderte Taschenbuchausgabe von Heinleins Roman an einem langweiligen Krankheitstag in die Hand nahm. Sie überflog die ersten Seiten, las sich fest und legte das Buch erst am nächsten Morgen aus der Hand. Weil auch kranke Studentinnen nicht viel Schlaf brauchen, ließ sie sich von darauf geschulten Bots sofort ähnliche E-Books heraussuchen.

Mit wachsender Begeisterung las sie von einem Gefangenen, der Weltraumsprünge erlernte, um sich an seinen Peinigern zu rächen, von einem Himmel, der in der Farbe eines toten Fernsehkanals flimmerte – der Bot zeigte ihr eine entsprechende antike Aufnahme –, von einem ewigen Krieg, von Monden, auf denen allen alles gehörte – ihr thatcheristisches Herz schlug schneller –, vom langen Weg zu einem kleinen, wütenden Planeten und Tieren, die sich wie Menschen benahmen und mit Computern aus dem Regenwald kämpften. Am meisten berührte sie die Schilderung zweier Männer, die quer durch Zeit und Raum füreinander bestimmt waren und mit telepathischen Pfeilen auf Drachen schossen, um in deren Leiber gehüllt miteinander Sex zu haben, was eine beglückende, aber verwirrende Masturbationsfantasie abgab.

Theresa verpasste erst eine Vorlesung, dann zwei, blieb schließlich eine Woche zu Hause. Sie ließ den Reader sinken, schaute der Eisernen Lady neben ihrem Bett lange und ernst ins Gesicht und befragte dann die Bots, was sie studieren müsste, damit die Menschheit fremde Planeten besiedeln könnte. „Warum", fragte sie die gelehrten Maschinen, „sollte ich nur selbst meinen Weg gehen, wenn der ganze Planet endlich über sich selbst bestimmen könnte?"

Die Bots checkten ihren Lebenslauf, ihr Leistungsprofil und ihre Testergebnisse und rieten ihr zu einem Studium in *Disaster Management and Resilience*, wobei sie vorsorglich darauf hinwiesen, dass ein Wechsel des Studienfachs eine Entscheidung von einiger Tragweite sei. Theresa wäre nicht geistige Tochter der bedeutendsten Politikerin des zwanzigsten Jahrhunderts gewesen, wenn ihr das nicht klar gewesen wäre. „Deswegen will ich das ja", sagte sie ungeduldig.

Fünf Jahre später hatte sie ihren Abschluss. Fünfzehn Jahre später befand sie sich an Bord eines Raumschiffes, das die Erde in Richtung Mars verließ, um dort mit dem Terraforming zu beginnen. Um Theresa für ihre bahnbrechenden Forschungen auf diesem Gebiet auszuzeichnen, überließ man ihr die Ehre, die Unterkunft der Besatzung mit einem Namen zu versehen. Sie brauchte nicht lange zu überlegen.

„Mit sicherlich", sagte sie.

„Mit sicherlich?" Der Kollege aus Nigeria verzog das Gesicht. „Ist das Holländisch oder so eine koloniale Sprache?"

„Das ist Deutsch", sagte Theresa. „Ich habe es aus einem alten Brief. Die Bots sagen, es bedeutet *Zuhause.*"

„Deutsch." Der Nigerianer zuckte mit den Achseln. „Warum nicht? Dann mal los."

Gemeinsam zogen sie ihre Rollkoffer über die Rampe, die in das Habitat führte. Irgendwo leierte ein altes Lied:

I know it’s true
It’s all because of you
And if I make it through
It’s all because of you

Weiter hinten unter der weißen Kunststoffhülle wurden schon Pflanzen in Tonkügelchen gepflanzt.